RECOMPOSED

MOVIE

窥见历史的横断面

——改编电影对社会变革的再现（1979～2021）

A Representation of Social Change

王瑛 著

SSAP
社会科学文献出版社
SOCIAL SCIENCES ACADEMIC PRESS (CHINA)

序　言

近年来，学界以建构具有中国气派的电影学术理论体系为中心，百花齐放，百家争鸣，出现了多场热烈讨论，形成了当前中国电影学界的重要学术热潮。众多专家学者提出了自己的理论主张，尤以共同体美学理论、电影工业美学理论和中国电影学派理论引发的讨论最为广泛和热烈，理论成果丰厚。种种理论虽各有侧重，但殊途同归，都是要充分阐明中国电影的独特美学，展示中国电影的民族风范，不同理论具有一个共同的价值目标——用中国电影实践总结中国电影理论，用中国电影理论阐释中国电影实践，用中国电影准确、充分和鲜明地展现中国故事及其思想和精神力量。

中国电影创作有着深厚的现实主义传统，并以其为电影的主导品格，站稳人民立场，始终坚持关注现实、反映现实，用摄影机紧扣跳动的时代脉搏。从 20 世纪 70 年代末到当下，中国社会一直处于变革之中，电影在充满创作激情但往往模棱两可的“作为艺术的电影与作为商业的电影”辩论的冲突二分法中找到空间，细细描摹中国社会的种种变化与发展，电影内容、题材、风格的嬗变与社会思潮、政治与经济形势变化形成共振与呼应，国家意识形态深刻介入电影创作，影片多维度影响观众对现实的认知，银幕内影像深度参与银幕外的国民性乃至国家形象的构建。

电影改编尤其能凸显这一点，从《芙蓉镇》《智取威虎山》《牧马人》《城南旧事》《青春祭》到《集结号》《唐山大地震》《归来》，再到最近的《流浪地球》，这些从文学作品而来的改编电影，其修改过程及改编后的内容、主题和艺术风格不仅体现出作家个人志趣与大众接受之间的融合与错位，更受到政治、经济、文化多重因素的影响，怎样改编，为什么改编，是关于文化生产场域的颇有意味的问题。鉴于电影的多维度，也即同时包括语言、视觉和听觉，电影制作者必须做出无数的选择去充填影片的细节，而这些选择从来都不仅仅是基于文本内容表达的考虑做出的，对文学的影视化在改编策略的运用上实际有着更为复杂的考量。电影作品与文学作品不同，它是文化产业系统运行的一部分，其生成逻辑与社会状况密切相关。对改编电影的研究不仅对文学与电影本体研究、媒介文化研究有重要价值，也是窥视时代的一扇窗户。

本书基于学界已有研究，在电影改编的研究范式和内容上尝试一种社会学方向的拓展，紧紧围绕电影与中国社会的紧密关系展开，具有明确的中国问题意识，其研究方法和出发点体现出强烈的现实感和当代性，本书通过对 20 世纪 70 年代末以来改编电影叙事主题、美学风格和生成过程的探析，追踪贯穿中国社会的政治、经济与文化潮流演变，在对银幕影像的考察中解读中国社会的运行状况，试图发现社会变革怎样作用于流行文化并因此建构起大众的历史意识。

像许多学者陈述的那样，在现代世界里，通过大众媒体传播思想在集体记忆的构成中、在个人和群体身份的形成中都起着至关重要的作用，从长远来看，流行文化、媒介文化会构成我们的现实感知和历史想象，从而取代我们的历史意识。李普曼曾经指出，媒体将有关外部世界的信息套入一个固定模式，通过这个模式使人们勾勒出世界的图画，为人们定义现实的状况，虽然他的论断是对新闻媒介而言，但用来分析电影对现实的描摹也未尝不可。作为具有重要影响力的大众媒介与流行文化，电影在银幕上编织出独特的中国故事，影响了无数观众通过镜头去寻找自我定位、理解他人情感、达成社会共识。

电影的生成有着有趣而曲折的起源叙事，社会中政治、经济、美学和技术的各种转变和过渡影响了电影的形式与内容，而电影勾勒出的社会状况又启发了观众对世界的想象与理解，电影试图传达的讯息和世界真实的样貌永远不会完全一致，但图像的视觉结构如此引人注目，以至于电影完全可能以不可预测的方式在观众心灵中用虚构的影像取代现实事件本身。当人们通过影像来看待世界本身时，不仅试图理解过去、定位当下，而且还在预测未来可能会发生的事情。因此，慎重看待电影的社会学意义与价值，通过流行文化关注社会生活，在虚构影像对真实世界的呈现中发现并提出问题很有必要。

中国电影研究要从中国社会现实出发，以中国特有的言说方式或表达方式构建起反映中国式现代化建设实践、体现时代特征、具有鲜明特色的话语体系。当下的中国电影理论建构“需要和中国改革开放的发展、中国的社会变革之间建立联系，这样才能真正认识中国电影，电影人才能够找到自己的方向和立足点”①。本书以

① 胡克、钟大丰、李洋：《时代场域中的中国电影理论建构》，《当代电影》，2022 年第 1 期，第 7 页。

改革开放对中国社会的影响为研究的逻辑起点，运用电影社会学的方法对文本及其生成背景进行分析阐释，紧扣电影作为时代精神的影像投射，论述数十年来的中国式社会主义现代化建设如何在影像中得到创造性再现，这是一项有价值的工作。

从中国电影自身情况来看，早在诞生之初，其已经通过和鸳鸯蝴蝶派的联姻，借助文学的推动，以影像的手段，通过一个个鲜活的故事生动展现了社会运行的深层机理。在20世纪80年代，电影界广泛译介国外学术读物，开始了一场轰轰烈烈的“电影语言现代化”的启蒙，尽管这场启蒙是未竟的，也存在着“误读”，但这之后的中国电影，毕竟以新颖的表达范式、审美情趣和价值理念，在时代的变革中一路向前，数十年来呈现出不少具有鲜明人民立场、深刻反映社会的精品力作。进入21世纪，数字化时代到来，面对新的电影生产场域，中国电影还需要从历史中寻找经验，梳理过往的成败得失，尊重人民心声，展现人民意愿，与观众建立起信任互动关系，才能实现高质量、可持续繁荣发展，才能不断深化、拓展电影强国建设。从这个角度来说，本书的研究可以启发电影创作更有效地与社会形成紧密互动，回应人民对美好生活的殷切向往，更高效地满足人民个性化、多样化和差异化的观影需求。

本书作者在相对受关注较少的电影社会学领域深耕细作，从电影的角度观照社会，强调在分析电影改编时不仅要考虑文学与电影的艺术自律，还需要洞察文本外的时代面相，考察时代变迁如何重塑电影的价值理念、如何改革电影的运营体制、如何改变电影的传播范式等，这种“功夫在诗外”式的跨学科研究路径体现出理论空间拓展与深化所必需的学术想象力和创新力。在当下融媒体时代，文学作品的跨媒介多模态传播更趋兴盛，对改编研究范式的拓展势在必行，本书的出现，或将为深化相关研究提供一定启示，使学术回应社会与时代的需要，加强理论研究与中国实际问题的结合。本书在系统梳理电影对改革开放的再现方面做出创新，对打造本土化的电影叙事和话语体系、讲好中国故事、建立健康的电影形态和电影生态、以艺术和思想文化研究推动文化强国建设、助力国家治理现代化等方面有非常积极的意义。

饶曙光

2023 年 5 月 10 日

目　录

绪　论 / 1

第一节　作为时代具象的改编电影 / 1

第二节　研究对象、内容和意义 / 17

第一章　对主体地位的追寻与确认 / 22

第一节　人的再发现 / 24

第二节　新类型英雄的出现 / 41

第三节　女性解放与时代烙印 / 49

第二章　人性的，太人性的 / 65

第一节　人道主义登场 / 65

第二节　个人化历史再现 / 76

第三节　现代病症候 / 82

第四节　想象的怀旧 / 89

第五节　家庭情感叙事 / 99

第三章　丰富和丰富的痛苦 / 106

第一节　匮乏时代的期盼 / 106

第二节　新浪潮，新气象 / 111
第三节　现代化的悖论 / 117
第四节　转型期的社会症结 / 126
第五节　消费主义迷思 / 131

第四章　从“人治”到法治 / 137
第一节　宗法社会伦理范式转型 / 138
第二节　情理与法律的错位 / 143
第三节　基层治理之惑 / 149

第五章　从集体到命运共同体 / 158
第一节　集体的坍塌与重建 / 159
第二节　爱国该如何讲述 / 166
第三节　命运共同体叙事 / 174

第六章　电影生产场域变迁 / 179
第一节　从惩戒到规训 / 180
第二节　从艺术追求到商业考量 / 189
第三节　受众群体的结构性分化 / 208
第四节　新旧结合、中西互融的文化心态 / 225

第七章　价值观念的变化与坚守 / 237
第一节　创作理念嬗变 / 238
第二节　娱乐化转型 / 247
第三节　景观、IP 和闹剧 / 258
第四节　为人生、为艺术 / 272

第八章　电影改编的时代方向 / 279
第一节　开放的主旋律 / 279
第二节　新主流电影转向 / 283
第三节　新主流化的电影改编 / 291

结　语 / 299

参考影片 / 308

主要参考文献 / 319

致　谢 / 336

绪　论

第一节　作为时代具象的改编电影

人类世界是一个符号的世界，人类借助符号的使用来标识人、物、事，表达对自身和世界的理解，人文学科就是让人“去诠释符号，以便将其中隐藏的意义揭示出来，使这些符号原先从中产生的那种生活得以再现”①。符号系统的运行规则和内在逻辑构成了文化。②

---

① 〔德〕恩斯特·卡西尔：《人论》，甘阳译，上海译文出版社，1992，第 34 页。

② 对文化的定义不胜枚举，比较有代表性的如人类学家爱德华·泰勒在《原始文化》中把文化看作作为社会成员的人所获得的知识、信念、艺术、道德、法律、习俗以及其他任何的能力和习惯；斯宾格勒在《西方的没落》中，把文化看作一种独特且动态的艺术、哲学和思维方式；这之后，布罗代尔在《文明史：用过去解释现在》中考察“文明”“文化”这两个词的起源、词义变迁以及在基佐、汤因比、韦伯等学者著作中的使用，他把文化与文明略等同，在为其下定义的时候，着重强调一种文明有一个固有的“文化区域”，其内容则变动不居，与外界其他文明相互“借鉴”和“抵制”。斯图亚特·霍尔将文化看作能使一个社会、集团或阶级体验、界定、解释和明了其自身存在条件的使用的意识形态；雷蒙·威廉斯在《文化与社会：1780－1950》《漫长的革命》等不同著作中将文化分别界定为一种思考习惯、全社会的智力发展状况、艺术、表意系统、一种情感结构、生活中各要素的相互关系、一种整体生活方式等。伊格尔顿在《文化的观念》中对“文化”的词源、词义做了详细的考察，列举出文化的多种定义，他自己则将“文化”定义为“构成特殊群体生活方式的价值观、习惯、信念和惯例的联合体”。

文化主导形态的变化体现了人类生存状况的变化，意味着人类思考和生活方式的转变。20 世纪以来，众多学者注意到社会主导文化形态从印刷文化、文字文化向视觉文化、影像文化的变迁，如巴拉兹·贝拉①、海德格尔②、丹尼尔·贝尔③、艾尔雅维茨④、W. J. T. 米歇尔⑤等对此都有所论述。

当代文化越来越围绕图像建构和运转，这必然对当代人的主体性、意识形态和认知方式产生越来越深刻的影响。依靠迅猛发展的科学技术，图像甚至具有“比真实更真实”的魔力，我们的日常生活中充斥着各种各样的图像，从电影、电视到广告、建筑、空间形态等，图像正在潜移默化地改造我们对世界以及对生活的想象方式。

一　电影投射社会状况

在当代公众文化生活中，影视艺术的生产和消费占据了非常重要的位置，21 世纪是视觉文化时代，电影是视觉文化产品中最流行的门类之一，对大众的审美趣味、价值判断、生活方式、行

---

① 早在 1924 年，巴拉兹·贝拉就指出，“文化正在从抽象的精神走向可见的人体”。

② 海德格尔说：“现代的基本进程乃是对作为图像的世界的征服过程。”虽然梅洛-庞蒂对这一提法曾表示质疑，提出要将世界恢复成贯穿多面的“垂直存在”，但海德格尔是正确的，世界越来越表象化，一切都成为被展现的。

③ 丹尼尔·贝尔说：“现代主义文化的生命力在建筑、绘画和电影中表达得最为充分。……大众文化本质中最重要的一面及显而易见的事实是，它是一种视觉文化。……当代文化已渐渐成为视觉文化而不是印刷文化。”

④ 艾尔雅维茨认为，无论我们喜欢与否，我们自身在当今都已处于视觉成为社会现实主导形式的社会。

⑤ W. J. T. 米歇尔认为视觉化的趋势“从最为高深精致的哲学思考到大众媒介最为粗俗浅薄的生产制作无一幸免。传统的遏止策略似乎不再适当，而一套全球化的视觉文化似乎在所难免”。

为模式等产生了巨大的影响。从默片到有声片，从黑白片到彩色片，从 2D 平面到立体 3D 乃至 4D，电影制造出绚丽魔幻而又直接诉诸感官的影像，成为现代“梦工厂”。

电影以创造性方式反映、投射社会状况和社会心理。艺术家的世界观和创作是受种族、环境、时代三个因素所制约的，而任何艺术作品都是由社会的一般精神状况和流行的习俗所决定的。

黑格尔曾提出所谓“时代精神”“民族精神”一说，即特定历史时代社会中一个特定族群民众普遍共通的意趣、志向、性格、意识、文化品位等，他指出：“艺术是和整个时代与整个民族的一般世界观和宗教旨趣联系在一起的。”[①] 法国文艺理论家丹纳（Hippolyte Adolphe Taine）从艺术与社会的关系这一角度专门研究了社会心理，在《艺术哲学》一书中，他认为，“‘时代精神’和‘社会风俗习惯’是艺术品最后的解释，也是决定一切的基本原因”[②]。社会心理是一定历史时期普遍流行的群众精神状况，是人们在现实生活中对政治结构、经济关系及其他社会环境直接的、经验的反映，诸如大众情绪、风俗习惯、舆论、意图、理想、信念、观点、审美情趣等都是社会心理。普列汉诺夫综合包括黑格尔、丹纳、马克思、恩格斯等的说法，对社会心理做了深刻的分析，他同样指出，“在一定时期的艺术作品中和文学趣味中表现着社会的心理”[③]。文化产品的生产和解读总是在一个特定场域中，不仅与生产者、接受者的个人审美品位、文化背景有关，还是社会状况的投影，更是时代精神最鲜明最直接的影像展开。

---

① 〔德〕黑格尔：《美学》（第一卷），朱光潜译，商务印书馆，1982，第 38 页。

② 〔法〕丹纳：《艺术哲学》，傅雷译，人民文学出版社，1994，第 212 页。

③ 〔苏〕普列汉诺夫：《普列汉诺夫美学论文集》，曹葆华译，人民出版社，1983，第 438 页。

按学者非常诗意的说法，“影像作为家园本身，就是一个在精神情感世界中无限铺展的多元的精神家园。……影像作为家园，是人们通过影像来疏散内心的忧愤，来寄托对爱与美和情感栖息地的一种向往”[①]。电影对社会的表现绝非镜子式的机械对照，它有独立的艺术生命和情感，人们对理想家园的理解和追求，对现实症结的拒绝和质疑，都在电影中显现，对电影的研究，因此具有思想史、社会史的意义。

从行业现状来看，经历连续多年的票房急剧增长，中国正在成为电影蓬勃发展的沃土，尽管受到疫情影响，2021 年全国生产故事片仍达到 565 部，电影总票房达 472.58 亿元（含在线售票服务费），城市院线观影人次 11.67 亿，新增银幕 6667 块，银幕总数达到 82248 块。[②] 这些数字体现出中国电影市场的巨大潜力。在此形势下，市场对电影生产的技术水平和艺术水准提出了更高的要求。相应地，对中国电影的研究也应该进一步深化、细化，以更贴近本土实际状况的学术体系，切准国产电影的脉搏，为电影生产、文化强国做出理论贡献。

二　电影社会学视角

本书的分析正是基于电影社会学的视角。诚然，电影创作中存在必不可少的艺术虚构，因而电影中的真实，绝不等于现实真实，正如学者所说，“任何影像中出现的不是各种事物和客体，

---

① 周星：《影像中的“家园”问题透视：精神情感折射的梦幻乡愁》，《现代传播》（中国传媒大学学报）2018 年第 11 期，第 96 页。

② 刘汉文：《2021 年中国电影产业发展分析报告》，《当代电影》2022 年第 2 期，第 15 页。

而是通过印象，图像印象的节奏来表现心灵”①。当审视电影对社会状况的再现时，必须注意到艺术创造与现实之间的审美距离，避免机械反映论的迷思。但也必须看到，心灵影像正是现实的投影，因此艺术创作必然是以某种形式去反映客观现实，从这一点去理解电影中的社会再现，具有深入剖析公众对社会状况的认知的真实性。

早期电影社会学主要研究电影的社会功能、电影与社会及电影与观众的关系，随着电影研究的深化，电影社会学得到理论拓展，其主要研究电影如何表现社会，社会如何影响和制约电影艺术家的创作，受众审美的演变如何引起艺术风格的变化，社会群体参与电影活动的基本形式等。

一般把 1945 年英国人迈耶出版的《电影社会学》作为这一学科的正式开端，对此，近来有学者提出不同意见，本书仍以学界较为公认的说法为准。②电影社会学可以分为许多方向，如电影与社会政治、经济的互动，作为社会组织的电影生产体制，电影与文化工业等。③ 作为跨学科研究，电影社会学综合了政治学、

---

① 〔匈〕巴拉兹·贝拉：《可见的人 电影精神》，安利译，中国电影出版社，2003，第 228 页。

② 近来据林吉安初步考证，电影社会学的发展历史至少可以追溯到 1914 年德国社会学家艾米丽·阿尔藤萝出版的《电影社会学：电影企业及其观众的社会阶层》，在该书中作者运用社会学的方法考察了德国曼海姆城市的电影观众，分析了其社会结构、观影行为和审美趣味，并探讨了电影对其社会生活产生的影响。

③ 刘云舟：《电影与社会的双向互动——电影社会学研究》，《福建艺术》2003 年第 5 期，第 5 页；花建：《电影社会学发展论》，《上海师范大学学报》（哲学社会科学版）1991 年第 1 期，第 58 页；古远清主编《文艺新学科手册》，华中理工大学出版社，1988，第 289 页；王志敏主编《电影学：基本理论与宏观叙述》，中国电影出版社，2002，第 172 页。

经济学、哲学、文化研究、电影学、心理学和符号学等，揭示社会对电影的影响，同时解释电影对社会的影像塑形和想象性重构，尤其在对社会思潮、文化生态的考察上具有优势，如克拉考尔经典的《从卡里加里到希特勒：德国电影心理史》正是透过20世纪二三十年代德国电影洞察了德国社会的极右翼转向。

由于历史的原因，中国学界曾长期把电影社会学研究简单化为对电影的意识形态批评，损害了电影艺术本体性的确认。① 事实上，如果承认社会本身的复杂性，就应该意识到电影社会学理应具有的多样化面相和持久生命力。电影社会学将电影置于时代历史的大背景下，对艺术创作、电影工业、政治背景、经济状况等都进行考察，提供了丰富的阐释可能。

虽然苏珊·桑塔格认为阐释使丰厚的艺术作品内容变得单薄贫瘠，所以艺术要逃避阐释，还特别指出："创作一些其外表如此统一和明晰、其来势如此快疾、其所指如此直截了当以至于只能是……其自身的艺术作品，来躲开阐释者。"② 这些作品尤其以电影为代表。但是桑塔格这种看法显然是不合适的，恰如米特里对电影符号学的质疑，电影因其影像丰富的细节及运动特性，意义产生于影像运动及镜头间的关系之中，而不仅仅是镜头本身。从这个意义上说，电影文本本身就是意义含糊而指涉多重的，可以从不同角度对其进行分析。

从文本外部来说，电影是社会的变形映射，蕴含着人们对现实的理解、质疑和期盼，同时反过来影响社会运作，正如阿甘本

---

① 李道新：《超稳定模式：中国电影的社会学批评》，《唐都学刊》1998年第1期，第64页。

② 〔美〕苏珊·桑塔格：《反对阐释》，上海译文出版社，程巍译，2003，第13页。

所说，“从根本上说，电影与伦理和政治同日而语，而不仅仅是美学。”① 分析电影的运作，正是要揭示那些主宰人们社会文化想象的种种意识形态的、伦理的、政治的真面目。

中国电影与社会存在复杂的互动关系，社会的变化与中国电影审美品格、艺术倾向、价值观念的嬗变之间形成动态对应，并反过来影响人民对社会发展、国家建设的理解和设想。尤其从20世纪70年代末到今天，中国社会经历着经济体制转型、政治环境变化和文化思潮嬗变。民众面对日新月异的社会难免困惑和迷茫，他们也需要在电影的观看和评点中与其他人达成价值观、情感立场和道德判断的共识，以此获得情感支持和道义认可，并为自己的社会位置定位。

三 改编电影研究现状

改编电影研究成果堪称汗牛充栋，较早的理论研究著作如乔治·布鲁斯东《从小说到电影》、安德烈·格德罗《从文学到影片：叙事体系》、弗朗索瓦·若斯特《眼睛—摄像机：影片与小说的比较》等都是出色论著。

关于改编是否要忠于原著的讨论，巴拉兹·贝拉在《电影美学》中指出，“一位真正的艺术家会把原著仅仅当成是未经加工的素材，从自己的艺术形式的特殊角度来对这段未经加工的现实生活进行观察，而根本不注意素材所已具有的形式”。② 巴赞认为：“在语言和风格方面，电影的创造性与对原著的忠实是成正

① 〔意〕吉奥乔·阿甘本：《宁芙》，蓝江译，重庆大学出版社，2016，第27页。

② 〔匈〕巴拉兹·贝拉：《电影美学》，何力译，中国电影出版社，2003，第279页。

比的。逐字直译毫无价值，而过于自由的转译似乎也不足取，与此理相通，好的改编应当能够形神兼备地再现原著的精髓。”①

克拉考尔将电影改编分为自由的改编和忠实的改编，前者极少注意原著的精神，后者则体现了一种保全原著的基本内容和重点的努力，并认为如果小说“描绘的是一种可以通过物质现象的连续来加以再现和摹拟的精神的连续”②，改编成功的可能性更大。巴赞也提出了几种改编观念和方法，忠实型、自由型、忠实型与独创型同在。③

达德利·安德鲁（Dudley Andrew）把电影和文学作品的关系分为三种：借用，“借用素材、思想或形式”；交叉，有意保留两种作品的独特性；忠实转化，以电影的形式对原作的内容加以再现。④ Linda Costanzo Cahir 把改编分为文学的、激进的、保守的，本质上与原来的三分法无大差别。⑤ 中国学者对电影改编的观念和方法基本还是遵循这三种。

电影语言与文学语言之间的转换也是改编研究的热门话题。乔治·布鲁斯东《从小说到电影》从时间和空间不同的叙事方式的角度提出改编的创造性问题，“小说采取假定空间，通过错综的时间价值来形成它的叙述，电影采取假定时间，通过对空间的

---

① 〔法〕安德烈·巴赞：《电影是什么?》，崔君衍译，中国电影出版社，1987，第 169 页。

② 〔德〕齐格弗里德·克拉考尔：《电影的本性：物质现实的复原》，邵牧君译，中国电影出版社，1981，第 304 页。

③ 〔法〕安德烈·巴赞：《电影是什么?》，崔君衍译，中国电影出版社，1987，第 97 页。

④ Dudley Andrew. “Adaptation”, in Greald Mast Marshal Cohen (eds), *Film and Criticism*, Oxford: Oxford University Press, 1992, p. 422.

⑤ Linda Costanzo Cahir. *Literature into Film: Theory and Practical Approaches*, North Carolina and London: McFarland & Company, 2006.

安排来形成它的叙述"①。理论家克拉考尔的名作《电影的本性——物质现实的复原》指出，小说家对时间的处理更具柔性，小说家可以自由进入他笔下任何一个人物的内心，因而也就可能把外部世界移置在这一人物的内心视界之中，电影则在这方面有巨大的困难，在内容上，小说侧重于表现内心的发展或存在的状态，主要是一种精神的连续，克拉考尔断言，"企图把小说的精神的连续变成摄影机面前的生活的任何尝试，看来都绝无成功的希望"②。

此外，布鲁斯东较早地提出了小说和电影面对的受众不同。③巴赞指出，"小说自然有其特有的表现手段，它的原材料是语言，而不是画面。它仿佛是对离群独处的读者喁喁私语，这种感染力与影片对聚集在放映厅中的观众产生的感染力是不同的"④。

以法国文学理论家热内特为代表的表达叙事学，关注叙事的表达形式，并考察叙事传播的模式和体制，在以形式划分的叙事学研究门类中，电影叙事学是重要的一个分支，一般认为电影叙事学研究始自 1964 年克里斯蒂安·麦茨《电影：语言还是言语》一文的发表，相关理论著述不胜枚举，如若斯特的《什么是电影叙事学》、瓦努瓦的《书写叙事·电影叙事》等。加拿大著名电影学理论家戈德罗的《从文学到影片——叙事体系》和挪威理论家卢特的《小说与电影中的叙事》等都对电影和小说叙事在表达

① 〔美〕乔治·布鲁斯东：《从小说到电影》，高骏千译，中国电影出版社，1982，第 8 页。

② 〔德〕齐格弗里德·克拉考尔：《电影的本性——物质现实的复原》，邵牧君译，中国电影出版社，1981，第 303 页。

③ 〔美〕乔治·布鲁斯东：《从小说到电影》，高骏千译，中国电影出版社，1982，第 8 页。

④ 〔法〕安德烈·巴赞：《电影是什么?》，崔君衍译，中国电影出版社，1987，第 99 页。

方式、内容上的区别做了分析，对文学的电影改编研究有重要理论指导作用。Keith Cohen 把叙事称之为“在时间中成组的信号”，视为文字和视觉之间的牢固联系。[①] 达德利·安德鲁指出，“对改编的分析，必须指向电影和语言这两种截然不同的符号系统之间的等价叙事单位方面的成就”[②]。亨利·詹金斯从产业角度总结了跨媒介叙事的融合文化特征，启发了瑞安将改编视为跨媒介系统建构中的一部分、故事世界中的一种叙述。

长期以来，忠实于原著是中国文学和影视创作者在改编问题上默认的第一原则。1980 年，老导演张骏祥在导演总结学习会上的发言就认为，“电影就是文学——用电影表现手段完成的文学”，“导演的任务就是：用自己掌握的电影艺术手段把作品的文学价值充分体现出来!”[③] 这一说法受到了以钟惦棐、郑雪来、张卫等为代表的理论家们的批评，并引起了关于电影本体论的争论。围绕《丢掉戏剧的拐杖》《谈电影语言的现代化》和“电影的文学价值论”展开了从专家学者到普通观众的大规模争论，对电影本性的深入思考引发了对声画表意功能的探索与对新的影像美学的追求。

20 世纪 80 年代学界主要从思想主题、人物形象、情节设置、叙事结构等方面分析改编电影相对于原作而言的得失成败。[④] 1989 年陈犀禾选编《电影改编理论问题》，其中比较电影与原著

---

① Keith Cohen. *Film and Fiction: The Dynamic of Exchange*, New Haven: Yale University Press, 1979, p. 92.

② Dudley Andrew. “‘Adaptation’, in Greald Mast”, Marshal Cohen, eds., *Film and criticism*, Oxford: Oxford University Press, 1992, p. 426.

③ 张骏祥:《用电影表现手段完成的文学——在一次导演总结会议上的发言》，载罗艺军主编《中国电影理论文选（1920—1989）》（下册），文化艺术出版社，1992，第 37 页。

④ 饶朔光:《走向多元分化的中国电影理论批评——新时期电影理论批评回顾》，载胡克等编《当代电影理论文选》，北京广播学院出版社，2000，第 35 页。

小说的异同，判断孰优孰劣，这种思路在中国改编电影研究中最为常见，如《一次值得研究的尝试——谈影片〈许茂和他的女儿们〉的改编》[①]、《贵有灵犀一点通——〈红衣少女〉从小说到电影》[②]、《从小说到电影——谈〈芙蓉镇〉的改编》[③]、《小说的〈神鞭〉与电影的〈神鞭〉》[④]、《〈老井〉：从小说到电影》[⑤]、《小说〈井〉在银幕上》[⑥] 等。

随着改编研究深入，研究者认可了创造的合理性，“改编者应首先忠实于自己作为有独立意志的影视艺术家的全部生命人格和审美理想……在创造性地把文学形象转化为银幕形象时，应始终忠实于电影艺术自身的特性，忠实于电影语言的特殊表现形式，忠实于视听形象的造型思维规律”[⑦]。这种说法是合乎电影和文学生产的客观规律的。

近年来，改编研究视野开阔，方向多元，研究者如张文红《与文学同行：从文学叙事到影视叙事》[⑧]、李丽芳《影像叙事对

---

① 谭洛非：《一次值得研究的尝试——谈影片〈许茂和他的女儿们〉的改编》，《电影艺术》1982 年第 5 期，第 20 页。

② 任殷：《贵有灵犀一点通——〈红衣少女〉从小说到电影》，《电影艺术》1985 年第 5 期，第 16 页。

③ 徐桑楚、钟阿城等：《从小说到电影——谈〈芙蓉镇〉的改编》，《当代电影》1986 年第 3 期，第 21 页。

④ 胡克：《小说的〈神鞭〉与电影的〈神鞭〉》，《当代电影》1986 年第 4 期，第 55 页。

⑤ 仲呈祥：《〈老井〉：从小说到电影》，《当代电影》1987 年第 6 期，第 38 页。

⑥ 任殷：《小说〈井〉在银幕上》，《电影艺术》1988 年第 1 期，第 19 页。

⑦ 仲呈祥：《关于文学作品尤其是名著的改编——银屏审美对话之五（上）》，《中国电视》2002 年第 1 期，第 6 页。

⑧ 张文红：《与文学同行：从文学叙事到影视叙事》，《甘肃社会科学》2003 年第 6 期，第 15 页。

文学叙事的承接与超越》①、李军《媒介转换与意义差异——从现代发生学的角度论电影改编》②、王卓慈《变构思造境为银幕造艺——文学作品的电影改编》③ 等几篇论文都对文学和电影在表现同一故事时叙事层面的差异做出了分析。陈伟华指出，中国现当代小说的电影改编模式主要有忠于原著型、取其筋骨型、局部抽取型、重造故事型，各类改编模式各有优劣。④ 陈林侠认为，小说影像化后，新的意义在媒介转换中自动生成。⑤ 这些研究对改编趋势的宏观把握较好。

从性别研究的角度，有研究者提出女性文学在电影改编中能否保留女性叙事视角的问题。⑥ 有的研究者从两种媒介美学追求的不同来认识，如马军英、曲春景明确提出媒介对叙事具有特殊的规定性，文字符号的线性原则、影像符号的空间特点，对叙事活动形成不同的限定性。⑦ 周志雄指出，文学作品是一种充满想象与诗意的文字符号系统，电影是直观的声像符号，因此文学与电影

---

① 李丽芳：《影像叙事对文学叙事的承接与超越》，《云南师范大学学报》（哲学社会科学版）2006 年第 2 期，第 90 页。

② 李军：《媒介转换与意义差异——从现代发生学的角度论文学的电影改编》，《广西社会科学》2011 年第 10 期，第 103 页。

③ 王卓慈：《变构思造境为银幕造艺——文学作品的电影改编》，《电影评介》2007 年第 24 期，第 91 页。

④ 陈伟华：《中国现当代小说电影改编的典型模式论析》，《山东社会科学》2018 年第 11 期，第 96 页。

⑤ 陈林侠：《从改编到生成：寻找文学与影视的平衡》，《中国矿业大学学报》（社会科学版）2005 年第 1 期，第 76 页。

⑥ 陈力：《影视改编别忘了女性小说的女性立场》，《文艺评论》2000 年第 6 期，第 94 页。

⑦ 马军英、曲春景：《媒介：制约叙事内涵的重要因素——电影改编中意义增值现象研究》，《社会科学》2008 年第 10 期，第 49 页。

之间的相互翻译必然会碰上一系列的问题。[①] 黄书泉从文艺美学和社会学的角度解释改编产生的变化，认为两种媒介美学特性的不同决定了小说被改编成电影必然出现消解性和创造性两种“背离”[②]。有的研究指出，改编者运用电影手段对小说原作的风格特征和内在精神气质的重新把握，对小说进行“电影化”的改造。[③]

在单篇作品上，有研究者以《人山人海》和《追凶者也》为例，说明新闻的电影改编特点。[④] 有研究者以《头号玩家》为例，从跨媒介叙事、跨媒介视听以及跨媒介文化融合三个方面对游戏改编电影的跨媒介改编进行深入研究分析。[⑤] 还有学者同样以《头号玩家》为例，指出改编要始终立足于电影艺术本位，着眼于故事和影像本体。[⑥] 鲍远福从《流浪地球》的改编指出影视要将科幻小说中天马行空的想象拉到可以触及的现实生活经验层面，将其具体化。[⑦] 这些研究主要思考不同类型文学作品的跨媒介转换的问题，其思路对深化电影本体性研究有重要意义。

一些研究者从创作主体角度提出电影对小说的改变是由电影

---

① 周志雄：《论小说与电影的改编》，《山东师范大学学报》（人文社会科学版）2008 年第 2 期，第 64 页。

② 黄书泉：《论小说的影视改编》，《安徽大学学报》（哲学社会科学版）2003 年第 2 期，第 67 页。

③ 王效锋：《改编：从小说到电影的美学转换》，硕士学位论文，西北大学，2005。

④ 王泰睿：《论新闻素材改编电影的新趋势——以〈人山人海〉〈追凶者也〉为例》，《今传媒》2020 年第 6 期，第 119 页。

⑤ 于靖雯：《跨媒介视域下游戏到电影的改编研究——以电影〈头号玩家〉为例》，《戏剧之家》2020 年第 7 期，第 79 页。

⑥ 黄石、张信哲：《跨媒介叙事：游戏改编电影创作探析》，《视听》2020 年第 2 期，第 66 页。

⑦ 鲍远福：《从〈流浪地球〉的成功看科幻小说的影视改编》，《中国艺术报》2019 年 2 月 27 日。

创作者个性和思维方式决定的。20 世纪 80 年代初黄健中就指出导演在电影制作中的重要作用。[①] 这种见解与法国新浪潮“作者论”的观点颇有渊源，但对导演在创作过程中受到许多外在因素制约的状况有所忽视。

此外，国与国之间文化交流日益紧密，电影改编常常从全世界的文学作品中拣选素材，这样，文学的电影改编还要面对跨越文化圈壁垒的问题。如胡启恩（Linda Hutcheon）雄心勃勃的论著《改编理论》考察本事的跨媒介、跨类型改编，指出改编是一个动态的观众回忆和当下新语境互动的生成过程。[②] Jennifer M. Jeffer 针对好莱坞电影对英国文学的改编，对英国文化特性能否被好莱坞电影吸收和表现提出了质疑。[③] 隽晓宇通过《误杀》与《误杀瞒天记》在民族化语境中的叙事异同来分析翻拍电影该如何适应本国情况，以及编剧在对原有内容进行再创作时该如何取舍。[④] 包燕等以洪深 1928 年从《温德米尔夫人的扇子》改编的《少奶奶的扇子》为症候文本，分析中国早期电影创作者的文化归化自觉和内在转换理路。[⑤] 不同民族、国家文化的碰撞在当代社会是一个重要现象，这一研究值得引起更多关注。

有的研究者从社会思想观念的变化上考察电影改编，如认为电影对小说原来主题的凸显和遮蔽显示出电影制作者的现代性追求。

---

① 黄健中：《改编应注入导演的因素》，《电影艺术》1983 年第 8 期，第 6 页。

② Hutcheon Linda. *A Theory of Adaptation*, London and New York: Routledge, 2006.

③ Jennifer M. Jeffer. *British Colonized: Hollywood's Appopriation of British Literature*, New York: Palgrave Macmillan, 2006.

④ 隽晓宇：《民族化语境中〈误杀〉与〈误杀瞒天记〉的叙事异同》，《视听》2020 年第 6 期，第 70 页。

⑤ 包燕、吕濛：《从〈温德米尔夫人的扇子〉到〈少奶奶的扇子〉——重读中国早期电影的跨文化归化改编》，《电影新作》2019 年第 6 期，第 108 页。

苏妮娜提出，运用独属于电影的叙事语言来提升原著的精神品质，与语言的转换相比，更深层次的改编是价值观念与叙事理念的切换。[①]

一些研究从历史性的角度考察改编总体状况，如姚尚凯在其论文中以历史政治时期的转换为线索梳理了六十年来的电影改编状况，资料收集较齐全。[②] 曹文慧整理剖析了新生代小说的改编状况，重点探讨改编的文化语境、形象塑造、主题传达和叙事结构，分析细致。[③] 龚金平在其博士学位论文中梳理了新中国成立以来不同历史时期的电影改编情况，结合时代思潮文化背景概括了各阶段电影改编的主导倾向和主要特点，脉络清晰，视野开阔。[④] 冯果按照导演代际分析了改编的美学、创作观念总体变化趋势，视野较广阔。[⑤] 朱怡淼在其博士学位论文中比较了新时期以来小说与其改编电影在艺术特征上的异同，考察了在全球化市场经济背景下的改编策略。[⑥] 他在后来的论著中进一步阐释了文学与电影互动的前提、影响和相互作用。[⑦] 邱代东采用科学计量法对文学改编的文献进行系统、量化的统计与分析，在梳理改编

---

① 苏妮娜:《电影改编: 借用还是生发?》,《中国文艺评论》2020 年第 4 期，第 73 页。

② 姚尚凯:《新中国六十年文学作品改编电影的整体梳理及其规律研究》，硕士学位论文，上海师范大学，2011。

③ 曹文慧:《论中国当代新生代小说的影视改编》，博士学位论文，山东师范大学，2013。

④ 龚金平:《作为历史与实践的中国当代电影改编》，博士学位论文，复旦大学，2006。

⑤ 冯果:《当代中国电影的艺术困境》，上海文化出版社，2007。

⑥ 朱怡淼:《选择与接受: 新时期以来电影对中国现当代文学作品的改编》，博士学位论文，南京师范大学，2012。

⑦ 朱怡淼:《改编: 中国当代电影与文学互动》，南京大学出版社，2017。

研究现状上有方法上的创新。[①]

陈林侠专著《从小说到电影——影视改编的综合研究》运用文化研究思路，分别从文化层面审视影视改编的创作现象，对作品进行思想性解读；从经典叙事学角度对文本做进一步的细读研究，涉及改编过程中叙事形式的问题；从导演风格和具体文本进行个案分析。[②] 这部论著的分析具有较强的体系意识，个案与整体的把握较全面。龚金平根据《团圆》改编的《英雄儿女》和《我的战争》，考察不同时代的政治气候、接受者的结构如何影响意识形态的出场方式和语义指向。[③]

万传法指出，1932~1949 年的中国电影，可能不同于《中国电影发展史》所表述的具有强烈意识形态色彩的创作史和斗争史，而是一场深度的雅俗之争。[④] 李道新针对此文，认为虽然该文开始勇敢而又敏锐地重提左右还是雅俗的核心命题，但在对这一命题的深度阐释和本体观照等方面，论文并没有走得太远。[⑤] 这两篇关于重新认识电影史的对话，对理解电影艺术自律非常有启发性。

最近几年，国外电影改编研究追问电影与小说原作的区别与

---

① 邱代东：《国内文学改编研究现状与热点（1992~2019）——基于文献计量学的可视化分析》，《大众文艺》2020 年第 7 期，第 34 页。

② 陈林侠：《从小说到电影——影视改编的综合研究》，中国社会科学出版社，2011。

③ 龚金平：《破解不同时代意识形态的编码方式——论巴金小说〈团圆〉及其两次电影改编》，《名作欣赏》2020 年第 11 期，第 176 页。

④ 万传法：《左右还是雅俗：1932~1949 年中国电影改编研究》，《未来传播》2020 年第 2 期，第 75 页。

⑤ 李道新：《电影史研究："深度"的路径与"本体"的位置——对〈左右还是雅俗：1932~1949 年中国电影改编研究〉一文的思考》，《未来传播》2020 年第 2 期，第 83 页。

新的文化和历史语境的关联，如审查制度、票房、成本、评奖机制等，Thomas Leitch 在一篇文章中对近年来具有代表性的欧美电影改编研究做了介绍和评述，强调语境研究的重要性，提倡将研究重心转向考察在新的历史文化语境中，电影对小说主题的游移和转换所代表的意义。①

正如研究者指出，“对于媒介产品在文化工业的结构和组织内部的实际生产方式的研究，可以强化对电视、电影、流行音乐的作品研究”②。对中国电影改编的研究，应该将当代中国影视产业的基本状况作为前置背景。

通过对电影生产环境和思想内容的分析，尤其揭示在改编过程中，人物到情节发生了怎样的增删修改，为什么这样发生，可以推动电影产业发展，使电影更好地承担起讲述中国故事的文化使命，从而为中国特色社会主义建设起到促进作用。

第二节　研究对象、内容和意义

一　研究对象界定

本书将研究时间下限定于 1979 年。始于 1978 年的改革开放，深刻地影响了中国社会的格局，也极大地改变了中国文艺创作的走向，1978 年 12 月 16 日，中美双方发表《中美建交联合公报》，宣布自 1979 年 1 月 1 日起，互相承认并正式建立外交关系，同年

---

① Thomas Leitch. “Adaptation Studies at a Crossroads.” *Adaptation*, 1 (2008): 24-28.

② 〔美〕道格拉斯·凯尔纳：《批评理论与文化研究：未能达成的接合》，载陶东风主编《文化研究精粹读本》，中国人民大学出版社，2006，第 152 页。

12月18日，中共十一届三中全会在京召开，改革开放大幕的开启改变了中国，对艺术创作产生深远影响，新秩序的建立是从“革命中国”到“现代中国”的重大转型，是电影从“为工农兵服务”到“为社会主义现代化服务”做出的策略性调整。[①] 从文学和电影创作的角度而言，学界一般将1979年作为完整意义上的新时期中国文学和电影的起始之年[②]。新时期开始，意味着电影生产全面转型的开端，“中国电影开始走上新的社会历史舞台，成为紧跟时代变化的聚焦中心”[③]。“这是一个中国电影工业从高度政治化范式向艺术化范式转变的过程”[④]。

本书的研究对象，就是从1979年开始至2021年40多年的中国改编电影。这一时期艺术作品的创作生产在重视艺术本体规律的同时，与社会形成紧密互动，电影不断自我革新，艺术语言与时代精神同步转变。本书从社会学角度解读电影，考察改编电影对中国社会变革的创造性再现，揭示大众在大时代中的复杂感受。

二 研究内容和意义

本书首先围绕影片对社会变革的折射，论述新时期以来中国

① 杨毅：《“流动的传统”：“新时期”与中国电影学派的起源》，《粤海风》2020年第1期，第88页。

② 详见饶朔光、裴亚莉《新时期电影文化思潮》，中国广播电视出版社，1997，“前言”第1页；吴迪（启之）编《中国电影研究资料（1949～1979）》，文化艺术出版社，2006，“前言”第1页；新时期的提法也得到了海外学界的认可，见宋如珊《回眸1979：新时期文学的转折点》，《现代中文学刊》2016年第1期。

③ 丁亚平：《改革开放四十年中国电影创作流变及其发展策略——从电影题材的复杂性看当代电影创作的意义》，《当代电影》2018年第7期，第4页。

④ 李飞：《“想象中国”与中国电影学派的发生》，《北京电影学院学报》2019年5期，第20页。

特色社会主义建设理念及其实践如何在影像中得到创造性再现，分析政治经济场域变化与电影叙事内容及形式转变的内在呼应。

第一章说明新时期以后，个人主体地位逐渐得到确立，个人情感与欲望得到尊重，电影中出现了小人物英雄的新形象，并对女性解放产生越来越深入的思考。

第二章指出，对人性和人情的呼唤成为电影叙事的重要主题，个人化的历史叙事有效抚慰了时代留下的心灵创伤，在新世纪的经济浪潮冲击下，新的社会心理症结出现，怀旧乡愁在电影中蔓延。

第三章从改编电影看中国经济改革发展的进程，揭示从物质匮乏时期到消费主义社会，民众在不同发展阶段的复杂感受。

第四章通过相关电影探讨宗法制度解体，法治观念逐步深入人心这一过程中情、理、法的可能错位，阐明基层民众对法律意识的接受和实践。

第五章通过对电影主题的解析发现，集体主义观念数十年来发生了变化，个人与集体的关系从垂直逐渐变为水平，人类命运共同体理念作为集体主义的新形式在新时代电影中得到呈现。

第六章阐明电影改编受到的社会政治、经济、文化等因素的制约，一方面，电影审查制度从混乱到有序，从以政治为唯一准绳到逐渐重视电影的商业、艺术属性，电影生产发行体制向市场化转型，同时，受众群体开始城乡分化；另一方面，中国观众具有在传统文化熏陶、红色文化教育和西方文化影响下所形成的独特观影文化心理，这些决定了电影改编的叙事策略和价值取向。

第七章梳理电影改编所秉持的价值立场随着电影成为产业所发生的嬗变，质疑丧失电影艺术的担当精神和审美追求，只注重经济利润的粗制滥造，指出电影创作应具有社会使命感，宜以严肃的创作态度竭力提升影片艺术水准和思想意义，讲好新时代的中国故事。

第八章考察电影改编的范式转换，从当前创作实践来看，主旋律电影逐渐向新主流电影方向转变，新主流电影是近年来承担社会主义核心价值观的影像表述的中坚力量，文学作品的新主流化改编有利于更好地建构中华民族文化主体地位，可以成为电影改编的有效策略和路径。

最后，本书强调，面向社会主义现代化强国建设的电影改编，必须重视电影工业化美学，在成熟的工业生产和播映流程中，以优质内容、先进思想、共通情感和一流视听语言打造艺术佳作。

改革开放不仅在经济上，也在文化上深刻改变了中国，电影浓缩着社会变革的投影，研究电影“可以透视其自身在改革开放触发下如何嬗变，也可以反观证明改革开放的价值意义”①。本书分析文学艺术界的审美思潮、价值取向、文化观念的嬗变，考察社会政治、经济格局的变化发展对文艺生产的影响，揭示四十多年中国现代化建设在大众心目中的投影，具有对改革开放进行文化阐释的作用。

从理论的角度来说，本书全面系统地解析新时期以来影像如何书写社会主义建设的新变化，直指艺术创作对社会变革的呼应，实现理论对接本土问题与时代精神，梳理讲好中国故事的有效范式，为影视研究诠释中国特色社会主义提供思路。

---

① 周星：《全面认知改革开放 40 年中国电影革新景观》，《吉林艺术学院学报》2020 年第 1 期，第 3 页。

从实际应用的角度来说，按照《中共中央关于制定国民经济和社会发展第十四个五年规划和二〇三五年远景目标的建议》，我国到2035年将建设成为文化强国。2022年党的二十大报告指出，要加强全媒体传播体系建设，塑造主流舆论新格局，推进文化自信自强。

在现实需要的前提下，电影作为文化产业的发展龙头，理应在文化强国建设中积极发挥示范作用，正如学者所言，“中国电影还需要在更宏观的意义上促进中华文明的创造性转化与创新性发展，从而有序、有效地推动中国从电影大国走向电影强国，为中华民族伟大复兴作出电影的独特贡献”①。本书探索如何使电影更好地承担起讲述中国故事的文化使命，力图促进电影产业发展，从而为中国特色社会主义建设起到推动作用。

同时，本书通过电影解读展示改革开放推动民生建设进步，促进对时代变迁中普通人生活与感受的理解，建立起个人与宏大叙事之间的联系，为当代中国人的身份危机、情感失落、发展焦虑提供想象性的解决方案，满足大众的心灵需求，推动达成对社会主义建设的共识，增强国家凝聚力、民族自信心和文化自觉性。

---

① 饶曙光：《以文化自信提升中国电影的艺术价值》，《人民论坛》2019年第18期，第124页。

第一章　对主体地位的追寻与确认

新时期以来，艺术创作的重要主题是个人主体性的确立，对个性解放、人格独立的追求和探讨成为文艺作品的核心要旨之一。纵观数十年电影，可以看到，个体的情感、欲望与命运逐渐得到大众尊重和理解。

强调个人主体地位的思想在近代中国是个舶来品。个人主义发源于文艺复兴时期的欧洲，代表新兴资产阶级的思想家们对绑缚民众思想、阻碍资本主义发展的天主教会进行猛烈的抨击，肯定现世价值，赋予世俗欲望合法性。西方哲学发展到康德，人的主体性得到了前所未有的高扬。在康德看来，人既是目的又是手段，具有绝对价值，“不论是谁，在任何时候都不应把自己和他人仅仅当作工具，而应该永远看作自身就是目的”①。尼采提出，上帝死了，这是超人的时代。在现代化进程中，个人主义以政治、经济制度设计为依托，表现在文艺、伦理、道德、宗教等多个领域，最终成为现代价值体系的重要组成部分。卢克斯在《个人主义》中将人的尊严、自主性、隐私、自我发展概括为个人主

① 〔德〕康德：《道德形而上学原理》，苗力田译，上海人民出版社，2005，第48页。

义的核心内涵。[①]

晚清时期，个人主义通过翻译传入中国，被梁启超称为输入欧化第一人的严复翻译约翰·密尔的《群己权界论》（今译《论自由》）、孟德斯鸠的《法意》（今译《论法的精神》），宣扬个体自由是人的权利，国家应该保障个人自由，有利于个体进化发展。出于“新民”的目的，梁启超也在《清议报》《新民丛刊》等刊物上大力引进介绍西方的个人主义思想。梁启超的引介和写作启迪了周氏兄弟的个人主义思想萌芽。鲁迅在留学日本期间深受尼采、施蒂纳、克尔凯郭尔等人的影响，具有“人既发扬踔厉矣，则邦国亦以兴起”[②] 的立人立国思想，从改良国民性，救国强国的角度去看待个人主义的兴起，将之视为建立独立统一的国家的精神资源，“国人之自觉至，个性张，沙聚之邦，由是转为人国”[③]。经鲁迅、周作人、陈独秀、胡适、李大钊等的提倡鼓吹，个人主义在“五四”时期广泛传播，热烈探讨。个人本位主义强调个人自由平等、个性解放、人格独立、自我实现等，将“人”从传统伦理纲常禁锢中剥离出来，对五四一代知识青年产生了深刻的影响。但按照李泽厚的说法，随着抗战的爆发，救亡压倒了启蒙，当抗日救亡成为更为迫切紧要的民族使命，个人主义在思想界逐渐偃旗息鼓乃至销声匿迹。

到 20 世纪 80 年代，随着改革开放，解放思想，个人主义才

---

① 〔英〕史蒂文·卢克斯：《个人主义》，阎克文译，江苏人民出版社，2001，第 43~76 页。

② 鲁迅：《文化偏至论》，《鲁迅全集》第一卷，人民文学出版社，2010，第 51 页。

③ 鲁迅：《文化偏至论》，《鲁迅全集》第一卷，人民文学出版社，2010，第 57 页。

随着社会思潮变革得到新的阐释。观念变化的背后是现实社会运行逻辑的变化。改革开放的起点和旨归是尊重个人的权利和意志，尊重人民群众的首创精神，确立人民的主体地位。

第一节　人的再发现

法兰克福学派理论家弗洛姆设想建立一个健全的社会，“在这种社会中，人是中心，一切经济和政治的活动都要服从于人的发展这一目的”[①]。这就是所说的“大写的人”，新时期伊始，大写的人的出现，成为最有时代性的文化特征。

从现实政治的角度来说，马克思、恩格斯在《德意志意识形态》一文中系统阐述了“人民主体性”思想，“生存于一定关系中的一定的个人独力生产自己的物质生活以及这种物质生活有关的东西，因而这些条件是个人自主活动的条件，并且是由这种自主活动产生出来的”[②]。基于物质生产的“自主活动”被马克思提升到前所未有的高度，人民主体性的实质就是作为人类历史主体的“人民大众”创造历史的“自主活动”。在《1844 年经济学哲学手稿》中，马克思关注人的异化，探讨人与人在劳动中形成的生产关系，他的思考揭示了人类主体是一定社会历史条件之下的现实的具体的个人，人的本质是一切社会关系的总和，只能从现实规定性的角度追求人的自由解放和全面发展。因此，中国 20 世纪 80 年代对个人主体地位的强调，是历史条件变化的结果。

---

① 〔美〕埃利希·弗洛姆:《健全的社会》，欧阳谦译，中国文联出版公司，1988，第 279 页。

② 〔德〕马克思、恩格斯:《马克思恩格斯选集（第一卷）》，中共中央马克思恩格斯列宁斯大林著作编译局编译，人民出版社，2012，第 203 页。

从个人主体地位与艺术的关系来说，正如巴迪欧曾经依照拉康三元结构，即象征-想象-真实，指出，主体在构成象征秩序的能指链发生断裂时，涌现出来填补裂缝，主体通过想象重新建构自己，将自己纳入能指链的环节中，[①] 也即巴迪欧多次在不同论著中所称，“我把在事件中突然浮现出来并在表象中取得最大值的在先前的世界状态中非在称为原始陈述……原始陈述开创了一种世界上的新身体形式，这种身体形式是真理的身体，或者说是主体化的身体”[②]。“一个事件激活了一个普遍化的独一进程，并且通过这个进程构建了其主体”[③]。社会发展隐没在日常混沌之中，需要艺术作为事件，形成日常的断裂，在断裂中闪现发展的实存状态，社会与艺术事件的相遇就是主体得以建构自我对于发展的控制的时刻。

本书对改编电影如何再现现实的考察，展示当代中国人如何通过想象的能指认知现实，通过影像为对社会变革的理解和设想赋形，在这种赋形中凸显作为发展主体的人的存在。

一 时代新人引起争论

1984 年改编自铁凝中篇小说《没有纽扣的红衬衫》的电影《红衣少女》以其对个性独立、直言不讳的少女形象塑造为人称道。

影片主角是中学生安然，她坚持信念，求真求善，个性倔强，敢想敢说，这部影片以冷峻的眼光透视少女的生活世界，

① 〔法〕阿兰・巴迪欧:《当前时代的色情》，张璐译，河南大学出版社，2015，第 96~103 页。

② 〔法〕阿兰・巴迪欧:《第二哲学宣言》，蓝江译，南京大学出版社，2014，第 115 页。

③ 〔法〕阿兰・巴迪欧、〔斯洛文尼亚〕斯洛沃热・齐泽克:《当下的哲学》，蓝江、吴冠军译，中央编译出版社，2017，第 25 页。

"就像一场看似残酷却又出奇真实的成人礼"[①]。安然不在乎老师的讨厌和同学的排挤，拒绝对权威的趋附和人云亦云的卑怯，在课堂上指出老师犯错，指责班长说假话奉承老师，表现出强烈的反叛精神。《红衣少女》上映之后，热议纷纷，焦点集中在安然能否代表大部分中学生，该怎样看待她这个形象。学者为之叫好，"我们欣喜地看到了具有独立思考精神的新一代的力量和希望，并由衷地为脱颖而出的安然们感到振奋和自豪"[②]。

文艺形象的创造一定根基于现实生活，在这一时期会出现安然这样敢为天下先、特立独行的人物，与时代政治背景的变化密不可分。1978 年党的十一届三中全会把工作重心转向了经济建设，实事求是的指导方针的提出，极大地解放了社会思想，正如胡耀邦在代表十一届中央委员会向党的十二大所做的报告中指出："我们在思想上坚决冲破长期存在的教条主义和个人崇拜的严重束缚，重新确立马克思主义的实事求是的思想路线，使各个工作领域获得了生气勃勃的创造力。"

这是一个积极探索道路的时代，思考和争论问题成为常态，提倡打破思想禁区，"广开言路，集思广益，充分发扬民主，让群众畅所欲言，各抒己见，把各种意见都讲出来"[③]，社会涌现出一股新鲜的蓬勃的劲头。当时有人总结十一届三中全会以后思想解放的状况，"人们套用两个凡是的公式来回答两个凡是，凡是经过实践检验是错误的东西，不管是谁倡导的，都要毫不犹豫地

---

① 程青松主编《青春电影手册：影史 100 佳青春电影》，中国友谊出版公司，2017，第 92 页。

② 黄式宪：《新人形象与新生活的韵律——评〈红衣少女〉》，《文艺研究》1985 年第 3 期，第 41 页。

③ 韧锋：《思想问题要坚持实行疏导的方针》，《求实》1981 年第 3 期，第 20 页。

抛弃和纠正，凡是经过实践检验是正确的，不管是谁反对的，都毫不含糊地坚持和发扬”[①]。这话有些溢美，但仍然有现实基础。

在过去几十年之后，回顾电影，批评家仍然认为，“这个形象是三中全会后思想解放的产物，艺术家的独特发现。……创作者写出了它的精神力量与思考力量”[②]。这种所谓的精神力量和思考力量，实际上是来自整个时代变革风潮对人精神的重塑，普遍的敢想敢说的风气为安然不惧流言蜚语和师长权威提供了思想背景。

二　知识分子的境况问题

1986 年根据张贤亮小说《浪漫的黑炮》改编的电影《黑炮事件》充分展现了对人的情感、尊严和价值的理解，具有鲜明的现代主义美学特点。片中知识分子的境遇深深地镌刻着时代的特征。

小说《浪漫的黑炮》以凌驾于整个故事之上的全知视角讲述寻找黑炮的来龙去脉，偶尔插进叙述者对人物思想及行为的解释和评价，采取了说书人话本形式叙述。而《黑炮事件》采用非纪实性的银幕美学，在结构上也有所突破。开场场景设置充满谍战氛围，出人意料的是，接下来的情节却是一场悲喜交加的荒诞剧。影像风格及结构的创新引发了社会主义现实主义电影创作方法能否吸收西方现代主义的争论。

《黑炮事件》明显受到德国表现主义的影响，[③] 强调环境造型

① 郭超人、陆拂为：《历史的转折》，《瞭望》1982 年第 9 期，第 3 页。

② 章柏青：《阅读电影》，北京时代华文书局，2016，第 43 页。

③ 〔英〕苏珊·海沃德：《电影研究关键词》，邹赞、孙柏、李玥阳译，北京大学出版社，2013，第 238~245 页；〔法〕雅克·奥蒙、米歇尔·玛利：《电影理论与批评辞典》，崔君衍、胡玉龙译，上海人民出版社，2011，第 86 页；〔德〕齐格弗里德·克拉考尔：《从卡里加利到希特勒：德国电影心理史》，黎静译，上海人民出版社，2008，第 59~125 页。这些论著对表现主义有准确精彩的论述。

和物象的象征表意性能。首先是色彩，色彩基调与影片所蕴含的内在情绪基调息息相关，它是影片营造视觉效果，渲染情绪氛围的重要组成部分，研究者指出，“色彩与影片的主题相关联时，可以立即使观众产生共鸣，进而活跃气氛、塑造人物、丰富内涵”[①]。安东尼奥尼在批判工业文明对人性异化的电影名作《红色沙漠》中刻意调暗画面亮度，工地上成群的浑浊绿褐色建筑占据大半画面，女主角一身红衣却冷清暗淡；而本片正好相反，采用了明亮的打光、明快的红黄颜色，象征着现代化工业文明的朝气与活力，这种活力对束缚人的旧思想观念的瓦解，正是本片题旨所在。大色块构图和粗放的线条勾勒使影片的视觉造型夸张奔放，充满现代气息。

片中会议场景尤其出色，会议室中，党委会众人围坐开会，他们的衣服和会议桌都是白色，唯有墙上高挂着一座黑色巨大的石英钟十分醒目，会议围绕“黑炮事件”进行着冗长的讨论，整个场景荒诞古怪。研究者称，影片“对赵书信的性格以及环绕在赵书信周围的梦魇般的政治氛围和历史的惰性力，予以现代思辨性的艺术剖析”[②]。匠心独运的结构技巧和视觉风格，使影片蕴含了微妙丰富的意指，具有浓厚的反讽意味。影片最后，赵书信来到天主教堂门口，一组镜头暗示知识分子在当时社会的压抑处境，对宗教抚慰的渴求和犹豫，对新时代和对未来的希望，这一设计也是极其大胆的。

影片带有荒诞剧色彩，但并不回避小说原作对现实问题的介

① Lewis Jacobs. "The Mobility of Color." Lewis Jacobs eds. *The Movies as Medium*. New York: Farrar, Straus, and Giroux, 1970, p. 196.

② 厉震林：《电影的转身——中国电影的现代化运动及其文化阐释》，文汇出版社，2010，第19页。

入。赵书信的扮演者获得了该年度金鸡奖最佳男主角奖。男主角微微弯曲的脊背，谦卑单纯的微笑，憨厚的面容，谨小慎微的言行举止，刻画出一个怯懦顺服的中年知识分子形象，总体而言，对领导和同事的威压揶揄，他是逆来顺受的，“一边是猜忌、武断、刚愎自用的家长式管理，一边是谦卑、服从、将屈辱视为考验的孩童般的忠顺”①。

从历史的脉络上看，赵书信这样的知识分子对单位/组织的依附有其现实的合理性。殷海光曾经指出，近代中国以家庭为社会结构的单元和政治组织的基础，家族同时也是伦理的依托，强调情感和血缘而不强调理智。20 世纪 40 年代后，这种家族维系力量逐渐消失，随着费孝通先生所说的乡土社会的消解，宗族对民间的整合和治理功能丧失，宗族的权力和作用由高度组织化的、家长制的单位接收，社会以单位为结构单元重新整合。直到 90 年代中期，党和政府对社会的治理都主要通过单位来实现。单位自身的功能多元化是这一控制得以实施的重要保障，很多单位全面占有和控制单位成员生活所需的社会、政治、经济、文化资源，往往是一个自给自足的半封闭小社会，从衣食住行到学习、工作样样包干，对成员有高度的领导和支配权力。

在这种家长制的单位制下，人们要在社会中立足，必须适应自上而下一体化的价值取向和行为规范，自觉约束自己的行为；否则，单位就会用特有的控制手段（既以有形的经济、行政处罚惩罚越轨成员，还能制造无形的、但确实有效的社会压力）去强迫人们遵从制度化的行为规范。黄建新坦言：“在中国，你经济

① 戴锦华：《寂静的喧嚣：在都市的表象下》，《斜塔瞭望：中国电影文化 1978～1998》，远流出版事业股份有限公司，1999，第 180 页。

上不能独立，你没有钱买自己的房，要生存不靠单位不行……赵书信的独立人格不存在，他希望他有独立人格，我当时也是呼唤这个，这个呼唤也代表了中国大多数人的呼唤，其实做不到。”[①]

从现实生存出发，工作者对单位的全面服从和依赖是一方面，另一方面，一战以后兴起“劳工神圣”的口号，中国知识界逐渐出现平民主义狂潮，中下层体力劳动者占据了道德上的制高点，“平民意识的崛起，在颠覆的意义上从道德层面重新建立了一个知识阶级与平民阶级的二元社会：平民阶级具有道德上的优先性，而知识分子则具有了某种道德上的原罪”[②]。新中国成立后的知识分子处在一个尴尬的境地：知识水平和收入比一般工人高，但政治声望低，知识分子渴求社会认同，养成唯唯诺诺的习惯。赵书信的逆来顺受、服帖、安忍、谦卑，既是千年来儒家中庸之道的传承，也是现实的无奈。

20 世纪 70 年代，求和平谋发展的全球呼声日益高涨，科技已成为第一生产力，科技进步日新月异，科技竞争日益激烈。各国纷纷制定加快科技发展，促进经济建设的发展战略，积极融入经济全球化的潮流。邓小平准确地把握到时代脉搏，敏锐地认识到人的现代化在整个社会现代化中的突出地位。1978 年 3 月，全国科学大会在北京隆重举行，在这次大会上，邓小平阐述了“科学技术是生产力”“知识分子是工人阶级的一部分”等重大而深远的论断。邓小平明确提出“尊重知识，尊重人才”，指出：“搞

---

① 柴效锋：《黄建新访谈录》，载杨远婴、潘桦、张专主编《九十年代的“第五代”》，北京广播学院出版社，2000，第 328 页。

② 许纪霖：《启蒙如何起死回生：现代中国知识分子的思想困境》，北京大学出版社，2011，第 71 页。

四个现代化，知识应放在第一位。"① "搞四个现代化的关键问题是知识问题。"②从此，"科学技术是生产力""知识分子是工人阶级的一部分"迅速成为全党和全国人民的共识，在改革开放的过程中，知识分子的社会地位有了实质性提高。

在知识分子地位和权益受到社会关注的情况下，《黑炮事件》大胆批判了"马列主义老太太"式的官僚主义家长作风，提出了正确看待知识分子，提高知识分子待遇问题，也对知识分子自身的性格缺陷表示出同情和理解基础上的批评。

三　民族文化反思

20 世纪 80 年代中期，"伤痕"的哭诉和"反思"的探寻淡去，新兴起"寻根"热潮，"寻根"从深层次的集体文化心理沉淀的层面回溯民族性脉络，剖析中国文化结构，对传统文化的态度十分矛盾，"作家民族认同的虚幻性及其文化民族主义情结的偏执与内在矛盾已经是显而易见了"③，既想逃离古老文化的制约，又想亲近沉厚的历史积淀，既怀念农耕文明时代牧歌情调，又贬斥其愚昧落后，出现了挖掘民族文化心理根源的寓言性电影。其中，陈凯歌导演的《黄土地》《孩子王》《边走边唱》特别有代表性。

按照詹姆逊（Fredric Jameson，一译詹明信）的观点，第三

---

① 中共中央文献研究室编《邓小平年谱》（下），中央文献出版社，2004，第 894 页。

② 中共中央文献研究室编《邓小平年谱》（下），中央文献出版社，2004，第 913 页。

③ 丁帆、何言宏：《论二十年来小说潮流的演进》，《文学评论》1998 年第 5 期，第 49 页。

世界的个人命运的故事包含着第三世界大众文化和社会受到冲击的寓言，上述影片中的人物具有超越个体局限的象征意义，个人感情纠葛的背后隐现着民族的群体经历和感情状态，他们的境遇是整个民族生存状态的缩影，他们的命运是关于民族生命意志的寓言。

1984 年，根据柯蓝小说《深谷回声》改编的影片《黄土地》横空出世，影片远远超越了小说原作的思想深度，小说悲叹妇女的不幸命运，批判买卖婚姻制度，而《黄土地》却是宏大的民族生存叙事，既保持生活的真实又不拘泥于真实的限制，使具象的画面表达出丰富的意蕴，不仅展示了天高地厚的黄土高原上农民的艰苦挣扎，更使人从中透视古老民族历史命运和精神处境，所谓“寓言式的中国图景及历史图景”[①]。

1991 年，陈凯歌导演根据史铁生小说《命若琴弦》改编的影片《边走边唱》中人与物与其说是具体的个体，不如说是理念的投射，这是本雅明意义上的寓言化，即压缩时空，共时性地展示历时的、不同空间地域的故事，使其超越具体时空而享有某种永恒且神秘的意义，将人在天地间的生存状态作为思考的焦点，极大地提升了小说原作的思想高度。

该片影像吊诡、意指晦涩，极具历史批判和文化寻根的思辨性，一幕幕介于迷幻与现实之间的场景指涉多重，意蕴丰满。巴赫金曾经指出：“形象转化为符号，这会使形象获得含义的深度和含义的前景。……真正的符号，其内容会通过种种含义的组合，间接地与世界整体性思想相联系，与丰富充实的整个宇宙和

① 孟悦：《剥露的原生世界——陈凯歌浅论》，《电影艺术》1990 年第 4 期，第 17 页。

整个人类相联系。”① 本片表现的不只是盲琴师的人生故事，更是在苍茫未知的命运和历史中，人类盲目又执着，跌跌撞撞又死不回头的坚定永恒的生命意志。

正如马尔库塞所言，“艺术的使命就是在所有主体性和客体性的领域中，去重新解放感性、想象和理性”②。20 世纪 80 年代中后期，电影往往造型风格化，色彩浓烈，构图具有明显的设计感甚至夸张出奇，时有声画对位的场景，通过声音和画面的冲突营造矛盾反讽的效果，镜头剪辑跳跃。改编电影在影像上秉持现代主义的美学特点，在主题上显示出现代性价值观的倾向，其叙事段落、镜头修辞、机位选择、摄影机运动、意象创造等展示出与原作截然不同的艺术风格，以主观感受重新构造现实，注重人的主体地位的确立。

除了前述社会政治形势的直接影响外，从艺术本身而言，这与现代主义在改革开放下的重新兴起密切相关。

现代主义文艺思潮早在 20 世纪 20 年代就被介绍到中国，对象征派诗歌、新感觉派小说、40 年代的九叶派诗歌等文学创作都曾产生过一定影响，但在 1949 年之后逐渐销声匿迹。从 1979 年开始，现代主义重新兴起，中国社会科学院的外国文学研究者在报刊上发表了一系列评价西方现代派的文章。《外国文学研究》与《外国文学研究集刊》分别开辟专栏讨论“西方现代派文学”。与此同时，一批系统的西方现代派作品和论著相继出版。袁可嘉等编《外国现代派作品选》共 4 册 8 本，在 1980~1985 年出齐。

① 〔俄〕巴赫金：《巴赫金全集》（第 2 卷），晓河等译，河北教育出版社，1998，第 376 页。

② 〔美〕赫伯特・马尔库塞：《审美之维》，李小兵译，广西师范大学出版社，2001，第 196~197 页。

选集包括 11 个流派专辑：后期象征主义、表现主义、未来主义、意识流、超现实主义、存在主义、荒诞文学、垮掉的一代、黑色幽默等，第一版就发行了 15 万册，其他还有如陈焜的《西方现代派文学研究》、柳鸣九编选的《萨特研究》、石昭贤等人编写的《欧美现代派文学三十讲》等。

据不完全统计，新时期 10 年间，我国翻译出版了 6000 余种外国图书，其中绝大部分是西方现代派哲学、美学、文学论著和文学作品，产生了较大的社会影响。① 虽然 1983 年底开始的“清除精神污染运动”曾使现代派话题转入暂时的沉寂，但从总体上看，80 年代初期到中期，在国内文艺创作及理论上，现代主义文艺兴起一轮热潮，美术界有 1979 年的“星星美展”，1985 年的“85 新潮”；小说有王蒙的《春之声》《杂色》《布礼》《蝴蝶》，茹志鹃的《剪辑错了的故事》，高行健的《有只鸽子叫红唇儿》和谌容、汪曾祺等作家的一批探索性小说，稍后出现了余华、马原、孙甘露的先锋小说；理论性论述有 1982 年 6 月李陀在《十月》上发表的《论各式各样的小说》、徐迟在 1982 年第 1 期《外国文学研究》上发表的《现代化与现代派》、高行健在《钟山》1982 年 6 月号发表的《谈小说和小说技巧》以及同年出版的《现代小说技巧初探》等。电影界则在 1983 年春天，由《世界电影》举办了“西方现代派文化和现代派电影研讨会”，吸引了哲学、文学、诗歌、美术、戏剧和舞蹈的专家学者和中青年电影导演的观摩和讨论。

---

① 袁可嘉：《西方现代主义文学在中国》，《文学评论》1992 年第 4 期，第 11 页；董小玉：《现代主义在中国新时期文坛掀起的缘由及涵义》，《探索》2001 年第 3 期，第 24 页；余世谦、李玉珍：《新时期文艺学论争资料（1976—1985）》，复旦大学出版社，1988。

现代主义艺术着力于表现工业文明对人性的异化，这是审美现代性所追求的艺术对人的解放，更是来自政治、经济环境更加开放，时代的风气转向了人的心灵的解放和自由。

人的自由全面发展是马克思主义的社会理想和价值目标。在《共产党宣言》中，马克思、恩格斯指出："代替那存在着阶级和阶级对立的资产阶级旧社会的，将是这样一个联合体，在那里，每个人的自由发展是一切人的自由发展的条件。"① 这一理念是对人的尊严和主体地位的充分肯定，是理想社会中人的生存状态最美好的蓝图，它激发出广大文艺工作者对人的无限可能的积极想象。这一时期电影"探索片"对古老民族文化的审视与反思，正是追求心灵自由的时代风潮的显现。

20 世纪 80 年代中后期开始，现代思想文化、外国各流派电影、新时代变革精神锻造出导演的艺术创新激情，陈凯歌等人对文学文本的改编常常只取一段故事情节、一个意念，在其作品中，导演的个人风格压倒了编剧的情节设置，正如大师塔可夫斯基所说："在编剧过程中，导演（并非编剧）有权力把文字剧本修改成他所要的东西。……这就是为什么我把故事内容仅视为一种可能的基础，更重要的是必须依照自己对完成影片的视野赋予它新的诠释。"②在改编电影中，对中国景观作了写意化的独特处理，充满了象征和隐喻，在景观中凸显人的存在。

如改编自莫言红高粱家族系列小说的《红高粱》中新嫁娘的大红棉袄、醇厚醉人的红色酒浆、如痴似狂的颠轿、豪迈的《酒

① 马克思、恩格斯：《共产党宣言》，中共中央编译局译，人民出版社，1997，第 42 页。

② 〔苏〕塔可夫斯基：《雕刻时光》，陈丽贵、李泳泉译，人民文学出版社，2003，第 14 页。

神曲》、在如火如荼的高粱地里的战斗，燃烧着生命的昂扬血性；改编自柯蓝小说《深谷回声》的《黄土地》中无边无际的漫漫大地高远厚重，行走其间的人渺小孤独，身影不时消失在沟壑纵横之间，似乎被走不出的黄土高原吞噬，而在茫茫黄河水中离家出走去找部队的翠巧，在求雨的浩浩人群中迎着顾青逆着人群方向跑来的憨憨，又表现出人对自然、对社会的抗争意志；改编自苏童小说《妻妾成群》的《大红灯笼高高挂》四太太房中夸张的巨大京剧脸谱、代表威势和权力的红灯笼、重重叠叠的房檐屋顶围成的狭窄空间墙壁，对渺小的女子们形成了令人窒息的威压感。改编电影蕴含着丰富的阐释可能，提供了文学文本未能提供的寓言性内核，表现了传统文化、纲常礼教、现实处境对人的制约，展示了人的自由发展的多种可能，传达出当时文化界对民族内在精神的体察和改造国民性、改革社会的迫切要求。

四　农村青年的追求与幻灭

如果说历史题材对当代中国的表现还有隔膜的话，农村知识分子的进城叙事尤为突出地表达了对个人努力能否改变命运的时代思考。

最典型的是根据路遥同名小说改编的影片《人生》，影片多次使用长镜头、无声画面、无配器伴奏清唱、集市声、弹棉花声与拖拉机引擎声等，与小说原作质朴节制的叙述风格一致，真实展现了当时的农村生活，对大银幕来说，“第一次把西北黄土高原的雄浑之美和西北人民善良质朴、博大之美融为一体”①。影片的美学品质毋庸置

① 本刊评论员：《西部美——北京试映座谈会摘要》，《电影新时代》1984 年第 6 期，第 7 页。

疑，但遗憾的是出现了对路遥笔下农村青年生活状态的理解偏差。

小说中男主角高加林充满理想，刻苦读书，勤奋进取，“他十几年拼命读书，就是为了不像他父亲一样一辈子当土地的主人（或者按他的另一种说法是奴隶）”[①]。于他而言，恋爱对象的选择不仅仅关联着男女之爱，更是对生活方式和人生道路的选择，他无法拒绝城市女孩亚萍，而与农村姑娘巧珍的恋爱被他认为是“堕落”和“消沉”。

用“堕落”来形容留在农村的人，来源于将城市和农村的区别叙述为文明和落后的鸿沟的时代话语，高加林是“处于新旧交替期当代农村的一个富有历史深度的典型形象”。[②] 高加林的痛苦来自户籍制度和劳动分工之下城乡结构性分化，小说具有鲜明的现实指向性。

但在影片中，高加林思想的深层矛盾被淡化，故事主题偏移向三角爱情故事中的道德问题。导演吴天明后来也意识到了改编中的不足，也就是整部影片仍未完全脱出“痴心女子负心汉”的窠臼。[③]高加林的根本问题是无法实现的人生目标，这是时代的悲剧。吴天明未必不懂得高加林、孙旺泉的痛苦，但表现农村知识青年对农民身份的反感而不致引起大众非议，的确需要高明的处理技巧，吴天明主动放弃了这种很可能失败的尝试，他数年后导演的《老井》仍然出现类似问题。

《老井》改编自郑义的同名小说，原作中女高中生巧英和同

---

① 路遥：《人生》，北京十月文艺出版社，2012，第 7 页。

② 王富仁：《“立体交叉桥上的立体交叉桥”——影片〈人生〉漫笔》，《文艺报》1984 年第 11 期。

③ 吴天明：《电影的真实性与艺术技巧——导演影片〈人生〉的体会》，中国电影家协会主编《中国电影年鉴（1985）》，中国电影出版社，1987，第 188 页。

学旺泉在具有相同的城市理想和文化层次的基础上诞生爱情。小说中，巧英批评把人绑缚在贫瘠土地上的因循守旧、甘于贫困、故土难离的小农意识，旺泉劝巧英多点吃苦精神，说："哪一辈儿人不是汗珠顺着屁股沟儿流，在地里死爬活挣死受出来的!"巧英却回答："可我总觉得，生活本身不应该是这样的……"[①] 巧英最后终于走向山外，追求新的人生。男主角旺泉则因为受到传统伦理和现实贫困的双重压迫，犹豫、守旧，失去理想和爱情，沮丧、失落，对生活无可留恋。

小说评价："赵巧英不甘居于农村，渴望自由、发展与平等。她热烈追求属于人的生活，渐渐地，便由狐狸精变做人。孙旺泉本是英雄小龙再世，自带几分神气儿。但积历史、道德、家庭、个性的包袱于一身，渐渐地，竟由人变作一口井，一块嵌死于井壁的石"。[②] 对愚昧落后的批判，对人的发展可能性的探讨是小说题旨所在。

但电影却把小说改成英雄叙事，塑造旺泉坚毅刚强、有担当有魄力的打井英雄形象，巧英在影片中却显得性格模糊，她似乎对脚下的土地缺乏感情，在恋爱失败之后一走了之，与旺泉的坚守故土形成对照。

综上，影片《人生》《老井》改编自同名小说，反映偏僻山村经济落后，民生艰辛的现实，充分发挥了影像感染力强的优点，引起观众的思考和同情。但影片弱化对人物内心的挖掘，尤其没有能挖掘出原作精髓——农村知识青年徘徊于传统农耕文化与城市文明之间的犹疑和挣扎。

两部影片的思想背景是城乡差距导致的农民的进城热望。进

① 郑义：《老井》，载《老井》，中原农民出版社，1986，第246页。
② 郑义：《老井》，载《老井》，中原农民出版社，1986，第267页。

城之所以在此时成为文学、电影的重要主题，根源在于随着改革开放带来的工业化大发展，农村青年对工业文明具有日益强烈的渴望，但在多年来固化的城乡二元对立现实框架中，这种渴望又往往落空，这一时代的伤痕受到了文艺工作者的关注。

自晚清以来中国开始探索现代化进程，城市在此过程中不断从农村吸取人力和物力资源，农村精英开始了较大规模地向城市的单向流动。新中国成立初期，受到苏联高度集中模式的影响以及当时严峻的国内、国际形势的限制，我国长期以来实行低价出售农产品，高价出售工业品的工农产品不等价交换政策，加上实行优先发展重工业的产业倾斜政策，极大损害了农民的利益、造成农村经济长期落后于城市的势态。学者认为，“资源分配上的城市偏倚（urban bias）”是许多欠发达国家经济发展过程中的共同现象，它造成经济发展中的低效率和不公平。中国长期以来就存在着这一现象。① 农产品价格低、农业收入低、乡镇企业发展慢等，这些问题是客观存在的。

20 世纪 50 年代之后，中国一直实行着严格的户籍制度，户籍制度最重要的方面就是将人们分为农业户口和非农业户口两类。中央专门发布指示“劝止”农民流入城市，从 1955 年全国范围内建立了经常性的、严格的户口登记制度。到 1959 年、1960 年，由于经济上的困难和食品、生活用品等供应上的短缺，按照当时的规定，只有极少部分的人可以通过考大学或是被招工、提拔为干部而从农业户口转为非农业户口。这种政策一直实行到改革开放以前。严格的户籍制度产生了我国城市与农村割裂的二元

① 〔美〕程晓农：《繁荣从何而来——中国经济现状与趋势的分析》，《开放时代》2000 年第 9 期，第 17 页。

社会结构，城乡差异成为最基本的社会分层①。

20 世纪 80 年代中期，中国的城市化进程加快，城市积聚了经济、政治、文化资源，迅速发展，农村改革带来的经济效益增长则相对缓慢。据国家统计局的一项研究，从 1978 年到 1993 年，城市居民的实际收入持续稳定地增长，平均每年增长 5%，而农民则只在改革初期的 1980 年到 1985 年增长较快，此后每年的实际增长率仅仅是城市的一半，因此，从 1980 年到 1985 年，城乡收入差距由 3.1∶1 下降到 2.3∶1，但是，从 1986 年起，城乡收入差距重新扩大，到 1997 年，城镇居民家庭人均可支配收入与农村居民家庭人均纯收入比为 2.7∶1（1978 年城乡居民收入差距比为 2.37∶1，1984 年曾一度缩小到 1.6∶1）。②

改革开放之后，伴随着高考制度的恢复及集体化的解体，社会给了农村知识青年一个新的上升渠道。同时，借助于新启蒙和现代化叙述，社会话语体系重新建构了城市作为现代文明与乡村作为落后之地的想象，如同威廉斯曾经针对美国乡村所说，“在乡村汇聚了自然生活方式的想法：平和、单纯、简朴的美德。在城市则汇聚了成就中心的想法：学问、通讯、光。由此发展出强烈的对立观念：城市是喧嚣、庸俗、充满野心的地方，乡村则是落后、愚昧、狭隘的地方”③。乡村与城市的文化形象差异，使

---

① “社会分层”，此处见李强定义“社会分层是指社会成员、社会群体因社会资源占有不同而产生的层化或差异现象，尤其是指建立在法律、法规基础上的制度化的社会差异体系。参见李强《当代中国社会分层：测量与分析》，北京师范大学出版社，2010，第 2 页。

② 国家统计局农村调查总队课题组：《城乡居民收入差距研究》，载中国农业年鉴编辑委员会编《中国农业年鉴》，中国农业出版社，1995，第 512 页。

③ 〔美〕雷蒙·威廉斯：《乡村与城市》，韩子满等译，商务印书馆，2013，第 1 页。

“进城”成为农村知识青年理想生活的重要主题。

对此，有人说，“它意味着农民特别是青年农民对世代相传的乡土观念的一种背弃”①。这种说法不尽准确，与其说是厌弃乡土，不如说青年人对生活有更理想化的愿景，他们积极追求一种跟祖祖辈辈不一样的人生。但在 20 世纪 80 年代，由于现实条件的束缚，对广大农村青年来说，这仍是难以企及的梦想。

另外，在 1981 年根据周克芹同名小说改编的电影《许茂和他的女儿们》以及同年根据张弦同名小说改编的电影《被爱情遗忘的角落》中，都能看到对尊重农村青年个人情感和人性的呼吁。《许茂和他的女儿们》中的四姑娘秀云和《被爱情遗忘的角落》中的存妮、荒妹、小豹子，他们对爱和美的追求曾经被封建伦理和极左政治牢牢钳制，新的时代到来，他们的生活悄然起了变化。

第二节　新类型英雄的出现

时间来到新世纪，随着社会化大生产的发展和生产力的极大提高，人们逐渐打破能力发展的局限，这一时期的人们期待挖掘个人潜能，实现自我价值，实现生命的灿烂升华。小说的电影改编中，出现了新类型的英雄叙事。

一　从舍生取义到现实人生

英雄内涵首先是崇高感，崇高这一概念源自古罗马时期的郎

---

①　郭于华：《改换生存方式的冲动：中国农民非农活动的文化意义讨论》，载刘青峰、关小青编《九十年代中国农村状况：机会与困境》，香港中文大学出版社，1998，第 129 页。

基努斯，作为带有道德、情感的美学概念始于近代，柏克认为崇高来自可怖事物对人造成的威压感、痛感，康德认为崇高来自人凭借理性战胜恐惧，净化心灵的过程，黑格尔则认为崇高来自绝对理念，具有完满的神性，虽然种种说法有区别，但舍生取义的崇高性是得到一致认可的。

而新世纪电影中的英雄，受难与其说是为了宏大的家国大义做出的奉献牺牲，不如说是个人自觉的人生道路选择的结果，体现出人生的多种可能。

如改编自杨金远的小说《官司》的《集结号》，影片相较原著更多体现出对个人情感、欲望与人生意义的理解和尊重。小说中，谷子地战后就从老乡嘴里得知号声没有吹响，大部队整个转移始终都是悄悄地进行的，因此对自己的作为感到坦然。而电影中，谷子地半生执拗地追问号声的有无，为自己和战友的坚守正名。谷子地是一个殉道的英雄，但也是一个卑微的小人物，人生中苦难与幸福都来自他面对人生岔路的自主选择。

再以由《盗官记》而改编的电影《让子弹飞》为例，这部影片同样在改编中塑造了一位另类英雄。原作主角张牧之是被贪官污吏逼上梁山的绿林好汉，在就义一场中，小说描写："老百姓来给受难者送行的队伍从来没有这么长，悲愤的心情从来没有这么强烈……他越是那么昂着头，挺着胸，坦然地走过去，脸上看不到一点愁苦的影子，越是叫看他的老百姓心里难受，有的低下了头，有的不住地抹眼泪。"① 而电影中，张牧之是政治追求失败的落魄军官，性格狡黠、刁钻、霸道，表面粗鲁不文，实则心机深沉善于权谋。

影片中，师爷本来想靠县长身份到鹅城捞钱，但最终和张牧

① 马识途：《夜谭十记：让子弹飞》，陕西师范大学出版社，2010，第 113 页。

之一起为了公平对抗黄四郎。张牧之本来无所执着，但在黄四郎逼迫下，六子、夫人与师爷先后被害，他对沆瀣一气的贪官污吏产生了强烈愤恨，转向为坚持理想和替死者报仇而战。张牧之首先借用自己作为鹅城官方政治权力代言人的身份，为“杀黄郎”正名，之后唤起百姓对黄四郎的怨恨——这种怨恨如舍勒所言，产生于弱小者对无力反抗的社会不公平，也是社会学家所称的“社会不满”①，他引发鹅城人对黄四郎巨额财富的想象，当众处死黄四郎的替身，彻底粉碎黄四郎的威势对鹅城人形成的精神枷锁，终于颠覆了曾根深蒂固的黄家势力。这一过程从世俗层面解构革命的神圣感、英雄的使命感的同时，劫道的麻匪、油滑的贪官成为除暴安良的义士，这展示了人生道路选择的多种可能。

《集结号》《让子弹飞》以英雄受难、冒险、拯救为叙事线索，内在层面着眼于人物心理世界的完满，是关于重塑自我的心灵之旅。两层叙事相互辅助，彼此相较，共同推动叙事发展，完成主人公的性格塑造。

二　小人物的英雄化

英雄的祛魅是改编电影中人物重构的一大趋势，与之相对的另一大趋势则是平凡的小人物通过追求、考验，最后得以正名成为英雄。

约瑟夫·坎贝尔在《千面英雄》中提出“英雄之旅”概念，英雄之旅可以分为三个部分：分离-挑战-回归，“最幼小的或让

① 学者认为，“底层社会因在资源分享中处于相对被剥夺的地位，自然会产生不满情绪。”孙立平、李强、沈原：《中国社会结构转型的近中期趋势与潜在危机》，载李培林、李强、孙立平等：《中国社会分层》，社会科学文献出版社，2004，第60页。

人看不起的孩子，变成了具有非凡力量的强者——战胜了他的压迫者”[①]，《流浪地球》正是标准的神话“英雄之旅”结构。

《流浪地球》改编自同名小说，但情节架构迥异于原作。用电影编剧、制片人龚格尔的话说，“我们最后选择的故事段落其实就是大刘原文两万字当中一两百字（两个自然段）：地球经过木星……我们认为不管是《流浪地球》还是大刘的其他作品，都存在题材过于宏大，作者视角过于超人类个体、甚至超脱人类的问题。而就小说来说，只有这样写才能满足大刘有关从宇宙角度去观看人类的需求，但这个不利于观众观看电影。电影观众最终要看的银幕上的人其实是他自己”。[②] 影片以 47 亿元的票房与学界的普遍认可证明了龚格尔这一改编策略的有效性。

《流浪地球》中刘培强、刘启、王磊等是人们对末世以赛亚的想象，影片有意识淡化英雄的超凡入圣，更强调英雄的平凡甚至狭隘和自私。对主要英雄刘培强父子的刻画，显然有悖于传统的公而忘私、大义凛然、视死如归的英雄模式。

电影点出，刘培强、刘启、王磊等之所以成为救世英雄，并非他们本身有任何特别高明、与众不同之处，仅仅是因为机会和运气的巧合而已。

影片还塑造了一群人性弱点与英雄气质并存的角色。如中年科学家何连科在影片的大部分时间畏畏缩缩，愁眉苦脸，但最后一边轻叹着“死生寻常事啊”，一边修复好行星发动机控制装置，含笑溘然长逝，扮演角色的杨皓宇曾说，“我演的这个人物……

① 〔美〕约瑟夫·坎贝尔：《千面英雄》，张承谟译，上海文艺出版社，2000，第 21 页。

② 朔方等编著《〈流浪地球〉电影制作手记》，人民交通出版社，2019，第 32 页。

最突出的特质是贪生怕死。……导演说，首先你不要否定他，他是一个英雄，有英雄的作为。他也是一个普通人，有恐惧，有对生命的个人理解，有面对不可逆转的灾难时特别是个人的心理状态”①。正是这样充满弱点的普通人，在浩劫来临之际，迅速成长，挺身而出保卫地球家园，阐释了从凡人到英雄的转变历程。

另一部在2019年引起关注的改编影片《疯狂的外星人》，原作是刘慈欣的《乡村教师》，小说是乡村教师在山村安贫乐道教育学生的悲情叙事，外星人重塑宇宙的宏大背景和无知孩子拯救地球的情节又给作品增添了对浩瀚时空的敬畏和好奇，但小说原有的苍凉气息和自我牺牲精神搬上大银幕后基本被肢解。

有人指出，“原著中的悲凉调性变成电影中荒诞的笑声”②。此言甚确，电影《疯狂的外星人》黑色幽默显示出一种随心所欲无法无天的草根英雄主义。陈旭光认为，《疯狂的外星人》呈现出一种“中度工业美学”走向，在“本土化”、现实性、“作者追求”、荒诞喜剧风格等方面为中国特色类型杂糅的科幻喜剧片探索做出了自己的贡献。③

《疯狂的外星人》是耸人听闻的市井传奇，是荒唐逗乐的狂欢游戏，而这种特质在中国电影中自有传承。自诞生起，中国电影就与通俗文学、文化有着密不可分的联系，表现出游戏、娱乐与艺术相互渗透的特质，丁亚平曾对20世纪八九十年代的电影指出，“新时期电影探索的重要趋势，是和电影与通俗文化传统

① 朔方等编著《〈流浪地球〉电影制作手记》，人民交通出版社，2019，第171页。

② 张成：《〈疯狂的外星人〉：刘慈欣硬核科幻的软拍实践》，《电影艺术》2019年第2期，第56~57页。

③ 陈旭光：《类型拓展、“工业美学”、“分层与想象力消费”的广阔空间——论〈流浪地球〉的“电影工业美学”兼与〈疯狂的外星人〉比较》，《民族艺术研究》2019年第3期，第113页。

融会贯通的艺术整合紧密相连的：希望寻求与普通人最本质的情感沟通；消解原有宏大叙事电影的神圣魅力；电影塑造与表现的人物失却过去神圣光圈与感召力，英雄变成非英雄，变成世俗化的平庸的游戏式的人物；新民俗视界、通俗话语与日常生活表现为电影创作提供了真正灵魂"[①]。这番论述，移到《疯狂的外星人》中极为贴切。片中两位男主角，以无名小卒的身份担起挽救地球的重任，在笑闹中与外星人过招，固然荒诞，也有"位卑未敢忘忧国"的英雄气概和崇高精神。

一部具有宏大宇宙观，思考地球文明传承与进步的硬科幻小说，变成了一个令人捧腹的市井传奇，似乎是一种"毁原作"的行为，但从角色结构的角度来看，过气的耍猴艺人和药酒小贩误打误撞成为救世主，这种平民英雄的诞生顺应了民众对充分实现人生价值的精神追求。

三　传奇故事新模式

为了更直观有效地揭示前述影片在改编时所采取的人物塑造策略，本书引入格雷马斯的符号矩阵。在《符号学约束规则之戏法》一文中，格雷马斯指出，一组处于同一语义轴两端的对立义素构成意义的基本结构，格雷马斯认为，这个矩阵对象征符号及其意义生产的解码有重要作用，"它定义了个体和社会的存在本质，从而也就定义了符号性产品的生存条件。所以我们说深层结构的基本组件具有逻辑性地位，是可以被定义的"[②]。

---

① 丁亚平：《电影的踪迹——中国电影文化史评》，中央编译出版社，2005，第21页。

② 〔法〕A. J. 格雷马斯：《论意义：符号学论文集》，吴泓渺、冯学俊译，百花文艺出版社，2011，第39页。

该结构中存在这两种最基本的对立关系——反义关系和矛盾关系，本书借此将这些影片的英雄传奇模式书写为如下矩阵（见图 1-1）。

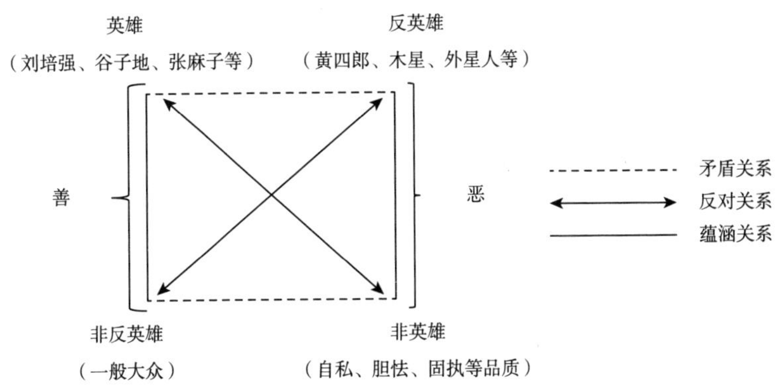

图 1-1　英雄叙事符号学矩阵

在此，英雄义素的内涵是如高尚、无私、奉献、牺牲等品质，救助弱小、不畏强暴、拯救众生等行为，外延则是具有这些品质、行为的人物，如《集结号》的主角谷子地、《流浪地球》中的刘培强等；反英雄包括破坏毁灭、压迫奴役的反派角色及其行径，如《流浪地球》中的木星、《疯狂的外星人》中的外星人等；非英雄是通常情况下英雄身上不应出现的自私、胆怯、狭隘等品质、行为；非反英雄既不高尚也不卑劣，既不牺牲自我，也不恶意破坏，一般大众属于这一范畴。英雄与非反英雄可以归为“善”这一面，非英雄和反英雄则处于相对位置“恶”这边。

在电影对文学的改编中，重构英雄成为趋势，正面人物往往在英雄-非英雄的轴上滑动，英雄和反英雄的恶势力如黄四郎、木星等形成对峙，但当英雄更多滑向非英雄方向的时候，英雄的情感、愿景就与他理应帮助保护的非反英雄（一般大众）的现实需要形成裂痕，形成矛盾。如刘培强既拥有捐躯赴难的慷慨悲壮之举，也有在大难之前只顾着庇护家人的“自私”行为；张牧之既除暴安良，又欺哄瞒骗老百姓。非反英雄有可能跃升为英雄，但当他们滑向反英雄方向时，就与英雄形成矛盾，如鹅城老百姓在黄四郎煽动下与张牧之等人为敌。巧妙推动人物在不同轴、不同方向上的滑动，制造矛盾冲突，构建起整个故事。

这些影片所流露的生存焦虑、理想愿景与视觉图景具有明显的时代共性，所塑造的反传统英雄迥异于传统红色历史文艺中大无畏、“高大全”的英雄形象，洋溢着浓厚的另类气息，这些电影中的人物“英雄性”的呈现是集锦式、低位化、普通人化的。[①] 平民英雄形象无疑具备了神话的功能，为观众提供了一种净化升华的灵性体验，“超人的塑造是一幕具有规范力的成人式，一幕英雄与主体的命名式，一面颇具询唤力的意识形态镜像的完成”[②]。电影通过塑造不同的草根英雄，使观众暂时与现实分离，而不断接近想象中的理想自我。

电影叙事形态与大众心理模式息息相关，“它的题材和艺术形态组合成的类型尤其集中于人类生存的某些永恒性悖论和困境，这些悖论和困境就是我们的神话所关注和处理的人类内心的迷思”[③]。在大众文化横扫思想界、文艺界的时代，古老的神祇退位消隐，在后现代的废墟上狂欢歌舞的是平凡的小人物。“平民

---

① 虞吉、张钰：《“英雄性”与“英雄性审美”——论“献礼电影文化模式”的演变与重塑》，《当代电影》2020 年第 4 期，第 4 页。

② 戴锦华：《镜与世俗神话》，中国人民大学出版社，2004，第 275 页。

③ 郝建：《类型电影教程》，复旦大学出版社，2011，第 8 页。

英雄”形象的出现逐渐构成了一个专属于今天的中国民众的神话系统，描摹着特有的英雄谱系，彰显了随着经济快速发展而来的中国社会普遍的民族自信、文化自信，在银幕上演绎着中国人对理想自我和理想社会的认知与建构。

第三节　女性解放与时代烙印

女性的解放是人的主体地位确立的重要组成部分，中国女性尤其受到封建礼教和政治经济状况的压迫，亟须去除束缚，重获新生。

从五四新文化运动时期开始，随着推翻封建礼教压迫的呼声越来越高，妇女解放成为社会焦点议题，1949 年以前，中国妇女解放运动与反帝反封建革命实践共同展开；1949 年以后，中国的妇女解放运动又是社会主义革命和建设的重要组成部分。几十年的社会主义现代化建设中，党和国家领导人一直把妇女解放、男女平等作为国家建设、社会发展的重要任务。但女性的解放不是一蹴而就的，它经历了一个漫长曲折乃至时有倒退的过程，直到今天，妇女解放、男女平权仍然是引起激烈争论的社会热点问题之一。

因此，对女性社会地位、权益等问题的再现成为艺术作品中的重要主题，新时期至今的改编电影对女性从身体到心灵如何逐渐摆脱对父权、夫权的依附有细致表现，按照时间顺序纵观相关电影作品，我们能发现随着时代的发展，女性对人格独立、摆脱人身依附关系的要求越来越坚定和清晰。

一　婚恋自由的呼声

中国的妇女权益问题向来受到文化界的严肃关注，20 世纪初的《难夫难妻》已经表现出对包办婚姻的批判；到了 30 年代，在新文化运动带来的妇女解放思想影响下，随着左翼电影运动的展开，《神女》展示了底层妇女的受压迫地位，《女儿经》《新女性》中着力揭示知识女性在社会上处处碰壁的艰难处境，《脂粉市场》《三个摩登女性》等正面赞许自力更生、自食其力的独立女性；40 年代的《太太万岁》对女性在传统家庭中受压制的地位给予同情，《木兰从军》和《丽人行》表达对女性参加抗日救亡运动的期许。在中华人民共和国成立以后，女性解放在国家政治层面得到认可和鼓励，女性被看作和男性平等的社会建设者；50 年代的《李双双》《五朵金花》等片对女性能力和才华倾注了热情的颂扬。“文革”中《红色娘子军》《白毛女》等片则阐释妇女解放与阶级革命的同构关系。

进入新时期，在中国社会转型中，妇女问题随着经济形势的发展引起了社会热议，学者们对妇女社会角色定位、妇女在改革开放中的作用、妇女就业等问题进行了探讨，[①] 许多文艺作品发出对女性恋爱婚姻自由的呼声。

1985 年黄健中导演根据李宽定同名小说改编的《良家妇女》，其艺术性和思想性堪为同类作品中的翘楚。《良家妇女》叙述在买卖婚姻制度和童养媳习俗下农村妇女的不幸遭遇。小说与电影在故事框架、人物设置上稍有不同，但更明显的变化是情感立场

---

① 文献良：《八十年代中国妇女问题三大争论评述》，《妇女研究论丛》1995 年第 3 期，第 6~9 页。

转向，小说中叙述者“我”认为，“我觉得易家山的这几个良家妇女，个个都可亲可爱。她们所过的那种生活，也很美；尽管这生活有些苦味儿，有些原始，但仍不失为一首很优美的抒情诗”[①]。这是一种带着远距离欣赏的眼光，小说对山中妇女生活的叙述是美化的田园诗。黄健中的“导演注”写道：“李宽定的这部小说已经把妇女命运的问题置在民族文化的大背景里加以讨论。”[②] 事实上，在小说中，这种立意并不明显。倒是电影以严峻的眼光透视千年来中国妇女在封建伦理束缚下的不幸，影片格调深沉凝重。

黄健中说，“影片对小说所做的纵向伸展是指历史的延伸。……这部影片的字幕也属于内容，是本片故事向历史划了一道虚线”[③]。影片开头，依次展示甲骨文“女”“妇女”以及妇女浮雕的特写：执帚、育婴、裹足、踩碓、推磨、出嫁、沉塘等。电影学者皮洛指出，“身姿手势是最广义的象征（符号）。感情、意图和思想的‘非实体’现实变为动态形象”[④]。甲骨文“女”的下跪姿态及女性动作浮雕是女性一生悲苦命运的化形，影片从民族文化根源的深处反思女性问题，表达对男权制度的批判。

影片大量用自然光并调低亮度，造型风格写意，使用大量意象符号，[⑤] 银幕色彩暗沉，环境以铅灰色、棕褐色为主色调，服

---

① 李宽定：《良家妇女》，《新苑》1983年第1期，第2页。

② 《〈良家妇女〉完成台本》，《探索电影集》，上海文艺出版社，1987，第392~393页。

③ 《〈良家妇女〉完成台本》，《探索电影集》，上海文艺出版社，1987，第393页。

④ 〔匈〕伊芙特·皮洛：《世俗神话——电影的野性思维》，崔君衍译，中国电影出版社，1991，第74页。

⑤ 李陀：《电影中的意象——〈良家妇女〉小探》，《探索电影集》，上海文艺出版社，1987，第410页。

装以黑灰为主，本来应该是正红色的对联、花轿等在片中改用暗沉的赭红色，营造阴郁、沉闷之感。

影片还特意增添了作为隐喻以表达主题的事件外游离角色——一个女疯子。导演解释是："畸形的婚姻使人扭曲，不单在杏仙身上，也在其他妇女身上……她应该是所有妇女心灵的折射，一个象征，一个起间离效果的人物。"① 片中疯女人近于疯傻又似是洞察世情，如果结合一些学者的分析来看，她对雕刻有着明显男性器官的娃娃的痴迷似乎更有意味，"80 年代以前，占主导地位的是国家系统支持的女性权利观念，而 80 年代以后，占主导地位的却是社区系统支持的女性权利观念。……母权则是用于维持夫权、维持男性统治的一种奇特的权利，它是依靠血缘关系取得的，妇女只有多生多育，尤其是生了男孩，才能取得这种权利"②。从这个层面来理解，疯女人的雕刻行为是对获得女性权利的渴望，但这种权利的获得只能在承认父权、男权不可挑战的前提下，依赖生育男性后代而取得，这就形成女性生存的悖论，解释了她发疯的精神根源之一，因此，疯女人的悲泣是对整个男权社会的控诉。

这部影片人物设置跳出了善恶对立的框架。女主角杏仙并非是类似题材惯有的刚强进步、积极反抗封建的标杆式女性，婆婆五娘并非是思想受到封建荼毒而愚昧不堪、性格狠毒的老顽固，小丈夫更是个天真可爱的孩童。影片洋溢着人与人之间相互理解和爱的氛围，正因如此深化了主题：包办婚姻的罪恶不是来自某

① 黄健中：《人・美・学 电影——影片〈良家妇女〉赘语》，《电影艺术》1985 年第 12 期，第 43 页。

② 何萍：《中国女性主义问题与中国社会的变革——为纪念恩格斯逝世 110 周年而作》，《武汉大学学报》（人文科学版）2005 年 11 月第 58 卷，第 703 页。

个人的恶意，而是制度本身对人的压迫和桎梏。

具有相似题材和主题的改编电影还有根据沈从文《萧萧》改编的《湘女潇潇》，该片同样揭露女性婚恋自由被封建礼教扼杀的悲剧，批判童养媳制度的丑恶。这一类型题材影片体现出较高的社会责任感，对女性婚姻问题的审视具有引起大众注意、警惕历史悲剧再现的积极意义。

二　性别地位提高的要求

1990 年改编自叶蔚林同名小说的影片《五个女人和一根绳子》对女性问题的表现更为严峻直接，影片中有婚外恋而被丈夫剥光丢到街市上示众的女子、难产时保小不保大死去的产妇、被卖给肺痨鬼的少女、八十岁寿宴上仍不能上桌吃饭的老妇……形形色色的女性共同呈现了男权社会中女性的悲惨遭遇，影像传递出千载以来无数不幸女子的凄厉悲号。五个少女梦想着去天上的花园生活，最后身穿红衣上吊自杀的场面具有极强的视觉冲击力和情绪感染力。

20 世纪 80～90 年代，诸多妇女婚恋题材小说改编为电影，还有不少原创电影专门针对家务事谁做的家庭琐事发言，如《真是烦死人》《模范丈夫》《女局长的男朋友》等，这与当时的社会问题有紧密联系。

这一时期，海外的中国妇女问题研究者认为，中国的妇女解放依附于政治革命，缺乏独立性。朱迪思·斯泰西（Judith Stacey）的《中国的父权与社会主义革命》（1983）、菲莉斯·安德思（Phyllis Andors）的《未完成的中国妇女解放，1949～1980》（1983）、凯·安·约翰逊（Kay Ann Johnson）的《中国的女性、家庭与农民革命》（1983）以及玛杰里·沃尔夫（Margery Wolf）的《延后的革命：中国当代女性》（1985）等论著批评以中国社会主义革命运动为载体的性别革命缺乏“自治性”，“中国共产党很多时候不过是在利用妇女的劳动/劳力来为战争、生产和经济发展服务”。但这种看法不正确，已经有学者从学理上对此进行批驳，指出其论据和论点实质分离，原因是冷战意识造成的思维惯性脱离了现实。[①]

从实际效果来看，社会主义革命和建设确确实实解放了妇女。苏维埃政府成立时，就立刻公布了解放保护妇女的法令，如《中华苏维埃共和国婚姻条例》《临时中央政府文告人民委员会训令（第六号）》《中华苏维埃共和国劳动法》等法令与制度，规定了妇女与男子同等土地权、选举权和被选举权以及一切政治自由和权利、婚姻的自由和母性婴儿的保护等。[②] 1928 年，中国共产党第六次全国代表大会通过的《妇女运动决议案》中提出，只有社会主义的胜利才能彻底解放妇女，“现时中国的民权革命中也只有在无产阶级领导之下彻底的摧毁半封建宗法社会的束缚，才能引导妇女群众到解放之道路……民权革命才能痛快的最大限度地解放一般妇女的束缚，真正肃清封建余孽的经济基础。主权主义的妇女运动，离开政治离开革命而宣传以和平方式解放妇

① 〔美〕王玲珍：《中国社会主义女性主义实践再思考——兼论美国冷战思潮、自由/本质女性主义对社会主义妇女研究的持续影响》，肖画译，《妇女研究论丛》2015 年第 3 期，第 5~18 页。

② 《中央关于劳动妇女斗争的纲领》，中华全国妇女联合会妇女运动历史研究室编《中国妇女运动历史资料（1921~1927）》，人民出版社，1986，第 77 页。

女，这完全是空想、幻想"①。

1949年开始，妇女与男性地位平等以制度、法律的形式在全国范围内得以确立。从20世纪50年代到70年代，中国妇女被看作中国革命和社会主义建设的一支主要力量，在广泛的社会政治革命中，夫权让位于国家权力，而国家权力又认可了女性独立自主的地位。

从80年代中期到90年代，从计划经济向市场经济转轨的过程中，因为政策缺漏和实践不足，国家行政管理体制一时无法适应新的经济形势变化，无法有效地调节不同集团之间的利益，就业矛盾比较尖锐，社会上出现"妇女回家去"的声音。对此，1983年《人民日报》与《红旗》杂志发表《保护妇女儿童合法权益》的社论予以批驳，1987年有人又以大邱庄有84%的妇女愿意回家去为例，证明"妇女回到家庭"观点的"正确"。为此，1988年《中国妇女》组织一场"女人的出路在哪里?"的讨论。②学者称之为："男性利用他们在计划经济体制下获得的优势并用市场经济体制的竞争原则淘汰女性，造成了女性的大量下岗。男性既然已经在经济上获得了优势，就必然要在观念上巩固他们的成果。"③

制度和法律反对就业歧视，1988年7月，国务院发布了我国

① 1928年7月，中国共产党第六次全国代表大会通过的《中国共产党第六次全国代表大会妇女运动决议案》，中华全国妇女联合会妇女运动历史研究室编《中国妇女运动历史资料（1927~1937）》，中国妇女出版社，1991，第12页。

② 文献良:《80年代中国妇女问题三大争论评述》，《妇女研究论丛》1995年第3期，第7页。

③ 何萍:《中国女性主义问题与中国社会的变革——为纪念恩格斯逝世110周年而作》，《武汉大学学报》(人文科学版) 2005年11月第58卷，第705页。

第一部系统规定妇女劳动权益保护的专门法规《女职工劳动保护规定》，但在实际操作中，确实存在对女性的差别对待。这一时期乃至过后很长的时间内，“劳动力市场供大于求，就业结构性矛盾依然存在，这种状况为用人单位人为地抬高就业门槛、设置性别限制提供了条件，使妇女面临更大的就业挑战”①。妇女被社会劳动排斥，使妇女婚恋自由、妇女在家庭中的地位等问题再次成为文艺作品的讨论热点。

近年来，随着社会发展，尤其是少数民族地区脱贫攻坚的进行，少数民族电影中逐渐出现强调性别身份的女性形象。过去几十年，少数民族电影中的人物塑造往往承担着国家政治意识形态建构和宣传的意义，如《塞上风云》《五朵金花》《阿诗玛》《农奴》《天山上的来客》等片中，女性角色身上国家、民族、阶级身份的标出性往往超越女性身份，新时期以来如《青春祭》《黑骏马》中的少数民族女性形象仍处于与汉民族作为对照的“他者”的被动地位。进入 21 世纪之后，少数民族电影中女性的形象开始多向度发展。

进入新时代，以习近平同志为核心的党中央高度关心少数民族和民族地区经济社会的发展，习近平总书记先后数十次深入民族地区进行调研，少数民族地区经济增长迅速，社会事业全面推进，民生不断改善。随着生活水平的提高，少数民族文艺越来越多地表现增长的精神文明需要，对女性生存状态的审视和对女性权益的要求是其中重要部分。

2020 年根据阿来小说《狗娃格拉》改编的《随风飘散》将

① 梁旭光：《男女平等基本国策与中国妇女社会地位变化》，《理论学刊》2005 年第 12 期，第 87 页。

原作主角小男孩格拉改为女孩，主题从单纯的成长叙事转换为伴随身体成长而来的女性意识觉醒，从小女孩的角度观察藏族老中小三代女性的人生，在孩子的似懂非懂中提出婚姻家庭与社会生活中拒绝歧视、性别平权的要求。① 影片以现代意识审视古老民族文化习俗，题材新颖有深度，获得了第 34 届金鸡奖最佳导演处女作奖。

无独有偶，同一年万玛才旦根据自己的同名小说改编的《气球》也展示了少数民族社会在现代化转型中生育、家庭观念的改变，透析少数民族女性在男权社会中的现实重担与精神内耗，在观众中引起热议。

这两部少数民族影片都从性别的视角揭示女性面临的社会伦理、经济、文化多方面压力，要求在社会地位、经济、教育以及家庭中的男女平等，体现出社会文明进一步发展，相对封闭保守的少数民族文化区浸润着时代的气息，正悄然发生改变。

三　摆脱刻板印象

在家庭题材以外的改编电影中，偶尔流露出对女性的某种刻板印象和道德歧视，这种对妇女人格权益的忽视，因隐藏于非家庭婚恋题材中，主题不直接涉及女性问题，显得更加隐蔽，但也具有很强的伤害性。

《芙蓉镇》改编自古华同名小说，叙述 1957 年至 1978 年这 20 年间极“左”政治造成的男女主角悲欢离合的人生遭际。这

① 笔者曾与旦真旺甲导演关于本片创作过程进行对谈，旦真导演谈到他在自己的成长过程中目睹身边女性肩负的重担与得到的社会认可之间的不匹配，因此在改编电影中加入相当多的个人化思考，希望表达对女性亲友的理解、同情，以及对改变的期盼，这是大幅改变原作的初衷。

一时期被邓小平视为“20年‘左倾’错误”，突出错误是阶级斗争扩大化，“阶级、阶级身份、阶级斗争、阶级敌人、斗争对象这些术语完全渗透进了标准的日常语言”[①]。尤其是用阶级斗争的方法来对待和组织经济建设，《芙蓉镇》小说将之形象地概括为“死懒活跳，政府依靠；努力生产，政府不管；有余有赚，政府批判”。[②] 影片继承了小说对极“左”政治的批判，表达对受欺凌者的同情，具有人道主义关怀，但凸显出某种对大龄未婚女性的丑化表现和道德歧视。

在小说原作中用大量夸张的漫画式笔墨描写反面人物李国香和王秋赦，电影对此也一并承接下来，尤其把李国香刻画成一个因婚恋情感失落而心理扭曲的中年女人。影片处处对比着两个女人的二元对立形象：胡玉音美貌、年轻、讨人喜欢，李国香丑陋、大龄、人缘不好。嫉妒和羞恼使李国香借助政治运动的力量，惩罚自己臆想中的“情敌”和“负心汉”。

朱大可指出谢晋电影注重煽情，让观众在情感昏迷中被迫接受化解社会冲突的道德神话。[③] 杨远婴认为，“谢晋的电影始终追随时代流行话语，臣服社会叙事规范……他擅长捕捉意识形态变动，用此时此刻的新鲜语汇圆熟地处理拍摄素材，通过情节剧激动人心的叙事完成对特定社会热点问题的表达”[④]。倪震则为谢晋辩护，认为谢晋“文革”题材电影的创作面临巨大的现实压力，对其在政治反思上的不足严加指责是不公平的，“无视谢晋电影

① 黄宗智：《中国革命中的农村阶级斗争》，《国外社会学》1998年第6期，第23页。

② 古华：《芙蓉镇》，人民文学出版社，1981，第25页。

③ 朱大可：《谢晋电影模式的缺陷》，《文汇报》1986年7月18日。

④ 杨远婴：《电影作者与文化再现》，中国电影出版社，2005，第150页。

经历电影审查的艰难坎坷和公映之后还广受争议的事实，更无视谢晋式语言策略所获得的作品生存权和公众强烈共鸣与反响的社会效应”[①]。

倪震的辩护当然很有力，考虑到时代政治背景，谢晋对政治主题的暗中置换完全可以理解和接受，但朱大可直言不讳的批评也正中靶心，在本片中，谢晋对李国香的塑造就加深了大众对未婚女性的刻板印象和负面认知。

刻板印象（stereotype）原意是指印刷术中的铅板，后指一种传统的、公式化的、过分简化的理解、观点或形象，“它并不一定有事实根据，也不考虑个体差异，仅仅是存在于人们头脑中的一些固定看法，但对人们的认知和行为却能产生重大的影响”[②]。“刻板印象是指人们对某个社会群体形成的过分简单化的、滞后于现实变化的以及概括性的看法。”[③]《芙蓉镇》把李国香刻画成性饥渴的阴险老处女，这就是以刻板印象为模板所塑造出来的角色，流露出对大龄未婚女性心理和品行的某种恶意揣测。

对女性的性道德、性心理的刻板印象不仅在 20 世纪 80 年代存在，进入 21 世纪，这个问题仍然突出。2011 年根据严歌苓同名小说改编的电影《金陵十三钗》就在暗示一个非常陈腐的性观念。

小说饱含严歌苓对同为女性的妓女的宽容和理解，而电影对小说里女性在战争中经受苦难，心灵成长的刻画被置于一个洋人、白人、假神父拯救中国纯洁女学生的叙事之下，女性主义的

---

① 倪震：《谢晋——20 世纪中国上流电影的杰出代表》，载金冠军、聂伟主编《谢晋电影：中国语境与范式建构》，复旦大学出版社，2001，第 26 页。

② G. Tuchman. *Heart and Home*: *Images of Women and the Media*, Oxford Press, 1987, p. 5.

③ 卜卫：《媒介与性别》，江苏人民出版社，2001，第 16 页。

锋芒被掩盖，“置换成张艺谋式的民族主义与世俗英雄主义”①。这种放弃带来的是对女性价值的男性视角评判。有学者认为，赴死前夜十二位金陵女子在地窖里一身素装标志着她们对妓女身份原罪的清洗，“她们既是在拯救十二个如花似玉的姑娘，也是在救赎自己苦难的妓女生涯”②。从电影本身来说，这一分析很准确，但如果从生命本身来看，妓女与女学生个体存在的价值平等，影片这段关于“净化”的表述隐藏着偏见。

另外值得一提的是，在1937年南京大屠杀期间，在金陵女子文理学院任教务主任的美国人华小姐（明妮·魏特琳）办了金女大难民避难所，庇护了大量中国人。③ 这一人物在小说和电影中，却变成男性神父。对事实的改写失去了历史的真实，也湮没了女性的勇毅和热情。

长期以来，父权、夫权社会在性道德、性观念上充满对女性的歧视、苛求和恶意揣测，这极不合理，解决这一痼疾，需要整个社会的自我反省与思想解放，而其中最主要是女性要通过自立自强的奋斗改变社会固有成见。

四　独立女性的奋斗

1995年第四次世界妇女代表大会在北京召开，在开幕式上，江泽民同志说，“妇女的解放，是同民族的独立和人民的解放联系在一起的。妇女地位的提高，是同整个社会的发展和时代的进

---

① 侯克明：《女性主义背景的英雄主义叙事——〈金陵十三钗〉从小说到电影的文本转移》，《电影艺术》2012年第1期，第13页。

② 贾磊磊：《赴死与求生——影片〈金陵十三钗〉的双重主题》，《当代电影》2012年第1期，第43页。

③ 程极明：《洪流》，中国青年出版社，2005，第37页。

步联系在一起的。中国政府一贯认为，实现男女平等是衡量社会文明的重要尺度。"① 在党和国家领导人的支持倡导之下，我国在法律、制度上注重女性权益保障，但千百年来的封建思想难以一朝尽去，女性相对仍处于弱势地位。

受教育权是撬动男女地位的杠杆，自 20 世纪 60 年代以来，中国女性入学率和受教育层次都有显著提高。《中华人民共和国教育法》《中华人民共和国妇女权益保护法》等一系列法律法规为确保妇女的受教育权做出努力，但在许多农村地区，尤其是经济落后地区，女童仍然常常被父母压榨劳力和剥夺受教育的机会，甚至用来换婚、换彩礼，以供养兄弟。2004 年根据非虚构文学《马燕日记》改编的影片《上学路上》，讲述小学女生王燕想方设法为自己筹措学费的故事。影片中王燕的父母重男轻女，供养儿子读书，却要让女儿过早地辍学嫁人，王燕为了避免辍学，付出了艰辛的努力。一个农家女孩顽强的生命力和意志在苦难中表现得如此生动和鲜活，这部影片赞美了王燕的坚强独立，也揭露了经济不发达地区仍然存在的重男轻女、女童失学和包办婚姻等严峻问题。正如李克强同志所说，"一些落后陈腐的思想观念和社会习俗依然存在，城乡、区域间妇女儿童发展仍不平衡，基层特别是贫困地区妇女儿童保护和服务资源相对匮乏，侵害妇女儿童合法权益现象时有发生"②。

2012 年根据方方小说《万箭穿心》改编的同名电影和 2002

---

① 江泽民：《在联合国第四次世界妇女大会欢迎仪式上的讲话》，第四次世界妇女大会、'95 北京非政府组织妇女论坛丛书编委会编《第四次世界妇女大会重要文献汇编》，中国妇女出版社，1998，第 18 页。

② 李克强：《在第六次全国妇女儿童工作会议上的讲话》，《人民日报》2016 年 11 月 21 日。

年根据池莉小说《生活秀》改编的同名电影，不约而同展现了武汉女人的奋斗人生，她们面对生活一次次毫不留情的打击，从不依赖男性，不怨天尤人，坚韧拼搏。

还有一些改编影片则刻画相反的形象，表现了在 21 世纪以来经济高速发展的浪潮中，部分女性被消费主义、享乐主义蛊惑，加上伪女权主义的影响，错误理解男女平权，追求绝对的自我满足，对待婚恋越来越功利化。例如 2011 年改编自鲍鲸鲸同名小说的电影《失恋三十三天》，女主角婚庆设计师黄小仙和客户钻石王老五魏先生的未婚妻李可，分别代表在经济浪潮中分裂的两类女性，前者坚守理想追求，重视感情交流，却难以得偿所愿，后者重视物质，正如德国社会学家西美尔在《金钱、性别、现代生活风格》中谈到的，缺乏独立性，处于男性的强权控制和支配下，但在消费社会却如鱼得水。黄小仙困惑不解，她的困境是时代婚恋观混乱的缩影。

与本片价值观相反，2010 年根据李可同名小说改编的《杜拉拉升职记》，名义上叙述小职员杜拉拉奋斗进取，收获事业与爱情，实际展现的却是一个能力低下的女青年，在职场中依靠男性帮助，获得阿玛尼、D&G、马自达小跑，在爱情上积极追求宝马钻戒的故事，暴露出电影创作者的思想局限。观影期待与实际内容的落差，让这部影片口碑不佳。

经济的高速发展带来物质的极大丰富，却也导致女性自主性的失落和幸福感的缺失。在实现人类幸福的过程中，妇女解放是重要一步。马克思认为，“没有妇女的酵素，就不可能有伟大的社会变革。”① 一个理想中国社会的建成，需要广大妇女具备参与

① 《马克思恩格斯列宁斯大林论妇女》，人民出版社，1978，第 59 页。

社会生产的意识，不再将家庭作为自身发展的全部，抵制拜金消费主义的侵蚀，积极地融入社会当中，打破弱者标签，为维护自身权益而奋斗，让男女平权真正渗透社会发展的每一个环节。

正如学者批评，西方女权主义将个人意识、个人主义的发展看作妇女解放的主要条件，忽视了社会政治、经济的结构性控制，“第一世界女性主义实践的途径是通过维护中产阶级的个人主义意识形态、争取女性的经济与法律权利，或者宣扬边缘的左翼理想而确立的，而第三世界的女性主义实践却和反帝国主义的主流独立政治运动、国家建设以及经济发展有直接关联”①。革命年代妇女在革命斗争中实现自我价值，和平年代的社会参与和社会劳动同样是妇女权益地位提升的可靠甚至唯一途径。

从 20 世纪 80 年代至今的改编电影中，我们看到个人的欲望、情感和命运从被忽视到获得尊重，人的自由而全面的发展从空想到逐渐具有实现的物质基础，普通人也逐渐产生成为英雄的可能；同时，妇女解放越来越深入，从呼吁婚姻自主，逐渐深化到对人格独立的思考，这些影片，历时性地展示了对人的主体性的理解从浅到深的过程，倾注了人们对现实与理想深刻的思考。

人的主体地位得到确立，与人民在社会建设中主体地位得到确立，是一致的进程。人民主体地位理念具有中国传统民本思想的文化内核和历史渊源，并以人民群众创造历史的唯物史观为理论基础，从“全心全意为人民服务”到“有利于提高人民的生活水平”、从“代表中国最广大人民的根本利益”再到“以人为

---

① 〔美〕王玲珍：《中国社会主义女性主义实践再思考——兼论美国冷战思潮、自由/本质女性主义对社会主义妇女研究的持续影响》，肖画译，《妇女研究论丛》2015 年第 3 期，第 13 页。

本”，人民主体地位理念始终是贯穿中国特色社会主义理论体系的一条主线。党中央围绕坚持和发展中国特色社会主义这一主题举旗定向、谋篇布局，在治国理政的实践中始终践行人民主体地位理念，落实在建设中国特色社会主义的方方面面。

第二章　人性的，太人性的

新时期以来，文学和电影竭力呼吁人与人的真诚相处，也表达了对现代社会中情感疏离的失落与困惑。相较于文学原作，改编电影出于增强影像感染力，更好地引发观众共情力的需要，通过强调抒情写意的视听语言和凸显人间温暖的情节设置，进一步强化了故事的情感主题，突出了人与人之间浓厚的人道主义、人情味。

这体现出经历一场人情浩劫之后新的历史时期人们迫切的心理需要。在哲学家看来，“如果人们都彼此善意相待，那么他们精神方面的幸福也是最美满的”[①]。这种精神方面的幸福感对当代和谐社会建设无疑有着极为重大的意义。

第一节　人道主义登场

由于历史的局限性，人道主义在中国的理论话语生态中曾长期居于弱势，得到社会的普遍认可是在新时期之后的事。1983年，周扬为纪念马克思诞辰100周年发表了《关于马克思主义的

① 《圣西门选集》第2卷，莹果良译，商务印书馆，1982，第45页。

几个理论问题探讨》，称“我们应当承认，马克思主义是包含着人道主义的”①。这是文艺界对人道主义是资产阶级话语这种观点的明确反对。

刘再复将李泽厚的主体性概念运用于文学艺术，先后发表了《文学研究应以人为思维中心》《文学的反思和自我的超越》《论文学的主体性》等系列论文，从理论上肯定人的主体地位，他强调：“‘文艺创作强调人的主体性，包括两个基本内涵：一是把人放到历史运动中的实践主体的地位上……二是要特别注意人的精神主体性，注意人的精神世界的能动性、自主性与创造性’，自主性的实现‘表现为把爱推向整个人间的人道精神’，‘文学无法摆脱最普遍的人道精神’。”② 文艺界、理论界掀起了人道主义、主体性研究讨论热潮，诸多以“人学丛书”“人道主义研究丛书”“文化哲学丛书”等为名的理论书籍纷纷翻译和出版。社会开始强调对个人理性、意志和情感的尊重。

一　以情动人美学兴起

从过往的噩梦中醒来，人们对人性、人情被摧残的惨痛经历心有余悸，干涸的心灵亟须人间世俗情感的滋润，这一时期艺术作品最重要的特征之一就是现实主义与人道主义相结合。中国电影进入“真实化的纪实美学时期”③，研究者指出，“他们以人道主义、人性、人情为旗帜，着力表现人的异化母题。”④ 文学作品

---

① 周扬：《关于马克思主义的几个理论问题探讨》，《人民日报》1983 年 3 月 16 日。

② 刘再复：《论文学的主体性》，载《文学评论》1985 年第 6 期，第 13 页。

③ 周星：《中国电影艺术史》，北京大学出版社，2005，第 12 页。

④ 丁帆：《现实主义小说创作的命运与前途》，《当代文坛》1988 年第 6 期，第 24 页。

中“人情味”和“人的觉醒”成为重要主题，例如《如意》《良家妇女》《人啊人》等，作品普遍致力于重树人的尊严，讴歌人情之美。文学的人道主义这一重要特点在改编电影中得到了拓展和深化。

1979年改编自小说《桐柏英雄》的《小花》是人道主义与现实主义结合的第一颗结晶，获得了1979年优秀影片奖、第3届百花奖最佳故事片奖。这部影片初次展露出改编电影抒情化的倾向。影片主创人员认为“寓理于情，以情动人——我们想这应成为这部影片区别以往我国战争片的主要特征”。[①] 北影厂艺术顾问、老导演谢铁骊、摄影师聂晶极力鼓吹这一主张，当时的文化部副部长陈荒煤得知此事后，也表态支持，打消了片厂的顾虑。[②] 最终影片实现了“以情动人”的目标。

《桐柏英雄》描写解放军挺进桐柏山区发动群众展开战斗反攻的过程，而电影别出心裁地围绕原作中的副线——赵永生三兄妹的悲欢离合展开，“敢于写人的情感，敢于以情感人，具有抒情诗般的清新风格。”[③] 这一特点在之前数十年的文艺创作中是罕见的，也拉开了新时期电影的序幕。

影片通过精心选择的典型细节，尽力渲染温暖的人间真情：在序幕中叙述两个小花的来历时，穿插进一组风雨中两只雏鸟在窝中拍翅挣扎直至窝散鸟落的镜头，以爱森斯坦式的蒙太奇组接隐喻骨肉分离的痛苦；在开场戏中，长镜头跟随着小花在队伍中

① 黄健中：《思考·探索·尝试：影片〈小花〉求索录》，《电影艺术》1980年第1期，第15页。

② 袁成亮：《电影〈小花〉诞生记》，《党史博采（纪实）》2008年第3期，第47页。

③ 章柏青：《一朵新颖别致的小花——略谈〈小花〉的艺术特色》，《电影评介》1979年第8期，第6页。

焦急寻找哥哥的身影，舒缓而哀愁的《妹妹找哥泪花流》的歌声如泣如诉，把人们带入忧虑伤感的氛围中；在抢救伤员这场戏中，拍摄何翠姑满脸流汗、膝盖流血的特写，配上《绒花》的背景音乐；最后翠姑为救小花负伤，在铺天盖地的红色中倒在河里，画面转黑再亮起，转为以白色为主的战地医疗室，翠姑醒来，兄妹两人相互凝视，《妹妹找哥泪花流》的插曲再度响起，场面催人泪下①。导演自述“我们拍摄了一个水中不停地闪烁光斑的镜头，把它剪成半叹、二叹、三叹、六叹各种不同长度，插进翠姑在昏迷中的梦幻里，将梦幻和现实交织在一起，时而梦幻，时而现实”②。长镜头、特写镜头、心理蒙太奇手法的运用营造出小说所不具备的浓厚抒情氛围，增强影片的艺术审美效果，为后来的改编电影提供了可资借鉴的经验。

谢晋导演同时期的几部改编影片《芙蓉镇》《天云山传奇》等同样在强化人情上下功夫，这些影片有一种占主导性地位的镜头组合方式，即在需要唤起观众情感呼应的场合，大胆中断叙事，铺陈情绪。例如，在《天云山传奇》中，谢晋用 17 个镜头将近 200 英尺胶片的长度来演绎原小说里冯晴岚送罗群去医院这段只有一两句话的叙述，用诗意的影像极力表现冯晴岚风雪中拉着板车前行的艰难处境与执着精神，茫茫雪地中只有这两个人艰难前行，白雪与红围巾映衬，“山路弯弯，风雪漫漫”的歌声悠悠响起，强化这一场景的情感表达力度。

---

① 此处的情绪感染力可能还来自观众对翠姑牺牲的悲伤和怜惜，这部电影对翠姑结局的处理比较暧昧，可以做牺牲和抢救回来两种理解。据黄健中在一次电视访谈中说，主创人员对翠姑的结局有不同意见，“最后只好让她半死不活吧，观众自己去理解”。《〈小花〉中翠姑是死是活 编剧导演纷争不断》，http：//space. tcctv, com/video/VIDE1264466219864893。

② 黄健中：《电影应该电影化》，《电影艺术》1979 年第 5 期，第 41 页。

大部分“第四代”影片具有明显的唯美倾向，画面优美、情感丰富、意境悠远，凸显导演倾注于生命个体的人道主义关怀。再如黄健中导演根据刘心武小说改编的《如意》，以一对老恋人对幸福的可望而不可即为题材，在拍摄小说中所写的政治风暴时，用了一组与现实政治无关的镜头：暴风雨来临前，教会学校铜钟、中世纪式样的路灯和建筑的特写，风雨大作，金格格跑到院子里收衣服，石大爷看着雨沉思……这组镜头以充满象征性的蒙太奇表现了政治灾难对个人安宁的侵扰。

作为大众文化产品的电影承担着抚慰伤痕，安定人心的作用，改编电影在将文学作品搬上大屏幕时，往往柔化苦难，淡化批判，展示“结束蒙昧，迈向文明；结束封闭，走向开放；结束历史循环，加入历史进步”，① 有效地用温情抚慰经历伤痛之后血痕未干的中国人，对人道主义情感的表达和乐观进取的姿态是极为可取的。②

二 现实主义回归

这一时期，极左文艺思想作为官方指导性路线宣告结束，在

① 戴锦华：《隐形书写——90 年代中国文化研究》，江苏人民出版社，1999，第 44 页。

② 戴锦华曾斥责：“在第四代导演那里，人道主义的理想与旗帜，不仅是一种社会拯救的预期，也是一面明晃晃的护心镜，一种潜在的灵魂自赎与自辩的渴望。如同‘伤痕文学’以滔滔不绝的社会控诉，汹涌的泪海掩盖了微弱的的忏悔；第四代导演的影片也以一种人道主义的温情，以对人性、理解、良知的张扬遮蔽了‘个人’溅染着他人污血的衣衫。”戴锦华：《斜塔：重读第四代》，《斜塔瞭望：中国电影文化 1978～1998》，远流出版事业股份有限公司，1999，第 19 页。这种评语似乎过于苛刻和严厉，不可否认，这些影片放弃了对社会症结的深刻反思和剖析，有回避现实之嫌，但也要看到，影片显示出时代风气变化，具有温暖动人的一面。

对真理的呼唤中现实主义美学复归，文学界出现了“伤痕文学”“反思文学”，美术界产生了《父亲》《西藏组画》等，同时，随着改革开放的到来，西方文艺理论和作品重新传入中国，意大利新现实主义美学引起中国电影人的极大共鸣，巴赞的《电影是什么?》被翻译出版。

在巴赞看来，电影美学的基础就是逼真展现事物的本真状态，电影是现实的渐近线（asymptote），它不断地向现实接近，永远依附于现实。克拉考尔以影片能否接纳和深入物质现实及接纳和深入的程度作为评价电影最重要的标准，他在《电影的本性：物质现实的复原》中也提出“当记录和揭示物质现实时，影片才成为名副其实的影片”。[①] 克拉考尔的观点和巴赞的“纪实美学”满足了人们扭转“两结合”浮夸风的理论需要，“以第四代电影人为改革开放初年创作主体的中国电影界，在饱尝因‘文革’而荒芜青春的他们，关注的并非电影本体的‘真实’，而是‘精神现实的延续，是灵魂与自我的拯救’”。[②]

《电影是什么?》的译者崔君衍后来在一次研讨会上说：“中国电影也在呼唤真实，呼唤现实主义的回归。……巴赞的现实主义电影观是个很好的契合点。……我甚至为《电影现实主义和解放时期的意大利流派》一文故意加上了‘真实美学’的标题，这多少反映了那个年代的追求，那个时代的美学倾向。”[③] 当然，这里需要指出的是，巴赞的长镜头是要表现客观世界的多义性和含

---

① 〔德〕齐格弗里德·克拉考尔：《电影的本性：物质现实的复原》，邵牧君译，中国电影出版社，1982，第 3 页。

② 张阿利、李磊：《改革开放 40 年中国电影现实主义的审美经验》，《民族艺术研究》2019 年第 1 期，第 38 页。

③ 崔君衍、倪震、黄式宪、杨远婴等：《80 年代初期的电影理论思潮》，《当代电影》2008 年第 11 期，第 5~16 页。

混性，“还世界以纯真的原貌”[1]，这与中国20世纪70年代末对“求真”的吁求有所不同，中国电影的“纪实美学”与文学现实主义的复归同步，要求深刻反映现实、审视生活。

有研究者认为，“冷峻现实主义是概括这一时期电影对现实关系的最好言辞。……于是，从回归现实主义开始，直面人生，毫不留情地揭示现实，在不动声色间揭开雾障，成为时代的选择”[2]。20世纪80年代改编电影保留了原作介入现实的深度和力度，以生命美学的特征引人注目。

所谓生命美学，是指电影抛弃了虚假浮泛的现实描绘，而真实表现生活矛盾。简言之，“血肉丰满的人生状况和直面现实的人生态度，构成中国电影的真实生命形态”[3]。对现实主义生命美学的追求，也即是洞察人在现实社会中的客观复杂处境，理解包容人的多面性。

1984年根据郭小川叙事诗《一个和八个》改编，由张军钊导演，张艺谋、肖风摄影的同名电影拍摄并公映，该片关注焦点更多放到被改造者（土匪）身上，通过土匪的所作所为表现出人性的复杂，在革命颂歌中混入了不那么正统的凡人小调，影片可说是现代主义思想和美学在电影中的初次尝试，其空间造型具有一种大写意的特征，天空阴沉，黄褐色的原野上一片空旷，一切具体的物象，诸如田野、村落、房屋、道路、庄稼等隐而不见，以自然环境的乏味单调强化影片阴郁的氛围，象征着片中人物孤立

① 〔法〕安德烈·巴赞：《电影是什么?》，崔君衍译，中国电影出版社，1987，第13页。

② 周星：《论中国电影现代性进程》，《戏剧》2000年第1期，第17页。

③ 周星：《现实主义美学的魅力——论第四代电影导演的现实主义特质》，《新疆石油教育学院学报》2000年第1期，第87页。

无援的严峻处境，影片的画面构图强烈、饱满，运用了大量的中近景镜头，拍摄对象好像挤满了整个画面，多有半个脸、半个身体等不完整构图，既放大人物表情，也暗示人物内心情感的破碎和挣扎。这部影片表现的是本来凶残蒙昧的罪犯在受到感化之下内在灵魂的转变和人性的新生，内景拍摄全都是狭小的空间，这与关押在里面的犯人们精神和肉体被扭曲的状况是协调的，外景拍摄出现了苍凉、辽阔、空旷的大地和天际，这与他们健全人格的重新确立，精神生命的重新获得相呼应。

新风格电影的产生并不一帆风顺，“在新的代替旧的文化方式，与传统文化体系为支撑所构建的传统社会，在现代性的置换中，必然会经历激烈的争斗和力量的博弈”①。广西电影制片厂领导看完样片大为不满，剧组面临巨大压力，摄影张艺谋说：“必须坚持冒险到底，退回来前功尽弃。现在没有别的路，只有按这个拍法，更极端、更夸张地拍下去。画面简单、强烈、奇特，这是唯一能够出奇制胜的手法，而且要干就干得彻底，不极端别人得不到你的强烈的信息。”② 肖风和美术设计何群赞成，拍摄因此继续坚持这种风格。

1983 年 10 月该片完成拍摄被送至文化部审查，正遇上文艺界批“人性论”，在全国故事片厂长会上成为“清除精神污染”的活靶子，受到几乎一边倒地批判。出品方广西电影制片厂厂长韦必达和大导演郭宝昌为之辩护游说，经过长达一年的批判、辩解、修改、再批判、再修改拉锯，1984 年末影片才得以公映。

---

① 丁亚平：《中国电影历史图志（1895～2015）》，文化艺术出版社，2015，第 753 页。

② 倪震：《北京电影学院故事——“第五代”电影前史》，作家出版社，2002，第 174 页。

三　创伤与抚慰

根据张贤亮《灵与肉》改编的《牧马人》叙述“右派”分子许灵均在20世纪六七十年代的生活遭际，虽然小说也表达出把苦难看作财富、把历史视为人生考验的倾向，但原作大量篇幅展示的中心仍是“伤痕”，而改编时，主角受到的苦难为讴歌人情的必要背景，重心放在强调“老右”许灵均受到马场工人关怀，找到人间温暖上。

《牧马人》把原作中许父看望许灵均改为许父要带许灵均出国，增添了一段父子对话作为点睛之笔。

> 父：“我还要把你放在摇篮里，我要恢复你作为一个人的价值，我要树立你的信念，我……”
>
> 许：“在中国，国和家的关系太密切了，国的命运也是家的命运……我死去过，不过我又活过来了，我不但找到了人的价值，我还找到了人的温暖。”

有人评价称，“这部影片主要通过主人公许灵均的备受折磨的传奇般的遭遇，描写了知识分子和劳动群众的血肉关系以及和养育他的土地的关系，表现了崇高的爱国主义的伟大感情”①。许断然拒绝出国虽然受尽磨难，但在痛苦中他体会到温暖，他自觉把维护国家的荣誉感置于个人价值的实现之上，而刚刚过去的遭遇被他看作“一场模糊的梦”。

① 刘梦溪：《电影的歧路与坦途——1981年国产故事片印象谈》，《电影艺术》1982年第2期，第4页。

影片中，许灵均初到马场，痛苦到要自杀，没想到马场那些表面粗鲁的工人尊重、照顾、保护他，并安排他娶逃荒的四川姑娘，许灵均欣然接受“包办婚姻”，娶妻生子，体会到了人伦之乐。[①] 有人认为，“他在苦难中找到了他人生中最匮乏的东西……从而促使观众从更多的视角去体验、反思‘文革’”[②]。钟惦棐对《牧马人》的评论则有不同意见，他针对李秀芝形象、马厩旁暗示许灵均厌世的绳套等与小说中对人物的描写不甚符合的细节指出：“我们是在自觉地将电影现实主义让位于文学现实主义。”[③] 钟老此言切中肯綮，这的确是影片对现实的回避。

《牧马人》对《灵与肉》的改编策略，代表了与“伤痕文学”紧密相连的“伤痕电影”的总体特征，这类电影产生于党的第十一届三中全会的召开之后。党的十一届三中全会标志着中国进入了走向改革开放的新时期，从政治、经济到思想文化各个社会生活领域，都迫切需要和期盼消除历史的阴影，这一时期的文艺创作致力于以恰当的方式辞旧图新。正如柏格森所指出，我们在一个与过去的事件和事物有因果联系的脉络中体验现在的世界，对现在的体验很大程度上取决于我们关于过去的知识，美国社会学家保罗·康纳顿套用柏格森的观念，认为“这是一条暗示的规则：任何社会秩序下的参与者必须具有一个共同的记忆”[④]。

---

① 对这种主题转换，戴锦华称之为，“以云隙间的数颗细小而微弱的星之间的相互慰藉，来遮掩并置换漆黑而浸血的天空”。戴锦华：《斜塔：重读第四代》，《斜塔瞭望：中国电影文化 1978—1998》，远流出版事业股份有限公司，1999，第 20 页。

② 王海洲：《80 年代中国电影对“文革”的叙事》，载陈犀禾、聂伟主编《华语电影工业：历史流变与跨地合作》，广西师范大学出版社，2012，第 133 页。

③ 钟惦棐：《电影〈牧马人〉笔记》，《光明日报》1982 年 4 月 24 日。

④ 〔美〕保罗·康纳顿：《社会如何记忆》，纳日碧力戈译，上海人民出版社，2000，导论第 4 页。

“所有的开头都包含记忆因素，当一个社会群体齐心合力地开始另起炉灶的时候，尤其如此”①。

“伤痕文学”应运而生，在第四次文代会上，茅盾在讲话中肯定了伤痕文学的价值：“它可以而且必然会使同时代和下一代人提高警惕，不许‘四人帮’横行的噩梦似的十年再出现在我国。”② 周扬的报告也肯定了包括《班主任》《伤痕》《大墙下的红玉兰》等作品，认为“人民的伤痕和制造这种伤痕的反革命帮派体系都是客观存在，我们的作家怎么可以掩盖和粉饰呢?”③“伤痕”这种比较“刺眼”的命名仍然引起争议④，但在其意义指向上达成了一致共识，正如丁帆所说，“追寻与叩问那个戕害人性的封建专制时代的合法性与合理性问题”⑤。

根据伤痕文学改编的电影以更加柔化的方式呈现故事，如《牧马人》所展示的，在人物设置上增添质朴善良的工农兵群众，

---

① 〔美〕保罗·康纳顿：《社会如何记忆》，纳日碧力戈译，上海人民出版社，2000，导论第1页。

② 茅盾：《解放思想 发扬艺术民主》，载中国文学艺术工作者联合会编《中国文学艺术工作者第四次代表大会文集》，四川人民出版社，1980，第70~71页。

③ 周扬：《继往开来，繁荣社会主义新时期的文艺》，载中国文艺年鉴社编《1981年中国文艺年鉴》，中国文艺出版社，1982，第78页。

④ 朱寨认为，“‘伤痕文学’的提法，始于1978年8月11日《文汇报》发表短篇小说《伤痕》后引起的讨论中，之后，人们通常习惯地把以揭露林彪、‘四人帮’罪行及其给人民带来的严重内外创伤的文学作品，称之为‘伤痕文学’，有人把‘伤痕文学’又称为‘暴露文学’‘伤感文学’‘批判现实主义文学’等。”见朱寨主编《中国当代文学思潮史》，人民文学出版社，1987，第540页。陈思和则把“伤痕文学”的命名归功于《文艺报》1978年9月2日的座谈会，“9月2日，北京《文艺报》召开座谈会，讨论《班主任》和《伤痕》，‘伤痕文学’的提法开始流传”。见陈思和主编《中国当代文学史教程》，复旦大学出版社，1999，第189页。

⑤ 丁帆：《80年代：文学思潮中启蒙与反启蒙的再思考》，《当代作家评论》2010年第1期，第5页。

在主题上挖掘苦难中温暖的人性、人情，用道德谴责替代政治批判；在叙事模式上，淡化伤害，以平反昭雪的团圆结局昭示民族和国家的新生，在回顾历史，暴露伤口的同时，引起人们对疗救的注意，对抚慰创伤起到了积极作用。

第二节　个人化历史再现

20世纪80年代开始，一些改编影片从个人化视角去阐释历史，这是人的主体地位确立的重要表现之一。历史与认识历史是传统人文知识和理念最重要的组成部分，伽达默尔曾详细剖析狄尔泰的历史意识中科学和生命哲学的冲突——生命需要的主体性反思和绝对客观的真实事件研究，并指出“历史意识就是某种自我认识方式”①。西美尔在《历史哲学问题》开篇就指出，“人是历史认识的主题”②，利科也进一步提出，“历史试图解释和理解的东西是人”③。这些论述都说明，认识历史与认识人本身是同构关系，阐释历史，实际是在确认人的存在。

同时，这些影片具有鲜明的人道主义精神，唯美的艺术风格，“过去（‘文革’）是将自我淡化以趋向‘主体中心’，现在是淡化自我以融于普遍人性之中，前者的趋向是迷狂状态的，后

① 〔德〕汉斯-格奥尔格·伽达默尔：《真理与方法》（上），洪汉鼎译，上海译文出版社，2004，第305页。

② 〔德〕格奥尔格·西美尔：《历史哲学问题——认识论随笔》，陈志夏译，上海译文出版社，2006，第43页。

③ 〔法〕保罗·利科：《历史与真理》，姜志辉译，上海译文出版社，2004，第11页。

者的融化却是理智的感伤状”[1]。这种对历史的诗意的、个性化的表述，张扬了人面对历史与社会的主体地位，与时代痛定思痛、昂扬进取的普遍意识是一致的。

一 微观化的大时代回忆

影片《城南旧事》根据我国台湾女作家林海音的同名小说改编，展现了童年生活记忆中“淡淡的哀愁、沉沉的相思”，影片风格清新感伤，获得国内外多个奖项，是吴贻弓导演生涯的里程碑。

原作《城南旧事》是一部散文化的小说，由几个散乱的故事组成，故事彼此之间没有太深联系，改编成的电影以“离别”之情为主题，串联起三个故事，致力于营造一个浸润着“此情可待成追忆”的遥远时空，一块没有尘世喧嚣和意识形态干扰的心灵独白的领域。有些评论者认为这部电影在结构上太散乱，导演吴贻弓辩解“影片在外部结构上的不贯穿实际上是被情绪内核上的贯穿所代替了”[2]，影片形散神凝，与其说忠实于小说故事，不如说更注重小说的情感氛围。

为实现传情达意目的，影片在构图、对白、剪辑上极为讲究，例如，秀贞对英子叙说自己昔日情事，两人坐在庭院中，身边些许花木围绕，与其他景物通过圆形月洞门隔开，形成一个封闭式的全景镜头，构图优美，氛围冷清寂寥，暗示秀贞被视为“疯子”的隔绝处境，画面浸润着淡淡的甜蜜、哀愁和感伤。导

① 高名潞：《当代中国美术运动》，载甘阳主编《80年代文化意识》，上海人民出版社，2006，第36页。

② 吴贻弓：《〈城南旧事〉导演总结》，《电影通讯》1983年第2期，第15页。

演用饱含同情的镜头让废墟荒草丛中小偷自诉家贫无能供弟弟读书，紧跟着用一群孩子坐在窗明几净的教室里欢声歌唱“我们看海去，蓝色的海上扬着白色的帆，金色的太阳升起来……”作为对比，怜悯之情尽显。当青年学生在大街上被警察带走，特写英子哀伤困惑的眼神，紧接着，夜里英子问妈妈“我今天看见出红差的，尽是学生，他们犯了什么罪?”这一组镜头剪接巧妙，对旧社会的不公正、民生凋敝、政治腐败做出批判，却又含蓄内敛。

小说以第一人称叙述，影片也以英子的眼睛贯穿全片，全片百分之六十以上的英子主观镜头，都模拟儿童视点从较低机位拍摄，小英子隔着窗帘或门帘得知真相，政治和社会的宏观历史化为个人的心灵史，沉重的历史隐退为后景，而个人的情感、命运成为焦点。

导演吴贻弓说：“我们这批导演有很浓郁的理想色彩。……我在拍《城南旧事》时，大概多多少少、直接或间接地在影片里倾注了自己的理想色彩和美好希望。”[①] 他对电影的定位是“一张放旧了的甚至是发黄了的照片”“一件简单的乐器奏起的单纯而古朴的小曲”“一杯淡雅的清酒”，他希望创作人员“把精力放在或是那一抹夕阳的余晖上，或是那一声远远的叫卖上，或是那一缕刘海儿上，或是那一张旧报纸上，或是那一副戴得将破的小帽头上，或是那一声轻轻的叹息上……”[②] 影片中以旧时样式搭建的北京胡同、青灰土黄色调、舒缓节奏、老曲骊歌配乐都是实现

① 吴贻弓、汪天云：《承上启下的群落——关于‘第四代’电影导演的对话》，《电影艺术》1990 年第 4 期，第 17 页。

② 吴贻弓：《〈城南旧事〉导演阐述》，《电影文化》1983 年第 2 期，第 23 页。

吴贻弓对影片构想的道具和手段，《城南旧事》被拍得如诗如歌，悠扬婉转，情思无限。

吴贻弓所代表的"第四代"导演[①]，在改编影片时，往往用大量富有感情意味的细节来丰满作品本身的骨架，通过对白、配乐、运镜、构图和打光等各种电影手段极力制造抒情浪漫的情调。对此，有人说，"纯情的'共和国情结'、理想主义和浪漫主义色彩的自我定位，使第四代导演不愿意直接面对历史，或者说，不愿意直接面对历史中非诗情画意的、残酷的、腥风血雨的部分，尤其当这种诗化历史的主体意识与积极向上的创作态度也即主流意识形态在 20 世纪 80 年代初期所期盼的进取姿态达成一致的时候，第四代导演便很自然地一跃而成为这个时期中国精神和中国文化的影像代言人"[②]。第四代导演达成对中国电影文化品格的提升和关注视角的位移，在倾心追求"真善美"的同时，也注入浪漫主义气息和理想主义色彩。[③] 第四代导演虽然宣称奉巴赞纪实美学为正宗，但他们的作品并非对历史和现实的客观再现，而是情绪化的主观重构，他们注重发挥电影的影像本体特性，也即风格、造型、意象等，意图柔化现实的伤痕，营造诗意的古典美学的情感氛围，传达个体心灵的丰富感受。

举例来说，张暖忻导演根据张曼菱小说《有一个美丽的地方》改编的《青春祭》，以第一人称回忆的画外音开始，女主角回忆着在一个红色的喧嚣年代，在远离人群的地方，少数民族的

---

① 对中国五代导演的分代，参见陆绍阳《中国当代电影史：1979 年以来》，北京大学出版社，2004，第 47 页。

② 李道新：《中国电影的史学建构》，中国广播电视出版社，2004，第 291 页。

③ 饶曙光：《守正创新 通变集成—— 新中国电影 70 年的历史与美学》，《电影艺术》2019 年第 5 期，第 3 页。

本真生活、自然天性感染了只会穿绿军装的少女，她的女性意识和对美的追求悄然觉醒。

影片中有许多抒情画面，如傣家人跳入水中，摘给女主角一朵纯美的荷花；90岁的傣族奶奶送给她珍藏多年的银饰腰带；头上戴花的傣族姑娘在夕阳下的椰林里穿行，脱光衣服在河里无拘无束地洗澡嬉戏，以及围着篝火载歌载舞、夜晚幽会、排队照镜子，等等，配上顾城作词的童谣“青青的野葡萄，淡黄的小月亮……”轻轻吟唱，影片显得格外清新、自然，洋溢着动人的诗意。

二　历史作为后景

相比80年代的抒情，90年代的个人化历史叙事更注重在历史思辨之下对生命本身开阔和丰富的表达。

1993年陈凯歌执导，根据李碧华同名小说改编的《霸王别姬》在几十年的大风大雨、惊涛骇浪中讲述了一段哀婉深沉的梨园往事。相比小说叙事的内缩，影片视野更加开阔，强化了对历史背景的叙述，将故事时间设置为抗战前夕至“文革”结束，扩大了故事的时间容量和社会广度，在复杂多变的历史演进中，塑造了更加立体的、变化发展的人物。

1994年根据余华同名小说改编的电影《活着》，故事时间跨度从40年代延伸到60年代，讲述纨绔赌棍福贵坎坷多舛的一生。小说原作采取故事中的故事套层结构，由“我”碰到福贵引出福贵自述，电影则改为第三人称视角全能叙事。小说原作模糊时代背景，关注人生存的不确定性，以福贵一生与表现人生存的艰难，用个体的命运隐喻人类整体的存在状态，具有形而上的思辨意味，福贵的人生经历有力诠释了哲学家的思考“人没有锐爪强臂利齿而现实地和历史地活下来，极不容易，不容易又奋力‘活着’，这本身成为一种意义和意识”①。

电影缓和了福贵的不幸，加入丰富背景细节，引导观众从对纯粹的命运悲剧的感慨转移到对人与历史关系的思辨上，从个体角度切入对宏大历史叙事的细微处的理解，是一部平民化、私人性的史诗，既凸显个体面对大时代风云变幻的无奈，又展现大政治之下多元的私人生活，显现出坚强、达观的生命韧性。

1995 年上映的《阳光灿烂的日子》，根据王朔小说《动物凶猛》改编。影片聚焦马小军、米兰、刘忆苦等青少年的青春期萌动，用丰富的艺术手段，消解权威、解构神圣，在半现实半荒诞的叙述中，再现成长的喧哗与骚动。

在电影主角猴子似是而非的回忆中，我们看到非常个人化的青春期成长叙事，相较于小说原作，电影凭借其影像打破过去与未来、真实与想象界限的特色，整体风格更加梦幻、激情、躁动、茫然，表现在一个喧嚣的时代，青春以一种“动物一样凶猛”的姿态度过。片中，社会运动的特殊时期仅仅是青少年们可以任意游荡的背景，历史在影片中几乎是无足轻重的，人物本身的欲望和情感才是表达的重点。

改编电影将历史背景置于后景，通过个人化的历史叙事，体现出对人、对历史的主体地位的确认，对人的情感与命运的关注，人成为故事的中心。这种改编手法在后来的影片中也一再运用，如 2009 年根据赵冬冬小说《八路牛的故事》改编的《斗

① 李泽厚：《李泽厚哲学文存》（下），安徽文艺出版社，1999，第 657 页、660 页。

牛》，将原作对军民鱼水情主题的表达，变成了以黑色幽默的手法，在笑中带泪的叙述中，通过战乱之中小人物的韧性生存，表现人在大历史旋涡中的无奈与无常。

相反的例子，2019 年根据埃德加·斯诺同名纪实作品改编的《红星照耀中国》，原作是斯诺从个体角度观察中国革命，是“有我之境”，而改编电影将斯诺这个主角的存在意义定位为用来串起一个个革命领袖故事的线索，失去了斯诺的个人情感和思考，叙事变成人物展览，当然也就没有动人的情感力量和对中国历史深刻的思辨。

当然，也需要指出，对历史的个人化表述不等于扭曲真实，关于历史的表述都应当符合历史发展的客观本质，符合社会发展的客观规律，符合中国未来发展的客观需要，“抒写影像历史中的诗意情怀，而不能让中国革命的历史在影像世界里失去其特有的逻辑”①。尊重历史是个人化历史叙事在面对客观事实时的基本准则。

第三节　现代病症候

20 世纪 80 年代末 90 年代初开始，中国经济飞速发展，实用主义、物质主义开始风行，工具理性、技术理性排斥人文理性，传统熟人社会消解，部分民众价值观混乱和道德水准下滑。人们因为身处社会结构的不同位置，难以沟通，难以产生情感共鸣。

① 贾磊磊：《论当代中国主流电影的历史叙述》，《广州大学学报》（社会科学版）2020 年第 3 期，第 110 页。

一　都市网络的疏离断裂

个人情感失落，首先体现在都市生活的描述中。都市是现代人精神生活状态的集中展示，马歇尔·伯曼在论及现代性体验时，特别分析了“大街上的现代主义”①，弗里斯比指出，“无穷无尽的印象带来的感官袭击，无名个体的永不休止的并置，产生了加重的神经过敏——它需要各种形式的向内退隐和社会距离来加以缓解——甚至还导致了一种完全冷漠的状况”②。高速发展和运转的都市社会对中国传统道德伦理和情感取向造成了巨大的冲击，城市人游离于物的极大丰盈与情感的干涸之间，茫然无措，他本能地努力调适生存方式，寻求情感的满足，实际上又无法实现与他人的有效交流，这是这一时期许多电影思考的问题。

1989 年根据刘恒小说《黑的雪》改编，由谢飞导演的电影《本命年》对都市空间的影像展示表达出探寻失落情感的主题，影片中“‘城市’明显地被表述为一个陌生的、充满敌意的空间，推拒与游离或许是影片作者最向往的方式”③。该片色调阴郁，男主角作为事业、爱情的失败者，独自穿行在阴影浓重的都市街道和冷漠的建筑，就连最后的死亡，在城市的喧嚣里也显得无声无息。

在《空间的生产》一书中，列斐伏尔认为空间是社会关系的

---

① 〔美〕马歇尔·伯曼：《一切坚固的东西都烟消云散了》，徐大建、张辑译，商务印书馆，2003。

② 〔英〕戴维·弗里斯比：《现代性的碎片》，卢晖临、周怡译，商务印书馆，2003，第 355 页。

③ 陈晓云：《电影城市：当代中国电影的城市想象》，《当代电影》2008 年第 6 期，第 47 页。

重要组成部分，他用“空间实践”“空间的再现”“再现的空间”等概念定位城市空间的三维属性，即物质性、社会性和精神性。[①] 按照其理论，城市空间对人的冷待和抗拒，是城市生活中人的情感失落和人际关系疏远的映射。

1997 年，张艺谋根据凡一平的小说《晚报新闻》改编成电影《有话好好说》，以黑色幽默的手法表现了人与人之间沟通的不可能。小说与电影的情节构建、人物形象、主题都完全不同。“它们之间的联系只是那么一点点而已，我自己也从来都是这样看的”[②]。小说原作把新闻播报穿插到主线叙述中，讲述都市男女情爱故事，改编电影实际上只撷取了小说三角恋的设置和结局的打人事件，通过恋爱纠葛展现社会问题，具有明显的黑色幽默荒诞感。

小说原作叙述节奏慢，语言平白，影片则节奏明快，对话诙谐，台词密度大，片中对情节发展起到推进作用的主要是三对矛盾：青年赵小帅与漂亮姑娘安红的矛盾，赵寻找爱情的慰藉，安却只愿意给他性的满足；赵小帅和情敌刘德龙的矛盾，刘是娱乐公司老板，有钱有势，他找人打赵，并试图用钱解决问题；赵与知识分子张秋生的矛盾，赵无意中摔坏了张的笔记本电脑，张向他索要赔偿。这三对矛盾指向了 90 年代中国社会开始出现的三大症状：欲望泛滥而情感缺失、社会群体分化、人与人难以沟通理解，由此，影片扩大了小说反映时代社会的广度，刻画了典型

---

① 孙全胜：《列斐伏尔“空间生产的理论形态研究”》，中国社会科学出版社，2017；张子凯《列斐伏尔〈空间的生产〉述评》，《江苏大学学报》（社会科学版）2007 年第 5 期，第 10 页；胡小武《城市社会学：文化、空间与结构研究》，南京大学出版社，2014。

② 述平：《谈〈晚报新闻〉》，载《小说月报》编辑部编《小说月报：从小说到影视》（二），百花文艺出版社，2011，第 217 页。

的现代都市人的心灵世界。

影片中，张艺谋放弃绘画式精美画面，不用三脚架、反光板，以手持和肩扛摄影营造画面的运动感，多取人物的近景和特写，充满逼迫感，营造出紧张不安的氛围，并刻意使用大量晃动镜头，使画面碎而短促，摇曳不定。

晃动镜头常用作主观镜头，用来表现醉酒、精神恍惚、颠簸等效果，在本片的使用则传达出人物内心的动荡、焦躁、困惑，“表现当代都市人心理情绪上的失衡与浮躁”[①]。影片中屡屡出现的倾斜式不完整构图也强化了这种不稳定之感。同时，本片以镜头画外声北京琴书说唱贯穿始终，唱词与故事情节和人物心理密切相关，不断调侃剧中人，刻意利用说书人创造出打破第四堵墙的效果。

电影场景对城市的再现不是基于现实的简单展示，它寄寓着影片创作者对都市、都市人以及其背后的工业文明、现代伦理的理解、认识与期待，“电影中的景观，既取自步调紧凑的现代都市生活，又有助于形成忙乱、脱序的都市节奏，使它成为社会准则。它同时反映、形塑出新式的社会关系，而此一关系正是在陌生人来来往往的拥挤街道上发展而来”[②]。电影营造的混乱感正是

---

① 张阿利：《晃动镜头与浮躁情绪——评电影〈有话好好说〉》，载张阿利《电影读解与评论》，太白文艺出版社，1999，第 196 页。另影评人焦雄屏说，“九零年代的中国大城市，一股躁动不安，充满了欲望，大家都有冲动不安的心，看事也没有理性，不客观，一件事不知会怎样发展，先这样再说。”焦雄屏《风云际会——与当代中国电影对话》，远流出版事业股份有限公司，1998，第 89 页。

② 大卫·克拉克：《窥见电影城市》，载陈犀禾、黄望莉主编《电影与都市：都市经验、视觉空间与电影消费》，中国电影出版社，2011，第 78 页。

都市人迷茫错乱的精神状态的外在化体现。[①]

在其他风格接近的电影中，如根据王朔小说《橡皮人》改编的《大喘气》、根据东西小说《猜到尽头》改编的《猜猜猜》、根据棉棉同名小说改编的《我们害怕》等片中，其影像也都带有现代主义元素，场景与现实生活似是而非，充满荒诞和怪异感，如因为受到精神创伤而变成橡皮人、在阴影幢幢鬼气森森的洞穴中寻找丈夫等，传达出人物歇斯底里的极度焦虑、恐惧、盲目等诸种情绪，表现在快速发展变化的现代生活中情感、精神的失落。

2000年根据王朔《狼狈不堪》改编的《一声叹息》和2003年根据刘震云同名小说改编的《手机》，两部电影都以知识分子的婚外恋造成的一地鸡毛为题材，表达中年人的精神疲惫，这种疲惫来自现代都市生活的紧张、快速，追逐欲望带来人与人关系的易碎多变，造成情感的极大损耗。在《手机》中有一句台词，对以手机为代表的信息时代造就的人际交往被无限拉近的尴尬，

① 非常有意思的是，据《直面张艺谋》作者李尔葳观察，这部电影上映的时候，在深圳一家电影院，主持人特意问台下刚看完电影的观众："这部电影在北京放映时，有观众看了觉得头发晕，不知你们觉得晕不晕?"台下观众齐声回答说："我们不晕。"在武汉一家电影院，一位五十多岁的男同志激动地对张艺谋和其他主创说："您这部电影使我变得年轻了。"在武汉另一家电影院，一位三十多岁的男同志激动地冲到台上去和张艺谋、姜文、李保田等一一握手后，手持话筒激动地说："张艺谋，我看到的你所有的电影中，这部电影最好看，谢谢你！"一位看上去仅有二十多岁的年轻姑娘大胆地走到台前，对张艺谋说："我很喜欢《有话好好说》。我认为这才叫真正的艺术。"他还在武汉人民电影院看到这样一个景象，该电影院拥有五六个电影厅，同时在放映其他进口片和国产片，各放映厅全都观众无几，而放映《有话好好说》的一个多达800多座的放映厅不但座无虚席，还有不少在走道上站着看片的观众。在这些故事中，观众对影片画面风格的接受和喜爱，既表现出城市观众审美的变化，也是城市人情感立场的表达。

叹息“太近了，近的人都喘不过气喽!”正是对都市中情感的疏远与物理距离、媒介空间关系的逼仄之间形成的压迫感、窒息感的述说。

在科技、经济高度发达，物质极大丰富的表象繁荣之下，现代社会面临着人文精神失落的内在危机，“人”的自由和尊严遇到来自信息技术、克隆技术、器官移植技术、人工智能等新兴科技的威胁，对个人价值的实现、主体地位的确立、人与人真挚关系建立的可能、性灵解放的可能都充满了迷惘和不确定感。

二　乡土社会的伦理失范

不仅城市中人与人关系疏离，农村传统宗法社会、人情社会也正在解体中，乡村的伦理失范正在成为问题。

2017 年根据贾大山小说《梦庄记事》改编的《村戏》，虽然拍摄时间较晚，但对影片中农村经济改革初期出现的情感、伦理问题的表述回到了历史现场。导演郑大圣在小说的电影改编上一直体现出创新精神，2012 年他执导的根据林希小说《天津闲人》改编的电影就将原作的市井传奇变成了大时代下的人性寓言。这部《村戏》也体现出同样的倾向，故事发生在 20 世纪 80 年代初的乡村，随着包产到户的到来，村中人与人之间的相处模式和情感立场悄然发生改变，种种悲喜剧展示了物质欲望的膨胀中人性的阴暗，乡村人情社会的崩溃。小说原作叙事简略，风格清淡质朴，而电影采用风格化的视听语言，借以表现人心乱象。

2002 年根据小说《寻枪记》改编的电影《寻枪》聚焦于农村小镇上的现代化进程，影片将小说故事加以改造，在讲述寻枪故事的同时揭示了现代工业文明、市场经济体制带来的物本位价值观对乡土社会传统伦理秩序和情感联系的破坏。

影片在运镜上，最引人注目的是视角模糊漂移的主观镜头的使用，如学者所言，“这样的视点操控使影片从一个‘寻枪’的外在悬疑结构走向对丢枪者马山内在精神世界的揭示”。[①] 当马山在小镇上疯狂而又漫无目的地寻枪时，镜头动感强烈，一路紧跟马山穿行于迷宫式的小巷街道中，越轴拍摄营造出强烈的超现实感，配上画外音马山呼呼的急促喘气声，展示主人公的不安、惶恐和忧虑，这种不安来自对命运的无能为力和对环境的陌生。

在主题上有相似意旨的2009年影片《生日》，根据鬼子的中篇小说《瓦城上空的麦田》改编，叙述了富有荒诞色彩的悲剧：农村的父亲受到已经成为城市人的子女的冷落，愤然把朋友的骨灰坛冒充自己的送到儿子家门口，以此试探儿女孝心，儿女见骨灰坛上有父亲身份证便确信父亲已死，为其筹办后事，父亲后悔想要告知真相，儿女却认为他是冒充的，对他谩骂和驱赶，父亲无论如何也无法证明自己的身份，在绝望和愤怒中自杀。家族宗法的血缘牵绊、乡土社会的亲情联系都被都市文明、工业社会抹去了，人的主体性丧失，以至于物的真实性被接受，人的真实存在却被排斥。

传统熟人社会瓦解，新的情感联系难以建立，这是弥漫整个社会的世纪病。在走向现代化的进程中，“城市和乡镇经历着时空层面的环境变迁、生态变化、历史空间的改变”[②]，由单位、同村人聚集扩展起来的居住群落分裂，建立在熟人社会基础上的互

---

① 皇甫宜川：《有意味的生存——陆川电影视点考》，《当代电影》2016年第6期，第47页。

② 胡小武：《中国式“城愁”：形成及其纾解》，《河北学刊》2016年第4期，第178页。

助互惠、互相关心的情感不再，人与人关系的突然断裂带来惶惑和孤独感，就如滕尼斯在提倡公社生活时所说，“人步入社会就如步入某种陌生地，人们只是保持一种暂时的和表面的共同体生活”。[①] 人与人无法结成牢固的关系，越来越趋于“社会原子化”。

展示现代社会情感病的影片往往以超现实影像，模糊外在现实世界具体时空，讲究人物的伦理性内涵和象征性设置，以人物情感意识流动重构现实关系，影片情节可能荒谬绝伦，不符合现实逻辑，但所传达的对情感交流在城市工业文明侵蚀下丧失的焦虑和伤痛却是真实合理的。

第四节　想象的怀旧

快节奏、碎片化的交往形态削弱了人与人之间的稳定关系，艺术转向从远离尘嚣的世外桃源或者对过去年代的想象性怀旧中寻找健康丰满的人情、人性。许多影片，如根据鲍十小说《纪念》改编的电影《我的父亲母亲》、改编自曹文轩同名小说的电影《草房子》、改编自葛水平同名小说的电影《喊山》等，都带着旧日感伤与脉脉温情，暂时性地抛开钢筋水泥和物欲横流的城市，书写了宁静乡村的淳朴美好。

一　对乡土的眷恋

在乡村怀旧叙事中，第一类注重展现乡村远离尘嚣的纯美，如根据同名小说改编的《那山那人那狗》、根据小说《纪念》改

① 〔德〕斐迪南·滕尼斯：《共同体与社会》，林荣远译，商务印书馆，1999，第 47 页。

编的《我的父亲母亲》等电影。影片以乡间生活的再现为中心，画面优美、情感浓郁、氛围诗意，相较原作更加浪漫。

以《那山那人那狗》为例，影片改编自彭见明同名小说，由霍建起执导。这部影片在国内票房不佳，但赢得了良好的口碑，获得国内外多项大奖，尤其在日本受到了广泛喜爱，自 2001 年 4 月在日本上映，观众累计达 40 万人，同名小说借势在日本发行近 8 万册。影片打动观众的正是桃花源中宁静安详的生活与自然传统的生活理念。

《那山那人那狗》讲述邮递员工作在父子间交接，老少两代人借此达成心灵沟通，在波澜不惊的故事中深深浸润着人与人之间的关怀、理解以及对信念的坚持，借老邮递员之口表达固守田园的人生志趣。作者彭见明说："我就想写一篇轻松、抒情、清心、晓畅的小说……人之间的关系，如能够单纯干净一些，多好。"① 小说赞美自然人性，展现传统美德的回归，描摹神秘壮美的山林之悦。改编电影对质朴温暖的人情之美进行了强化。

本片正如学者所言"在影像风格上无限追求唯美，以空灵的影像和流畅自然的叙事，实现了影像画面、声音元素的浑然一体，将中国散文诗化电影推向了一个新高度、新境界"。② 影片唯美纯净，如同自然的画卷，泥泞小路蜿蜒于山林之间，袅袅炊烟从农家升起，小雨微微茫茫，山林青翠空蒙，霍建起将柔和的光影和优美的画面相结合，将故事书写得温情柔美。

片中邮递员父子到侗寨那场戏，很是细腻动人：大远景中，

---

① 彭见明：《与〈那山那人那狗〉有关的话》，《湖南工业大学学报》（社会科学版）2012 年第 1 期，第 12 页。

② 饶曙光：《关于农村题材电影的若干思考》，载厉震林、胡雪桦主编《电影研究》，中国电影出版社，2015，第 5 页。

阳光下无边无际翠绿的田野占据整个银幕，少女笑语声清脆欢欣；舒缓的乐声中切入下一个镜头，全景中宁静高耸的山峦，从橙红过渡到蓝紫的晚霞笼罩山头，暮色四合，有人提着一盏灯笼从廊桥中走过，红色温暖的火光划破暗沉的夜。此时欢快的歌声响起，画面推近成中景，几个盛装的侗族青年出现在画面中，镜头聚焦特写从他们笑逐颜开的脸上转向手中的红灯笼，再转向一串高挂的灯笼，拉远，全景展示灯笼照耀下成群结队吹着笙、打着伞的青年男女，他们高燃篝火，欢歌舞蹈。在舞曲声中，老邮递员看着儿子和少女脸上的笑容，回忆起阳光下树林中年轻时自己涉水渡河的情景，和少女的爱情往事。这一组镜头剪接巧妙自然，不着一字，尽得风流。

影片淡化争执，将年迈父亲和叛逆青年本来不可调和的分歧放在送信的过程中自然解决，这一过程由一系列平淡的生活小事构成：儿子随着父亲送信，为眼盲的百岁老人五婆念假信，抚慰老人思亲之情，承担着一系列邮递员分外的工作，而这些工作对乡亲起到了不可替代的情感支撑作用，儿子逐渐理解了父亲，在邮路上频频回头顾盼落后的父亲，背着父亲涉水过河，父亲也放下架子，为儿子点烟，影片以含蓄的方式探讨了责任、爱情、亲情、理想。中国传统伦理的“尊亲顺亲”“父慈子孝”在父子两人的身上得到真切展现，父子俩对平凡工作无怨无悔的奉献精神，乡民之间和谐醇厚的人情，亦是对于“天下大同”的想象呈现。

影片鄙弃物质至上的功利人生，赞美随意自然的生活态度，对在快节奏的机械化生活中疲惫不堪的都市人来说，是一曲关于世外桃源的思乡牧歌。

有意思的是，对比 20 世纪 80 年代的改编电影《老井》《人生》表现因农村物质的匮乏和经济文化的落后，农村知识青年热切期盼离开乡土到城市去，本片处处渲染农村人精神层面的美好，片中父亲一再表达对城市生活的厌弃，并以田园之乐打动了本欲前往城市的儿子，在影片最后，我们看到，年轻的儿子安然接受了农村邮差的工作。从进城到固守家园，影片人物在人生道路上选择的不同，是不同时代社会症结差异的体现。

在《老井》的时代，由于城乡分化，农村青年对城市充满向往，却不得其门而入。1992 年，党的十四大明确提出，我国经济体制改革的目标是建立社会主义市场经济体制。社会主义市场经济迅猛发展以及按劳分配为主体、多种分配方式并存的分配制度的实行，使得青年拥有了通过多种途径实现自由发展的可能。农村大批青壮年在强烈的摆脱贫困的愿望驱使下，开始艰辛的进城务工生活，大量农民工出现。直到今天，农民工仍然是城市建设主力军，据国家统计局的监测，2021 年全国农民工总量 29251 万人，比上年增加 691 万人，增长 2.4%。其中，外出农民工 17172 万人，比上年增加 213 万人，增长 1.3%；本地农民工 12079 万人，比上年增加 478 万人，增长 4.1%。[①]

随着时代变化，进城务工以一种新的方式回应了多年前高加林、孙旺泉的呼唤，这是《那山那人那狗》故事的现实背景，虽然跨越城乡差距还有很长的一段路要走，但农村青年毕竟具有了追求更加宽广的人生出路的可能。

---

① 《2021 年农民工监测调查报告》，中国政府网，http：//www.gov.cn/xinwen/2022-04/29/content_5688043.htm，最后访问日期：2022 年 6 月 1 日。

刘烨饰演的儿子的年龄、学历与真实的进城务工农民也是非常一致的，据调查，历年农民工大部分年龄在 40 岁左右，初中及以上文化程度的农民工占比超过 85%，约 1/3 接受过农业或非农职业技能培训。以 2021 年最新数据为例，在年龄段上，本地农民工平均年龄 46 岁，其中 40 岁及以下所占比重为 32. 6%，50 岁以上所占比重为 38. 2%；外出农民工平均年龄为 36. 8 岁，其中 40 岁及以下所占比重为 65. 8%；在学历上，未上过学的占 0. 8%，小学文化程度占 13. 7%，初中文化程度占 56. 0%，高中文化程度占 17. 0%，大专及以上占 12. 6%。①

农民工年富力强，对非农产业接受度高，学习和应用新技能速度快，加上吃苦耐劳、勤俭诚信的传统美德，推动了城镇和乡村经济的迅速发展，为我国 40 年来工业化的快速推进发展做出了不可磨灭的贡献，但他们的付出并没有完全获得相应的回报，对农民工来说，打工的生活充满艰辛和不确定，城市的人情是冷漠疏离的。这就是《那山那人那狗》中父亲反对儿子进城务工的缘由，电影非常真实地展现了徘徊于城乡之间的农民在面对生活环境与生活方式转变时的无奈。

二　出走后的复归

第一类乡村叙事是在地的、本土的，第二类则是重返田园，在走出桃花源之后，经历了世事喧嚣，以外来者的眼光去观照乡村，重新认识到乡村的美好。

---

① 《2021 年农民工监测调查报告》，中国政府网，http：//www. gov. cn/xinwen/2022-04/29/content_ 5688043. htm，最后访问日期：2022 年 6 月 1 日。

如1995年谢飞执导改编自张承志同名小说的《黑骏马》，在主题上有明显变化。小说表现草原文明和城市文明的冲突，既有对草原传统文化的赞美，也表达了对传统中某些不符合现代伦理的行为习惯的审视与质疑。电影里男主角白音宝力格在城市生活多年后再回到自己生长的草原，在他的眼中，辽阔的草原、深沉的蒙古长调、粗莽又真诚的蒙古汉子、慈祥的老奶奶、多情的青年女郎组成了没有被工业文明污染过的淳朴天堂。

影片借边疆民族文化醇厚的人情味，表达对本真人性的追求，反复探讨的蒙古民族精神，也即是顺应自然，依循人性，心胸宽阔，对天地充满敬畏与感恩，影片结尾，索米娅在分别的时候，对白音宝力格喊道："以后你有了孩子，就送来吧。我给你带大!"体现出草原女性宽厚博大的母性，在草原长大的城市孩子象征城市文明与草原文明的融合，这是影片对人与自然重返亲密关系的期望。

另外，2022年的电影《海的尽头是草原》也以"三千孤儿入内蒙"讲述了上海孩子与内蒙古家庭融合的故事，影片以城市男主角来到大草原上寻找亲人展开情节，通过他对妹妹的寻访再现那段苦乐交织的草原生活，与《黑骏马》的叙事有相似之处，但《海的尽头是草原》的重心在于述说人与人之间超越民族、地域、文化的大爱，表达中华民族共同体意识。两部影片有明显的主题差异，体现出社会主流思想的变化。

再以根据莫言原著《白狗秋千架》改编的电影《暖》为例，原作文字暗藏戾气，叙述了一个残酷的故事，悲剧感浓烈，美丽少女暖从秋千上不慎跌落，被灌木刺瞎了一只眼睛，双腿也重度残疾，意中人井河考上大学，离开乡村，毫无音讯，暖无奈之下，只能嫁给暴戾蛮横的哑巴，生了三个先天愚型的聋哑儿子，作者给女主人公安排的人生无疑是相当痛苦绝望的。而影片中暖摔跛了一条腿嫁给哑巴，生了一个美丽、健康而聪慧的女儿，她的生活虽然有缺憾，但安稳宁静，她对未来还有期盼。影片体察每个人物的困窘处境，包容人物道德品行的不完美，不管是期盼着都市生活，失望后安忍于现实的暖，还是离开恋人去城市，心中愧疚的井河，就连趁机娶了暖的哑巴，都表现出人的美好德行，因此洋溢着善良的人性、美好的人情，描画出浓郁的乡土风情。

《暖》是霍建起继《那人那山那狗》后又一部重要的代表作品。霍建起的电影作品有个人化的鲜明风格，“在任何一位电影艺术家的作品序列中，都必然存在着某种近乎不变的深层结构，这位导演的不同作品仅仅是这种深层结构的变奏形式”[①]。霍建起的电影总是关注人间的真善美，内容上选择平凡小人物日常人生中的喜怒哀乐，影像追求精致唯美，他在改编中偏好去掉原著残酷、尖锐一面，设置更加柔软温暖的人物与情节。霍建起用小人物的命运与情感，通过细节的深刻细致描绘，敲打着物质生活富足、情感却贫乏冷漠的现代都市人越来越麻木冷漠的神经。

三　旧时光与桃花源

第三类田园叙事，将时间设置于过去的年代，讲述在仿佛从不被时光惊扰，黄发垂髫并怡然自乐的偏僻小村里的纯美爱情。

以张艺谋在 21 世纪前后拍摄的两部言情题材影片为例，这两部影片与张艺谋之前作品风格迥异。张艺谋执导 1987 年根据

---

① 戴锦华：《电影批评》，北京大学出版社，2004，第 52 页。

莫言《红高粱家族》改编的《红高粱》、1990 年根据刘恒小说《伏羲伏羲》改编的《菊豆》、1991 年根据苏童《妻妾成群》改编的《大红灯笼高高挂》等片时，以大开大合、热烈泼辣的情感基调展示自然血性与历史阴影纠结的古老村镇中男女之间的情欲纠缠，而在 1999 年《我的父亲母亲》和 2010 年的《山楂树之恋》中，情欲表达明显是收敛的、保守的，乡镇村庄不再是封闭、野蛮、蒙昧的，两部电影述说的是静谧乡村中浪漫爱情神话。

《我的父亲母亲》根据鲍十同名小说改编。年迈的老妇人讲述发生在三十多年前的爱情往事。影片巧妙地运用了影像表意、传情作用，在色彩运用方面独具匠心，现实用黑白表现，回忆用彩色表现，使冰冷现实与美好回忆形成强烈反差，女主角红色的棉袄，在东北乡村的绿山、黄土和白雪地中，和谐又夺目，象征着她内心炙热的爱情。画面最终定格在那个过去的时代里，年轻的母亲穿着红色棉袄，跑在初次见到爱人的村口路上，影片结束在往日画面所勾起的浓郁的怀旧情绪之中。

2010 年根据艾米同名小说改编的《山楂树之恋》，叙述知青的爱情。影片淡化了小说故事轰轰烈烈的政治运动大背景，只采用原著的基本情节和故事框架，重点讲述静秋和老三在宁静的乡村进行白色山楂花般清白、淡雅的恋爱，这是一个完全剥离了性元素的纯洁神话。两人的相识、相恋主要情节都发生在油菜地、树下、河边等地，恬静天真的少女、真诚明朗的大男孩、安详静穆的村庄等构成清雅动人的画面，在一个躁动热烈的时代美好得几近于不真实。

与《红高粱》《菊豆》比起来，“《山楂树之恋》是如此普通、朴素和单纯……倾向于对梦幻般的、田园牧歌般的身体的凝视和诗化，回归的是中国的诗学传统而非压抑性的传统”①。

《我的父亲母亲》和《山楂树之恋》发乎情止乎礼，爱得真诚，同时克己复礼。告别了《红高粱》《菊豆》时期用热烈情欲破坏传统伦理的冲动，在欲望过于张扬的21世纪，张艺谋拍摄这两部影片表达对传统文化与情感的欣赏，倡导复古情怀，抒发对过去的想象性怀旧。

这种对回不去的乡村旧时光、对桃花源的想象与怀念的“乡愁”主题是身体已经在城市，而精神还流连于乡土的错位和矛盾的结果，是中国城镇化加速发展时期，城乡社会结构巨变与村落消逝在艺术作品中的体现。

城市化指“社会生产力发展到一定阶段，农业人口向城镇人口转化，人口聚集到城镇，农村转化为城镇，城镇数量累积转化为城市的过程。也可称之为城镇化、都市化”。② 我国的城市化进程主要发生在改革开放以后，早期的突出特点是以农村经济体制改革为主要推动力，20世纪90年代后，城市建设继续快速推进、小型城镇快速扩大发展成为新兴城市、经济开发区开始出现并且迅速展开，城市化进入了高速发展轨道。③ 随着城市化的快速进行，机器化大生产的机械分工替代了人直接面对自然和他人的合作、交流与沟通，人与人之间的情感距离被拉远，根植于土地、粮食的踏实感和充盈感逐渐远去，田园旧时光逐渐消逝。

---

① 安燕：《〈山楂树之恋〉：身体的诗学与语言的诗学》，《贵州民族大学学报》（哲学社会科学版）2013年第5期，第115页。

② 衣淏祥：《浅析城市化进程》，《现代商业》2020年第12期，第45页。

③ 李强等：《城市化进程中的重大社会问题及其对策研究》，经济科学出版社，2009，第10~53页。

文艺作品中重要的不仅只有表现的东西，更重要的或许还有那些没有表现的东西，“正是这些沉默和不在场的东西告诉我们一些事情。正是那些看不见的、不能拟出框架的、显然难以名状的东西需要我们去关注”[①]。那些“不在场的东西”，就是现代社会正在消失的传统文化精神和思维方式，飞速发展的中国社会，经济的繁荣与精神的空虚形成失衡，人们从传统精神、文化中寻找出路，来弥合失衡所带来的落差，这就出现了集体性的怀旧。

作为时代情绪的怀旧成熟于19世纪的浪漫主义时期，它由失落的忧郁和怀念的甜蜜交织而成，斯维特兰娜·博伊姆（Svetlana Boym）在《怀旧的未来》一书中将怀旧行为分成两大类：修复型怀旧和反思型怀旧。反思型怀旧，形象地讲，更像一个人在废墟上徘徊，试图在脑海里重构以往逝去的时光，再现旧物、人、观念或习惯的形象。“怀旧是一种创造性的情绪，也是医治时代心理症候的偏方。”[②] 之所以是创造性的，很大程度是通过润色、修饰、重构过去，想象和塑造一种比眼前、比现在更美好的异乡。“怀旧是一种我们在永无止境的建构、维护和重构身份的过程中所采用的一种方法——或者更好的说法是，一种更容易使用的心理镜头。”[③] 从寻找真实自我，重新定位生存位置和历史进程的意义上，影片中的怀旧“担当了修复和弥合现代性伤痛

① 〔英〕斯图亚特·霍尔：《种族、文化和传播：文化研究的回顾和展望》，载陶东风主编《文化研究精粹读本》，中国人民大学出版社，2010，第312页。

② 〔美〕斯维特兰娜·博伊姆：《怀旧的未来》，杨德友译，译林出版社，2010，第399页。

③ 〔美〕张英进：《影像中国——当代中国电影的批评重构及跨国想象》，胡静译，上海三联书店，2008，第323页。

的任务”[①]，感伤甜蜜的田园诗叙事是个人记忆与集体想象的融合，它安抚了大众集体无意识深处的焦虑、失落和彷徨。

2013 年 12 月 12 日至 13 日在北京举行的中央城镇化工作会议上，习近平总书记指出，“要传承文化，发展有历史记忆、地域特色、民族特点的美丽城镇”。2015 年 1 月 19 日至 21 日，习近平总书记到云南昭通、大理、昆明等地调研，再次强调“记得住乡愁”。在高速发展的城市化过程中，保护好自然生态，传承农业文明、传统文化的精华，维护好淳厚人情、历史记忆对人与人的联结关系，让“乡愁”成为和谐人际关系中的美好情感，这是社会共同体意识建构的重要基础。

第五节　家庭情感叙事

近年来，许多电影创作者把眼光投向家庭内部，在改编中对小说原作大幅修改，将故事主题改为亲人之间相濡以沫的亲情，如《归来》《唐山大地震》，都把亲情的复归作为叙事主线，学者张慧瑜指出，“这些家庭秩序的重建和家庭弥合的故事，显示了 21 世纪以来主流文化开始修复历史创伤、实现文化和解的过程”[②]。此处的家庭，一般指传统宗法社会解体后，由父母与子女组成的核心家庭、小家庭。对小家庭内部情感的重视，是中国社会现代化的表现之一。

社会学家认为，核心家庭是社会生活的一个重要方面。美国

---

① 储双月编《转型期语境下中国怀旧电影研究》，中国电影出版社，2011，第 2 页。

② 张慧瑜：《重建、弥合与新的“旧伤痕”——新世纪以来国产影视剧中的家庭叙事及其社会功能》，《文艺争鸣》2018 年第 2 期，第 102 页。

社会学家古德、伯吉斯（E. W. Burgess）等人指出，核心家庭占主导地位是现代社会的显著特征。帕森斯（T. Parsons）认为，核心家庭可能有利于满足工业化城市社会固有的职业流动和地域流动需要，满足儿童社会化和情感交流两大功能，适合现代工业城市生活。他还归纳出一个社会学命题：随着社会的现代化进程，核心家庭在各种结构形式家庭中的比例呈现上升趋势。[①]“尽管有许多社会学家提出了不同的意见，但一个可见的社会事实是：核心家庭已经成为现代社会主流的家庭结构形式，并且随着现代化的发展，家庭的核心化成为趋势。”[②]

随着中国社会的发展，家庭的核心化也成为主流家庭结构，核心家庭的内部情感不仅是私人的，而且具有了稳定社会的公众意义。

一　相濡以沫的夫妻情感

许多改编电影将大时代中的小家庭作为叙事中心，“家国题材电影形成历史反思与诗意的人性化‘家显国隐’书写模式”[③]。作品中，家庭的牢固亲情纽带与时代的风吹浪打相抗衡，并因此体现出极强的情感张力。

以《归来》为例，2013 年张艺谋将《陆犯焉识》拍成电影《归来》并在 2014 年 5 月全国公映，这部影片的改编有一些非常典型的特点。

小说原作者严歌苓学舞蹈出身，很注重“姿态”“画面”的

① 张翼杰：《社区家事纠纷解决机制研究》，中国法制出版社，2016，第 40 页。
② 张文霞、朱冬亮：《家庭社会工作》，社会科学文献出版社，2005，第 18 页。
③ 王春晓：《文化迁衍与当代电影“家国叙事”嬗变》，《中州学刊》2019 年第 9 期，第 154 页。

表现，她将电影艺术手法巧妙地融合到语言文字的叙述中，她曾说："因为我爱看电影，所以写东西时，画面感很强，对色彩也比较敏感。"[①] 严歌苓小说故事性强，人物立体，这是她的小说被影视改编看好的重要原因。但张艺谋这一次的改编，却无视严歌苓小说的特点，对原作大刀阔斧地删减修改，基本重构了整个故事。

《陆犯焉识》以严歌苓的祖父严恩春为原型，作者在采访中曾提到关于这本书的创作来源，"我在美国的姑姑跟我说，为什么你不写一个家族的故事，爷爷的故事就很精彩"[②]。她收集了祖父的很多生前故事，将个人遭遇与风云变幻的宏观历史相结合，创作出豪门知识分子陆焉识坎坷的悲剧人生。

张艺谋沿用之前《山楂树之恋》的改编方式，避实就虚，砍去政治部分，删减人物关系以及枝蔓情节，将历史虚化为故事背景，只截取陆焉识回家一段来讲述，将对历史、政治的思考置换为夫妻爱人间的情感抒发。

严歌苓作品中的女主角，往往具有博大的胸怀和真诚的感情，"发乎人性，近乎母性本能……在特定风云岁月的重建中，显出人性的深度"[③]。小说中的妻子婉瑜就是如此，她执着、真诚，深爱着丈夫，为丈夫陆焉识守候了一生。陆焉识在漫长的劳教岁月中终于懂得了妻子的爱，数十年后，他得到平反，婉瑜却患了失忆症，陆焉识只能像个老朋友般坚守在婉瑜身边，婉瑜去

---

① 严歌苓：《一个女人的史诗》，湖南文艺出版社，2006，第 3 页。

② 严歌苓、果尔：《从故事、小说到电影——严歌苓访谈》，《电影艺术》2014 年第 6 期，第 66 页。

③ 章旭清、付少武：《试论严歌苓小说创作的影像化理念》，《扬子江评论》2016 年第 1 期，第 93 页。

世后，儿女因为受父亲拖累，对陆焉识态度冷漠、情感排斥，他成为家中的多余人，只好带着婉瑜的骨灰不辞而别。

张艺谋则在本片中赋予生活更多温情，用丰富细节讲述了一个哀伤美好的动人故事：婉瑜对陆焉识痴心守候多年，始终不渝，日日到车站等丈夫回来；陆焉识为婉瑜寻找记忆，修钢琴、弹钢琴、读信，同时，三个孩子在影片中缩减为独生女丹丹，她曾经因为担心父亲影响自己的芭蕾舞演员生涯而阻止父母相见，但当她步入社会成长成熟之后，理解了父母，接纳了父亲的归来。影片拥有开放式结尾：已经归来的耄耋之年的陆焉识，陪着婉瑜每个月去接妻子回忆中那个年轻时代的“陆焉识”，车站外，他举着写了自己名字的牌子，陪着三轮车上的妻子，静静地矗立在白雪之中，画面淡出。虽然妻子失忆，但一家人相濡以沫、相守相伴的生活仍是温馨安宁的。

《归来》确实存在背景虚化、叙事断裂、语焉不详的毛病，但面对无法挽回的历史伤害，影片尝试以家庭真情治疗大时代在人心上划出的深重裂痕，引起观众的移情和共鸣，引发人们对坚贞情感、和谐关系、对历史苦难的思考，未尝不是可贵的努力。

二　平等开放的亲子关系

改编电影重视家庭亲情书写，除了强调夫妻爱情，还详细展示父母与子女之间的情感沟通和依恋，体现出对亲子关系具有新意的思考。

2010年根据张翎小说《余震》改编的《唐山大地震》，基本颠覆了小说原主题。小说原作接近于个人心灵的独白，聚焦于受伤害的女儿王小灯，刻画她的情感创伤与自我疗愈。小说作者阐述写作意图为，“见识了真相之后的王小灯，再也没有能力去正常地拥有世上一切正常的感情。……她渴望再次拥有，可是地震只教会了她一种方式，那就是紧紧地攥住手心里的一切：爱情，亲情，友情。可是她攥得越紧，就失去得越多。结尾处小灯千里寻亲的情节是我忍不住丢给自己的止疼片，其实小灯的疼是无药可治的”。[①] 小说的情感基调是灰暗乃至绝望的，小灯的自我救赎注定归于失败。

而影片情感基调相对明亮和积极，采取多线叙事，以家庭亲情的失去和复苏为主线，通过女主角对亲生母亲和养父养母从误解、怨恨到理解、体谅的过程，以亲情抚慰纪登（王小灯）的创伤，揭示了震后民众家破人亡而产生的精神困境，对破碎心灵修复、成长的困惑等问题给出了一种理想化的解决方案。

除现实主义题材外，科幻、玄幻等内容相对凌空蹈虚的电影，同样表达出对家庭亲情的渴盼和寻回。

以《流浪地球》为例，作为一部典型的硬科幻作品，它“第一次与世界性的科幻电影站在了同一高度和视野，对标当代世界科幻和启示录式的电影”。[②] 但在影片酷炫的技术外壳下，真正打动观众的还是中国人特有的家国情怀和人文关怀。

与小说原作冰冷的科学达尔文主义和反个人情感的宏大叙事不同，《流浪地球》非常强调亲人间的情感共鸣，如韩子昂对韩朵朵和刘启关心爱护，刘启、韩朵朵之间兄妹友爱、生死与共，王磊冒着生命危险去救妻子女儿等都是东方式家庭情感的重要体

① 张翎：《〈余震〉创作谈》，《世界华文文学论坛》2009 年第 2 期，第 70 页。
② 李一鸣：《〈流浪地球〉：中国科幻大片的类型化奠基》，《电影艺术》2019 年第 2 期，第 53 页。

现。特别是整部影片中刘培强父子间的情感互动，更是中国传统父子关系的典型表现。

2019 年根据章回体小说《封神演义》改编的电影《哪吒之魔童降世》，将原作中哪吒父子间淡漠疏离的亲子关系，改成了愿意为彼此献出生命的浓得化不开的骨肉情，增强了哪吒行事逻辑，赋予影片动人的情感力量。2021 年路阳根据双雪涛同名小说拍摄的《刺杀小说家》，原作主题强调文字具有改变世界的力量，改编电影则让主角在不可思议的打破次元壁的冒险中不惜一切代价寻找女儿，主题转换为讴歌在父爱激励下普通人爆发出的顽强意志。不同于原作叙事突出而抒情内敛，改编电影将人物和相关事件打散重构，以对亲情的追寻为内在线索，以一流的视听效果来呈现由爱生发出的传奇故事，在极具现代审美特质的影像中讲述寸草春晖、舐犊情深的传统亲情观念，极大唤起中国观众共鸣。

家庭是组成社会的最小单元，家庭文明是社会文明的必要条件，家庭和谐是社会和谐的重要基础，习近平总书记在 2015 年春节团拜会上指出："家庭是社会的细胞。家庭和睦则社会安定，家庭幸福则社会祥和，家庭文明则社会文明。""家风是社会风气的重要组成部分。家庭不只是人们身体的住处，更是人们心灵的归宿。"① 从这个角度来说，影片对东方传统家庭温情的书写，正是对建构和谐人情关系的重要表述，是个体精神的慰藉，也是现实社会建设的需要。

改革开放 40 年来，因快速城镇化、工业化而丧失"根"的

① 《习近平谈家庭与社会》，中青在线，http://news.cyol.com/content/2018-05/22/content_17211619.htm，最后访问日期：2023 年 3 月 9 日。

记忆的全民商品经济大潮中，在拜金主义、消费主义盛行，道德失范的现代都市中，前述影片宛如清风吹拂，带来了对传统美德、伦理和朴素情感的回忆，为深受物质异化的人们荡涤心灵，重新唤起了人们的社会责任感、使命感、理想主义，因而具有积极的现实价值。

第三章　丰富和丰富的痛苦

千百年来，中国人梦想着“小康”和“大同”，迫切期待改善民生，提高生活水平，在党的百年风雨兼程中，民生一直是革命、建设和改革开放的根本论题，建党伊始，中国共产党把为中国人民谋幸福、将为中华民族谋复兴作为自己的初心和使命。改革开放之初，邓小平提出贫穷不是社会主义，强调要实现“共同富裕”。邓小平同志高度重视增进人民福祉，体现了人民至上的价值取向和执政为民的责任担当。中国特色社会主义进入新时代，以习近平同志为核心的党中央坚持以人民为中心的发展思想，始终强调人民是党的工作的最高裁决者和最终评判者，带领人民全面建成小康社会，中国发展进入了社会主义现代化强国建设新的历史时期。

百年来，中华民族从站起来、富起来到强起来，人民对美好生活的向往和对发展中问题的反思，呈现在了几十年来的电影中。

第一节　匮乏时代的期盼

党的十一届三中全会后，随着极左思潮终结，国家的发展目标和工作重点转移到经济建设上来，社会迫切要求经济发展。党和国家领导人发挥卓越的政治智慧，寻找建设社会主义经济事业道路。

1984 年 6 月，邓小平在会见第二次中日民间人士会议日方委员会代表团时曾说："社会主义要消灭贫穷。贫穷不是社会主义，更不是共产主义。社会主义的优越性就是要逐步发展生产力，逐步改善人民的物质、文化生活。"① 当时中国国民人均生产总值和经济收入水平很低，物质文化需要和落后的生产力之间矛盾突出。这一问题在改编电影中得到充分展示。

一　与恶劣环境搏斗

中国是一个传统农业国家，在 20 世纪 80 年代，十亿人口有八亿人居住在乡村，主要以务农为业，农人对物质匮乏的痛苦感受，首先来自在艰苦的自然环境中为生存进行的斗争。

根据郑义同名小说改编的影片《老井》，表现了一个极端缺水的村庄一次次向自然抗争，屡败屡战的奋斗经历。

《老井》拍摄地是晋中市左权县拐儿镇老井村，这里环境恶劣，交通闭塞，水源奇缺，村民打井 151 眼均为枯井，因缺水缺碘，村里一半多人都患有严重的粗脖子、大骨节等地方病。在这个贫瘠的地方，无休止地进行着人与自然、与他人争夺生存权利的斗争，战争的一方是老井村，另一方是几乎无法战胜的干旱缺水和荒凉，以及需要水资源的其他村庄。祖祖辈辈，年年岁岁，村民不断地打井、下井，死一个又一个，但即使如此，生命的韧

① 邓小平：《建设有中国特色的社会主义（1984 年 6 月 30 日）》，中共中央文献研究室编《十二大以来重要文献选编（中）》，人民出版社，1988，第 5 页。

性仍驱使他们一代又一代地重复着同样的希望——失望循环。

1983 年改编自叶蔚林小说《在没有航标的河流上》的电影《没有航标的河流》，表现了艰苦环境与极左政治双重压力下农村经济的凋敝。故事背景是“文革”时期，以两对情侣的离合为线索，展现了农村数十年来的困窘：船工长年累月冒着尸骨无存的危险在湍急的流水上放排，骨头关节变形，而豁出命的辛苦劳作却换不来一根救命用的人参；农民被“割资本主义尾巴”，口袋空空；供销社里物资缺乏，连盒火柴都不好买；老人勤勤恳恳劳动一生，最后沦为讨饭乞丐。

与之形成对照的，是区革委会主任靠贪污公款、倒卖国家木材、整人起家。影片借农民大姐之口表达对农民苦难来源的看法：“朝里出了奸臣了!”影片中老区长有一段重要台词：“千万不要埋怨共产党，埋怨社会主义……我们伟大的党一定能够清除障碍，领导人民向着社会主义前进……”从政治角度理解经济，塑造共产党人坚贞顽强、受人爱戴的形象，在眼前的贫困窘迫中对党领导人民走上富强之路寄予希望。

1981 年根据张弦同名小说改编的《被爱情遗忘的角落》，影片以现实主义的手法，深刻表现了中国农村物质与精神的双重贫困，揭示人们在解放思想、发展经济上走过的曲折道路。片中对穷困的描述非常真实，如平时只喝稀粥，下力人才能吃饼子，鸡蛋换煤油，一件毛衣几个人换着穿等，同时，影片通过青年男女的婚恋悲剧说明经济上的贫穷与封建礼教对人的思想束缚是窒息人民生活的两道绳索，同时也表现了新时期新气象之下新人的觉醒和抗争。

进入 21 世纪，大部分农民生活已经极大改善，赤贫的年代已经过去，但在一些环境特别恶劣的地方，虽然国家已经给予大力扶持，但农民与自然搏斗求生存仍然是难题。

1994 年国务院部署实施国家八七扶贫攻坚计划；1996 年中共中央、国务院对东西部扶贫协作进行了统一部署，还在投资政策、财政转移支付政策等方面对贫困地区倾斜，扶贫方式转变为集中的综合经济开发扶贫；2001 年，国务院印发《中国农村扶贫开发纲要（2001 — 2010 年）》，不断加大对欠发达地区一般性转移支付和扶贫开发专项资金的投入，全国范围内开展了有计划、有组织和大规模的开发式扶贫。[①] 国家的大力扶持帮助贫穷农民走上了致富路。

扶贫中干部热心、好心，却由于不了解环境而造成农民为难。2004 年根据夏天敏同名小说改编的《好大一对羊》中，县领导为了帮助德生老汉，送他们一对外国进口优质产毛羊，遗憾的是当地贫瘠的荒地、寒冷的天气根本不适合这种羊的生存，老汉一家为养羊费尽周折却没有致富。

小说原作是以羊的口吻诉说这个故事，悲天悯人的情怀更浓厚，影片的第三人称视角在情感的表现力上要弱一些。但影片刻画农民的贫穷，也客观表现国家干部扶贫的良好意愿和事与愿违，提醒社会了解农民真实的心愿和生活，揭示当时农村发展经济、脱贫致富过程中存在的不足，具有现实意义。

改革开放激活了农村经济活力，国家高度重视农民贫困问题，帮助贫困地区培养造血动力和能力，农村物质生活水平普遍得到大幅度提高。贫困是历史难题，也是世界难题，脱贫攻坚、

---

① 施红：《精准扶贫与中国特色发展经济学研究》，经济日报出版社，2019，第 32~50 页。

乡村振兴需要全社会的巨大努力。在其中，文学影视作品对农村问题的表现引起了社会对贫困问题的关注，对农村脱贫起到了非常积极的作用。

二　压力下生存

20 世纪 70 年代末 80 年代初，邓小平同志关心对知识分子的培养，指出“搞经济改革，最重要的、我最关心的，是人才。改革科技体制，我最关心的，还是人才……要创造一种环境，使拔尖人才能够脱颖而出”[①]，但当时知识分子的生活和工作条件很不尽如人意。

知识分子题材小说《人到中年》发表于《收获》1980 年第 1 期，在文学界颇受好评，曾获得作协第一届全国优秀中篇小说一等奖。拍成电影却并不顺利。[②] 幸运的是，影片在很大程度上保留了小说的现实主义锋芒，不少地方出现了排队候票、争相观看的热烈场面，影评人在《文艺报》《电影新作》《人民日报》《文汇报》《解放日报》《中国青年报》《大众日报》上一共发表五十多篇文章，就本片展开热烈探讨争鸣。影片获得文化部 1982 年优秀影片奖与第六届大众电影百花奖最佳故事片奖。

影片主演潘虹称：“忍受、忍让、忍耐……我用‘忍’，来作为陆文婷这个人物的核，我将用这个基调来贯穿这个人物精神状态的始终，用它来表现这个平凡的中国女性的美德，来揭示那种

① 邓小平：《邓小平文选》第 3 卷，人民出版社，1993，第 108~109 页。

② 作者谌容亲自操刀的剧本被认为调子低沉、主题消极，先后被北影、上影、青年电影制片厂退掉，最后长影接手，吉林省当时主管文教的书记对长影厂领导提出了三个必须修改的意见。肖尹宪：《〈人到中年〉的前前后后》，《电影艺术》2005 年第 1 期，第 66 页。

高尚的自我牺牲精神。"[①] 导演自称，影片主题是歌颂知识分子"无所求于报偿，有所求于贡献的精神"[②]。

实际上，仅仅用"忍受、忍耐"或者"无所求于报偿"来要求知识分子，显然有失公平，影片所传达的与其说是陆文婷"高尚的自我牺牲精神"，不如说是展现了知识分子在现实中困窘、疲惫的生活状态：住房狭小，没有科研空间；经济收入低，社会地位也不高，缺乏成就感；过多束缚，放不开手脚搞技术；工作任务重，生活压力大，发展前景不看好等，而恰恰是这生活的辛酸苦楚，唤起了观众的同理心和共情力。

这一时期，城市居民收入高于农村，但仍然很低，数据显示，从 1958 年到 1979 年，人均国民收入平均每年增长 4.2%，而全民所有制职工平均工资每年增长 0.5%。[③] 按照这一数据，扣除物价上涨因素，职工实际工资实际是下降的。在物资匮乏的年代，人们不满于眼前的生活，强烈期盼经济发展，民生改善，他们的心愿在电影中得到了表达。

第二节　新浪潮，新气象

以党的十一届三中全会召开为标志，社会主义建设进入改革开放的新时期，邓小平与陈云的经济思想主导和促进了中国改革

① 潘虹：《陆文婷银幕形象的体现》，载中国电影家协会编《中国电电影金鸡奖文集》（3），中国电影出版社，1984，第 32~33 页。

② 孙羽：《文章千秋事得失寸心知——〈人到中年〉导演札记》，转引自李道新《中国电影史研究专题》，北京大学出版社，2006，第 130 页。

③ 景林、雷锡禄：《如何缩小我国工农收入的差距》，《农业经济丛刊》1981 第 2 期，第 32 页。

开放的历史进程。十一届三中全会公报明确提出“要实现四个现代化，要求大幅度地提高生产力，也就必然要求多方面地改变同生产力发展不相适应的生产关系和上层建筑，改变一切不适应的管理方式、活动方式和思想方式，因而是一场广泛、深刻的革命”①。经济体制改革的展开，分别体现在农村和城市的变革中。

一　农村新人的奋斗

新时期，农村经济制度的改革带来了生产力的极大发展，农村在发展中变化，这种变化在电影中得到体现。1979 年 4 月，党中央决定召开全国经济工作会议，针对改革开放起步的势头，国家经济发展还处于困境的实际情形，中央决定对国民经济实行“调整、改革、整顿、提高”的新“八字”方针。

1980 年 5 月，邓小平肯定了安徽农村实行包产到户、包干到户的做法。1982 年 1 月中共中央批转的《全国农村工作会议纪要》文件中明确了包产到户、包干到户的社会主义性质。农村经济得到发展，农民的心态也在发生变化，1982 年根据高晓声多部小说改编的电影《陈奂生上城》对此有精彩展示。

1985 年根据贾平凹小说《鸡洼窝的人家》改编的《野山》，叙述了农村能人的发家致富折腾史，并从中揭示农村伦理关系的现代化变革。影片主角禾禾不安于面朝黄土背朝天，烧窑、养鱼、卖豆腐、养猪狮，妻子秋绒嫌他瞎折腾，愤然离婚弃他而去。禾禾在邻居桂兰的鼓励下，坚持不懈一次次尝试。桂兰的丈夫灰灰嫌弃桂兰无法生育，主动离婚，和禾禾前妻秋绒结合。最后，乘着农村改革政策的东

---

① 《中国共产党第十一届中央委员会第三次全体会议公报》，《人民日报》1978 年 12 月 24 日。

风，禾禾终于成功，同时也收获了志同道合的桂兰的爱情。

《野山》的创作背景是农村经济形势的变化，1983 年 1 月中共中央关于印发《当前农村经济政策的若干问题》的通知中明确包产到户、包干到户是集体经济的一个经营层次。1985 年中共中央、国务院发布《关于进一步活跃农村经济的十项政策》，改革农产品统派购制度。1985 年改粮食统购制度为合同收购，为了减轻国家财政负担、扩大工业投入，国家降低了农民的贸易优惠。这大大减弱了原先的粮食生产激励，挫伤了产粮地区农民的粮食生产积极性。

对此，专家指出，“当平均价没有能够随通货膨胀率及时调整的时候，种粮务农的比较利益低下，使得已经摆脱集体束缚的农民更加不愿务农种粮”①。农民开始越来越不愿意务农，转而寻求其他出路。“农民投身于市场经济……那种传统农民的以农为本、自给自足的思想观念，在改革开放的催化之下发生了深刻的变化。”② 禾禾与桂兰的折腾动力正来自于此。

影片结尾，禾禾买来了电视机，据当时社会学调查，“物质资料消费的排列秩序正在由吃、穿、用向穿、用、吃过渡。不仅城镇居民普遍地添置沙发、大衣柜、收录机、电视机、洗衣机、摩托车、电冰箱等日用品，而且相当一部分农民家庭也开始添置这类日用品”③。对片中的禾禾来说，买电视机在娱乐消遣之外，他有更实际的目的，即了解经济信息，寻找更多的挣钱机会。

---

① 杜润生：《开启了农村改革与发展的新时代——回忆 1980 年代五个“一号文件”的出台过程》，《农村工作通讯》2018 年第 9 期，第 33 页。

② 张同乐：《中共十一届三中全会以来农村社会变革论略》，载中国现代史学会编《20 世纪中国社会史与社会变迁学术讨论会论文选》，当代世界出版社，1998，第 209 页。

③ 魏艾：《从消费构成的变化看我国人民生活的改善》，《理论学习》1982 年第 4 期，第 5 页。

《野山》描摹出在经济浪潮冲击中乡村的新面貌：与老派农民信息闭塞、麻木短视、安分守己，以传宗接代、吃饱肚子为人生宗旨相比，新一代致富能人正在农村经济体制改革中不断涌现。这是工业文明取代农业文明、农村现代化的缩影，商品经济将农民从与土地紧紧捆绑在一起的生活中剥离，小农经济理想宣告面对现实变化的无力应对，随之而来的是农村人日常行为方式和心灵世界的变化。片中两个家庭的解体与重组，是新旧两代人在人生追求、价值观上的分裂，预示着时代变革中农村传统伦理纲常、道德判断的现代性变革。

二　工业改革如火如荼

工业体系的经济体制改革也在火热进行，20 世纪 80 年代出现了一批反映现实变革的电影，其中，根据“改革小说”改编的“改革电影”在社会上引起较大反响。

1979 年 7 月，中篇小说《乔厂长上任记》在《人民文学》上发表，引起轰动，很快在 1980 年被改编成电影《钟声》。故事叙述乔光朴立下军令状，主动要求来到某电机厂解决经营管理不善的问题，大刀阔斧、锐意改革，选贤任能，赏罚分明，机电厂面貌为之一新。小说和电影引起热议。作者蒋子龙在一篇回忆中写道，“当时有不少人是把《乔厂长上任记》当工作指南在读”①。看似荒唐，

① 蒋子龙说：“西北一个大型石化公司，内部管理相当混乱，其中一个原因是上级主管部门一位主要领导的亲戚，在公司里横行霸道，群众意见很大。某一天清晨，公司经理走进自己的办公室，发现面前摊着当年第 7 期《人民文学》，已经给他翻到了《乔厂长上任记》开篇的那一页，上面压着纸条提醒他读一读此文。他读后召开全公司大会，在会上宣布了整顿公司的决定，包括开除那位顶头上司的亲戚，并举着 1979 年第 7 期《人民文学》说，我这样做是有根据的，这本杂志是中央办的，上面的文章应该也代表中央精神！”蒋子龙《春江水暖鸭先知——关于〈乔厂长上任记〉的回忆》，《光明日报》2019 年 8 月 9 日。

反映出的是大众对改革的迫切渴望。

当时，企业所需要的资金物资、员工都由政府按计划分配，生产的产品由政府统购统销。企业不直接面对市场，企业的目标就是按时完成计划。在资源匮乏的情况下，为了完成计划，国有企业往往通过激发工人的理想、信念来保证完成生产计划，同时在这个过程中，又往往喜欢采取大会战的形式。但是随着中国工业规模不断扩大，原有的一些激励手段效果减弱，计划经济体制的弊端开始暴露，其核心症结就在于，企业外部缺乏竞争，自身又没有自主权，内部缺乏激励机制，长此以往，自然影响生产效率，削弱工业发展的内在动力。①

为了加强工业生产，这一时期工业经济体制进行了大刀阔斧的改革，一是企业内部的责任制，由岗位操作责任制发展到逐级承包的经济责任制，形成企业内部各车间、班组、科室相互制约的比较完整的责任制网络结构，二是企业内部责任制与内部分配制度紧密挂钩，三是不断加强企业各项安全监管、纪律严明等各项基础工作。实践证明，“凡是实行经济责任制的企业，经济效益、企业面貌、职工情绪都有一个较大的转变，都不同程度地实现了包括技术素质，精神素质、管理素质在内的适应四个现代化要求的转化”②。这一艰巨的改革进程正是《钟声》（《乔厂长上任记》）的表现对象。

类似的改编电影还有 1982 年根据蒋子龙的同名小说改编的《赤橙黄绿青蓝紫》、1982 年根据水选宪同名小说改编的《祸起

① 梁孝：《中国社会主义工业化道路研究》，天津人民出版社，2015，第 141 页。
② 时正新、李黑虎、吴解生：《工业经济责任制与经济体制改革》，《兰州学报》1983 年第 4 期，第 30 页。

萧墙》、1983 年根据蒋子龙同名小说改编的《锅碗瓢盆奏鸣曲》、1984 年根据李国文小说《花园街五号》改编的同名电影等。

这些影片讲述了 20 世纪 80 年代工人阶级的生活与思想状况，展现了所处时代的都市生活和青年风貌。《赤橙黄绿青蓝紫》叙述青年工人从愤世嫉俗到奋斗奉献的转变过程。《花园街五号》小说原作打乱时空，交叉叙述从伪满时期的白俄贵族到 20 世纪 80 年代改革进程进行不同时空的故事，电影重点叙述改革开放中领导干部锐意进取、团结群众、提拔人才、恪尽职守的新面貌。

总的来说，改革电影揭示了工厂面临的困境：在吃大锅饭的计划经济体制下，官僚主义蔓延，工人能动性不足，效率低下，工厂缺乏凝聚力，技术落后、资金不足，工业产品完全无法保障人民物质文化的需要。80 年代的经济体制改革要求“以搞活企业为中心环节，拓展和发挥城市经济功能”①，相关电影思考转型期工业领域的困难及解决办法，歌颂和宣扬国有工厂管理体制和生产方式的革新，对现实问题进行想象性的化解。

其他涉及经济改革的电影还有《咱们的退伍兵》《相思女子客店》《金匾背后》《乡民》等，从电影也可以看出，80 年代的城乡经济改革呈现出两种主导趋势，农村里像《野山》中的情况，以农民的自发创造为主要推动力，而在城市，政府牵头，发动企业的积极性则成为基本方法。

新时期以来，执政者和民众都深深体会到过去以阶级斗争为纲而忽略经济发展的恶果，所以拨乱反正的第一要务就是要使整个国家的重心回到经济上来，一心一意搞建设。党的十四大明确

① 陈亚杰：《20 世纪 80 年代中国城市经济体制综合改革试点述论》，《中共党史研究》2011 年第 9 期，第 49 页。

指出："判断各方面工作的是非得失，归根到底，要以是否有利于发展社会主义社会的生产力，是否有利于增强社会主义国家的综合国力，是否有利于提高人民的生活水平为标准。"① 尽管这些影片也描写了经济改革面对的制度矛盾和思想冲突，但更多体现光明在前的乐观积极心态，反映出广大民众对改革开放改善民生的信心。

第三节　现代化的悖论

20 世纪中后期，经济全球化、政治多极化、社会多样化进程加速，信息技术的发展带来交流方式、范围与内容的深刻变革。社会学家指出，"当代中国正在从自给半自给的产品经济向社会主义的市场经济转化；正在从农业社会向工业社会转化；正在从封闭半封闭社会向开放社会转化；正在从乡村社会向城镇社会转化；正在从同质单一性社会向异质多样性社会转化；正在从伦理社会向法理社会转化"②。在时代的浪潮中，人们自觉或懵懂地进入现代社会，新旧文化、伦理发生冲突，各种价值观念相互碰撞，众声喧哗是时代主流，显示出现代性本身蕴含的矛盾和割裂。

一　去深度、非理性、物崇拜

20 世纪 70 年代末到 80 年代的西风东渐对中国文化界产生巨

① 陆学艺：《当代中国社会阶层结构研究报告》，社会科学文献出版社，2002，第 92 页。

② 李培林：《处在社会转型时期的中国》，《国际社会科学杂志（中文版）》1993 年第 3 期，第 125 页。

大影响，站在时代潮头的知识分子积极吸收现代和后现代的思想文化，并带点囫囵吞枣地将之快速融合到自己的艺术创作中去，出现对西方后现代主义思潮的最初引进，1979 年《世界文学》第 4 期发表汤永宽摘译的索尔·贝娄的长篇小说《赛姆勒先生的行星》，1980 年董鼎山在第 12 期《读书》杂志上发表《所谓“后现代派”小说》，《外国文学报道》1980 年第 3 期发表巴思的《后现代小说》，《外国文艺》1981 年第 6 期刊登汤永宽的译文《展望后期现代主义》等，对后现代主义进行介绍并展开讨论。

后现代主义在中国产生较大影响，则是 1985 年 9 月至 12 月美国杜克大学教授弗雷德里克·杰姆逊在北京大学开设有关当代西方文化理论的专题课。[①] 杰姆逊指出，“在继‘资本主义上升阶段’‘帝国主义阶段’而后的晚期资本主义社会，‘商品化’不仅表现于一切物质产品，而且渗透到各精神领域，文化变成商品；情感消退，激动消失或释放殆尽；真实的概念被看作毫无用处的形而上学过时货；个人消失，历史真实性和过去丧失，时间感分解成一系列纯粹的、不相联的现在；东拼西凑的文艺作品盛行，大众文化与高雅文化界限被抹杀，这一时期文化的主要特征是多元、无中心、反权威、碎片化、无深度概念，‘后现代主义’是对这些特征的正式概括”[②]。这一讲座后被整理并以《后现代主义与文化理论》为名出版，引起了思想界对后现代主义的关注。

1987 年《世界文学》第 2 期“后现代主义”文学专辑发表了董鼎山的《“后现代主义”小说》和钱青的《当代美国试验小

---

① 陈永国、尹晶：《杰姆逊与中国后现代理论的缘起》，《中国图书评论》2007 年第 1 期，第 88 页。

② 〔美〕弗雷德里克·杰姆逊：《后现代主义与文化理论》，唐小兵译，陕西师范大学出版社，1986。杰姆逊一译为詹明信，本文与相应参考书中译名保持一致。

说的技巧》。王逢振等理论研究者比较系统地译介了后现代主义理论，此后，解构主义、后殖民主义、女性主义等的译著和研究性论著接连出现，如王岳川的《后现代主义文化研究》、陈晓明的《无边的挑战：中国先锋文学的后现代性》、张京媛主编的《新历史主义与文学批评》、徐贲的《走向后现代与后殖民》、张京媛主编的《后殖民理论与文化批评》等，相关研讨会也层出不穷。文艺创作上，文学界八九十年代之交以格非、刘索拉、马原、徐星、陈村等为代表，出现了《妻妾成群》《褐色鸟群》《迷舟》《虚构》《冈底斯的诱惑》等一批“先锋小说”，美术界更涌现出一大拨后现代审美的抽象绘画和装置、行为艺术。

强调戏谑、非理性、无深度、无固定价值观的后现代主义开始得势，宣扬平面化、碎片化的通俗文化、痞子文化渐露端倪。这一时期电影中最能体现这一特点的是 1989 年根据王朔小说《顽主》改编的同名影片。

《顽主》剪辑简单、构图稳定、采用长焦镜头、以自然光为主，城市街头戏选择偷拍的手法，并使用同期录音，尽可能接近生活质感。影片开头展示喧哗纷乱的都市街景，伴随着王迪“你是这样想的却是那样地说，人人都戴着一层玩具面膜”的摇滚演唱，拥挤的人流、奔驰的车辆、耸立的楼群、摩天轮、过山车一一出现在镜头中，共同构建出浮躁杂乱的都市场景，城市的嘈杂感衬托出人物行为的荒唐。

与原作相同，片中人物塑造是漫画式的，如低俗无聊的作家宝康、道貌岸然的赵教授、假孝顺的中年人等，台词中土语、俚语、流行语和革命话语杂糅，不伦不类，将关于美好高尚的话语，如革命理想、家庭亲情、艺术追求、道德操守等变得庸俗可笑。

小说人物在将情感伦理和道德理想戏谑化、娱乐化的同时，仍体现出一定的自我约束，具有对真善美的真诚追求，而电影则痞子气张扬，更加大胆恣肆。影片的狂欢化在“三T文学奖”颁奖仪式的这场戏上得到了充分体现。

小说略写的“三T文学奖”颁奖仪式在影片中被重点展示，导演米家山说：“我就是想用时装表演的形式，为这个影片的隐喻性主体找一个外化的符号。”① 舞台上，比基尼女子作健美表演，同时从后台不断跑出不同历史时期的典型人物：拖着辫子的遗老挽着穿民初时装的妖艳女子，头缠羊肚子毛巾的农民押着日本军官，身着土布军装的解放军战士押着身着将校呢军装的国民党军官，穿旧军装的红卫兵小将向穿长袍的老地主挥着大字报，从晚清民国到现代的历史事件同时亮相，最后，在欢快的迪斯科音乐中，登台人物疯狂大联欢，红卫兵、老地主、解放军一起翩翩起舞，台底下是兴致勃勃鼓掌叫好的观众。这一幕是改革开放早期中国大陆杂陈的意识形态话语的深沉隐喻。

这也正是“后现代主义最突出特点之一——消解历史与人的人文观。”② 后现代主义把对人的认识和叙述从道德化、伦理化的理想主义高度拉了下来，降格到世俗的甚至卑下的层面去看待人的本性，英雄、巨人、大一统历史叙事都不存在，只有卑琐的小人物和他们碎片经历，一切被视为神圣的历史都烟消云散了。

1993年根据邓刚小说《左邻右舍》改编的电影《站直啰别趴下》，讲述一栋居民楼中干部、作家、商人三户邻居因为经济地位的变化在人际往来中悄悄改变的交往姿态和情感关系，表现

---

① 陈雨：《失望的游戏》，《博客天下》2014年第5期，第19页。

② 陈晓明：《历史转型与后现代主义的兴起》，《花城》1993年第2期，第87页。

出传统人情社会架构和价值观念在消费社会的崩溃。

都市生活的迷茫与经济形势密切相关。1990 年 12 月，党的十三届七中全会审议并通过的《中共中央关于制定国民经济和社会发展十年规划和“八五”计划的建议》中指出，“人民生活从温饱达到小康，生活资料更加丰裕，消费结构趋于合理，居住条件明显改善，文化生活进一步丰富，健康水平继续提高，社会服务设施不断完善”。这一时期，改革开放的规模进一步扩大和深化。在生产力关系变化的情况下，人们的思想意识明显转变，时任国家体改委副主任高尚全指出，“商品经济意识、投入产出效益观念、现代科学管理思想已被社会各界所接受和广泛运用”①。

城市商品经济发展在提高人民生活水平的同时，刺激人们越来越快地转向物欲的追逐，信息传播的革命使社会走出农业文明的羁绊，逐渐完成工业文明的全面覆盖，中国经济发达地区已经提前与西方社会在经济发展程度、文化观念上达成了一致，在此情况下，“资本主义和后资本主义的文化矛盾已经先期抵达中国文化的彼岸，而 20 世纪的‘现代性’问题……在中国的不同地区，同时与后现代文化一起进入了我们的视野”②。现代化带来的不仅是丰富的物资，同时还有价值理念的混乱和文化精神的迷失。

另外需要指出的是，同样来源于王朔小说，同样以一群青年异想天开办代人做事的公司为题材，内容也涉及对历史的戏说、对时空的打乱再现，1997 年根据《你不是一个俗人》改编的

① 高尚全：《80 年代中国经济体制改革的成就》，《企业管理》1991 年第 1 期，第 14 页。

② 丁帆：《“现代性”与“后现代性”同步渗透中的文学》，《文学评论》2001 年第 3 期，第 18 页。

《甲方乙方》，虽然在现实和虚构之间自由切换，将封建地主、革命地下党、二战军官、大明星、大款等光怪陆离的剧中人真实和幻想身份一锅乱炖，看起来似乎更加碎片化和混乱。但这部电影实际是非常符合主流意识形态价值观念的，片中大款在体验穷人生活之后慷慨捐助，厨子尝试当了地下党之后对革命志士油然起敬，“好梦一日游”公司要将自己的房子让给梦想有房子的患癌夫妇等，都是对主流价值观的正面倡导，跟《顽主》的迷茫与戏谑南辕北辙。

产生这种不同的原因：第一，《甲方乙方》自我定位是贺岁片，以喜庆、热闹，老百姓喜闻乐见为追求；第二，与时代变化有关，在社会改革变化已成大潮的时候，人们需要的不再是颠覆，而是稳定的价值观的建设。从《顽主》到《甲方乙方》，相似叙事线索展现的是改革开放不同时期的文化心理差异。

二　旧纲常迎敌新价值

都市人感受着现代化带来的思维混乱，农村人也同样遭遇了传统伦常体系、道德观念与现代价值理念碰撞所造成的精神世界的冲击。

1994 年周晓文导演的影片《二嫫》，改编自徐宝琦的同名小说，叙述了农村中好强女子二嫫的故事。二嫫的丈夫七品曾做过权倾一时的村长，但随着计划体制的终结，七品不再是村长，权力的失落让他萎靡不振，连男性的性功能也跟着消退了，隔壁“瞎子”家却买汽车跑运输，成了村里的首富，二嫫受到刺激，决心买回村里最大的电视机一雪前耻，为了凑够买电视机的钱，她跟着“瞎子”进城，开始了疯狂的赚钱计划，在这个过程中，她和“瞎子”发生婚外情，但随着女性独立意识觉醒，她拒绝“瞎子”的钱，用卖血凑来钱买回了电视机。影片是农村从自然经济走向商品经济、农村人从农耕文明走向现代工业文明的精神历程缩影。从农民收入、农业发展、基层政治、女性地位、道德伦理等各方面对转型社会进行思考，具有很强的现实针对性。

在影片中，二嫫学会戴胸罩、喝饮料、给丈夫及儿子买雪白的衬衫、买大电视机，这个角色浓缩着刚走出农村的一代人对城市文明生活方式及其价值理念的欣然接纳。二嫫和“瞎子”从婚外恋到分手，尤其体现出接受现代观念、经济独立的农村新女性的主体性建构。

同时，二嫫的思想又并没有真正超越她习惯的小精明、不讲规矩、封闭保守的小农意识，为了多赚钱，她喝了三大碗开水后才去卖血；她对科学技术充满怀疑，宁肯采用费时费力的赤脚和面的老法子，也不肯用快捷方便的和面机。特别讽刺的是买电视机，同样是劳动的结晶，《野山》里禾禾家的电视机意味着奋斗成功，二嫫家的电视机却带来空虚与失落。电视机是工业文明的象征，在播出节目的同时散播城市生活方式和价值理念，二嫫把它放在炕上，挤占了人睡觉的大半个位置，隐喻工业文明对农业文明的排挤和代替，但拥有它的农民二嫫，却又看不懂电视，最后病倒，是乡村在与都市文化碰撞中的溃然败阵。

如果按戴锦华的分析，“‘现代化’非但不是一种有力而有效的救赎，非但不是一个将临未临、令人无限憧憬的共同梦，相反，它只是唤起名目更为繁多的欲望或曰欲望的代偿方式，提供一些个人的、别无选择中的无奈选择而已”①。二嫫的故事，正是

① 戴锦华：《〈二嫫〉：现代寓言空间》，《电影艺术》1994 年第 5 期，第 41 页。

对现代化唤起欲望却无法真正实现欲望的体现。

从故事发生背景来说，1979 年以后，中国推行全面经济体制改革，在农村推行家庭联产承包责任制，提高农产品收购价格，放开农贸市场上农副产品的价格，发展乡镇企业等，农村经济迅速兴旺起来，但农村人的收入与城市人相比，仍有相当大的差距。当粮食的市场需求开始结构性饱和，农民纯种地的收入开始减少。农村中触觉灵敏的能人摸索各种方法，提高经济收入。但悖论在于，农村经济的发展，并不必然带来思想的解放，农村新人在传统伦理与现代价值观念之间，在农业文明与工业文明之间，进退两难，无所适从。

在两种文明的冲撞中，发生了二嫫身上体现出来的文化涵化现象。所谓文化涵化（acculturation），简单地说就是因为文化接触或文化交往产生文化变迁。① 个体心理涵化适应过程有三种基本情形：（1）行为变换。个体经历涵化时，会为了适应新情境而通过文化学习和文化放弃（culture shedding）及社会技能习得等方式，实现较容易的心理变化—行为变换。（2）涵化压力。当个体经历较大程度的文化冲突时，会感到简单的行为变换不能解决问题，但问题尚可控制和克服。这就会产生涵化压力，即文化震荡。（3）心理失调。当个体感受到过大的涵化压力导致出现问题而自己不能应对时，可能还会出现心理失调。② 二嫫进城，从震惊到模仿、学习，奋力追求，最后发现求不得而感到巨大的心理

---

① 吴理财：《公共性的消解与重建》，知识产权出版社，2014，第 53 页。

② John W. Berry. " Acculturation: Living Successfidly in Two Cultures," *Intemational Joumal of Interculture Relations*, 2005, 129（6）: 701。转引自常永才：《人类学经典涵化概念的局限及其心理学视角的超越》，《世界民族》2009 年第 5 期，第 45 页。

落差的过程，正是农业文明中的个体面对工业文明时的文化震荡、心理失调。

学者以文化涵化理论来解释中国实际状况，指出农民进城“将经历文化震惊、文化涵化、文化再适应直至文化创新的过程”①。这个过程将是长时间的，适应新的生活方式、价值观念和文化生活，会出现心理症候和情感失调。

二嫫等外出务工人员的出现，是20世纪90年代中国经济体制市场化改革下出现的新事物，是农民外出自主谋生、实现农村经济改革的一次大胆尝试。同一时期的电影《香魂女》同样以现代化进程中农村生活为题材，塑造了一个女性意识混沌的农村女能人，表现了经济发展的同时现代理念对改变农村人固有思维模式的无力。

影片根据周大新小说《香魂塘畔的香油坊》改编，香二嫂的香油厂生意做得红红火火，而她的家庭却并不幸福，她和每天酩酊大醉打老婆的丈夫之间毫无感情，但她仍处心积虑，利用金钱的力量，逼迫女孩环环嫁给了自己先天愚型的儿子。千百年来沿袭下来的封建习俗造成了香二嫂的悲苦遭遇，但那些被残害的女性最终将成为新的麻木冷漠的迫害者，她们对不合理的习俗习以为常，转而提起大棒去折磨新的一代。

环环就像她的名字所暗示，她的人生就是香二嫂命运的再一次循环。现代化的进程已经启动，一切都在变化，乡村的年轻女性，还会重复老人的悲剧吗？将目光投向影片开场，镜头对准香魂淀，伴随着镜头的缓缓移动，画外音传来一曲清脆婉转的歌

① 卜道勇、郧彦辉：《农民市民化：内涵、进程及对策》，《党政干部学刊》2009年第1期，第38页。

声，“芦苇青青水清清，秋去春来还是这光景，秋去春来还是这光景，鸟在天上飞呀，船在水里行，没有路，没有路，也得奔前程，也得奔前程。”香魂淀这仿佛四季停滞的景色，正象征着乡村中沉静如死水一般的封建习俗和愚昧思想，而没有路也要奔前程，却表现出一种打破桎梏的决心，对未来寄予了希望。

多年后的今天，回望农村现代化进程中的曲折坎坷和倒退，可以清楚地看见，在古老封闭的土地上，较之经济和政治制度的变革，思想的变革难之又难，农村经济已经发展起来了，农村的伦理格局有了一定的变化，但是落后观念生存的土壤仍然存在。农业、农村、农民的现代化转型不仅是经济组织形式、生产方式的转变，更重要的是超越农耕文明的巨大历史惯性的制约，实现价值观念、文化习俗的扬弃和更新。

第四节　转型期的社会症结

党的十六大报告指出，2000 年时中国人民的生活总体上达到了小康水平，并提出了全面建成小康社会的新目标。20 世纪末，我国人民生活总体上达到了小康社会，但是也要看到，这个小康水平还是“低水平的、不全面的、发展很不平衡的”，人民日益增长的物质文化需要同落后的社会生产之间的矛盾仍然是我国社会的主要矛盾。

改革开放的实施策略是“先富带动后富”“让一部分人先富起来”，也即西方经济学者提出的“利益扩散”效应（trickle-down effect），又译作涓滴效应、渗漏效应，也称为“涓滴理论”（trickle-down theory），在经济发展过程中并不给予贫困阶层、弱势群体或贫困地区特别优待，而是由优先发展起来的群体或地区通过消费、就业等方式惠及贫困阶层或地区，带动其发展和富裕。设想虽好，但因为社会主义现代化实践没有先例可循，在摸着石头过河的过程中，还是因为经验的不足，存在很多遗憾。

一　低收入群体之困

改革开放初期，各个社会集团和阶层普遍受益，但到 20 世纪 90 年代，国企转型，一大批工人下岗，同时期电影关注低收入弱势群体，描写他们的困境，反映出在前所未有的中国特色社会主义现代化实践中一路摸索前行的艰辛坎坷。

1998 年的《没事偷着乐》尤其以主角苦中作乐的豁达打动了观众：一间逼仄的小屋子，连老带少六个人，整天在小屋里侧身过来侧身过去，靠薄薄的布帘尽力地维护着私密和自尊。有那么多糟心事，在夕阳的残照里，乐观的张大民对儿子说："只要你好好地活着，你就能感受到好多好多幸福，你就没事偷着乐吧!"片中一个接一个的困境和老百姓特有的冷幽默让人不禁笑中带泪，体现出创作者对工人阶层的深刻理解和同情。

另外，根据谈歌小说《大厂》改编的《好汉不回头》设置了工人拒绝下岗尝试抗争、主角厂长动之以情晓之以理的情节，影片中，厂长坚毅的眼神特写、动情的劝说、工人们最终感动而主动离去的结局，表达出呼吁"共享艰难"的沉痛与对未来的信心。根据刘醒龙创作的小说《秋风醉了》改编的《背靠背，脸对脸》，虽然不以底层为主题，但也在细节中展现了普通劳动者生活的劳苦。

他们的生活被大众看见，具有非常重要的价值，"艺术的目的不是要去改变任何事物，事物总是在自我改变之中。艺术的功能是要使那些通常被我们所忽略的现实变得可见”。[①] 这些影片在对低收入群体困境的讲述中具有深厚的悲悯精神和批判锋芒，表现出了电影人对道义良知的承担，促进了社会对低收入者的关注。

二 膨胀的欲望恶果

改革开放以来，人民生活水平获得极大提高。近年来，在人民获得感、幸福感提高的同时，也出现了一些社会问题。习近平总书记指出：“其中比较突出的一个问题就是一些人价值观缺失，观念没有善恶，行为没有底线，什么违反党纪国法的事情都敢干，什么缺德的勾当都敢做，没有国家观念、集体观念、家庭观念，不讲对错，不问是非，不知美丑，不辨香臭，浑浑噩噩，穷奢极欲。现在社会上出现的种种问题病根都在这里。”[②]

社会经济快速发展，物质欲望的合理性得到了承认，伴随而来的是欲望膨胀之下部分民众道德的失范和价值观的混乱。

1994 年根据邓刚小说《远东浪荡》改编的《狂吻俄罗斯》生动展现了中国“倒爷”在国外以次充好、坑蒙拐骗、欺诈利用等不法行为，通过冯巩饰演的男主角之口对这些有违道德良知的行径表示反感，但影片对中国人在海外做生意的辛酸艰苦表达同情与理解，总体上还是肯定国人积极拼搏、敢于闯荡的事业心，也坚信人间真情能战胜物质欲望。

---

① 〔德〕鲍里斯·格洛伊斯:《走向公众》，苏伟、李同良等译，金城出版社，2012，第 82 页。

② 中共中央宣传部编《习近平总书记在文艺工作座谈会上的重要讲话学习读本》，学习出版社，2015，第 90 页。

将近十年后，电影《盲井》以更加犀利灰暗的笔触书写普通人道德良知与物质欲望之间的冲突。《盲井》根据刘庆邦获得2002年老舍文学奖的中篇小说《神木》改编①，原作《神木》叙述两个在私人煤矿打工的农民在矿井下杀人并伪装成矿难，之后扮作遇害者家属向煤矿主诈取赔偿款的故事，改编影片有所删减，在深入发掘人性复杂面上不如小说，但矛盾更尖锐集中。电影对原作的改动很大原因来自小说作者和导演的思想背景和创作理念之别，小说作者刘庆邦19岁就到煤矿工作，长期与矿工打交道，其作品满怀对矿工们的同情和理解，他说："我创作的目的主要是给人以美的享受，希望能够改善人心，提高人们的精神品质。"② 所以小说中杀人犯之一宋金明不断内疚自责，最终为保护少年元凤鸣与同伙搏斗而死，使这个阴郁的故事投射出几许向善的光明。

导演李杨对电影风格的设想体现出毫不留情的冷峻，他意图"把虚假、矫情全部撕掉。我的片子是一种对人性的批判，这个电影是我们整个文化的剖面"③。电影中，宋金明的动摇更多是出于情感的亲近而不是道德的感召，杀人者同归于尽之后，元凤鸣冒充遇害者家属领走了赔偿款，这似乎预示着新的恶出现的可能。

---

① 《盲井》在国外十多个电影节获奖，如第57届英国爱丁堡国际电影节优秀电影奖，第5届阿根廷国际独立制片电影节柯达最佳影片、最佳摄影，第5届法国杜维尔亚洲电影节最佳影片、最佳导演、2003年台湾电影金马奖最佳改编剧本奖等，尤其在2003年，第53届柏林国际电影节上，《盲井》以200万的低成本力敌张艺谋2000万大片《英雄》，荣获最佳艺术贡献银熊奖，此前因为标准严格，该奖项已空缺15年之久，主演王宝强也因该片得到金马奖最佳新人奖，有了后来上《天下无贼》《士兵突击》的机会。

② 刘庆邦：《从写恋爱信开始》，《作家杂志》2001年第1期，第38页。

③ 李杨：《李杨解字："盲，是视而不见"》，《明日风尚》2007年第9期，第32页。

电影的具象性要求线性叙事的文学作品在转化成共时性的空间画面时需要补充诸如话语声、配乐、画面等大量充实的细节。这部电影的题材选择反映了导演对现实苦难的关注，具有知识分子的道义承担精神。

《盲井》中展现的农民进城打工被骗的事，从20世纪90年代末到21世纪初，几乎是报纸上屡见不鲜的新闻，这一时期，越来越多的人从农村社区生活关系网络中脱离出来，产生“脱域”现象，而治安管理又没有及时跟上形势的发展。“脱域”（disembodying）是吉登斯提出来的，“指的是社会关系从彼此互动的地域性关联中，从通过对不确定的时间的无限穿越而被重构的关联中脱离出来”[①]。中国社会学者借此描绘中国当代农村传统地域人际关系的解体，指出，“随着农村经济形式的变化，生活在农村社区的成员从该社区的社会关联中脱离出来，农村社区与其成员相互分离”。[②]

按吉登斯的说法，“前现代情境中的地域性既是本体性安全的焦点，也有助于本体性安全的构成，但是在现代性条件下，这种地域化的本体性安全实际上已经被消解了”[③]。具体到本片所反映的时代，大量农民进城打工，他们的社会关系从彼此互动的地域性关联中脱离出去，原本为人们日常生活所熟悉并且所依赖的农村被“掏空”，农民因为对地域性社区的脱离而缺少地域赋予的“本体性安全”，在此情况下，与陌生人到陌生城市打工成为

---

① 〔英〕安东尼·吉登斯：《现代性的后果》，田禾译，译林出版社，2000，第18页。

② 吴理财：《公共性的消解与重建》，知识产权出版社，2014，第57页。

③ 〔英〕安东尼·吉登斯：《现代性的后果》，田禾译，译林出版社，2000，第90页。

一种冒险，遇到不法经营者或是居心叵测的同伴，人身安全和经济利益都受到极大侵害。这是当时农民工面对的严峻问题。

在经历着转型期阵痛的 20 世纪 90 年代末的中国，《好汉不回头》《盲井》的镜头对准进城务工农民，书写低收入弱势群体的艰辛生活，直面底层人生的苦难。这一类电影因其对苦难的展示，具有现实主义的批判性，对底层人民具有高度的人文关怀，对促进关注和反思有积极意义。

另外，2004 年根据赵本夫同名小说改编，冯小刚执导的《天下无贼》，用真善美化解盗匪的抢劫偷盗，以即将迎接新生命诞生的责任感和农民工的善良敦厚来感染、打动刘德华、刘若英饰演的惯偷夫妻，人物行为动机交代不足，对社会问题的解决有过于简单化之处，但表达对光明的追求还是可取的。

第五节　消费主义迷思

进入 21 世纪以来，中国步入经济发展的高速通道，人民生活水准大幅提高，物质极大丰富，诸多民生问题迎刃而解，如前文所述农民工的经济权益、医保福利、工作环境等，都得到了明显改善。但在经济欣欣向荣的同时，消费主义泛滥带来的精神空洞新问题又出现了。

一　商品符号堆砌

2013~2015 年根据郭敬明同名小说改编的电影《小时代》系列就典型地体现出商品社会的精神危机。这系列影片由郭本人改编并导演，在人物、情节、风格等各方面都基本忠实于小说原作，尤其将小说中的商品展览风格发挥得淋漓尽致。

郭敬明的作品本身就是品牌的堆砌，“时尚就是他们的信条，也是消费社会在他们的叙事作品中打下的烙印”[①]。在其小说中，处处可见的是意在彰显其奢华品位的商品名：Hermes 茶杯、埃及棉窗帘、巴西咖啡、HERMES 的暗蓝色领带、Cartier 珠宝等，描写人物考入的大学，无数的新生带着激动与惶恐的心情走进这所在全中国以建筑前卫奢华，同时 95%都是上海本地学生而闻名的大学……一个女生突然用林志玲的声音高声朗诵起来：“啊！这些教学楼好高大哦！而且都是白色的大理石！感觉好像宫殿一样哦！我感觉自己像个公主！”[②] 甚至于小说中男女恋爱，送礼物不是别的，“盒子里就是一叠整齐的粉红色百元钞票”[③]。令人不忍卒读。

改编电影更变本加厉，故事情节围绕金钱和奢侈品展开，到处是商品展览式的场景，众所周知，“使用和欣赏一件高价的而且认为是优美的产品中得来的高度满足，在一般情况下，大部分是出于美感名义的假托之下的那种高价感的满足”[④]。鄙俗的拜金主义在电影中张扬得肆无忌惮，镜头中不断出现顶级豪车、裘皮大衣、豪门酒宴、高档商场、奢侈品等，这些影像极大地抚慰了观众对体验财富味道的饥渴，正如克拉考尔所说，“他的银幕形象满足了当时很普遍的某些愿望——跟他所表现的或暗示的生活

---

① 陈晓明：《表意的焦虑》，中央编译出版社，2004，第 457 页。

② 郭敬明：《小时代 1.0》，长江文艺出版社，2008，第 2 页。

③ 郭敬明：《小时代 1.0》，长江文艺出版社，2008，第 8 页。

④ 〔美〕索尔斯坦·凡勃伦：《有闲阶级论》，蔡受百译，商务印书馆，2002，第 94 页。

方式有联系的某些愿望”①。在凝视的代入感中，观众似乎也跟剧中人一起消费了这些物，而这种消费满足的是对符号背后指涉的等级、身份、地位的向往，“人们从来不消费物的本身（使用价值）——人们总是把物（从广义的角度）用来当作能够突出你的符号，或让你加入视为理想的团体，或参考一个地位更高的团体来摆脱本团体”②。

在影片观赏过程中，对商品符号的虚拟体验为观众营造了提高地位、享受拥有财富的荣誉感的刹那欣快幻觉，这种幻觉对成长在消费时代的都市人，尤其是对有强烈的消费欲望但实际上消费能力不足、无法通过亲身购买和使用来实现物质欲望的中低收入年轻人来说特别有效。

二　神话下的营销

影片通过“粉丝营销”，在青少年中未映先热，郭敬明庞大的读者群、粉丝群使他具备了相应的市场号召力，“当文化工业的作品遇到其粉丝时，粉丝的参与就会使其重组和再造，因此作品接受的时刻也就变成了粉丝文化中的生产时刻”③。利用粉丝维护偶像、积极参与的心理，虽然在思想性、艺术性上“小时代”系列都乏善可陈，但小说《小时代》系列销量达到近700万册，电影《小时代1》票房4.88亿人民币，《小时代2：青木时代》

① 〔德〕齐格弗里德·克拉考尔：《电影的本性——物质现实的复原》，邵牧君译中国电影出版社，1981，第127页。

② 〔法〕让·波德里亚：《消费社会》，刘成富、全志钢译，南京大学出版社，2001，第48页。

③ 〔美〕约翰·费斯克：《“粉丝”的文化经济学》，陆道夫译，载陶东风、杨玲主编《粉丝文化读本》，北京大学出版社，2009，第12页。

票房 2.96 亿人民币，《小时代 3：刺金时代》票房 5.22 亿人民币，就连口碑最差的《小时代 4：灵魂尽头》都有 4.89 亿人民币，捞金能力令人称奇。

如果超越性的理想和信念被抽空，人就容易沉醉着迷于庸常的世俗日常生活，人们对消费时代的财富传奇充满激情与感动，因此自觉不自觉地努力去为之做一种近似于理想主义的卫护，这在郭敬明及《小时代》的被热捧中表现得很突出。学者专家众口一词地表示对《小时代》的不屑和批判，影片和小说的粉丝在微博、人人、百度贴吧、天涯等网站上开启骂战，捍卫他们的偶像，掀起一场风波。

《小时代》系列电影背后是对物的过度崇拜。学者指出，“现代生产横行的社会中，全部生活就是景观的巨大累积”[①]。21 世纪以来，消费文化盛行，使人们迷恋于对符号——景观的呈现和感知。

《小时代》系列的上映时间是 2013～2015 年，它的背景是：2012 年，党的十八大报告指出，党的十七大以来的五年，“人民生活水平显著提高。改善民生力度不断加大，城乡就业持续扩大，居民收入较快增长，家庭财产稳定增加，衣食住行用条件明显改善”，根据经济社会发展的实际进程，从中国特色社会主义总体布局出发，提出“确保到二〇二〇年实现全面建成小康社会宏伟目标”。从“全面建设小康社会”到“全面建成小康社会”，一字之差，全面建成小康社会已经成为国家富强、民族振兴、人民幸福的新目标，标志着国家和人民为经济发展付

① 〔瑞典〕丹尼尔·伯恩鲍姆：《切割时间》，载《年代学》，尹晟、张秀峰译，金城出版社，2012，第 92 页。

出的巨大努力，标志着我国“小康社会”建设已进入最后的关键阶段。

但也正是因为物质的丰富，消费已不再看作一种手段，而被看成是目的本身，为消费而消费成为时代真谛，社会又陷入了消费主义的迷思，表现在文学影视艺术上，就是堆砌的商品符号对叙事和思想意义的取代。

消费社会的主要特点之一就是符号化消费。波德里亚在吸收德波景观社会理论的基础上，激进地指称消费社会的大众媒介制造出了比“真实更真实”的“拟像（simulacra）”，符号的能指与所指分裂，形式与内容游离，造成能指的随意漂移与意义的丧失，人们生活在无深层真实意指的拟像中，对物的消费变成了对物的符号的消费。[①]“符号消费”对当代社会的主导是消费主义电影大行其道的重要思想根源。

不能否认，人类天生向往感官的快感，但是，正如马尔库塞所言，“当美在纯粹感性的领域中，当她与理想完全分离后，她就会成为这个领域普遍贬值的牺牲品”。[②] 无深度的商品消费虽然可以满足一时的物质欲望，但目眩神迷之后，留下的是更深的空虚和失落。

从贫穷时代到消费社会，40 年来的改编电影，展现了党和人

---

① 波德里亚将拟像描述成用“虚构的”或模仿的事物代替“真实”的过程，也就是将电子或数字化的影像、符号或景观替代“真实生活”和在真实世界中的客体的过程。从早期的《象征交换与死亡》（又译《符号交换与死亡》）到《海湾战争不曾发生》《消费社会》《符号政治经济学》等一系列论著，波德里亚赋予了影像、符号以政治、经济、社会学、心理学等多方面的重大意义，对分析消费心理和文化很有启发意义。

② 〔美〕赫伯特·马尔库塞:《审美之维》，李小兵译，广西师范大学出版社，2001，第 25 页。

民建设精神文明和物质文明的艰辛历程，表达了对富裕生活的向往和对在经济发展中出现的不良症候的反思，这些影片启发观众思考经济与幸福的关系，道德与物质的悖论，提出了在改善民生的同时解决各种社会症结的问题。

第四章　从“人治”到法治

中华人民共和国成立后，颁布各项法律，积极改进社会治理，但从20世纪50年代后期开始，由于“左”倾思潮泛滥，法律虚无主义开始盛行，法治国家建设遭受挫折。党的十一届三中全会以后，社会治理理性精神回归。邓小平强调，为了保障人民民主，必须加强法制，“必须使民主制度化、法律化，使这种制度和法律不因领导人的改变而改变，不因领导人的看法和注意力的改变而改变……所以，应该集中力量制定刑法、民法、诉讼法和其他各种必要的法律”。①

社会主义的公平正义成为党全面建成小康社会思想的重要内涵和价值追求，随着中国的发展变革，全社会逐渐认识到全面推进依法治国是关系党执政兴国、关系人民幸福安康、关系党和国家长治久安的重大战略问题，是完善和发展中国国家治理体系和治理能力、实现社会主义现代化的重要方面。这一共识是怎样达成的，在新时期以来的电影中对此进行了生动的刻画，展示出广大民众的法律意识从淡漠到强化的过程。

---

① 邓小平：《解放思想，实事求是，团结一致向前看》，《邓小平文选》第2卷，人民出版社，1994，第146页。

第一节　宗法社会伦理范式转型

著名社会学家费孝通曾对司法制度替代宗族裁判、乡土社会中诉讼观念的变化指出，“那些不容于乡土伦理的人物从此却找到了一种新的保障。他们可以不服乡间的调节而告到司法处去”[①]。《秋菊打官司》《被告山杠爷》更进一步提出，告到司法处去的那些新人，与父老乡亲为敌，他们在情与理之间何以自处？

一　“讨个说法”

1992 年《秋菊打官司》获得国内外多个奖项，影片在改编原小说时秉持的“新写实品格”得到观众充分肯定，导演张艺谋用细节高度真实的类似纪录片的手段，在街头暗中布置多台 16 毫米摄影机，在实景中偷拍，职业演员和非职业演员混杂，采用陕北农村方言对白，不用无声源音乐配乐，音乐移植自地方戏曲。中景、全景纪录片式镜头，长镜头跟拍，形成了一种自由随意的表现风格，具有明显的平民生活气息，“带有更多的那种生活中的毛茸茸的粗粝质感”[②]。这与《偷自行车的人》《罗马，不设防的城市》所代表的意大利新现实主义创作理念和拍摄手法具有亲近的血缘关系。

这部影片塑造了农妇秋菊的独特形象，她受到村长不公平对

---

① 费孝通：《乡土中国 生育制度》，北京大学出版社，1998，第 57 页。

② 丁帆、徐兆淮：《新写实主义小说对西方美学观念和方法的借鉴》，《文艺研究》1993 年第 2 期，第 18 页。

待愤而走出农村上告，村长被捕，她又后悔迷茫，在她身上浓缩了那个时代人情与法理的困惑，影片传达出这样一个问题：“中国农村的法律运作是否和其社会背景相矛盾?”① 也有学者认为，秋菊本身并没有形成自觉的法律意识，“‘说法’不是法律，秋菊实际上要讨的是自尊，一种站立的自尊的活法”②。

村长不准秋菊家建楼，因为违反规定，这是现代社会治理秩序的表现，但是秋菊男人骂村长“下辈子断子绝孙，抱一窝母鸡”。村长一生气，踢了男人下身，这又是乡土社会族权的作风。在这一时期的中国农村社会，现代基层治理和民间宗法权力是两套同时存在的秩序系统，一边是熟人社会中形成的重视人情、礼仪的行为规范——“礼治”“人治”，另一边是以法律为准绳的强制准则——“法治”。秋菊丈夫受伤，秋菊走上了告状的路，第一次调解结果是村长赔偿医疗费、误工费，村长也答应赔偿，故事本来至此就可以结束，但因为秋菊气愤村长给钱的态度不好，她选择了继续告官上访，她要的不是钱或者让村长受惩罚，而是通过国家行政权力、法律手段来解决一个乡土社会“礼治”的问题，但这个解决的结果却并不是秋菊意料中的，她希望村长道歉，但在法治中却不能给出这种解决办法。村长不计前嫌半夜抬难产的秋菊去生孩子，救了秋菊和孩子两条命，秋菊感谢村长，要村长来喝满月酒，可是在喜乐的热闹气氛中，村长却被抓走了，因为按法律程序，村长构成了犯罪，要坐牢。秋菊的惶惑不安，源于对法治的不理解，对乡土社会传统秩序被法律重组的失落感。

---

① 杨远婴：《中国农村电影中的历史叙事》，载郦苏元、胡克、杨远婴编《新中国电影 50 年》，北京广播学院出版社，2000，第 133 页。

② 皇甫一川：《女性的成长——新中国电影中新农村女性形象的演变》，《当代电影》1999 年第 6 期，第 44 页。

秋菊的对立面，不是打人的村长，实际上是源于宗法权势、传统习俗、人情纲常所形成的网。正是这一层无形却强力的网，笼罩在秋菊们的身上和心上，捆住了她们的手脚，她们渴望挣脱，却往往有心无力，她们的焦灼和迷失，是以农业文明为基础的宗法社会向工业文明为根基的法治社会过渡期的特有状态。

这部小说及其改编电影产生的背景是 1989 年七届全国人大二次会议通过的一部基本法律《中华人民共和国行政诉讼法》，也就是俗称的“民告官”制度依据。这部法律实施不久，一般民众并不了解，对于影片观众来说，这次诉讼过程就是一种生动的法律教育。在新的社会历史时期，在广袤的中国大地上，千百万个秋菊们和村长们都要面对法治对“人治”、礼治的颠覆，重新看待法律权威与传统权力秩序，在变革中接受法律的规范。正如法律学者的研究，他们过去更多地是在一种相对稳定的传统乡土生活的规范语境中理解自己和对方的权利和义务，从今以后，他们就必须在这种正在发生变化的语境中理解这一切了。[①]

二　法制还是族权

稍晚于《秋菊打官司》的《被告山杠爷》更进一步表现了法律制度对宗法社会的拆解。影片根据李一清小说《山杠爷》改编，通过偏远山村中村民与村长对抗风波，刻画 20 世纪 90 年代“人治”与法治的矛盾对立，呼唤民众法律意识的提高。

影片塑造老派族长山杠爷，“在犹如一个国家缩影的堆堆坪中，他是至高无上的家长，村民们对他既怕又爱。他的言行举止

① 苏力：《纠缠于事实与法律之中》，《西北政法学院学报》2000 年第 3 期，第 3 页。

鲜明地体现着‘朕即国家’的传统政治文化精神”[①]。故事发生于封闭在大山中的堆堆坪，在外界社会日新月异的改革开放春风的吹拂下，这个如同死水的小山村逐渐泛起波澜。山杠爷作为村委会主任，以乡间约定俗成的道德伦理准则和宗族大家长的方式治理山村，他私拆村民信件，捆绑关押拒缴公粮者，将虐待婆婆的媳妇游街示众，意外逼出人命，终于被送上了审判席。

片中小媳妇强英被山杠爷以不孝敬婆婆的罪名游街示众含愤自杀之后，山杠爷和孙子之间发生了一段对话，孙子：“你把憨娃的女人捆起游街，她又自杀了，就是犯法律了。还有，你打人关人，这些都是犯法律了。”山杠爷不以为意：“新鲜得很呢。这就是狗日的法律常识？……国法和村规是一回事，都是用来诊治那些不服管教的刁汉泼妇。莫听你们老师乱教，法律上的事爷爷比他们搞得懂呢。”对爷爷的言传身教感到困惑的孙子，写匿名信检举爷爷。山杠爷被检察院的干部带走。公正无私、一心为村民做事的山杠爷老泪纵横，时代变了。

山杠爷的所作所为毫无私心杂念，确实是全心全意为了村子。同时，农村经济体制改革，包产到户，各家分开劳作，自负盈亏，集体经济让位于个体经济，如何凝聚人心是基层组织的难题。影片中村民们聚集起来为山杠爷说情，山杠爷主动跟检察官走，以自己多年积累起来的威信，维护了法制的尊严。新任村支书说，当下要把堆堆坪聚拢，还是离不开“一蛮三分理”。这些体现出社会转型期的复杂性。新民主主义革命改变了国家，但在基层农村，传统的宗法族权仍是主要和有效的治理原则与方式，

① 杨远婴：《中国农村电影中的历史叙事》，载郦苏元、胡克、杨远婴编《新中国电影50年》，北京广播学院出版社，2000，第133页。

仍有许多村民法制意识淡薄，传统人情伦理和现代法律精神、法制意识纠结，在法律与族权的对峙与合作间，法治与“人治”可能还将在一段时间内保持“角力状态”。

秋菊、山杠爷故事的时间背景是经历乱象之后的社会进入法治新时期。邓小平重视法制建设，指出要通过完善立法，使整个国家生活基本做到有章可循，要重视发挥法律手段在调整各种社会关系中的作用。研究者认为邓小平的讲话“提出发展民主必须健全法制，必须使民主制度化、法律化的基本观点，对社会主义民主法制建设的一系列重大问题进行了经典性的论述”①。

与此同时，根据邓小平的讲话精神，党和国家对民主和法制问题进行了认真的讨论，邓小平在中央工作会议上的讲话中关于民主法制建设的经典论述在全会公报中得到了强调和重述，诸如“为了保障人民民主，必须加强社会主义法制，使民主制度化、法律化”，“做到有法可依、有法必依、执法必严、违法必究”。“检察机关和司法机关要保持应有的独立性；要忠实于法律和制度，忠实于人民利益，忠实于事实真相”等。全会还提出了社会主义法制的基本原则，即“要保证人民在自己的法律面前人人平等，不允许任何人有超越于法律之上的特权”。②

在一次访谈中，十届全国人大宪法和法律委员会主任委员杨景宇指出，“新中国是人民当家做主，‘法律面前人人平等’成为一条基本法治原则。但是，受我国历史上封建专制主义的影响，

① 蒋传光：《马克思主义法学理论在当代中国的新发展》，译林出版社，2017，第 133 页。

② 《三中全会以来重要文献选编》（上），人民出版社，1982，第 11 页。

真正建立并实施‘民告官’制度并不容易，不能没有一个过程”。[①]《秋菊打官司》《被告山杠爷》所表现的，正是在进入法治时期，时代大变革对传统礼俗发挥强大的重塑作用、乡土伦理不能维持的时候，新观念出现，旧格局崩溃，长老与新人对立这样一个艰难的变革过程。

对于乡土社会的恒定和变化，费孝通曾指出，乡土社会中人和空间关系的基本特征是“不流动”，以传统约定俗成的规矩使乡土社会形成“长老统治”[②] 的礼俗社会。“在一个变迁很快的社会，传统的效力是无法保证的。……要保证大家在规定的办法下合作应付共同问题，就得有个力量来控制各个人了。这其实就是法律。也就是所谓‘法治’。”[③]从这个意义上，毫无现代观念的山杠爷、村长触犯法律被捕是注定的，反过来说，山杠爷的悲剧和秋菊的困惑是公平、平等的现代理念对等级社会的胜利，是法治胜于“人治”的悲喜剧。

第二节　情理与法律的错位

与前两部影片相比，2016 年的《我不是潘金莲》在探讨民众对法治的理解上显然更进了一步，对在中国这样一个具有根深蒂固的天理、人情重于法律的思想传统的复杂社会中，法理与人情可能发生的错位进行了更深入的思考。

---

① 《行政诉讼法出台的前前后后》，中新网，http：//www.chinanews.com/gn/2018/12-18/8705012.shtml，最后访问日期：2023 年 3 月 9 日。

② 费孝通：《乡土中国　生育制度》，北京大学出版社，1998，第 9 页。

③ 费孝通：《乡土中国　生育制度》，北京大学出版社，1998，第 52 页。

一 合理与合情

影片根据刘震云同名小说改编，讲述一个被前夫污蔑为“潘金莲”的女人，十多年申诉上访为自己讨公道的故事。故事中，李雪莲为了生育二胎和丈夫秦玉河假离婚，但没想到假离婚成了真离婚，李雪莲还被叫成了潘金莲，这个倔强的女人从此走上了从镇、到县里、到市里、最终到北京的告状上访之路。由于“上访”题材的敏感性，电影对上访中的矛盾进行了弱化，并将主题升华为：依法治国理念在官员和民众中如何达成共识，并在实践中妥善处理人情、道德与法律的错位关系。

刘震云的原小说带有很强的荒诞色彩，这种荒诞也延续到了电影之中。李雪莲假离婚，丈夫假戏真做跟别的女人跑了，她拎着腊肉、香油跑去找法官主持公道，要求先判离婚是假的，再复婚，再真离婚。这显然极不合理，视法律如儿戏。

这个故事有现实背景，自改革开放后，我国进入有法可依的发展进程，众多法律法规相继设立、出台，市场经济体制转轨后更是加快了法治社会的建设步伐。但在法治社会快速进步的同时仍存在诸多问题。法律学者调查指出，法律并没有切实地融入农民们的生产生活中，绝大多数农民无法将法律作为保护自己切身利益的武器，甚至了解甚微，“找关系”“上访闹事”“协商私了”等非正常法律途径成了不懂法的农民解决日常纠纷的主要方法。[①]

虽然普法工作在农村中也经常开展，但是农民的法律知识仍

① 陆云卿：《中国法治建设及公民法律意识培养研究》，电子科技大学出版社，2015，第130页。

然非常不足，他们对法律的权威没有明确意识，但又有非常简单化的对法律的理解。就如片中的李雪莲，她不懂得法律不是干部可以随心所欲安排来“为民做主”的，她发现法律并不支持自己，就选择上访、告官，认为行政权力可以压过法律，这种看似奇特的行径正是部分农民的真实行为逻辑。

他们所认可的事实是生活世界中的事实，是“肉体化了的生活事实”，他们无法在生活世界之上再建一个“逻辑世界”，因此对“抽象化了的法律事实”即使理解其意义也可能漠不关心，而现代法律和法律知识正是基于这种对生活世界的抽象化，正是通过程序规则建构一个“逻辑世界”才使得法律规则得以适用。[①] 李雪莲的问题，就在于对生活之外的“逻辑世界”的排斥。

原作中李雪莲和官员的矛盾有司法不公的因素，而电影中这一矛盾主要来自对法治和情理关系的不同理解。在各级官员看来，社会治理完全以法律为准绳，李雪莲和秦玉河在民政局办理了离婚手续，有了离婚证书，那就是真离婚，既然已经离婚了，还扯着过去的事不放就没有法律依据，李雪莲的申冤根本就是无理取闹。不少观众也在观影之后，发出了同样的质疑：“李雪莲的告状有没有意义?”甚至有人说，她执着十年的告状，是不是精神有病?[②]

或许在一般观众看来，李雪莲的行为确实过于偏执盲目。但深究其心态，她自有合理合情的逻辑。在小说中，李雪莲和秦玉河离婚是为了规避政策生育二胎。而在电影中，一开头李雪莲声

① 强世功：《乡村社会的司法实践：知识、技术与权力——一起乡村民事调解案》，《战略与管理》1997 年第 4 期，第 10 页。

② 豆瓣影评“我不是潘金莲”，https：//movie. douban. com/subject/26630781/，最后访问日期：2021 年 10 月 1 日。

称和秦玉河假离婚是为了在县城里分一套房子。直到影片结尾，李雪莲才说出，当时的离婚是有要二胎的打算，但是孩子流产了。那么，她这么多年来坚持上访告状的行动中倾注着母亲失去孩子的痛苦和愧疚，提升了行为的意义，强化了上访动机。

在影片故事表面的荒诞中潜藏着对人尴尬处境的理解和同情，这种尴尬来自新时代新制度与祖辈老理的碰撞。在某种意义上，李雪莲是现代社会中的古代人。

二　司法公正与为民做主

《我不是潘金莲》讽刺了一些官员唯恐承担责任、推诿敷衍的圆滑世故，但总体而言，各级官员对李雪莲本人并无恶意，甚至可以说释放出了一定的善意，给予了职权范围内的帮助。

李雪莲选择用上访来“胁迫”官员纠正自认为的法律错误，从根本上说，上访这一行为本身没有问题，上访是公民法律意识觉醒、对违法行为不满和监督的结果，合法上访是公民的权利。在我国的法律法规之下，对待群众上访，不管其主观态度和意愿如何，不能压制和剥夺群众权利。但她的上访是“试图能动性地建构起一种消解国家与政府权威的话语网络和有别于现代法律语言的叙事体系”①，这显然不能实现。王公道虽然收了腊肉和香油，但是确实依法宣判，没收前夫一分钱，可被李雪莲硬说是收受贿赂，有冤无处说；老局长已经退休，但还是交代后任要好好处理；现任局长不愿揽事，但法律程序很清楚，他也确实管不了这事；李雪莲在大街上拦了首长的车，告状成功，首长发话，包

① 赵伦：《上访治理：农民抗争的“伸冤模式”解析》，《贵州大学学报》（社会科学版）2018 年第 5 期，第 116 页。

括县长在内的一大批官员落马；李雪莲上访整整十年，她眼中的为民做主，实际是以行政权力干扰司法公正。

除了科层制本身反应迟钝、无法负责的弊端，这里的主要矛盾是王公道们和李雪莲在程序正义和结果正义孰轻孰重的认知上完全对立，也就是说，司法公正和为民做主可能出现错位，且难以解决。

法律工作者认为，“问题出在法律本身，那就需要启动立法程序修正错误，完善立法。即便有些问题一时无法妥善解决，只要本着执政为民、实事求是的态度积极寻求问题的解决，充分尊重涉访对象的程序权力和利益诉求，即使问题不能从根本上解决，但仍然可以在一定程度上缓和矛盾和解决冲突”[①]。但正如影片展现出的一个难题：受害者的问题完全是自身对法律的认识错误造成，偏偏又自认冤屈，不断上访，胁迫政府满足自己不合法的要求。这个问题并非电影创作者闭门造车、无中生有，事实上，在目前的上访中，这样的情况不在少数。

法学家指出，我国基层许多案件仅就其本身来说，如果就案判案，依法判决只强调审判职能，强调法律的规则，势必无法解决问题，可能导致强大的社会压力乃至行政的干预，判决会成为一纸空文，法院的权威会丧失殆尽。[②] 在李雪莲案中，地方官员守规矩，尽管为难，仍坚持尊重法律的原则，没有施加行政干预，这当然值得嘉许，但在另一边，李雪莲们的委屈又怎么平复呢？

---

① 张军：《法律人的理性与沉思》，中国民主法制出版社，2013，第 205 页。

② 苏力：《农村基层法院的纠纷解决与规则之治》，《北大法律评论》1999 年第 1 期，第 80 页。

电影结尾，李雪莲在北京火车站对面开了一家餐馆，与史为民重逢，两人在温暖明亮的光线下，一片人间烟火气中，隔着岁月的距离回顾当年。李雪莲已经放下执着，过着平淡稳定的生活，有些后悔当年的上访。温情脉脉的结尾，也意味着对司法公正和为民做主之间可能存在的错位进行了想象性化解，观众对李雪莲命运的关切和怜悯得到了释放，提高了观影愉悦感。

在叙事、情节和人物塑造之外，《我不是潘金莲》很值得一提的是它独特的构图方式。影片中，方形画幅、圆形画幅和全幅分别出现在李雪莲告状的不同阶段，“方”和“圆”也被赋予了不同的意义。在我国传统文化中，与圆相关联的是圆融、圆满，但同时，这种圆满也是向内指涉的保守、封闭。李雪莲在县城中的生活，以圆形画幅表现。方形棱角分明，规则严格，象征着权威、方正，在李雪莲到了北京之后，圆变成方，隐喻她现在要遵守一板一眼的规矩，方形的锐利感也带来突破的可能性。在影片的结尾，使用全幅画面展示平淡人生，平稳、中规中矩。影片采取巧妙的构图方式，对人物的命运做出了暗示，同时具有形式美感。

从情节的增删修改和视觉语言可以看出，电影对小说的改动总体趋向“圆滑”，对原作在人情与法律的错位张力、官与民的内在角力、现实刻画的尖锐度上有所削弱。

有学者指出，“一旦批判精神丧失，主旋律小说对社会的现代化意义也就迅速褪色。”① 文学是这样，电影同样如此。如何在获得较高票房的同时保持思想、艺术的高度，对涉及敏感题材的许多现实主义影片来说，或许还需要更有智慧的解决办法。

---

① 张宏森：《电影创作必须建树正面价值》，《文艺报》2017年1月11日。

第三节 基层治理之惑

改革开放以来，随着经济体制深刻变革，社会结构日趋复杂，人民群众对法治、公平、正义、安全等方面的需求日益增长，城市和农村社会治理面临新问题、新挑战，基层社会治理亟须加强与创新。

作为人口大国、农业大国，我国农村、乡镇居民凝聚力不强，多呈现离散、无序和低组织化状态，基层治理一直是社会建设中的重点和难点，基层事务纷繁芜杂、千头万绪，治安防控、政策推行各方面工作压力大，基层行政体系普遍存在财力、人力、物力、能力不足的问题，往往有责任层层甩、官员兜不住、决策推给上级、责任推给下级等现象。1987 年根据栈桥短篇小说《凌晨有地震》改编的电影《疯狂的小镇》，就通过一起虚假地震引发的闹剧生动展现了官僚不懂科学瞎折腾、群众以讹传讹酿人祸的基层治理难题，片中玉岩（寓言）镇里一群居民面对地震流言惶惶不安，谣言四起，小镇官场人人推诿，责任绑架，引发了一场大混乱，影片讽刺尖锐，揭示了现实痛点。

一些改编电影将目光投向农村地下团伙，揭露一味追求经济利益破坏农村公序良俗，滋生违法乱纪行为的问题，指出整顿基层组织、健全农村法制的重要性和迫切性。

具有代表性的是同产生于 2006 年的《天狗》和《光荣的愤怒》，《天狗》原作是张平的小说《凶犯》，《光荣的愤怒》则改编自阙迪伟的小说《乡村行动》（《复仇的火焰》），两部作品都以农村恶势力与国家公权、法治的较量为题材，叙述乡村村霸团伙与当地官员勾结，甚至控制基层权力，为非作歹的严峻问题。

一 国家公权与地方势力

《天狗》原作《凶犯》根据20世纪90年代发生在吕梁山林场的真人真事改编，作者张平曾说："天高皇帝远的村庄里贫富差距的拉大，反而使得一些旧的恶的东西死灰复燃。于是这些地方俨然演变成了另外一个世界，成了黑恶势力的滋生地和天堂。……我创作这样的作品，也就是期盼着像狗子这样的人越来越多，像孔家四兄弟那样的人越来越少。只有在这样的前提下，才有可能使公民的道德素养和法制意识不断增强。"①

为表达这一题旨，《凶犯》中从乡长、县公安局局长、县林业局局长，直到县委副书记、副县长，都被设置为与村霸勾结，接受违法倒卖林木之后的贿赂回报。这些本该造福一方的官员故意阻挠调查，最后狗子被审判为"凶杀犯"，含冤莫白，在医院悲凉地死去。只有同样是转业军人的乡派出所老所长准备到省公安厅、到北京为狗子鸣冤。

在改编影片《天狗》中，反面角色主要是村中三兄弟，他们凭借血缘纽带和经济利益，在村中组成了一个为非作歹的团伙，这一角色定位，符合农村经济发展中的新情况。社会学者指出，"农民摆脱了人身依附关系，成为独立的生产者进入市场……家族、血缘和地缘关系仍然保持着凝聚力，而且与现代商业市场有

---

① 张平：《天狗是孤独的》，石家庄新闻网，http：//www.sjzdaily.com.cn/book/2006-07/21/content_776737.htm，最后访问日期：2021年11月18日。

机地结合在一起”。[①] 一度因为土改、公社化等运动离散的农村宗族在经济利益的纽带下重新组织凝聚，构成了灰色利益集团，这是影片重点揭露的隐患。对官员的腐败问题，影片则基本不涉及。

李天狗身为退伍军人，在部队中完成价值观的塑造，他护林员的身份是国家赋予的权力和责任，因此，李天狗拒绝不义之财，不仅是个人高尚信念的表现，也是国家意志的体现。影片中，李天狗重伤成为植物人，被尊为惩奸除恶的英雄，县长出面为他伸张正义，扬善惩恶。影片最后还留下一条光明的“尾巴”，李天狗之子光荣参军，成了英雄的接班人，也就是国家意志的新执行者。正如研究者指出，“社会的主流是弘扬崇高道德，坚持正义，因此影片是顺应主流意识形态的”。[②] 这些改动，虽然在批判的力度上比小说弱一些，但显然更符合一般观众的心理期待，也更能体现国家主流意识形态的权威性，体现了违法必究，执法必严的基本国策在农村基层的坚决执行。

除外，电影还强化了李天狗与盗伐团伙做斗争的情感动力。片中用一组李天狗与孩子在山林中拥抱、仰望树木的近景镜头表现出他对自然家园的依恋，用主观镜头表现他突然发现山林被滥砍滥伐之后的震惊。他挺身而出与恶霸相斗，带有很强的保护自然环境的使命感，这与党和政府大力推进生态文明建设的基本国策是一致的。

华夏大地上，农耕文明延续了几千年，中国人血脉中就流淌

---

① 周晓庆：《从农村社会文化传统看当代中国农业的演变》，《社会科学论坛》2004 年第 4 期，第 20 页。

② 戚健、胡克、张颐武、梁明：《天狗——新片四人谈》，《当代电影》2006 年第 3 期，第 72 页。

着对植物、对自然深厚的依恋，爱种植、爱青山翠谷几乎是一种民族本能。在机器大工业时代来临后，面对自然环境的迅速恶化，人们感到焦虑和惋惜，保护自然、恢复和建设生态的问题受到了高度重视。

2013年9月7日，习近平总书记在哈萨克斯坦纳扎尔巴耶夫大学发表演讲并回答学生们提出的问题，在谈到环境保护问题时指出："我们既要绿水青山，也要金山银山。宁要绿水青山，不要金山银山，而且绿水青山就是金山银山。"①尊重自然、顺应自然、保护自然，以资源环境承载能力为基础，以自然规律为准则，以可持续发展、人与自然和谐相处为目标，建设生产发展、生活富裕、生态良好的文明社会，这是今天全国上下逐渐形成的共识。在《天狗》拍摄时期，尽管这一表述还未正式提出，但创作者敏感地意识到了农村山林被破坏的严峻问题，在影片中李天狗与盗砍盗伐团伙的斗争，因此具有为保护生态、保护国家的未来而斗争，殒身不恤的高度正义性。

二　村民自治的民间正义

与《天狗》相同，《光荣的愤怒》也反映农村基层出现的村霸问题，同样是代表国家公权力的主人公对抗在乡村以血缘关系和利益纽带结成的恶势力团伙。不同的是，后者对一般农民的政治自觉有更正面的表现。

自20世纪80年代初期起，国家在农村推行了两大基本制度，一是土地承包责任制，二是村民自治制度。二十多年来，这两大基

① 中共中央宣传部编《习近平总书记系列重要讲话读本》，学习出版社，2016，第230页。

本制度基本上决定了我国农村政治社会的基本形貌和运行机制。21世纪初，随着农村基层民主制度的普遍实行，农民的参政意识和参政水平都大幅提高，许多农民已经理解和感受到村民自治的好处，“通过民主选举、民主决策、民主监督、民主管理，实现农村社会政治稳定，促进农村经济发展。……提高了村民的政治参与能力和水平，也普遍地提升了村民政治参与的自主性”。①

正因为农民的参政意识提高，对国家法律的执行和基层民主制度的实行有信心，所以影片中才会出现新来的村党委书记假称上级有指示，靠这不高明的小骗术就能鼓动村民联合起来与有钱有势的村霸做斗争，情节有现实的合理性。

电影《光荣的愤怒》风格黑色、荒诞、幽默，结尾改为叶光荣等人直面恶霸，陷入困境之时，乡长、乡党委书记在卧底警察引领下，带领大队警察赶到，抓住村霸兄弟和他的打手们，把极为棘手的问题解决了，并添加了反抗者夺回村庄的管理权力后村庄井井有条、欣欣向荣的尾声。

这部影像和叙事上具有后现代风格的作品，“愤怒在黑色幽默式的叙事进程中被解构和稀释了”。② 影片的改动出于可以理解的原因，但问题最后的解决多少有一些理想化，尽管如此，本片不失为现实主义题材中的优秀之作，影片对现实阴暗面的揭露和对村霸问题的抨击相当犀利有力，表达了对完善基层治理，建设有法可依、执法必严、违法必究的公平正义社会的追求。

两部作品小说原作涉及20世纪末农村基层政权中的许多问

① 陈江虹：《中国农村基层民主建设的现状及其根源探析》，《理论导刊》2005年第7期，第46页。

② 陈晓云：《“天狗”的“愤怒”与另一种“现实”》，《电影艺术》2006年第4期，第91页。

题，笔触尖锐，直接指向了黑社会性质恶势力和部分基层官员的勾结腐败。专家指出，“我国基层治理中依然存在不少复杂矛盾和风险挑战，治理任务还相当繁重，迫切需要进一步完善城乡基层治理，更好保障经济社会发展”。① 基层治理问题在电影中的表现，对这“复杂矛盾和风险挑战”做出了形象的注脚，有助于整个社会更好地理解基层乡村的法治生态，促进基层治理的完善。

党的十九届四中全会“决定”提出“构建基层社会治理新格局”，强调完善党委领导、政府负责、民主协商、社会协同、公众参与、法治保障、科技支撑的社会治理体系，建设人人有责、人人尽责、人人享有的社会治理共同体，为加强和创新基层社会治理提供了科学指引和基本遵循。

在社会治理体系中，法治是极为重要的组成部分，严格执法，公正司法，是维护社会公平正义的最后一道防线，这关系到人民群众对法治的信心，关系到人民群众的利益。前述影片表达对法治与人情社会之间错位关系的困惑，对违法犯罪的憎恶和斗争，虽然影片对文学原作的改编在一定程度上弱化了对丑恶面的表现和批判，但更多地展现了理想的官民关系，塑造了人民英雄形象，从正反两面展示了当代中国人对自由、平等、公正的法治社会的认知和以奋斗促进公平正义，保障安居乐业的决心，具有积极进步的意义。

从 20 世纪 80 年代初到 21 世纪，这一类型影片体现了社会治理领域中广泛而深刻的革命发生发展的过程以及在民众心灵上的投影，表达了民众对全面落实依法治国，让社会更加清明、更加

① 温铁军、陈高威：《进一步完善城乡基层治理》，《人民日报》2020 年 3 月 27 日。

政通人和的渴望。

全面依法治国战略推出和实施是通过数十年的社会主义建设实践不断摸索经验、自我革新、逐渐形成和完善的。1949 年通过的《中国人民政治协商会议共同纲领》是新成立的中华人民共和国对宪政与法治的探索。1954 年，新中国第一部宪法诞生，奠定了法治建设的根本基础。1978 年，经过拨乱反正、解放思想，民主法制建设揭开新篇章。1997 年，党的十五大报告提出“在坚持四项基本原则的前提下，继续推进政治体制改革，进一步扩大社会主义民主，健全社会主义法治，依法治国，建设社会主义法治国家。”① 党的十六届四中全会和党的十七大先后指出，要最广泛最充分地调动一切积极因素，不断提高构建社会主义和谐社会的能力，努力建设民主法治、公平正义、诚信友爱、充满活力、安定有序、人与自然和谐相处的社会。2013 年 1 月，习近平在全国政法工作会议上强调，全国政法机关要全面贯彻落实党的十八大精神，坚持依法治国基本方略，以党和国家工作大局为重，以最广大人民利益为念，切实肩负起中国特色社会主义事业建设者、捍卫者的职责使命，“要顺应人民群众对公共安全、司法公正、权益保障的新期待，全力推进平安中国、法治中国、过硬队伍建设”。② 2013 年 11 月，党的十八届三中全会通过了《中共中央关于全面深化改革若干重大问题的决定》，提出了“推进法治中国建设”的战略目标，“建设法治中国，必须坚持依法治国、依法

① 江泽民：《高举邓小平理论伟大旗帜，把建设有中国特色社会主义事业全面推向二十一世纪——在中国共产党第十五次全国代表大会上的报告》，中共中央文献研究室编《十五大以来重要文献选编（上）》，中央文献出版社，2000，第 2 页。

② 习近平：《顺应人民对公共安全司法公正权益保障的新期待，全力推进平安中国法治中国过硬队伍建设》，《人民日报》2013 年 1 月 8 日。

执政、依法行政共同推进，坚持法治国家、法治政府、法治社会一体建设”。[①] 习近平总书记指出，“社会公平正义是社会和谐的基本条件，制度是社会公平正义的根本保证”。[②] “必须把党的领导贯彻落实到依法治国全过程和各方面，坚定不移走中国特色社会主义法治道路，完善以宪法为核心的中国特色社会主义法律体系，建设中国特色社会主义法治体系，建设社会主义法治国家。”[③]

党的二十大报告指出，“加快建设法治社会，弘扬社会主义法治精神，传承中华优秀传统法律文化，引导全体人民做社会主义法治的忠实崇尚者、自觉遵守者、坚定捍卫者，努力使尊法学法守法用法在全社会蔚然成风。”在普法教育上，艺术作品具有不可替代的巨大作用。数十年来，随着国家法律制度的完善和落实，不少优秀文艺创作者敏锐地发现并在作品中表现从乡土宗族社会向现代法治社会转变的过程中，情、理、法之间时有错位，民众对法律精神从困惑、迷茫到逐渐理解的过程。

法治题材电影往往刺中社会痛点，以影像鲜明的在场感、直观性，引起民众极大的关注，如《秋菊打官司》《被告山杠爷》《我不是潘金莲》《马背上的法庭》《我不是药神》等，这些影片表现民众对法治社会的理解和依法治国的实践，从法律从业人

---

① 全国人大常委会办公厅 中共中央文献研究室编《人民代表大会制度重要文献选编》第 4 卷，中国民主法制出版社，2015，第 1663 页。

② 《中共中央关于构建社会主义和谐社会若干重大问题的决定》，中共中央文献研究室编《十六大以来重要文献选编（下）》，中央文献出版社，2011，第 659 页。

③ 习近平：《决胜全面建成小康社会 夺取新时代中国特色社会主义伟大胜利——在中国共产党第十九次全国代表大会上的报告》，载本书编写组《党的十九大文件汇编》，党建读物出版社，2017，第 10 页。

员、电影研究者到普通观众对此类影片热议纷纷，在争论中普及了依法治国的理念，促进了民众对自身权利的理解，提升了社会对法律权威的认可和敬畏，因此这一类影像叙事具有高度的社会价值和实际意义。

第五章　从集体到命运共同体

在改革开放带来的社会变革中，“集体”的解体是一个重要现象，从农村到城市，由于不同经济利益群体的分化，人群从集中走向离散，相应而来的是社会大众在价值判断上从强调集体利益到更注重个人得失的变化。同时，在思想上，20 世纪 80 年代个人主义的兴起也部分导致了个人权利被神化的弊端。由此，集体主义失去了荣耀的光环，但在实际生活中，集体主义观念不可能被舍弃，作为社会的一员，个人在生活过程中必然与他人发生关系，“人的本质不是单个人所固有的抽象物，在其现实性上，它是一切社会关系的总和”[①]。社会关系的集合形成了集体，集体对个人产生影响，反过来，个人的创造促进了集体的发展，在社会主义中国，个人的利益和集体利益总体一致，个人的幸福与集体密不可分，集体主义既是政治伦理，又是社会道德。

数十年来，从道德风向到现实生活，集体主义与个人主义发生碰撞，联结在一起的人群分崩离析成原子化的个人，而孤独的个体又重新自发组成共同体，随着社会发展，人们以更为多元的

---

① 〔德〕马克思、恩格斯：《马克思恩格斯选集》第 1 卷，中共中央马克思恩格斯列宁斯大林著作编译局编译，人民出版社，1972，第 60 页。

眼光重新打量集体与个人之间的关系，并逐渐建构起更具有弹性的新集体价值观念，新的观念“既有传统的集体主义价值观，也有个人主义价值观的内容添加和人的行为实践”[①]。集体主义从消退到复归再到新构型的嬗变，在同时期的电影作品的主题表达与情节设置中体现出来。

第一节　集体的坍塌与重建

中国是一个农耕国家，从古时候起，人们以血缘、亲族关系为纽带，在劳作中相互帮助，共同抵御自然灾害，并交换农产品，结成稳定的人际交往关系，费孝通认为，“在差序格局中，社会关系是逐渐从一个一个人推出去的，是私人关系的增加，社会范围是一根根私人联系所构成的网络”[②]，以宗族大家庭为核心延展而来的差序格局从私人关系出发结成人与人的网状结构，从而造就一个紧密共同体，在此前提下形成集体主义价值观。

由于小农经济生产方式的特点，这一时期难免存在“作为宗法共同体之成员的重公轻私、崇义贱利的群体至上的价值观念和事实上‘单个的人’极端重视私人利益之间的矛盾冲突”[③] 的现象，虽然公而忘私、天下为公、大公无私、公忠体国等品德被看作实现“大同”社会必需的优秀美德，但集体主义主要体现在宗族、乡党内部的共同体模式。

到了近代，情况发生变化。在新民主主义革命时期，党领导

---

① 姜涌：《当代社会价值观的选择与建构》，《东岳论丛》2022 年第 6 期，第 80 页。

② 费孝通：《乡土中国》，人民出版社，2008，第 98 页。

③ 段建海：《中国传统文化的社会历史透析》，陕西人民出版社，2005，第 53 页。

人民起来匡扶社稷，在日本帝国主义入侵、民族危亡的生死关头，中国共产党领导和团结全国各族人民，形成抗日民族统一战线，为国家和民族的利益坚持奋斗。随着抗战形势的发展，广大人民的民族意识、家国意识觉醒，保家卫国、家国一体的集体主义观念逐渐深入人心，“岂曰无衣，与子同袍”的同仇敌忾精神得到弘扬，无数革命战士为民族、为国家、为同胞英勇战斗，“捐躯赴国难，视死忽如归”。

随着中华人民共和国的成立，公有制代替私有制占据主导地位，形成了新的生产关系纽带，为了满足社会主义革命和建设需要，集体主义作为社会主义道德原则而运用于集体和个人利益问题的处理上，“一方面，任何人都不能把自己在生产劳动中所应参加的部分推到别人身上；另一方面，生产劳动给每一个人提供全面发展和表现自己的全部的即体力的和脑力的能力的机会”[①]。集体主义是社会主义道德的核心，受到公众广泛认可，也是公民教育的重要核心。

1986 年 9 月，党的十二届六中全会通过的《中共中央关于精神文明建设指导方针的决议》中指出，“在共同富裕的目标下鼓励一部分人先富裕起来。在这样的历史条件下，全民范围的道德建设，就应当肯定由此而来的人们在分配方面的合理差别，同时鼓励人们发扬国家利益、集体利益、个人利益相结合的社会主义集体主义精神，发扬顾全大局、诚实守信、互助友爱和扶贫济困的精神”[②]。从这一时期开始，作为一个内涵与外延随时代变化而

---

① 〔德〕马克思、恩格斯：《马克思恩格斯选集》第 3 卷，中共中央马克思恩格斯列宁斯大林著作编译局编译，人民出版社，1972，第 333 页。

② 中共中央文献研究室编《十二大以来重要文献选编（下）》，人民出版社，1988，第 1180 页。

嬗变的理念，集体主义逐渐获得了新的表述方式和践行模式，从个人无条件服从集体“舍小家、为大家”，到维护集体利益但也尊重个人利益，从两者辩证统一的角度出发去处理个人与集体可能存在的利益冲突，集体与个人的关系格局从“垂直”变为“水平”。在电影中，我们能清晰地看到这种观念的变化。

一 褪色的奖状

1980 年 5 月，《中国青年》刊载了潘晓来信《人生的路啊，怎么越走越窄……》，引出了一场关于人生观和价值观的大讨论。一时间，“主观为自己，客观为他人”的个人主义价值理念甚嚣尘上，集体主义的社会认可度下降，这场争论反映的是现实中社会价值观念多元化，利益群体分化的事实，“从利益平均化到利益多极化、从利益依赖性到利益独立性、从利益稳定性到利益多变性”①。市场经济建立并高速发展，农村实施家庭联产承包责任制，城市社会人员流动性加强，人们对集体、单位的依附性被打破，传统的熟人社会被陌生人社会代替，加上社会分工的细化、社会群体的分化，人与人之间的依赖性减弱，同时，消费主义、功利主义盛行，这些导致了集体主义价值观念社会接受度的下降。

1984 年由谢晋执导，根据李存葆同名小说改编的《高山下的花环》中，身为高干的赵蒙生母亲在战前要调走儿子，平民家庭出身的靳开来说：“打起仗来，还是靠我们这些庄户孙”，这是为国牺牲的慷慨悲歌中刺耳的杂音，症结就来自社会人群结构分化。

---

① 庄锋：《试论社会转型加速期的利益分化与政治整合》，《当代世界与社会主义》2004 年第 2 期，第 24 页。

距其20年后，集体荣誉感的褪色更成为一个社会问题。2004年黄建新导演的改编自北北小说《请你表扬》的电影《求求你表扬我》对集体主义精神弱化、道德失范的问题提出了质疑。影片中，进城务工农民杨红旗从强奸犯手中救走女大学生，该学生却否定此事的存在，记者古国歌对此展开了调查，而调查却让真相越发扑朔迷离。

片中设置了颇具意味的对比：杨红旗的父亲凭借辛勤劳动换来组织表扬，病中把医药费捐给希望小学，得到乡人尊重，杨家墙上挂满奖状；而杨红旗救人有功却被污蔑，受到质疑，父子的历史和现状形成了对比，其中的差异源于集体主义荣誉感和奉献精神在市场经济时代的黯然失色，当利益成为衡量行为价值的准绳，杨红旗助人为乐反而让人怀疑他居心叵测。

片尾增添小说没有的新情节：早已宣称因病逝世的杨父竟然死而复生，父子在北京与记者古国歌相遇并达成谅解，古国歌目睹杨红旗带着父亲在人群中穿梭，飘忽而去，最后一个镜头牢牢定格在天安门广场高高飘扬的红旗上。杨父、红旗，实际上构成了饶有意味的隐喻符号。

电影直观展示人与物的外在形象，形象具有显著的符号性，其自我指涉功能非常突出，在一些情况下，符号本身甚至隐然已经成为被看，它赋予一个抽象的概念以具象的性状，从而使可感的物质世界成为不可见的形而上世界的投影，“物体转换成了符号。显然，这一物体已不再是物质现实的一部分，它反映和折射着另外一个现实”①。在影片中，人、物都可以成为这样兼具外在

① 〔俄〕巴赫金:《巴赫金全集》(第2卷)，钱中文译河北教育出版社，1998，第349页。

表象和内在指涉的多层次构造意象符号，本片红旗显然象征着社会、国家，又和杨红旗的名字暗合，记者古国歌的名字是古老的国家旋律，红旗和国歌都提示着革命以及革命道德。杨父最突出的特点是一心利人的品格和集体主义价值观念。在红旗飘扬的广场上，杨父在古国歌的目击下死而复生，隐喻国家对集体主义精神复苏的期待和召唤。本片有效把握影像特性，极大地扩充原作故事的思想内涵。影片因此蕴意丰厚，具有了形而上的深度，成为关于集体主义失落与寻找的寓言。

集体主义不再主导人们的价值取向，“人们的主体意识开始逐渐以抽象的群体意识向现实的个体意识转移，呈现出多元化、个人化、世俗化和物质化的时代特征”①。但矛盾的是，集体在个人生活中的地位下降的同时，人们又体现出对集体主义的怀念。

二　号声中的归来

2007 年的《集结号》表达集体对个人价值的尊重与个人对集体的精神归依。电影中，谷子地对杀战俘的辩解是“要不是指导员牺牲，我也不会这样”，他在关禁闭出来准备上战场之前提出的首要要求就是“配一个新指导员”。指导员，是政治指导员的简称，是指解放军连级单位以及武警部队中队的政工干部，根据《中国人民解放军政治工作条例》（2003），指导员的主要职责第一条就是教育和带领官兵贯彻执行党的路线方针政策，上级决议、命令、指示，党支部的决议。谷子地对指导员的重视，实际

① 周昭成：《改革开放以来我国的主流价值构建》，《探索》2018 年第 5 期，第 25 页。

体现的是对共产党组织、政治理念、路线方针的信奉，对集体的自觉归附。

号声是否响起是贯穿大半部电影的悬念，谷子地一再叹息“咱九连，四十七个弟兄，明明都是烈士，怎么就成了失踪了呢”。他大半人生的唯一目标就是寻找组织，重新得到组织的接受。小说中，谷子地最终寻求无果，最后无奈离去。而电影中，谷子地坚持不懈的追寻终于换来了追授九连烈士们“中华人民共和国解放军奖章”的仪式，全体指战员的名誉与生命价值最终得到革命集体的承认。一方面，影片深层主题仍然是宣扬集体主义的，集体利益高于个人利益，个人行为只有得到国家、集体的指认才有价值；另一方面，国家和集体对个人正当权益表现出承认和尊重，两方面相辅相成，表现出电影糅合革命意识形态和现代个人主义、人道主义的努力。

学者认为，“冯氏平民主义影像奇观与主导价值系统倡导的‘民生’与‘社会和谐’重心形成有意思的交融或‘缝合’”①。《集结号》超越了原作《官司》的艺术水准和思想境界，从个体的角度重新阐释了革命与牺牲，表现出当代中国人对个人价值、集体观念的新理解。

同样以军旅生涯为背景，也由冯小刚执导，2017 年改编自严歌苓小说《你触摸了我》的《芳华》，也表现出对集体主义的怀念。有别于小说原作中通过讲述何小曼、刘峰的悲剧命运，控诉极端集体主义对个体的压制，影片虽也叙述何小萍被欺凌和发疯、刘峰好人没有好报，但在影像上，矫健的舞姿、美丽的少

---

① 王一川:《从大众戏谑到大众感奋——〈集结号〉与冯小刚和中国大陆电影的转型》，《文艺争鸣》2008 年第 3 期，第 115 页。

女、动听的旋律、鲜艳的画面、温暖的光线、文工团生机勃勃的场景烘托出的却是一种怀旧的革命集体的美好，表达感伤的往日情怀和特殊年代的青春记忆。

影片因其对历史的遮蔽和掩饰以及对革命年代集体的美化想象受到学者批评，但也由于这种浪漫柔光的处理，获得了 14.23 亿人民币的高票房，许多观众称“被感动了”，尤其考虑到这些观众主要是青年，这种真诚的感动就更有意味。学者吴冠平的说法很有道理，“这些年轻商业电影的文化编码，已不再是过去建立在历史认识、社会认识和审美认识坐标系中的深度文化，而是把更多的青年亚文化元素有意识地移植进叙事体的平面的感觉文化”[①]。年青一代更多以一种审美的眼光去看待历史叙事，《芳华》所建构由青春、美丽、活泼、纯情的青年男女组成的文工团小天地，对他们来说新鲜而充满魅力。

总的来说，观众的认可和欢迎，体现出当代中国主流观众独特的影视接受心态：一方面随着文化娱乐生活的升级，追求视听效果，对影视剧的叙事、人物、服、化、道有较高的审美要求；另一方面，革命意识形态及相关思想观念，如英雄主义情怀、集体主义精神、无私助人品质，已经内化成中国人审美文化心理的一部分，即使在“告别革命”许多年之后，大众对红色年代的集体主义仍然情有独钟，或许是因为现实中人情淡薄、人际关系松散造成的失落感、孤独感而越在时间上远离红色年代，越在情感上倾向于集体主义叙事。在本书第六章中，将对此展开进一步分析。

---

① 吴冠平:《中国情境与中国故事》，《电影艺术》2016 年第 4 期，第 23 页。

第二节 爱国该如何讲述

集体主义和爱国主义密不可分，爱国主义建立在集体主义基础之上，爱国意识源于家国同构的集体意识，爱国主义与集体主义是相融统一的。

社会主义建设事业需要爱国主义，2015 年 12 月 30 日习近平总书记主持中共中央政治局第二十九次集体学习时指出，“爱国主义是中华民族精神的核心。五千多年来，中华民族之所以能够经受住无数难以想象的风险和考验，始终保持旺盛生命力，生生不息，薪火相传，同中华民族有深厚持久的爱国主义传统是密不可分的”①。

爱国主义价值观建设需要国家历史的讲述。讲述历史是一个为民族共同体赋形的过程，是民族主义、爱国主义诞生的基础。一个社群、一个民族，需要一种比真实还真实的影像幻觉来讲述自己的历史和命运。

德勒兹在论西部片时指出，“一个健康的社群有一种全民意志，能够为自己制造自己的动机、自己的欲望和贪婪、自己的价值和理想的幻觉：这是‘致命’幻觉，比纯粹真理还真实的现实主义幻觉”②。中国抗战叙事是中国影坛经久不衰的热门题材。21 世纪以来，抗战叙事有了新的表述方式和叙事伦理。

---

① 习近平：《在十八届中央政治局第二十九次集体学习时的讲话》，《人民日报》2015 年 12 月 31 日。

② 〔法〕吉尔·德勒兹：《电影 1：运动——影像》，谢强、马月译，湖南美术出版社，2016，第 253 页。

一　义士受难：从言说到展示

一般而言，抗战电影偏好展示正面人物英雄光辉形象，歌颂集体主义、民族主义、爱国主义，比如《英雄儿女》《地道战》《小兵张嘎》《闪闪的红星》等，这些影片都是抗战电影史上的经典之作。到了新的历史时期，旧的叙事模式已经让观众产生了审美疲劳，电影创作者需要积极探索新风格、新样式。

2009 年根据茅盾文学奖获奖小说《风声》改编的同名电影就是一部在叙事上有新意的抗战电影。作为谍战片，这部电影在叙述爱国志士与反动派斗智斗勇的过程时，在形式上有相当越出常规之处，如对酷刑细致的展示以及密室追凶模式所造就的整部影片惊悚悬疑的风格。这是一部采取了黑色电影风格的中国革命叙事，既是类型化的，又是反类型的。

《风声》以找出隐藏在伪军司令部里中共地下组织情报特工为线索，层层揭秘，通过强烈的视觉冲击，将真实的残酷渗透到观众的想象中，从而迫使观众回到历史现场去理解革命者。影片设置了一个封闭密室，在只能进不能出的别墅中，人人暗怀心思，尔虞我诈，密室使敌我矛盾异常尖锐，揭露与隐瞒的斗争生死攸关，一触即发，整个环境弥漫着噩梦般的恐惧感，由此奠定了影片阴冷、酷烈的叙事氛围。

影片的视听语言很见功夫，除了环境和人物以外，昏黄、灰白的画面基调，昏暗的老式白炽灯光，吴志国断断续续的吟唱营造出沉重、诡秘、压抑的气氛，蒙太奇的巧妙运用使剧情紧凑集中。

在这样的阴郁背景下，影片模仿黑色电影着意凸显两位女报务员的如花娇艳。不难发现，电影《风声》里的女性是符号化的，细长的香烟、荡漾在玻璃杯中的红酒、妩媚时尚的卷发、精致高雅的旗袍……呈现出女性谜一样的性感、美丽和妖娆，这种美丽与灰色环境、与残酷故事之间形成错位的张力，由此提升观众对人物命运的关注度，增强观影兴趣。

同时，在原著中“老鬼”是李宁玉，她是潜伏在汪伪政府的中共地下党员，顾晓梦因不得已加入国民党，成为国民党潜伏在汪伪政府的特务，二人同为特务。电影则对两人身份进行了戏剧化的改写，李宁玉性格冷静理性，不苟言笑，端庄严谨；而顾晓梦轻佻诱惑，又是大小姐出身，热衷于纸醉金迷、灯红酒绿的玩乐。但当谜底揭晓，纨绔女顾晓梦才是“老鬼”，她外形的轻浮、时髦、妖娆与内在性格的刚毅、果敢、赤诚产生强烈反差，丰满了人物形象，表现出过人的性格魅力，使观众为之倾倒。

原著中并没有多少对施刑场面的描写，影片对酷刑的展示直接而凌厉，对吴志国施以针刑，虽然画面上不见多少血腥，但从吴凸起的太阳穴、汩汩冷汗、痉挛的神经、纠结颤动的肌肉、咬紧牙关狰狞的面目，以及旁人对针刑之可怕的描述中，不难想象这刑罚非人的极致痛楚。

这种展示是有意为之，有学者指出，“过度追求在影片中展示所谓酷刑的感染力，过度渲染画面中的暴力残虐，以期激发观看者视觉高潮的谬误想法彻底地败坏了影片作为叙事艺术类型的情节设置”①，“酷刑考验的不是革命者的意志，而是观众的忍耐

---

① 杨俊蕾：《诗学失误与政治学失衡——电影〈风声〉的双重叙事断裂》，《电影艺术》2010年第1期，第29页。

力和道德良心”。[①] 这些说法当然是很有道理的，《风声》的确存在叙事与奇观比例失调，在酷刑展示中立场暧昧、审美错位的明显弊病。但同时也要看到，如果说正因为强调了刑法的恐怖，所以更让观众感受到抗日志士受难的伟大悲壮，似乎也有一定的合理性。

影片在谍战描写中塑造了特殊战线上的革命志士形象，引起观众好评，片中顾晓梦遗言“民族已到存亡之际，我辈只能奋不顾身，挽救于万一。我的肉体即将陨灭，灵魂却将与你们同在”感动了无数观众，“我辈”与“你们”描绘出共产党员先锋队带领人民大众救亡图存的图景，这部影片是对民族主义、爱国主义的建构性表述。

二　保家卫国：从被动到主动的觉醒

在主流抗战历史叙事之外，对人民抗战的另一种言说方式或许为我们提供了窥见国民性复杂面相的更为隐秘更为底层的角度，促进我们产生对集体主义、民族主义、爱国主义的新思考和再认识。

姜文导演的《鬼子来了》改编自尤凤伟小说《生存》，影片采用原作的故事，但在情节设置、人物塑造、精神指向等方面都与原作相去甚远，小说作者尤凤伟看完《鬼子来了》后，说自己“目瞪口呆”，他说：“《鬼子来了》剧本（二稿）从本质上背离了我的《生存》小说剧本原作，尤其是对中国的抗日战争进行了歪曲，这严重歪曲了中国人民在抗日战争中的客观实际，尤其是

---

① 陈捷：《〈风声〉中传来怎样的历史讯息?》，《电影艺术》2009 年第 2 期，第 48 页。

严重歪曲和丑化了中华民族的民族精神……《生》本总共有六十八个场景（自然段落），《鬼》本没有完整保留下一个场景，重要情节全部改变，简单统计了一下，被肆意砍删掉的场景达95%以上；将所有大事件大情节都改头换面，尤其要指出的是，《鬼》本在修改过程中以及修改完稿后，一直没有向我征求过意见，而且没有征得我同意（甚至也未通告）就擅自增加了三名编剧。”①

尤凤伟之所以如此激烈地质疑姜文的改编，原因在于影片《鬼子来了》的人物形象、叙事风格、价值立场不仅跟《生存》不同，还突破了传统抗日战争片的惯例，它具有突出的后现代特质。

《生存》的叙事核心是围绕粮食发生的阶层冲突和敌我矛盾，小说主题是展示底层生存面临的物质困境之下人的求生毅力。《鬼子来了》也有借粮、换粮的情节，但叙述重心是展现卫国义务、民族责任被机缘巧合地强行抛掷在挂甲台村民身上的过程。《鬼子来了》本质上仍然是詹明信所称的“第三世界国家的民族寓言”，是个人遭际与家国命运同构的民族主义叙事，在意识形态深处，“讲述一个人和个人经验的故事最终包含了对整个集体本身的经验的艰难叙述”②，影片以另类的方式试图书写出那些被淹没在历史缝隙深处的小人物的家国记忆，从民间角度重新建构集体主义、民族主义。有研究者指出，“民族战争神话的解体并非意味着一种民族主义情绪的取消，取而代之的是一种基于世俗

---

① 尤凤伟、薛原：《〈鬼子来了〉官司谈》，载徐培范主编《从〈生存〉到〈鬼子来了〉》，北京出版社，1999，第5页。

② 〔美〕弗雷德里克·詹姆逊：《处于跨国资本主义时代的第三世界文学》，载张京媛主编《新历史主义与文学批评》，北京大学出版社，1993，第251页。

情感的复仇渴望”[1]，《鬼子来了》用仿拟、反讽和拼贴的方式，把革命时期的民族主义集体神话转换为后革命时期的世俗传奇故事，为民族国家寓言找到了新的阐释空间。

抗战文学和影视作品往往宣扬抗战的因果正义性、历史必然性，在人物和叙事套路上大都有相似的模式，群众深明大义，英雄伟岸高尚，总体基调昂扬向上，正义获胜等，而在《鬼子来了》中，这一切全被颠覆掉了。挂甲台村的抗战是从被形象模糊的“我”强行扔下两个俘虏开始的，充满飞来横祸的意味。村民怯懦、狡猾、颟顸，格调低俗，蝇营狗苟，相互算计，贪小便宜，囚禁着鬼子，希望融洽相处，妄想从日军那讨价还价捞到点好处，唯一一个对日本鬼子充满戒心和仇恨，不断声称要“我一手一个掐巴死俩，掐巴死俩，刨坑埋了……刨坑埋了……”的七爷却是个瘫在床上的半疯子。村民彼此之间也缺乏共御外敌的凝聚力，从囚禁鬼子到最后杀鬼子，他们几乎不具有自发的保家卫国动机，与其说他们是抗击侵略者的英雄儿女，甚至不如说是被抗战义务绑架的受害者。

马大三因杀俘复仇被来接收的国民党官员宣判死刑，被投降的日本鬼子砍了头。影片结尾处陡然生出面对冷酷现实的无力感和悲怆，这一刻，爱国主义油然而生，建立一个富强、独立的中国成为片中人和观众的共同心愿。

的确如姜文所称，这部戏是爱国主义的，但这种爱国主义产生的根源，不是高尚的具有自我牺牲精神的“捐躯赴国难”，也不是使命感强烈的“天下兴亡匹夫有责”，甚至不是朴素的“保

---

① 韩琛：《民族寓言的前世今生——〈鬼子来了〉与抗战电影的历史演变》，《艺术百家》2008 年第 1 期，第 164 页。

卫家乡”，而是现实生存的需要，它丝毫不高尚，但真实而坚定。

《鬼子来了》几乎全用黑白胶片拍摄，看起来是向四五十年代红色经典抗战片如《地道战》《小兵张嘎》等的致敬，但结尾主人公马大三被日本人砍下头颅，镜头随着头颅翻滚，他眼里的世界突然有了彩色，马大三似满足又似悲哀地一笑，闭上眼睛，眼睛中的血色弥漫了整个画面。最后几个彩色镜头让电影的影像色彩设置陡然生出一种特别的意味。

姜文谈影片用色时说：“它的色彩本身就是内容。”① 血红刺破了之前的黑白，乍然出现的色彩在质疑单一主流抗战史是否真实反映了复杂多样的抗战体验、卑弱安忍的国民性能否因为绝境中的抗争增添几分血性。在此，大一统的民族国家叙事苍白无力，个人复仇的传奇却血气张扬，家国破碎与人的身首异处形成隐喻。

如果摆脱长期以来神化抗战叙事的影响，回到历史现场，《鬼子来了》的叙述完全可能接近历史的真实。历史学者以中国河北饶阳县五公村为个案，以其领头人耿长锁的生活轨迹为线索，深入考察20世纪二三十年代到1960年间华北农村社会的变迁。研究者指出，“1937年7月，6年前已经占领满洲的日军在华北发动全面进攻，日军首先占领了铁路沿线的重要地区和北京、天津、保定、石家庄周围的平原地区，通过饶阳的第一支日军部队仅仅侵袭了一些村庄，发了一些糖果和小孩子玩，并未遇到反抗”②。这里的历史记叙与《鬼子来了》的情节几乎

① 程青松、黄鸥：《我的摄影机不撒谎》，山东画报出版社，2010，第76页。

② 〔美〕弗里曼、毕克伟、塞尔登：《中国乡村——社会主义社会》，陶鹤山译，社会科学文献出版社，2002，第51页。

完全一样。

受小农经济思维模式限定，大多数农民并不天然具有家国一体的集体主义、民族主义意识，生存对他们而言具有更高的意义。在20世纪30年代末40年代初，为了号召农民参军保家卫国，国民党政府煞费苦心，生产大量所谓农民电影，组织放映员奔赴田间地头，通过向农民放映抗战电影，“电影下乡”，[①] 唤起家国一体、同仇敌忾的集体主义精神、民族意识，做战争动员。[②] 集体主义精神、民族主义和爱国思想就是在战争中，通过接受抗战宣传并耳闻目睹日本侵略军的烧杀掠夺，逐渐从他者的灌输内化为个体的自觉。

习近平总书记指出，“近代以来，中国人民为争取民族独立和解放进行的一系列抗争，就是中华民族觉醒的历史进程，就是中华民族精神升华的历史进程”[③]。中国人在对抗侵略者和反动派的过程中将保家提升为卫国，对国家、对同胞的爱在这种情况下诞生并成为牢不可破的信念。

对此过程，改编电影有较好呈现，不管是《风声》中原本只知道寻欢作乐的娇滴滴大小姐顾晓梦成为坚定的共产主义战士，还是《鬼子来了》中从蒙昧无知、以敌为友到与日本鬼子拼个你死我活的马大三，都为爱国主义做出了最直观的示范。

---

① 施焰：《三则建议》，《扫荡报》，1938年12月4日。

② 陈佑慎：《抗战时期的国民党部队电影事业》，《抗战史料研究》2012年第1期，第15~33页；李华：《浅析国民党官营电影与抗战宣传》，《当代电影》2018年第3期，第108~113页。

③ 纪念中国人民抗日战争暨世界反法西斯战争胜利74周年座谈会在京举行，央广网，http：//china. cnr. cn/news/20190904/t20190904_ 524762690. shtml，最后访问日期：2022年12月24日。

第三节　命运共同体叙事

全球化的进程势不可挡，世界越来越成为一个地球村，人与人、群体与群体、国与国之间建立了前所未有的深刻而广泛的联系。中国与世界各国是同舟共济的整体，中国人民与世界人民同呼吸、共命运，利益相关，合作互助。在这样的前提下，我国提出了“命运共同体”的概念，这是有中国特色的世界主义理念，也是对“集体”认识的理论深化，这一理论思想，逐渐成为社会共识，也在改编电影中得到了及时和准确的体现。

一　无人是孤岛

近年来，中国政府大力倡导国际关系新理念。以习近平同志为核心的新一代中央领导集体更是在多个场合下倡导“你中有我、我中有你的命运共同体”，2011 年中国国防白皮书《中国的和平发展》首次正式提到“命运共同体”一词，文件中提出“不同制度、不同类型、不同发展阶段的国家相互依存、利益交融，形成‘你中有我、我中有你’的命运共同体”。[①]

党的十八大报告中明确提出“要倡导人类命运共同体意识”，呼吁世界各国“同舟共济，权责共担，增进人类共同利益”。[②] 2012 年 12 月 5 日，习近平总书记在在华外国专家代表座谈会上

① 国务院新闻办公室：《中国的和平发展》，《人民日报》2011 年 9 月 7 日。

② 胡锦涛：《坚定不移沿着中国特色社会主义道路前进，为全面建成小康社会而奋斗——在中国共产党第十八次全国代表大会上的报告》，载《党的十八大文件汇编》，党建读物出版社，2012，第 4 页。

指出，“国际社会日益成为一个你中有我、我中有你的命运共同体”。[①] 2013 年 4 月，习近平主席在博鳌亚洲论坛上指出，世界各国应牢固树立“命运共同体”意识，[②] 在纪念世界反法西斯战争 70 周年的讲话上，习近平总书记也提出，“要牢固树立人类命运共同体意识，共同推进世界和平与发展的崇高事业”。[③] 2014 年 9 月，习近平总书记在中央民族工作会议上指出，“中华民族是命运共同体”；2017 年 10 月，习近平总书记在党的十九大报告中指出，“坚持推动构建人类命运共同体。……必须统筹国内国际两个大局，始终不渝走和平发展道路、奉行互利共赢的开放战略，坚持正确义利观，树立共同、综合、合作、可持续的新安全观，谋求开放创新、包容互惠的发展前景，促进和而不同、兼收并蓄的文明交流，构筑尊崇自然、绿色发展的生态体系，始终做世界和平的建设者、全球发展的贡献者、国际秩序的维护者”。[④] 2021 年 9 月，习近平总书记在第 76 届联合国大会一般性辩论上提出，“加快落实联合国 2030 年可持续发展议程，构建全球发展命运共同体。”在中国共产党第二十次全国代表大会开幕会上，习近平重申并强调推动构建人类命运共同体，“中国始终坚持维护世界和平、促进共同发展的外交政策宗旨，致力于推动构建人

---

① 习近平：《在与在华工作的外国专家代表座谈时的讲话》，《人民日报》2012 年 12 月 6 日。

② 《人民日报》评论员：《共同创造亚洲文明和世界文明的美好未来》，《人民日报》2013 年 4 月 8 日。

③ 习近平：《在纪念中国人民抗日战争暨世界反法西斯战争胜利 70 周年大会上的讲话》，载习近平《论坚持推动构建人类命运共同体》，中央文献出版社，2018，第 230 页。

④ 习近平：《决胜全面建成小康社会 夺取新时代中国特色社会主义伟大胜利——在中国共产党第十九次全国代表大会上的报告》，载《党的十九大文件汇编》，党建读物出版社，2017，第 10 页。

类命运共同体”。

人类命运共同体概念，正如学者所说，是马克思所谈的“集体力”的发展延伸。“人类命运共同体理念拓展了国际分工关系范围，客观上构成了共享‘集体力’的世界版”。[①] 所谓集体力也就是，在一个集体内各自分工，群策群力，理性成果共享。人类命运共同体是集体力的世界版，这是新格局下的集体主义的体现。

二　共同体构型

在中国电影作品中迄今最能突出表现人类命运共同体理念的，是根据刘慈欣同名小说改编的电影《流浪地球》，影片把建构人类命运共同体作为重要精神内核，并由此展开一段悲壮震撼的故事。

《流浪地球》只选取了原作地球史诗梗概式的叙事中一小段情节作为故事背景：在执行长达 2500 年的宏大的“流浪地球”计划时，地球从木星旁掠过这一段，原作这一段仅有千把字的叙述，而影片却以此生发铺陈出扣人心弦的情节，把人的心灵和命运置于最极端的形势下进行考察。

刘慈欣的世界观和价值观倾向于科学达尔文主义，在叙事上不动声色，情感表达克制。而导演郭帆显然拥有更积极的情感态度，他认为，“当你站在更宏大的视角看待世界的时候，会发现很多在地面上难以看到的东西。……此时所要思考的问题便是，大家为什

① 余金成：《马克思“集体力”思想与人类命运共同体建构》，《当代世界与社会主义》2019 年 1 期，第 24 页。

么不团结一点，为什么不彼此多一点信任，少一点猜忌？"[1]

因此，电影设置了全球饱和式救援，地球行将毁灭，千钧一发之际，不同肤色、不同种族、不同身份的人们受到刘培强等不屈不挠精神感染，操着不同的语言从四面八方赶到苏拉威西发动机前齐心协力排队推撞针，这是影片的高光时刻，再没有比地球毁灭、人类灭绝的悲剧更让人明确意识到我们生存的世界是一个整体。这部影片洋溢着博大的国际主义情怀，这是最广阔的对人类、对世界的爱，是集体主义的新发展。

影片引发关于科技、人性、道德、伦理、意识形态、国族身份的广泛热议。对影片展示的人类休戚与共、相互依存，学者张慧瑜认为，"这是中国经济崛起之后出现的一种崭新的文化经验和主体意识"，[2] 还有学者指出，"影片虽然建立在中国人的视角上，却没有落入中国中心主义的窠臼"。[3]《人民日报》接连发表两篇文章，高度赞许影片提升了观众观影期待，[4] 尤其专门发表"钟声"[5] 署名文章，称影片"将中国独特的思想和价值观念融入对人类未来的畅想与探讨，拓展了人类憧憬美好未来的视野"。[6]

---

① 吕伟毅、夏立夫：《〈流浪地球〉：蕴含家园和希望的"创世神话"——郭帆访谈》，《电影艺术》2019 年第 2 期，第 8 页。

② 张慧瑜：《〈流浪地球〉：开启中国电影的全球叙事》，《当代电影》2019 年第 3 期，第 24 页。

③ 盖琪：《末日时代的新天下秩序：〈流浪地球〉与新大国叙事》，《探索与争鸣》2019 年第 3 期，第 73 页。

④ 金仓：《〈流浪地球〉提升期待的水位》，《人民日报》2019 年 2 月 13 日。

⑤ "钟声"是人民日报国际评论部的笔名，是"中国之声"的简称，蕴含"警示钟声"的寓意。自 2008 年 11 月此笔名推出后产生了较大影响。以正面阐述中国对一些国际问题和涉华问题的立场与主张为重点，在风格上以快速反应、尖锐鲜明见长，一般不对文艺作品发声。

⑥ 钟声：《〈流浪地球〉折射源自现实的未来感》，《人民日报》2019 年 2 月 14 日。

这种赞许并不过誉，《流浪地球》的情感和思想精髓是中国式的，也是普世的，是世界主义的中国阐释。世界主义是形而上的哲学理念，也是具体的伦理诉求和待实现的社会理想，“它认为人类都属于同一个精神共同体、道德共同体或普遍共同体，所有人都是其中的平等成员，都享有平等的政治、社会与文化权利，以及同等的价值和道德地位，都是道德关怀的终极单位和最根本的价值目标，是普遍意义上的世界公民”。[①]世界主义在今天这个全球化时代，显然不是理论务虚的泛泛而谈，正如习近平在中国共产党第二十次全国代表大会上指出：“当前，世界之变、时代之变、历史之变正以前所未有的方式展开，人类社会面临前所未有的挑战。”在此情势下，世界主义具有很强的实践意义和可操作性，是应对今天动荡的世界应具有的前在视界和立足点。

没有人是孤岛，人的本质建立在社会关系组成的纽带之上，人的自我价值的实现要在社会、集体中完成，个人的需要也要在与他人、与集体的合作中满足。集体的分工合作始终是人类实现自我的最佳方式，在这个意义上，个人主义、个性解放与集体主义并非绝对矛盾。在全社会倡导集体主义的道德规范和价值原则，可以帮助个人更好地去实现自我，今天人们需要应对复杂的政治、经济、自然、人文形势，尤其经历了 2020 年的新冠肺炎疫情在全世界暴发的危难，共同体构建的意义明确凸显，国际交流、互信与合作是人类生存的基石，树立人类命运共同体意识，人与人、民族与民族、国家和地区互相之间友好往来，维护世界的和平、繁荣与稳定，就是在维护每一个人幸福生活的基础。

---

① 乌尔里希·贝克：《什么是世界主义》，章国锋译，载《马克思主义与现实》2008 年第 2 期，第 54 页。

第六章　电影生产场域变迁

文艺不是单纯的娱乐消费品，从前面五章的分析可以看到时事政治、经济状况、文化思潮的变化在文学影视中的再现，作品或叙事作为一种社会象征行为，投射着社会集团或阶级集体的意识形态愿望或政治幻想，作品被读作相互对抗的社会阶级进行对抗性对话的场所，是以审美的形式对实际的社会矛盾的一种想象性解决。①

较之文学，作为大工业生产成品的影视作品更是如此，电影从生产到上映的每一个环节都受到政治、经济和文化各方面条件的制约，电影文本投射着生产者和受众的政治理念、社会想象、道德伦理思考，如阿甘本受本雅明和德勒兹的影响，提出“由于电影的中心在姿态而非影像之中，所以它本质上属于伦理与政治领域（而非简单地属于审美领域）。”。② 分析电影的生产、放映和接受，正是要揭示日常生活之幕底下的那些主宰着人们社会文化想象的意识形态潜流，展开电影与政治、经济的同构。

① 〔美〕弗雷德里克·詹姆逊：《政治无意识：作为社会象征行为的叙事》，王逢振、陈永国译，中国社会科学出版社，1999。

② 〔意〕吉奥乔·阿甘本：《无目的的手段：政治学笔记》，赵文译，郑州：河南大学出版社，2015，第 75 页。

第一节　从惩戒到规训

早在诞生之初，电影所蕴含的巨大影响力就已经引起国家统治阶层和公众舆论的不安。电影被看作精神上的危险品，美国最高法院 1915 年拒绝电影印行自由，认为，“不可能接受这样的观点：电影表演是一件单纯的事情……一旦拥有印行的权力，由于它们的表演的吸引力和方式，邪恶就会更大”[①]；英国 1916 年全国公共道德委员会的报告称“电影对于我们的数百万年轻人的内心看法和道德观具有一种深远的影响”[②] 对电影的警惕致使各国政府纷纷建立了审查制度来限制电影的生产、发行和放映，尽管实施方式和具体规定因时因地而异，但审查和限制已经内嵌在电影的生产和放映中。中国的电影审查有自身的独特性。

一　电影审查的演化

在中国电影默片时代，电影与意识形态的关系已经受到关注，胡克指出，就在中国电影史早期，就有政治力量意识到，“电影是对城市市民最有影响力的传播媒介，控制电影实际上是争夺社会话语权。因此电影迟早会被各种政治力量所用”[③]。这是在回顾历史基础上提出的准确看法。

1928 年，国民政府治下成立了“上海特别市党委宣传部戏曲

---

① 〔英〕雷蒙德·威廉斯：《现代主义的政治——反对新国教派》，2002，阎嘉译，商务印书馆，2004，第 154 页。

② 〔英〕雷蒙德·威廉斯：《现代主义的政治——反对新国教派》，2002，阎嘉译，商务印书馆，2004，第 155 页。

③ 胡克：《从多角度理解中国无声电影》，《当代电影》1996 年第 5 期，第 54 页。

电影审查委员会”，颁发《电影审查细则》，1929 年针对神怪迷信片，内政部和教育部颁布《检查电影片规则》，1930 年末国民政府正式公布《电影检查法》，接着又于 1931 年公布《电影检查法施行规则》及《电影检查委员会组织章程》，由内政部和教育部联合成立电影检查委员会，统一电影检查行政。这些法规政策对审查的程序、项目等都有很详尽的规定和说明，对影片内容的禁例也划定相当明确的界线，具体到了片种、景别等方面，审查收费标准也能一目了然，审查者的人数和具体职责也有案可查。早期电影审查主要针对宣扬迷信的神怪武侠片，如查禁《飞侠吕三娘》《混世魔王》《东方三剑客》等。[①] 后来重心转向左翼批判现实主义影片，对有损中国形象的外国片也实行禁映。

中华人民共和国成立后，电影生产逐渐国有化，开始向苏联学习经验。苏联文化管理部门和宣传部门历来十分强调电影的意识形态宣传功能，1907 年列宁就曾指出，“当群众掌握了电影时，并且当它掌握在真正的社会主义文化工作者手中时，它就是教育群众的最强有力的工具之一”[②]。斯大林曾在对苏联电影管理局局长舒米亚茨基信中这样说，“电影具有从精神上影响群众的特别巨大的可能性，它帮助工人阶级及其政党以社会主义精神教育劳

① 《电影检查委员会查禁国产影片一览表》（1931 年—1934 年），载杨燕、徐成兵《民国时期官营电影发展史》，中国传媒大学出版社，2009，第 184 ~ 187 页。

② 《列宁关于电影的初期言论》，载 H. 别列杰夫编《党论电影》，时代出版社，1951 年，第 24 页。有意思的是，苏联对电影的重视恰恰与俄国沙皇时代对电影的轻视形成对比，沙皇尼古拉二世说：“我认为电影空洞、无用，甚至有害无益。只有脑子不正常的人才会把这种小把戏列为艺术。电影完全是没有意义的，根本就不该重视这种垃圾。”沙皇时代的俄国全国没有几家电影院，且票价高昂，远离一般民众生活。〔美〕弗吉尼亚·赖特·卫克斯曼：《电影的历史》，原学梅、张明、杨倩倩译，人民邮电出版社，2012，第 63 ~ 64 页。

动者，组织群众为社会主义而斗争，提高群众的文化水平和政治战斗力"[①]。苏联文化管理者意识到了电影观影门槛低，普及度高，示范效应强，对反映社会生活，引导社会舆论起到巨大作用，因此逐渐制定了一系列方针政策来管理电影的生产和放映。

中国文化部门借鉴苏联的文艺理念，将电影视为宣传工具，从加强政治功用的角度对其加以改造。新中国成立前的 1948 年 10 月 26 日，中共中央宣传部向东北局宣传部发出《关于电影工作的指示》，第一次系统阐述党的电影政策，指示中说，"阶级社会中的电影宣传，是一种阶级斗争的工具，而不是别的东西"[②]。电影作为艺术品和商业消费品的功能被抛弃，电影被视为社会主义革命中的一部分，同时，"指示"提出建立电影审查制度，原则上规定了审查标准。

1949 年以后，文学影视艺术的政治教化功能进一步受到从上至下各级官员的高度重视，文学和电影成为中国社会主义政治的组成部分，甚至起到政治风向标、晴雨表的功能，文艺作品承担着建构主流意识形态的使命。电影的政治色彩愈加浓厚，电影被视为教育群众、宣传政策的有力工具，民众也逐渐习惯从政治而非审美、娱乐的立场去判断和读解电影。

1949 年 5 月东北制片厂生产的《桥》的首映非常具有象征性意义，它首映时南京 2000 名群众上街游行以欢迎影片，在此，影片放映和观看成为一种仪式，这是电影作为革命宣传和教化工具的重要体现，按照兰德尔·柯林斯的观点，仪式可以生成群体

---

① 〔苏〕斯大林：《致苏联电影管理总局苏米亚茨基同志》，载斯大林《斯大林文集（1934—1952）》，人民出版社，1985，第 38 页。

② 孟犁野：《原则性与灵活性的结合——重温〈中共中央宣传部 1948 年关于电影工作的指示〉一得》，《电影艺术》2001 年第 4 期，第 9 页。

情感，加强情感力量，且根据道德规范将其符号化。[①] 电影研究者也指出，在这一仪式中，“理想与意识形态目的通过确定的程序被具体化为一种浅显的行为，从而变得容易为人接受”[②]。这种做法及其心理效果和后来的游行欢迎党中央的新指示、毛泽东讲话一般无二，看电影是接受政治教育这种观念借助仪式内化成了民众的观影心理。

1951 年 5 月 20 日，《人民日报》发表毛泽东撰写的社论《应当重视电影〈武训传〉的讨论》，掀起了一场持续近半年的全国批判运动，然后是批判影片《我们夫妇之间》和《关连长》。研究者认为，“如果说，《武训传》批判主要针对影片放映出来的所谓资产阶级思想，那么，对《我们夫妇之间》和《关连长》的批评主要针对的则是影片创作者的所谓的小资产阶级创作倾向”[③]。这几场批判给电影界乃至整个文艺界敲响了警钟。

其后，在艺术创作的相关论述中，越来越多地出现这样的字样：“中国电影在民主革命和社会主义革命这两个阶段的革命中是否服从于所规定的革命的任务，是否反映了广大人民的利益和要求，是我们在检查电影工作的时候，必须首先答复的问题。”[④] “我们的电影工作者必须知道，电影是教育人民的工具”[⑤] “我们的电影是向人民进行爱国主义教育和社会主义教育的重要工具，

① 〔美〕兰德尔・柯林斯：《互动仪式链》，林聚仁、王鹏、宋丽君译，商务印书馆，2019，第 84 页。

② 马军骧：《革命电影的修辞策略》，刘青峰编《“文化大革命”：史实与研究》，香港中文大学出版社，1996，第 401 页。

③ 李道新：《中国电影批评史》2002 年 6 月第 1 版，第 232 页。

④ 夏衍：《加强团结，改进电影工作》，《人民日报》1957 年 4 月 26 日。

⑤ 夏衍：《加强团结，改进电影工作》，《人民日报》1957 年 4 月 26 日。

同时也是提高人民文化水平的重要手段。”① 1952 年，私营电影业收归国有。除了生产发行完全国营，中国的文化管理部门逐步建立了严密的电影审查制度，电影剧本、完成样片和完成片一般都要经过制片厂，制片厂所属省、市委（八一厂属总政领导），文化部电影局（后电影局先后划归广电总局、中宣部）等机构层层审查，对电影生产和流通的控制大大得到强化。

在这一时期，电影受到政府和党组织两方面的管理，电影局既是政府领导机构，又是实际上的大制片厂，政企高度合一，同时，党中央、文化部、中宣部乃至地方政府都可以对电影的生产和创作施加直接影响。这种管理模式持续了很长时间。

二　监管法规的变化

1978 年过后，文艺政策逐渐宽松，电影生产和放映翻开了新的一页。电影管理部门基本上恢复了 1949 年的电影审查制度，但是，由于新中国始终没有形成一部完备的电影审查法，没有固定明确的审查机构，审查方式和标准多变、随意，这一时期，审查制度的混乱和政治压力的沉重使电影创作者小心谨慎，不敢越雷池一步。

《苦恋》风波就是一个例子，《苦恋》虽然没有被视为严重政治错误进行处罚，但是对这部影片的批判仍然对文艺创作起到极大的警示作用。20 世纪 80 年代初如谢晋、吴贻弓、黄健中在改编电影时，运用抒情、写意的手段淡化对现实的指涉，并修正原作的政治色彩表述，很大部分原因也在此。

---

① 《人民日报》评论员：《进一步发展人民电影事业》，《人民日报》1954 年 1 月 12 日。

1986年，电影管理职能由文化部划转到广电部，但地方电影管理职能没有从文化部门划归到广电部门。1996年，地方电影制片管理职能划归广电部门，但发行放映管理职能没有随之划转，由此形成在地方由文化部门管理电影发行放映、广电部门管理电影制片的体制。

20世纪80年代中后期，对电影剧本的审查，执行的仍然是1979年12月文化部发布的《电影剧本、影片审查试行办法》，电影剧本由制片厂审定，并报有关省、市、自治区和电影局备案。随着中国经济体制改革的深入，主导电影审查和电影生产的力量发生了深远的变化。这一时期，为了挽救制片厂的经济危机，娱乐片被看作灵丹妙药，审查制度放松了。

1987年2月底到3月初，在广电部召开的全国故事片厂长会议上，电影局领导又重申电影剧本审查和投拍权归制片厂。石方禹在讲话中说："中共中央四号文件有一段很重要的文字，谈到了制片厂把关问题。文件说，'对今后的作品，主要依靠编辑部、出版社、制片厂、剧院等各方面按百花齐放、百家争鸣、为人民服务、为社会主义服务的方针负责把关，不要禁忌甚多，忽'左'忽'右'事事请示，妨碍文学艺术事业的正常发展。'① 这段话把厂长、副厂长以至文学部主任的职责和工作中应有的精神状态都说了。"中央四号文件在一定程度上为电影的生产起到了松绑的作用，电影创作的顾忌相对小了一些。

1989年5月，电影局向各故事片厂（公司）下发《再次重

① 石方禹：《迈出新的更为坚实的步伐——在全国故事片厂厂长会议上的讲话》，中国电影家协会主编《中国电影年鉴（1987）》，中国电影出版社，1990，第1~15页。

申各故事片厂报送备案剧本有关规定的函》，要求各制片厂在开拍前按规定向电影局报送电影剧本（一式十份）和分镜头剧本（一式五份）备案。[①] 这是电影审查部门从制度上进一步强化审查力度的表现。90 年代之后对电影的管理主要是以行政和法律手段实行的，电影审查制度和电影法律法规的作用得到强化。中国电影审查主要是事后审查，也即在影片完成后再行检查，虽然三令五申先报备剧本，但实际上此时期执行得比较松弛。

1996 年国务院颁布新中国第一部电影专门法规《电影管理条例》，电影管理走向行业化、法制化。对电影审查制度，时任国家广播电影电视总局电影局副局长王庚年称："1996 年成立的电影审查委员会、复审委员会，吸收了很多专家参加。审委会依照《电影管理条例》独立审查影片，依法管理，避免了行政命令的弊端。"[②] 条例规定，电影审查分为"事前审查"及"事后审查"两种，"事前审查"指有条件的备案制，"事后审查"主要是指电影制片单位在影片摄制完成后，要将摄制完成的影片报电影审查机构审查，获得广播电影电视行政部门发给的《电影片公映许可证》后，方可发行、放映。

21 世纪初的电影监管体制基于国务院 2001 年通过的《电影管理条例》而建立。审查的规定包括：第二十六条，电影制片单位依照前款规定对其准备投拍的电影剧本审查后，应当报电影审查机构备案；第二十七条，电影制片单位应当在电影片摄制完成后，报请电影审查机构审查；第二十八条，电影审查机构应当自

---

① 《再次重申各故事片厂报送备案剧本有关规定的函》（1989 年 5 月 6 日），载《电影管理条例读本》，新华出版社，1997，第 163 页。

② 王庚年：《雨频发春色 风暖树自荫——就九十年代中国电影发展态势答〈当代电影〉记者问》，《当代电影》2001 年第 1 期，第 4 页。

收到报送审查的电影片之日起30日内，将审查决定书面通知送审单位。审查合格的，由国务院广播电影电视行政部门发给《电影片公映许可证》。[①]

这种制度程序复杂繁琐、效率不高，参与审查剧本的往往不止电影局一个部门，妇联、公检法机关、工商局等都可能参加，令出多门，国内外形势的变化、临时的政策、个别部门的利益甚至个别领导的好恶，都可能影响影片的命运，偶然性较强。

2016年通过的《中华人民共和国电影产业促进法》（以下简称《电影产业促进法》），为电影生产和审查开创了新局面。这是我国文化产业领域的第一部法律，涵盖电影产业发展各个环节，为电影产业转型升级提供了有力支持。中国电影家协会秘书长饶曙光在接受采访时指出，“《电影产业促进法》的施行，推进了中国电影走向法治化时代”[②]。《电影产业促进法》取消了《摄制电影许可证》和《摄制电影许可证（单片）》，简化了行政审批程序，影片的审查、电影剧本的备案与批准举办电影节（展）等多项审批事项大部分下放到了省、自治区、直辖市的新闻出版广电管理部门。这为电影在艺术创作层面上提供了更加宽松，自由的环境，同时也规范了市场，降低了门槛。《电影产业促进法》在创作导向、人才扶持、资金支持、国产电影出口各方面有益于中国电影的发展。

2018年，按照国务院机构改革方案，国家新闻出版广电总局被裁撤为三个独立部门：国家广播电视总局、国家新闻出版署

① 电影管理条例，http：//www.gov.cn/zhengce/2020-12/26/content_5574257.htm，最后访问日期：2022年10月1日。

② 杨骁、孙海悦：《〈电影产业促进法〉施行周年，中国电影走向法治化时代》，《中国新闻广电出版报》2018年3月2日。

(国家版权局)、国家电影局。改革后的电影局划归中宣部，职权划分有了明确的界定，主要职责包括：管理电影行政事务，指导监管电影制片、发行、放映工作，组织对电影内容进行审查，指导协调全国性重大电影活动，承担对外合作制片、输入输出影片的国际合作交流等。这意味着电影的生产、放映和审查进一步受到国家重视。

从20世纪40年代开始将电影视为“政治工具”，到80年代中后期承认电影有商业属性，再到21世纪以来直接将电影定位于经营性的文化产品，业界对电影的理解越来越丰富，这扩大了电影的表达范围。同时，电影除了是商品以外，还是主流意识形态、大众话语最合适的传播载体，“任何统治阶层都不会不意识到现代传媒的意识形态询唤能力”①。相关部门对电影的管理从直接政治政策指示逐渐转为行政、法律手段，但管理和审查标准仍然严格。因此，小说的电影改编和制作往往保持明智的谨慎。

如《芙蓉镇》拍摄时断时续，送审时得到若干重大修改意见，发行放映时间一再推迟，发行限制拷贝数，影片放映时有内部规定，削减场次，直到获得卡罗维发利国际电影节大奖后，影片由上海市委宣传部为其庆功，感谢电影创作者为国争光，才确认了这部影片的价值。

2014年根据严歌苓小说《陆犯焉识》改编的电影《归来》和2017年根据严歌苓小说《你触摸了我》改编的同名电影《芳华》，进行了避实就虚的处理，在一定程度上失去了原作的历史批判意味。改编影片《天狗》和《光荣的愤怒》都削弱了对基层小团伙违法问题的批判力。

---

① 彭亚非：《图像社会与文学的未来》，《文学评论》2003年第5期，第42页。

再如20世纪80年代《老井》《边走边唱》影片直观展现小说描写的农村的极度穷困和村落间大规模械斗，这种苦难叙事在21世纪以来的主流院线电影中很少出现。表现农民的生存困境，夏天敏小说《好大一对羊》叙述重心是自然环境之恶劣、农民生活之贫困，而2005年根据小说改编的同名影片，就出于可以理解的原因，明显弱化、软化苦难，稀释了原作的苦涩感，变得温情脉脉。

一言以蔽之，梳理数十年来中国电影面对的各种有形无形的约束，可以看出，政治对中国电影内容生产及发行放映的影响是非常明显的。

第二节 从艺术追求到商业考量

不同于文学作品创作和发行的低成本，电影行业高投入、高回报，成本和票房决定了电影循环生产状况，经济利润成了评价影片好坏的重要甚至有时是唯一的标准。

巴特在考察戏剧时说的话对电影也同样适用，“我们的戏剧演出在此还是遵循冷酷的交易法则：导演的技艺是看得见的，我们每个人都可以检验他的门票产出的相应效益，这是必要且充分的条件，由此产生了寻求最快收益的艺术，他首先作为一系列断续的从而可计算的形态上的成就表现出来”①。导演、编剧都要为票房绞尽脑汁，似乎印证了阿道尔诺所说的“艺术抛弃了自己的

① 〔法〕罗兰·巴特:《神话修辞术：批评与真实》，屠友祥、温晋仪译，上海人民出版社，2009，第120页。

自主性，反而因为自己变成了消费品而感到无比自豪”①。霍克海默更有些偏激地指称，工业大生产下的电影根本就不是艺术。他在论阿德勒的电影研究时说，“投资于每部电影的资金数目可观，因而要求迅速回收资金，这种经济要求阻止了对每件艺术品的内在逻辑的追求——即对艺术品本身的自律要求的追求”②。

比起文学作品，电影的制作复杂得多，金钱在电影的剧本创作、拍摄、发行等各个环节都举重若轻，电影生产动辄需要数百万上千万甚至数亿元的成本，如果审查不能通过或者票房不能达到预期，就意味着成百上千万元资金打水漂，这使制片方和电影创作者都不敢冒险。

而对新时期以来的中国电影来说，对票房的积极追求是从20世纪80年代中期以后才逐渐得到普遍重视，并最后内化为生产导向的一个历时性过程。20世纪80年代对艺术的创新探索曾经一度居于经济利润之上，那是一个短暂的、不可再现的黄金时代。

一　短暂的探索黄金期

1942年毛泽东《在延安文艺座谈会上的讲话》指出，文艺“无论高级的或初级的，我们的文学艺术都是为人民大众的，首先是为工农兵的，为工农兵而创作，为工农兵所利用的”③。实际

---

① 〔美〕马克斯·霍克海默、西奥多·阿道尔诺：《文化工业：作为大众欺骗的启蒙》，载《启蒙辩证法：哲学断片》，渠敬东、曹卫东译，上海人民出版社，2003，第175页。

② 〔德〕霍克海默：《现代艺术和大众文化》，《霍克海默集：文明批判》，曹卫东编，上海远东出版社，2004，第226页。

③ 毛泽东：《在延安文艺座谈会上的讲话》，《毛泽东选集》（第三卷），人民出版社，1990，第809页。

上，文艺的“工农兵化”导致了1949年后数十年的文艺创作主要以“普及”为宗旨，多为“今日最广大群众所最先需要的初级的文艺”，对“高级文艺”的探索实际上是停滞的，文艺工作者所奉行的金科玉律是“不求艺术有功，但求政治无过”。

1966年4月中央批发了《部队文艺工作座谈会纪要》，全国各大报刊相继发表文章点名批判文学影视作品。风暴大作，万马齐喑，从1966年到1972年全国只有《沙家浜》《红灯记》《智取威虎山》等几部样板戏电影上映。

在“四人帮”覆灭以后，1976年11月到1979年初，“电影复审小组”解禁了600多部在“文革”中被作为“毒草”的电影（包括外国电影）。[①] 1977年，首先在北京兴起了观看“内部电影”的热潮，放映了《这里的黎明静悄悄》《罗马之战》《基督山恩仇记》《山本五十六》《啊，海军》《巴顿将军》《鸽子号》《战争与和平》《蛇》等来自各个国家地区、各种风格题材的作品。“电影打开了中国人民通向世界的思想之路”[②]，来自国外的新奇影像，强烈地震撼着国人刚刚复苏的心灵。

在中共十一届三中全会实事求是的社会政治氛围中，在改革开放令人激动的前景下，社会感受到了变革的骚动，1979年的10月30日，召开了中国文学艺术工作者第四次代表大会，邓小平代表党中央、国务院致祝词，提出保证艺术自由，“坚持百花齐放、推陈出新、洋为中用、古为今用的方针，在艺术创作上提倡不同形式和风格的自由发展，在艺术理论上提倡不同观点和学派

① 李翊：《1979年，“文革”后600部电影的解冻过程》，《三联生活周刊》2005年第23期，第28页。

② 高皋：《后文革史》（上），联经出版公司，1994，第99页。

的自由讨论”，虽然仍然沿用“文艺为工农兵服务”的提法，但是不再提“文艺为政治服务”“文艺从属于政治”，提出“党对文艺工作的领导，不是发号施令，不是要求文学艺术从属于临时的、直接的、具体的政治任务”。[①] 周扬在会上做了名为《继往开来，繁荣社会主义新时期的文艺》的报告，报告称，文艺与政治的关系“从根本上说，也就是文艺和人民的关系”，因此避免了对“文艺脱离政治”的指责，报告还强调“党对文艺工作的正确领导，应当是依靠群众包括尊重专家的群众路线的领导，应当是力求由外行变为内行，按照艺术规律办事的实事求是的领导，而绝不应当是只凭个人感想和主观意志发号施令的家长式的领导”[②]。

祝词和报告在会后被确认为中央文件，保证全国第四次文代会精神的贯彻执行，会议有力地推进了文艺界拨乱反正的进程，为文艺的繁荣发展提供了较为宽松的政治环境，极大鼓舞了文艺工作者的创作热情。[③]

时任中国电影家协会主席夏衍在文代会后，在中国电影工作者第四次代表大会上称：“‘题材问题，实质上是一个思想解放的问题’。‘邓小平同志讲要实行‘三不’主义，胡耀邦同志也讲过

---

① 邓小平：《邓小平文选》第 2 卷，人民出版社，2003，第 209~213 页。

② 周扬：《继往开来，繁荣社会主义新时期的文艺》，引自《1981 年中国文艺年鉴》，中国文艺出版社，第 78 页。

③ 文代会情况可见黄发有《第四次文代会与文学复苏》，《文艺争鸣》2013 年 10 期；樊锐《第四次文代大会与文艺领域的拨乱反正》，《中共党史研究》2008 年第 5 期；程光炜《四次文代会与 1979 年的多重接受》，《花城》2008 年第 1 期；肖东连《1979 年的文艺复苏与文艺界的风波》，《党史博览》2004 年第 12 期；荣天玙《新时期文艺争鸣的里程碑——胡耀邦与第四次文代会》，《炎黄春秋》1999 年第 4 期。

今后再不会搞反右那样的运动来整文艺工作者了'。"[1] 他提出三点希望，即扩大电影题材范围、加速培养接班人、改革生产体制。

在革故鼎新的氛围下，电影理论研究与讨论全面展开，电影本体论、电影语言的现代化等成为学界探讨焦点，李陀、张暖忻在《谈电影语言的现代化》中呼吁"要理直气壮、大张旗鼓地大讲电影的艺术性，大讲电影的表现技巧，大讲电影美学，大讲电影语言"[2]，引起很大反响。《大众电影》《电影艺术》在1979年复刊，《电影文化》(后改名《当代电影》)在1980年创刊。电影生产开始繁荣发展，电影人积极探索艺术技巧。

对电影艺术探索来说，此时有一个难得的有利条件：在计划经济体制下，当时的电影是国家投资、统购包销，市场对电影生产造成的压力相对较小，"没有经济上的后顾之忧，各制片厂就没有减少这些'叫好不叫座'的电影的拍摄数量，反而，如果不投拍这样的'探索片'，就是艺术上的落后，没有进取精神的表现，拍'卖不出的电影'，成了一种时髦的行为"[3]。

当时整个电影系统的经济状况较好，电影制片厂的收益也高，时任电影局副局长的季洪称："为实行优质优价，从1980年起，改变了中影公司与电影制片厂之间按固定售价结算的办法，采用按拷贝量结算，还调高了结算价格，使北影等六个老厂的平均成本利润率从1979年的30%提高到1981年的128%。"[4] 这些

① 夏衍：《在影代会上的讲话》，《1981中国文艺年鉴》，文化艺术出版社，1982，第250~253页。

② 李陀、张暖忻：《谈电影语言的现代化》，《电影艺术》1979年第3期，第40页。

③ 陆绍阳：《中国当代电影史：1977年以来》，北京大学出版社，2004，第72页。

④ 季洪：《发行放映工作亟待改革的一些问题》，《电影通讯》1983年第4期，第9页。

客观条件保证了电影厂有财力去摄制所谓“叫好不叫座”的“探索片”。在这一时期，电影人迎来了难得的机遇，“能够借用旧有体制无须顾忌市场商业投入考量，又借力开启开放之际，来施展自我创造实现价值的天地”①。

人民群众正处于一种文化饥渴状态，任何一部电影的出现，无论是老片的解禁还是新片的放映，都能引起万人空巷的效果，具有代表性的如 1979 年，一部谍战片《保密局的枪声》，在电影票价才三毛钱一张的情况下，最后票房收入竟高达一亿八千万元，平均下来全国每两人就有一个人看过这部电影，也就在这一年，电影总观众人数达到 293 亿人次。民众的观影热情空前绝后，在这种状态下，票房收入此时并没有成为当时中国电影人考虑的问题，经济的保障为电影艺术发展提供了坚强后盾，对电影艺术性的放手追求第一次在商业和意识形态的薄弱地带取得合法性。

亲历者回顾这一时期指出，“‘文革’十年的政治至上，已使大家对所谓的‘思想内容’说教厌烦透顶，人们都渴望回到电影艺术规律本身，拍出有电影感的电影”②。“回到艺术规律本身”的渴望，实则是追求马尔库塞式的“艺术自律”，也即艺术不受经济基础、政治立场的规定和制约，不屈从于特定社会阶层利益和观念的、独立于现实世界、自由自主的特性，意图是以对现实的超越实现对现实的批判和对感性的解放。

在此，有两层题中应有之义：一是对政治教化功能的抗拒，

---

① 周星：《全面认知改革开放 40 年中国电影革新景观》，《吉林艺术学院》2020 年第 1 期，第 3 页。

② 倪震、黄式宪、崔君衍、杨远婴、张卫、林锦爔：《80 年代初期的电影理论思潮》，《当代电影》2008 年第 11 期，第 36 页。

如《黄土地》《如意》等影片题材都涉及政治事件，但改编影片却有意模糊背景，回避了政治意识形态表述；二是精英主义的，有法兰克福学派所称现代艺术“自恋”本性的意味，拒绝平庸日常体验，如《青春祭》《黑骏马》洋溢的异族异域风情，《孩子王》对现实进行魔幻氛围十足的描摹，《良家妇女》中疯女人、石屋子等大量意象符号营造既是现实又是象征的世界，这些都跳出了日常生活经验框架；作为电影精英主义代表的影片《孩子王》《良家妇女》《黄土地》及稍后的《边走边唱》等片节奏缓慢，气氛压抑，剧情沉闷，影像晦涩，显非是 80 年代一般文化程度观众能够理解和接受的。

这种艺术至上论注定不能长久，艺术探索片对普通观众欣赏品味的排斥在经济体制改革开始之后成为其赢得市场的主要障碍，很快，新的电影创作理念压倒了唯艺术论。

二　行业的产业化转型

民国时期，中国的民族电影业基本上以民营为主；抗战胜利后，国民党政府趁机接收了大批电影企业，国营资本开始在电影业中占据了大多数；1949 年后，国民党政府的官僚资本被没收，民营资本也逐渐被新国有化，1949 年 8 月 14 日中宣部在《关于加强电影事业的决定》中说：“电影艺术具有最广大的群众性和普遍的宣传效果，必须加强这一事业，以利于在全国范围内及在国际上更有力地进行中国共产党及新民主主义革命和建设事业的宣传工作。”1951 年，私营电影公司昆仑公司拍摄的《我们夫妇之间》《武训传》，文化公司拍摄的《关连长》等片受到了大批判，私营影业与新政权在意识形态、思想文化之间的分歧凸显出来，加速了政府对私营影业的国有化进程，1953 年全部实现了私营影业国有化。此后，电影业遵循苏联的电影体系模式，国营资本是当时业内唯一的资本构成。

此时期中国电影因被看作政治工具，生产和销售完全收归国有，首先讲究政治效益、社会效益，对利润的追求并不迫切，经济压力较小。这种国营电影模式主要诞生于社会主义公有制政体，以苏联、德意志民主共和国、朝鲜民主主义人民共和国电影业为代表。最早施行这一体制的是苏联，苏联领导人相当重视电影的公众影响力，1919 年 8 月 27 日苏维埃颁布列宁签署的法令，决定将摄影、电影生产及发行移交人民教育委领导，1922 年，列宁在接见卢那察尔斯基时说出一句流传甚广的名言："对于我们来说，一切艺术部门中最重要的便是电影。"[①] 1924 年，斯大林指出电影是对群众宣传的最伟大的工具，"我们的任务是把这一事业掌握在自己手里"[②]。同年，俄共（布）十三大关于电影的决议进一步指出，必须加强党对电影的领导，也就是从这一年开始，苏联取消了私营电影发行公司，电影生产和发行完全受归国有。中国 1949 年以后的国营电影模式基本参照了苏联。

电影行业的计划经济从 20 世纪 50 年代公私合营开始，一直延续到 20 世纪 80 年代中期。在这种情势下，"新中国电影失去了在市场经济体制下搏击、并满足各类观众多方面欣赏需求的基本能力"[③]。三十多年间，电影生产实行统购包销，也就是从选题立项

---

① 北京大学中文系文艺理论教研室编《马克思　恩格斯　列宁　斯大林论文艺》，人民文学出版社，1999，第 303 页。

② 〔苏〕斯大林：《斯大林在第十三次党代表大会上关于电影的指示》，H. 别列杰夫编《党论电影》，徐谷明等译，时代出版社，1951，第 60 页。

③ 李道新：《好莱坞电影在中国的独特处境及历史命运》，《当代电影》2001 年 6 期，第 85 页。

到生产制作，再到宣传发行，都由国家组织。

在1979年，文化部、财政部仍然表示“凡属全国性电影发行费用，包括影片版权费、素材费、拷贝费、计划供应的宣传品制作费和出租影片的工商税，均由中影公司支付。省市公司提取的发行分成、废片销售收入和拷贝赔偿收入，用以支付地方的经营管理费”。规定到1991年才下文正式废止。[①] 在这个制度中，政府是电影生产唯一的投资者，也是唯一的审查者、销售者。一部影片的生产和评价主要视其意识形态倾向和宣传效果而定。

这种情况从20世纪80年代中期开始发生变化。新时期以后，国营电影生产带来的问题逐渐暴露，夏衍在1981年全国故事片厂长会议上的讲话对当时电影生产状况表示不满，认为生产成本太高、周期长、浪费多，指出要电影改革，“精简机构、提高劳动效率和生产效率”[②]。这之前，电影经济制度改革已经开始了，从1979年起，国家逐渐对国营企业实行了利润留成、“拨改贷”、第一步利改税和第二步利改税等经济体制改革，制片厂职工的集体福利和个人奖金等都和利润直接挂钩。

1980年12月，应舆论界特别是电影制片部门的强烈要求，文化部制订并发布了《关于一九八〇年至一九八二年电影故事片厂与中国电影发行放映公司的影片结算暂行办法》（以下简称《办法》）。《办法》规定：“改变故事片由中国电影发行放映公司与制片厂按固定价格结算的办法，试行按拷贝分摊发行权费的办法。”

① 《文化部、财政部关于改革国营电影发行放映企业管理体制的财务实施办法》（[79] 文电字第1036号、（79）财事字第381号，1979年11月16日，《国家广播电影电视总局关于公布废止部分广播影视法规性文件的通知》，1991。

② 夏衍：《谈电影生产的三个比例失调》，《夏衍电影文集》第二卷，中国电影出版社，2000，第333页。

《办法》自1980年起试行，在1980年以前的相当长时间内，中影公司一直按固定价格与制片厂结算故事片版权（发行权）费。1980年起实行按35毫米拷贝分摊发行权费的办法，故事片每个拷贝9000元，舞台艺术片每个拷贝7000元。不过《办法》又规定了一个全年总平均拷贝数（110个），如果全年总平均数多于或少于此数的10%，则由中影公司统一按每部影片发行权费99万元调整每个拷贝的价格。从此，影片发行权费也就和市场紧密联系起来。

1984年11月19日，《经济日报》刊登《我国电影业经济效益很差》《中央领导同志批示四年已过主要问题仍未解决——“以政代企”的电影体制亟待改革》掀起了“提高电影质量、讲求经济效益、放权让利”的大讨论。各方一致认为电影业长期发展缓慢的根源在于“以政代企”的生产经营体制和“统购包销”的电影发行体制。要改变这种状况，就应该把原有的按行政区划、行政层次统一收购和供应的影片发行放映体制，改为开放式、多渠道、少环节的体制，并给予电影制片厂一定的自销权，使其能与各省、市、自治区直接挂钩。同时，实行政企分开，改变中影公司对各省、市、自治区的领导关系，建立各自独立核算、自主经营的经济实体，解决老区、少数民族地区的政策性亏损补贴问题。

1986年，电影系统被整建制地划归新组建的广电部。电影局、中影公司等转入广电部，16家电影制片厂则由广电部和地方共同管理。这一合并的初衷是加强影视统一领导和统筹规划，但具体的行政管理体制安排却并没有实行垂直化管理，各地电影单位特别是省、市、县级发行公司仍由地方文化部门管理和领导，这种上合下不合的尴尬局面，使原本就已深陷泥潭的电影业再一次重蹈体制混乱的覆辙，电影业已然成为矛盾的综合体。[①]

此外，国家还给电影制片厂规定了利润指标，并且规定利润指标不能低于上一年度，“每一年都要向电影制片厂规定三大指标，其中最厉害的是规定利润指标，而且规定职工的物质生活福利要同利润指标挂钩”[②]。

80 年代中后期，随着中国经济体制改革深入，电视机的普及和录像厅大量出现，我国香港、外国电视连续剧和进口录像带严重冲击电影市场，以 1985 年为例，这一年上半年，观众人数过少，入不敷出，有大量的放映单位被迫停止放映活动。截至 6 月底，全国放映单位在册数 18.1 万个，而正常活动的仅有 12.8 万个，即全国约 30%的放映单位停止了活动，停业数在 30%以上的就有 10 个省、市、自治区。[③]

同时，电影厂发现拍摄艺术探索片实在得不偿失，影片的发行量寥寥无几，《黄土地》只卖出 27 个拷贝，《青春祭》29 个拷贝，《孩子王》《棋王》6 个拷贝，稍后《本命年》算是多的，但也不过 44 个。[④] 在这种情况下，制片厂减少了艺术片的拍摄，将重心放在娱乐片的生产上，这些娱乐片基本不关注严肃的现实问题，以神怪武侠滑稽闹剧居多。

---

① 刘阳：《新时期中国电影体制研究——基于政策分析的视角（1976—1993）》，《当代电影》2015 年第 1 期，第 107 页。

② 石方禹：《我对端正电影创作指导思想的认识——在全国故事片创作会议上的讲话》，中国电影家协会主编《中国电影年鉴（1986）》，中国电影出版社，1988，第 3~11 页。

③ 胡健：《萎缩：不容乐观的电影市场现状》，《电影艺术》1985 年第 11 期，第 12 页。

④ 张卫：《探索片的导演机制和观众》，《当代电影》1993 年第 1 期，第 41 页。

从1990年开始，中国电影业面临的危机更加深重，电影观众从1982年的210亿人次下降到1991年的45亿人次。1992年，中国电影经济持续大滑坡，全年票房收入不到20亿元，比1991年下降近5亿元，放映场次减少460余万场，观众人次减少38.4亿。“中国国产片，1993年减少了50%，观众人数下降60%，票房收入减少35%，出租率亦下降40%，中国电影市场，无论是制作还是放映，迫切需要长期的投资。”①

穷则思变，1993年1月5日广电部以“三号文件”的形式下发《关于当前深化电影行业机制改革的若干意见及其实施细则》，其主要方面是：电影制片、发行放映必须适应党的十四大确立的社会主义市场经济体制；观众是电影的市场；检验电影市场发育如何，要看社会、经济两个效应。该年，国产故事片由中影公司统一发行改为各制片单位直接与地方发行单位见面，电影票价原则上放开，其幅度与具体价格由各地政府掌握。

这一系列改革举措，力度之大，涉及面之广，前所未有。三号文件打破了多年来制约电影发展的“国家垄断制”，电影行业的经营自主权在政策上得到许可，很多民营企业开始投身电影业。主要来自日本和中国香港的海外资本以有限和变通的方式谨慎然而也是野心勃勃地进入中国电影市场。1993年民营企业、境外资本和国有制片厂合作拍片达到了创纪录的57部，占全年国产片总产量的1/3，而其总投资量和市场占有率大大超过了1/3。

在新的以市场为导向的大环境下，负责电影进口的中影公司

① 骆思典：《狼来了：好莱坞与中国电影市场，1994~2000年》，张风铸等主编《全球化与中国影视的命运》，北京广播学院出版社，2002，第338页。

决定，采用国际通行的票房分账制，每年引进十部“基本反映世界优秀文明成果和当代电影艺术、技术成就”国际影片，也即是后来说的“十部大片”。需要指出的是，具有浓厚人文气息并获得多项国际大奖，显然能够反映“世界优秀文明成果和艺术成就”的《钢琴课》《辛德勒的名单》等片并未作为“十部大片”引进，从1994年至1998年分账影片目录来看，引进片以剧情激烈场面火爆的动作片、灾难片、警匪片如《碟中谍》《泰坦尼克号》《绝地战警》《白金龙》为主，其他作为调剂的有爱情片《廊桥遗梦》、动画片《玩具总动员》、喜剧片《小鬼总动员》等几部。[①] 可见，引进片的出发点和标准显然是商业大片带来的高额票房收入。[②]

1994年底，首部以票房分账方式发行的美国影片《亡命天涯》在中国登陆，电影院出现了多年未遇的门庭若市的盛况。上海市票房收入突破600万元，重庆达220万元，天津达80多万元，郑州达98万元，分别创造了历史最高水平。[③] 1995年《真实的谎言》《生死时速》《阿甘正传》《狮子王》《红番区》等陆续以票房分账形式进入中国，所到之处，影院爆满，其中《真实的谎言》获得了1.02亿人民币的巨额票房。

---

① 《1994~1998年进口分账影片目录》，中国电影家协会主编《中国电影年鉴（1998~1999）》，中国电影出版社，2000，第256页。

② “在电影行业，‘大片’是一个有明确所指的概念：特指高成本、高票房利润的影片。而具体到好莱坞制片业，它意味着大大高出好莱坞平均影片成本（5400万美元—4000万美元的制作成本，1400万美元的宣传费用）的投入，可观大牌明星阵容及逾亿乃至数亿美元的全球票房收入。”戴锦华：《雾中风景——中国电影文化1978~1998》，北京大学出版社，2016，第428页。

③ 陈晓云：《20世纪80年代以来外国电影影响中国的三次浪潮》，载张凤铸、胡智锋、黄式宪主编《和而不同——全球化视野中的影视新格局》，中国传媒大学出版社，2005，第58~60页。

面对外来影片在中国市场的攻城略地，中国一家电影公司言辞激烈地表达了不满："让美国的影片占领我们的市场，用中国的票款养肥外国的片商。请问，这样的人（或公司、单位）算不算新生的外国买办？"[①] 大片的引进方对此称"当东风吹，战鼓擂的时候，真的要看一看舵手与水手与大海搏击的本领了，为了电影，为了首都的电影市场，我问心无愧！"当天的电影海报上还写有"改革年代，激烈论争，电影市场，风险上映"的宣传语。[②] 虽然双方发言意气用事的成分不少，但可以看出，这一时期外国电影进口对中国电影业已经造成了巨大压力。

市场经济体制的要求、进口大片带来的心理刺激，进一步促使中国电影加强对商品化、娱乐化的追求，这一时期的电影多选择不介入当前现实的市井传奇文学作品进行改编，并在改编中尽量增加娱乐性强的元素。

2000 年前后，"WTO 与电影未来"是中国影坛最热烈的讨论话题。电影市场进一步放开后，外国进口影片和外资影院的大批涌入带来更大的竞争，2001 年 12 月 11 日，中国政府正式加入世界贸易组织。在会上签署的协议里，关于电影的条款大致有如下两条：一是允许外商进入中国电影的放映业，在 49%以下的股份内与中方合资设立影视公司、经营影院；二是加入 WTO 以后的前三年，在遵守中国现行电影管理条例的前提下，每年允许以分账的方式进口 20 部外国影片，之后将增加到每年 50 部。

---

① 《北京市电影公司就保护国产影片、发展民族电影事业致某部长的信函》，转引自戴锦华《雾中风景——中国电影文化 1978～1998》，北京大学出版社，2016，第 430 页。

② 杨林：《〈亡命天涯〉：首部引进的好莱坞大片》，《传承》2009 年第 1 期，第 16 页。

2001 年 12 月 18 日由国家广电总局和文化部联合颁发的《关于改革电影发行放映机制的实施细则》对用“院线制”替代原有的行政级别的发行网络做了具体规定，彻底打破了几十年的电影发行网络的行政区划。中国电影发行放映公司大一统的电影发行放映体制至此瓦解。各电影公司竞争更趋白热化。对中国电影业的前景，中国电影导演、发行人、研究者进行了各种各样的讨论，发表了不同的看法，如郑洞天《To Be or Not To Be——进入 WTO 后的中国电影生存背景分析》、高军《WTO 与中国电影》、娜捷《好莱坞部署抢滩中国市场》、张颐武《再度想象中国：全球化的挑战与新的“内向化”》、颜纯钧《全球化和中国民族电影的文化》等，讨论的重点是政府在电影变革中担任的角色以及电影人自身角色的转换。

时任广播电视电影总局副局长赵实认为，在资本主义全球化的背景下，意识形态领域的较量将更加尖锐复杂，观众欣赏水平和需求越来越高，对电影创作者的要求也越来越高，因此一定要加强电影的经营管理和技术管理。

这里要提到中国文化产业概念的提出以及对电影发展的重要影响。所谓文化产业（culture industry），这一概念是由法兰克福学派的代表人物霍克海默（Max Horkhelmer）与阿多诺（Theodor W. Adorno）于 20 世纪 40 年代首次提出。有研究者称，“主要是指兴起于当代都市的、与当代大工业密切相关的、以全球化的现代传媒（特别是电子传媒）为介质大批量生产的文化，是处于消费时代或准消费时代的，由消费意识形态来筹划、引导大众的文化”①。但是这个定义显然有问题，它指认的是“产业文化”而非“文化产

① 胡惠林、单世联：《文化产业学概论》，书海出版社，2006，第 21 页。

业”，文化产业应该是以这种“产业文化”的生产和销售为核心发展起来的一整套生产、流通、消费机制和相关法律法规的制度构建。

1985 年，在国务院办公厅批转的国家统计局《关于建立第三产业的统计报告》中，文化艺术被纳入第三产业范畴。1988 年，文化部、国家工商总局联合发布了《关于加强文化市场管理工作的通知》，这是在政府文件中首次出现“文化市场”的字眼，1991 年，国务院批转的《文化部关于文化事业若干经济政策意见的报告》中，正式提出“文化经济”概念。

1992 年，国务院办公厅综合司编著的《重大战略决策——加快发展第三产业》，明确启用了“文化产业”的概念。1998 年，文化部增设文化产业司，主要任务是研究拟订文化产业发展规划和相关政策、法规，扶持和促进文化产业的发展和建设，协调文化产业运行中的重大问题。1999 年，《关于 1998 年国民经济和社会发展计划执行情况与 1999 年国民经济和社会发展计划草案报告》第一次把文化产业正式纳入国家发展计划的政策视野。2000 年，《中共中央关于制定国民经济和社会发展第十个五年计划的建议》中明确提出“推动信息产业与有关文化产业结合”，完善文化产业政策，加强文化市场建设和管理，推动有关文化产业发展。2001 年 10 月，文化部制定了《文化产业发展第十个五年计划纲要》和《文化事业发展第十个五年计划纲要》。

2002 年至 2011 年底是电影体制深刻变革、电影产业快速发展的时期。中央提出科学发展观的重要论述，做出深化文化体制改革，发展文化事业产业，推动社会主义文化大发展大繁荣的重要战略部署，国务院出台了《关于促进电影产业繁荣发展的指导意见》，2002 年，以修订后的《电影管理条例》的施行为标志，中国电影业开始了新一轮的体制改革。

2002 年至 2003 年，国家开始实施广电总局颁布的 18、19、20 号令。18 号令是《电影剧本梗概立项电影查暂行规定》、19 号令为《中外合作摄制影片管理法》、20 号令为《电影制片发行放映经营资格准入暂行规定》。依照这些法规，电影主管部门将减少对电影产业化运作的行政干预，更强调自身的服务功能，权力逐步下放到影片的具体操作单位。电影的投资和拍摄进一步向社会开放。

2004 年 1 月 8 日，广电总局印发《关于加快电影产业发展的若干意见》，该文件涉及整个电影行业从制作到发行以及放映三个方面。其总的思路规范电影市场准入制度。

另外，国家还颁布或实施了一系列新的电影政策文件，如《电影制片、发行、放映经营资格准入暂行规定》《电影剧本（梗概）立项、电影片审查暂行规定》《广播影视节及节目交流活动管理规定》《电影企业经营资格准入暂行规定》《中外合作摄制电影片管理规定》等，由此，电影制作、审查、发行更加开放，更强调其娱乐文化产品属性，加速了电影的产业化发展。国家广电总局电影局时任副局长张宏森称，“要旗帜鲜明地把中国电影解放到适应现代化生产要求的新的发展观，把电影从艺术形态属性过多的境况中解放出来，明确电影就是可经营的文化产品”[①]。

2010 年 1 月 21 日，国务院办公厅发布《关于促进电影产业繁荣发展的指导意见》，明确了促进电影产业繁荣发展的总体要求、基本原则、发展目标和主要措施，对进一步深化电影体制机制改革、加快推进电影产业的繁荣发展具有很强的指导意义。电影行政

① 张宏森：《中国电影文化的双刃剑》，载张凤铸、胡智锋、黄式宪主编《和而不同——全球化视野中的影视新格局》，中国传媒大学出版社，2005，第 85 页。

部门充分遵循产业发展的市场规律，大幅削减和下放权力，不断优化服务，电影生产力得到极大释放。同时，加大政策扶持力度，促进高新技术格式电影发展和县级城市影院建设。2012 年底，国家电影专项资金管委会发布《关于对国产高新技术格式影片创作生产进行补贴的通知》，对进入市场发行放映的国产 3D、巨幕等高新技术格式影片按照票房收入分档奖励。2013 年 8 月，财政部、国家新闻出版广电总局出台了《关于县城数字影院建设补贴资金申报和管理工作的通知》，进一步加大推进县级影院建设力度。[①]

《电影产业促进法》自 2017 年 3 月 1 日起施行，中国电影产业发展进入了“有法可依”的时代。国家新闻出版广电总局时任副局长阎晓宏在 3 月 7 日上午的发布会上指出，简政放权、激活市场的活力是电影产业改革的重要方向。《电影产业促进法》确认了电影作为文化产业的属性，把实践中已经推行的改革举措写入了促进法，比如减少审批项目、降低准入门槛等，其他如电影行业的开放准入、电影市场的公平竞争等政策都具有重要意义，从法律层面为中国电影产业持续发展提供了可靠保障。

政策扶持下，除 2020~2021 年受疫情影响外，中国电影票房保持了高速增长，影院建设发展快速，观影人次比十年前成倍增长，见图 6-1，图 6-2。

从辉煌的数字中，“我们可以一窥中国电影市场的活力与潜力，冷静审视未来中国电影发展的新风向与新机遇。”[②] 必须承认，产业化的道路才能让电影行业实现可持续发展，但对票房的

① 刘汉文、沈雅婷：《改革开放 40 年的中国电影政策创新》，《电影艺术》2018 年第 6 期，第 3 页。

② 侯光明：《从 2021 年春节档看中国电影市场的活力与潜力》，《中国电影市场》2021 年第 6 期，第 12 页。

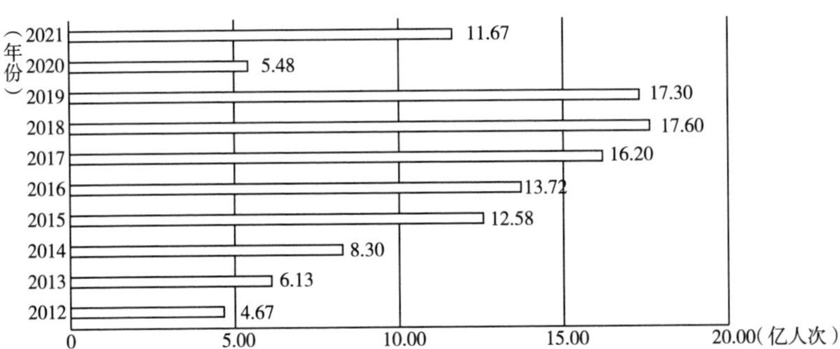

图 6-1　2012～2021 观影人次

资料来源：根据 2012～2021 年《中国电影产业发展分析报告》整理。

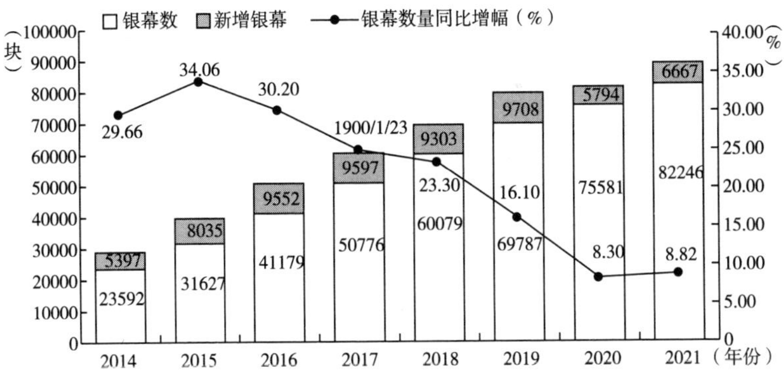

图 6-2　2014～2021 中国银幕建设情况

资料来源：根据 2012～2021 年《中国电影产业发展分析报告》整理。

追求难免损害对影片思想性的重视，正如汤普森在吸收继承阿多诺和霍克海默的观点基础上所说："文化产业的大部分产品不再假装是艺术品了。它们主要是象征构件，根据某些事先确定的公式来塑造，充满了成规的场景、特点和主题。”① 由于文化产业大量生产复制的快节奏，个体的、具有生命力的情感体验也被强制性地标准化了。尽管文学作品的生产还保留了古老的个人化的方式，充溢着个性体验和独特感受，但是一旦进入产业的链条，艺术往往就面目全非，思想性和艺术性都在下滑。

产业化是中国电影发展的必由之路。面对票房的压力和利润的诱惑，如何兼顾商业性和艺术性，这是考验电影人艺术眼光和专业水准的难题。

第三节　受众群体的结构性分化

电影要迎合观众文化趣味，这是影响改编影片艺术风格的重要原因。1948 年，哈罗德·拉斯韦尔在《传播在社会中的结构和功能》一文中提出了传播学研究领域著名的“五 W”命题：“谁/说什么/通过什么渠道/对谁/取得了什么效果?”② 其中，“对谁”被他归为“受众分析”。1949 年施拉姆在《大众传播学》一书中，将受众列为传播学的主要研究议题之一。

美国学者约翰·菲斯克在研究电视时指出，大众是包含了各种由于利益关系、政治立场和社会联系而形成的群体，大众文化不仅在财经经济体制中流通，也在与之平行的文化经济体

① 〔英〕约翰·B. 汤普森：《意识形态与现代文化》，高铦等译林出版社，2012，第 110 页。

② 〔美〕拉斯韦尔：《社会传播的结构与功能》，谢金文译，载张国良主编《20 世纪传播学经典文本》，上海：复旦大学出版社，2003，第 199~210 页。

制中流淌。[①] 他说："文化经济的商品，我们称之为'作品'，并不是意义和快感的容器和传送带，而是意义和快感的促发者。意义/快感的生产最终是消费者的责任，只能按消费者的利益履行。"[②] 这些论述，都指出了文化产品的针对性问题。

为了取得更大的利润，电影生产和放映首先是要辨别观众构成，进行具体的影响、喜好等方面的观众群研究。经票房反馈发现，在电影市场占利润主要份额的是城市青年和小镇青年，农民在商业院线电影票房上的贡献相对较低，这导致电影内容生产进行相应调整。

一　城市青年与小镇青年

长期以来我国文艺秉持"为工农兵服务"的总体导向，对观众构成的研究一直较为迟缓。原初的划分主要是以地域、阶级属性、职业等来进行。随着改革开放思想解放观念的深入，出现了更科学也更具有研究性与应用性的观众构成研究。[③] 电影行业经济体制改革的进行，针对票房的研究兴起并迅速发展，在市场预测方面，豆瓣电影、猫眼电影等电影网站提供的打分机制，也越来越成为电影传播分析的重要支点和电影大数据营销的基础。这些数据显示，当前的电影观众主要是城市青年和小镇青年。

首先，从20世纪80年代起，城市青年人就是电影市场的主

① 〔美〕约翰·菲斯克：《电视：多义性与大众化》，载〔英〕罗杰·迪金森、拉马斯瓦米·哈里德拉纳斯、奥尔加·林耐编《受众研究读本》，单波译，华夏出版社，2006，第208页。

② 〔美〕约翰·菲斯克：《大众经济》，载罗钢、刘象愚主编《文化研究读本》，中国社会科学出版社，2000，第232页。

③ 卢康：《中国电影观众研究史略》，《电影新作》2020年第2期，第94页。

力军。在今天的电影市场中，以“80后”和“90后”为代表的年轻观众也是影响电影发展的重要因素。

习近平总书记说：“文艺对年轻人吸引力最大，影响也最大。”[①] 此言甚确，上海沪西工人文化宫20世纪80年代初曾在81名青年工人中做过调查，发现他们平均每年看电影36.48次，同一时期，上海全市每人平均每年看电影不到18次，为前者的一半，而中老年人平均每年看电影还不到10次。中学生的看电影次数大体与青年工人相当。1985年，西安、哈尔滨等地的教育部门抽样调查，中学生平均每月看片3部左右，一年看片36部左右，其中部分影迷每月看电影在8部以上，有的几乎逢片必看。[②] 年轻人对电影的热衷是80年代中后期电影娱乐化转向的主要原因。

从80年代至今，电影观影受众主体的不断年轻化是一个明显的趋势，观众平均年龄在下降。

当前电影观众以30岁左右的“90后”居多，研究者认为，“这个群体有自己的观影诉求和观影习惯，同时有自己的媒介消费心理，由于社会环境的进步和传播渠道的丰富，这个新群体表现出了自己强烈的时代特征，将会影响中国电影未来的走向”[③]。根据“90后”对融媒体、新媒体的偏爱，对网络文学、文化的热衷，在购票环节和电影内容上电影生产发行方都在向年轻观众倾斜。

其次，从2013年开始，一二线城市票房增量逐渐减少，2020

---

① 中共中央宣传部编《习近平总书记在文艺工作座谈会上的重要讲话学习读本》，学习出版社，2015，第21页。

② 章柏青：《阅读电影》，北京时代华文书局，2016，第361页。

③ 王文杰、范青青：《我国电影新观众的圈层化分析》，《当代电影》2015年第12期，第17页。

年全国票房前十大城市依次为上海、北京、深圳、广州、成都、重庆、杭州、武汉、西安、苏州，但十座城市同比票房占比均为负值。越来越下沉的影院基础建设正逐步推动票房增量向三四五线城市转移。[①]“小镇青年”成为电影观众中的重要新群体，受到电影市场重视，深刻地影响着电影生产。从年银幕增长绝对数值看，二三线城市是银幕扩张的主力地区。目前二线及三线城市银幕数占比、净增银幕绝对数均最大。

学者吴冠平观察观影人次增长最快六年（2011～2016）的中国电影，认为影片被市场逻辑所形塑的美学面貌大致可分为两种美学类型，一种是好莱坞式的中国高概念电影；另一种是本土的“网趣社群电影”。[②] 这两类电影，前者的观众主要是一二线城市青年，而后者主要是三四五线城市的所谓“小镇青年”。一般来说，小镇青年对国产片、中国明星更有亲切感，对好莱坞和外国明星则相对冷淡。近几年来，国产片票房占市场份额的节节高升与三四线城市电影市场扩大存在直接联系。

由图6-3、图6-4可见，国产片在2013年戏剧性地扭转弱势地位，第一次票房占比超过进口片，从此就一路向上，这一年也正是三四线城市票房增长开始超过一二线城市。这种同步当然不是偶然的。

还要指出的是，在影院青年观众中，受过较高教育的观众比例很大，从业人员经过对观众学历背景的调查，发现在一二三线城市影院观众中，64%～88%（不同档期）的都是大专和本科以

① 参见尹鸿、孙俨斌：《2020年中国电影产业备忘》，《电影艺术》2021年第2期，第53页。

② 吴冠平：《当下中国电影的美学之变》，《当代电影》2018年第2期，第109页。

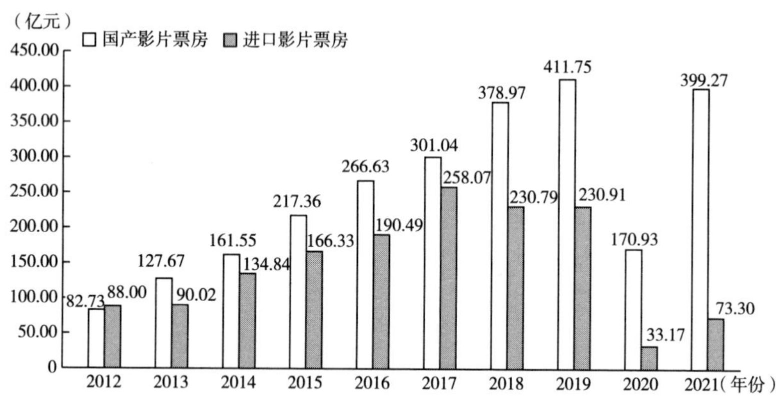

图 6-3　2012~2021 年国产影片和进口影片票房

资料来源：根据 2012~2021 年《中国电影产业发展分析报告》整理。

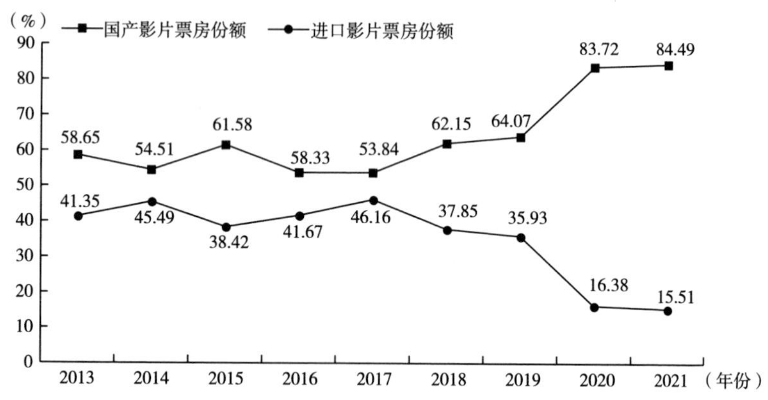

图 6-4　2013~2021 国产影片和进口影片票房份额

资料来源：根据 2012~2021 年《中国电影产业发展分析报告》整理。

上学历，四五线城市这个比例要低一些，但也相差无几，[①] 显然，

① 于欣、边静、叶子：《中国影院观众的十年变化与影院经营服务》，《当代电影》2015 年第 12 期，第 22 页。

高学历群体对文化休闲娱乐更看重一些。这一特点也是电影生产要注意的。

二　农村市场的起步、发展与萎缩

中国电影受众市场的分化经历了一段曲折的历史。由于民国时期电影票价较高（尤其是高档影院，如上海的大光明院，最高票价银圆四块，约合大米两斗半），[①] 只有经济上较为富裕的市民阶层才负担得起，农民大众很少有机会走进电影院的大门。20 世纪 40 年代，为了宣传抗战，国民政府军事委员会政治部第三厅提倡发展“农村片”，“今天抗战电影的最大多数的观众，是农村的小城市市民与农民士兵，我须制作以农村观众为对象的‘农村影片’”。[②]

这一时期，农村电影面向小城镇居民、农民和士兵，电影的内容从市民生活题材转向抗战题材，政治立场鲜明，情节相对简单，艺术表现手法朴素、简单，浅显通俗。“农村电影”倡导者曾指出，“中国的农民大众，他们的文化水准是一般地低下的，对于电影这种新兴艺术的欣赏能力是不够的。急速移动的画面与他们的视觉维持相当的距离，骤然的‘特写’在他们看来成为不可信的夸张。总之，一切电影上‘技巧’之在他们，大多是生疏而不习惯”[③]。

成立之初的中华人民共和国是一个贫穷落后的农业国，全国拥有 4.5 亿人口，只有 600 座电影院，而且只集中在上海、武汉、

① 胡菊彬：《新中国电影意识形态史》，中国广播电视出版社，1995，第 75 页。

② 王平陵：《战时教育电影的编制与放映》，《时代精神》1941 年第 4 卷第 3 期，第 76 页。

③ 杨邨人：《农村影片的制作问题》，《中国电影（重庆）》1941 年第 1 卷第 1 期，第 21 页。

北京等几个大城市。出于对电影宣传和教化功能的重视，国营化的电影产业把很大的精力投入到电影市场规模的扩大上。大规模修建城市影院和俱乐部等放映场所，长期执行超低电影票价，尤其针对农村采取优惠政策。1965 年，文化部、财政部联合发出《关于降低在农村放映电影收费标准的通知》，通知建议以省为单位统一平衡农村放映盈亏，原则上不要赚钱，也不要赔钱，目的是使“广大农民、特别是贫下中农看得起电影，充分发挥电影作为阶级斗争、生产斗争、科学实验三个革命运动服务的宣传教育作用”①。在此情况下，放映电影的成本无法靠放映本身收回，农民的经济状况不足以支撑日常性的观影支出，② 国家主要从政治宣传、政策动员的角度出发，亏钱补贴维持农村电影市场。

考虑到中国农村地域辽阔，人口众多，经济水平又不高，采用影院放映的形式不现实，电影放映采用“流动放映队”的形式。新中国建立的放映网中，只有县级以上城市才有电影院，为无数乡村和工矿送去电影的，是数量惊人的放映队③。依靠灵活措施，仅仅在最初的十年里，放映机构从数百个增加到十万个以上，观众从每年一亿多人次增加到五十多亿人次，其中，农村观众占大多数，城市观众则在全国观众总人数中只占 1/3 左右。

“文革”中，电影作为政治宣传工具，虽然创作萎缩凋敝，

① 1965 年财政部和文化部发出《关于降低在农村放映电影的收费标准的联合通知》，《广播电影电视行政规章及规范性文件清理结果》。

② 柳迪善：《20 世纪 50~80 年代农民的观影权利》，《电影艺术》2020 年第 3 期，第 144 页。

③ 放映队巡回放映模式在 20 世纪 30 年代就已出现，当时主要用来在各学校放映教育电影，可见《本校放映教育电影》，《浙江省立杭州高级中学校刊》1935 年第 110 期；《本校教育电影放映信息》，《国立同济大学旬刊》1935 年第 46 期；王平陵：《战时教育电影的编制与放映》，《时代精神》1941 年第 4 卷第 3 期等记载。

放映却是繁盛的。“文革”后农村放映队数量一直在增加。“文革”结束后，这种趋势仍在延续，1979 年为 9.9 万个，1981 年为 10.8 万个，1983 年为 13 万个。1979 年电影观众数量达到人均每年观影 30 次，观众总体达到 293 亿人次的高峰，其中农村占 69%。在此后的几年中，虽然电影观众人次一直下降，但农村电影观众在其中所占的比例却在上升。1983 年 271 亿人次的电影观众中，农村占 72%。①

农村放映的繁荣对电影创作生产起到很大影响，农村人的文化心理、审美趣味都是电影创作者不能不认真考虑的。农民的文化知识水平数十年来虽然有了很大提高，但普遍仍较低。② 为了适应农村文化状况，受文艺为工农兵服务观念的影响，80 年代国产电影多承袭抗战时农村电影在拍摄手法上的简单朴素和内容的通俗，以农村生活为题材的影片也较多。

农村电影放映的高潮出现在 1982~1985 年，这一时期活跃着国办电影队、国办乡镇影院、国家集体共办的集镇影院、社办电影队、集体乡镇影院、私人电影队、私人影院等。在此后的几年中，虽然电影观众人次一直下降，但农村电影观众在其中所占的比例却在上升。1983 年 271 亿人次的电影观众中，农村占 72%。到 1984 年，全国已有 95% 的乡村普及电影，平均每人每年能看到二十几次电影。据 1984 年对四川的调查，“在农村有 18.9% 的青年每年要看五十场以上的电影，特别在 20~24 岁的初小文化程

---

① 吕昶：《我国电影观众构成浅析》，载中国电影家协会主编《中国电影年鉴 1990》中国电影出版社，1992，第 348 页。

② 直到 1990 年，全国人口普查数据表明，全国文盲和半文盲的 1.9 亿人中，农业劳动者占全国文盲的 94%，文盲率高达 25%以上，比非农村劳动者的文盲率 4%高出 5 倍。

度的青年更有40%的‘电影迷’。如果在城市每年看五十场电影并不算什么，而在住居分散的农村（还有一半山区）要看一场电影就得走几里甚至几十里地，一年要看上50场电影，就很不简单了。”[①] 四川省的情况比较有代表性，电影观众从基本由城市中等收入人群变成了从都市到农村全民参与。

1985年是一个转折的年度，这一年，全国观众数量全面大幅度下降，“1984~1985仅仅一年，电影观众就减少352亿人次”[②]。之后，中国电影观影人次雪崩式锐减。随着城乡经济改革的深入，市场经济因素渗透到社会各个角落的背景下，在农村，收费难等问题困扰着放映队的经营，曾经活跃于广袤乡村田野的电影放映队，因为无法维持经营活动而迅速减少，资料显示，这一时期，“全国15万个农村放映单位中，有4万个停止了活动，映出场次减少了500万场，观众减少了40亿人次”[③]。虽然电视在农村还没有普及，农村的娱乐比较单调，有较大的电影消费需求，但放映队的大面积消失，使这些占中国人口主要结构的人群无电影可看，8亿多人口和电影的亲密关系开始疏远，农村人渐渐与标准的公共观影行为挥别。

为了解决这一问题。1986年5月，中共中央宣传部、广电部、文化部联合下发《关于解决当前农村看电影难问题的意见》。1987年12月，中影公司在福建省三明市召开全国农村电影市场经济交流会，会议确立目标，从放映机、售票点、影院等硬件上

---

① 文献良：《变革中的农村青年思想浅析》，《社会》1984年第2期，第24页。

② 于丽：《中国电影专业史研究：电影制片、发行、放映卷》，中国电影出版社，2006，第125页。

③ 顾明主编《中国改革开放辉煌成就十四年·广播电影电视卷》，中国经济出版社，1993，第620页。

扶持农村电影市场。但这些政策扶助仍然挡不住农村观影人次迅速下滑，农村电影市场不断萎缩。与此同时，农村观众与城市观众的分化愈加明显，一批思想性、艺术性不俗的影片，如《芙蓉镇》，在城市很受欢迎，城市影院上座率在1986年的国产片中居于前列，出现了连场客满、排长队购票乃至要求加场的盛况，在农村该片却遭冷落，即使以农村为题材的《野山》《湘女潇潇》等，在农村反映都很不好，许多农民表示"不好看""看不懂"，最受农民喜爱的影片全部是国产娱乐片，如《东陵大盗》《神鞭》《侠女十三妹》等。因此，80年代中后期文学作品在电影改编中的娱乐化倾向也与电影厂试图遏制农村市场的萎缩态势密切相关。

与此同时，农村电影放映设备落后，很多新片无法正常放映，也成为突出问题，"8.75毫米的放映机在农村还很多，宽银幕影片又不能复制成普通银幕的拷贝。因此，农村观众看不上好电影，什么《高山下的花环》《黄山来的姑娘》《人生》等都看不到。我们呼吁：有关部门为八亿农民着想"。[①]放映设备的落后是因为经济亏损太大，无力更新和维护，1988年，中国电影发行放映公司总经理胡健表示，就我国现行电影票价，发行一部影片若要不亏损，至少需要3000万人次的城市电影观众。[②]基本上，农村电影市场靠城市市场利润补贴。

三 农民观众消失探源

农民观众的消失，大致有三个原因。

① 姜信：《我们看不上好电影》，《大众电影》1985年第5期，第25页。

② 胡健：《从电影市场信息看1987年的电影》，转引自柳迪善《20世纪50~80年代农民的观影权利》，《电影艺术》2020年第3期，第147页。

第一，20世纪90年代开始，农村人口构成的变化影响到电影市场。

1978年的联产承包责任制使农村出现大量富余劳动力，80年代国家鼓励农民“离土不离乡”，大力发展小城镇，90年代则允许农民“离土又离乡”进入城市务工。作为观众主要来源的青壮年走出农村，剩下的多是老人小孩，他们对电影票房的贡献十分有限。进入城市的农民也很少有进影院的，他们对电影有消费的兴趣，但却没有消费的能力。

1997年四川省人民政府办公厅在《关于加强农村电影发行放映工作的通知》中指出，“近几年来，农村电影放映收费难，放映队伍不稳定，设施设备陈旧，财力投入不足，导致我省农村电影出现了大面积滑坡。1996年与1991年相比，农村电影放映员减少84%，流通的拷贝下降了72.5%。县级电影公司普遍冗员多、债务重、亏损面大、自我生存困难”①。短短五年间，农村电影市场就有如此巨大的萎缩，着实惊人。四川省的情况显然跟四川农民大量出省务工有关，农村人口资源大省如此，全国的情况也可想而知。

第二，高昂的票价阻止了农村观众走进电影院。

新中国成立之后，电影生产由政府补贴，票价统一定价，票价甚至低至几分钱。在这个时期，电影迅速成为普及大众的娱乐艺术品。80年代改革开放浪潮下，物价上涨导致电影厂摄制和放映成本迅速上升，但票价却没有随之上涨，所以电影厂的利润持续走低，大量电影厂濒临倒闭，只能靠小部分浮动票价维持。80

---

① 四川省人民政府办公厅《关于加强农村电影发行放映工作的通知》，1997年10月28日川办发〔1997〕134号。

年代末期，电影票价的制定权逐步由政府管控转变为市场调控。为了能在市场经济时代生存下去，发行方可以根据市场情况来灵活定价。越来越多的影片采用浮动定价。

1993 年开始的电影经济体制改革基本放开电影票价，票价一路快速上涨，据研究者统计，1993 年《英雄本色》6 元、《霸王别姬》8 元、《唐伯虎点秋香》8~10 元，1995 年《真实的谎言》20~30 元，最高票价是 50 元，1998 年《泰坦尼克》的最高票价是 80 元，2002 年《英雄》首映票价 100 元。[①] 电影越来越成为一种高价消费，影院上座率越来越低。

2000 年，时任成都峨眉电影公司总经理赵国庆在成都各影院实行 5 元票价，立竿见影迅速拉高了票房，却被中影公司负责人斥为“违规”，在电影市场引起争论。2004 年四川成都峨眉院线再次掀起降价风潮，推出“10 元票”，但同样以失败告终。在 2005 年 6 月 21 日闭幕的上海国际电影节上，中国电影发行放映协会、中国城市影院发展协会、中国电影制片人协会联合发出倡议，呼吁全国电影院在每周二将电影票降为半价，这在一定程度上提高了电影院的上座率，但仍然治标不治本。

在几个世界主要国家中，中国当时的票价收入指数是最高的，《2013 年中国电影行业分析报告》显示，2012 年中国电影平均票价为 36.3 元。国家统计局提供的数据显示，2012 年全国城镇居民家庭人均可支配收入 26959 元（月平均 2246.58 元），全年农村居民人均纯收入 7917 元（月平均 659.75 元），外出农民工人均月收入水平 2290 元。也就是说，一张电影票相当于城镇

① 冯锦芳：《缺席与在场的辩证图景——新时期中国电影观众问题研究》，中国传媒大学出版社，2006，第 163~164 页。

居民可支配月收入的 1.6%，农村居民的 5.5%，进城务工农民的 1.59%，与其他国家数据相比明显偏高，在发达国家中，票价收入指数最低的美国为 0.16%，平均票价最高的日本票价收入指数却也仅有 0.33%，同样是发展中国家，印度票价收入指数也只有 0.58%，从这组数字对比中可见中国电影票价之高。

2014~2018 年制片和发行公司实行一种票补措施，即为使观众以发行放映合同约定的电影票底价买到电影票，补贴方向被补贴方支付的约定价格与实际支付价格之间的差额。其中补贴方最早是线上第三方平台，后来因市场争夺需要和资本力量介入，角色逐步转移到了电影制片方，而被补贴方始终都是观众。在高票价的局面下，线上售票平台猫眼率先实行了票补机制，利用 9.9 元的预售价刺激用户的观影热情，成功让《心花路放》突破 10 亿元大关。紧接着，微票儿、格瓦拉、淘票票等一众售票平台也竞相推出 5 元、8 元的超低价，甚至有 1 元看电影的促销，一时让不少观众尝到了甜头。

《2013~2017 年中国电影产业发展分析报告》数据显示，实行票补之后，三线城市票房增长较明显，一二线城市反应不大，可见票价的下降对价格敏感群体确实有促进观影的作用，但是票补带来的低票价短时间内是一种促销行为，干扰了票房对市场的正常反应。华谊兄弟执行总裁王中磊曾直言："在恶性的竞争环境下，如果你不掏，就只能眼看着掏了钱的片方抢走你的市场份额。如果你不补，影院就不给你排场。"① 无力在"票补"环节中投入经费的小成本影片或是商业元素较弱的艺术片，失去合理

① 中国电影票价的历史变迁_电影_生活方式_凤凰艺术，http://art.ifeng.com/2018/1024/3450648.shtml，最后访问日期：2021 年 11 月 15 日。

的票房空间，基于各种弊端，加上双限令的出台，2018 年票补被电影生产方主动叫停。[①] 而且，即使在票补时期，农村市场也并没有因此扩大。

第三，除了票价高，农村市场缩小，农民观众的消失还来自电影本身对农村的冷落，其客观原因是农村、农民、农业叙事越来越无法吸引观众的兴趣，这与农村和城市因经济落差所造成的生活方式、审美趣味隔膜相关。

在 20 世纪 80 年代的短时期快速发展以后，农村经济的增长速度明显落后于城市，“随着市场经济的发展，受城乡二元经济结构和二元社会结构的制约，农民收入增长缓慢和负担沉重的矛盾日益突出。……国家绝大多数大型电力、交通、通讯以及信息等基础设施无不紧紧围绕城市中心而展开，城乡之间的差距又进一步扩大，特别是城市在基础设施齐全、资金密集、信息畅通、市场活跃等方面的优势已经将农村远远抛在后面”[②]。由于经济增速缓慢，农村与城市生活方式的区别越来越大，城乡差别、工农差别没有如人们所愿缩小，反而拉大了。

对此，仲呈祥在分析中国电视剧题材流变的时候，曾经谈到 20 世纪 90 年代起由于经济的弱势地位，农村题材被城市观众忽视的现象，“广大农村和农民，随着其经济收入和政治地位的逐年下降，逐渐失去了在艺术作品中的优势地位；虽然农村问题多多，矛盾多多，但农村和农民已经被排除在艺术创作的视野之

① 陈弢：《近年来中国电影产业发展中的“票补”现象研究》，《电影艺术》2019 年第 3 期，第 154 页。

② 张新华、岳林：《新中国成立以来中国共产党城乡政策的历史演变》，《历史教学问题》2007 年第 3 期，第 86 页。

外，被抛入到一个难堪的境地”[1]。电影中这种趋势表现得比电视剧更加明显。

农业、农村、农民在以城市居民为主的观众视野中淡化，导致农村题材电影难以受到观众关注和喜爱，“哪怕是艺术质量上乘、人文内涵深刻也难以获得主流市场及主流电影观众的认同，同样也不可避免地走向了边缘化”[2]，农村落后的生产方式造成的与城市截然不同的生活状态，对以青年为主的城市观众丧失了吸引力。虽然农村题材影片从绝对数量来说似乎不见得太少，但是因为多为艺术风格偏于保守的主旋律影片，题材新意不足，艺术水准不高，缺乏商业卖点，很少能进入主流院线放映。

值得欣慰的是，在国家推动乡村发展战略以及扶贫攻坚的大背景下，随着农民收入的提高，城镇居民可支配收入的增加，电影作为文化消费的一种形式取得广阔的发展空间，农村电影市场正在逐渐扩大。《电影产业促进法》第二十七条指出，“国家要加大对农村电影的扶持力度，由政府出资建立完善农村电影公益放映服务网络，积极引导社会资金投资农村电影放映，不断改善农村地区观看电影条件，统筹保障农村地区群众观看电影需求”。

近些年来实施农村电影“2131 工程”（在 21 世纪初实现全国 64 万个行政村一村一个月要放一场电影），初步建立农村电影公共文化服务体系。继 2017 年首次突破 1000 万场后，2018 年农

① 仲呈祥主编《中国电视剧艺术发展史》，中国电影出版社，2014，第 108 页。

② 饶曙光：《关于农村电影题材的若干思考》，厉震林、胡雪桦主编《电影研究》，中国电影出版社，2014，第 4 页。

村电影市场订购再次突破千万场大关，总场次达 1027.06 万场。[①] 2021 年是“农村电影公益放映规范年”，农村电影公益放映继续“提质增效”，全年共新增 34 部“亿元票房大片”进入订购平台，累计可订购影片超 5000 部。全年共订购 961.5 万场，共放映 800 余万场。电影数字节目管理中心开展了农村电影公益放映满意度调查活动，2021 年总体满意度达 98.5%。截至 2021 年底，通过中心交易服务平台为农村农民提供影片的版权方增至 306 家，供应影片数量超过 5000 部，平均每周供应新片 10 部，城市影院票房过亿大片 34 部。[②]

中宣部电影数字节目管理中心建立起的电影数字节目库，每年都有修复并转换成数字影片的老影片和近年来制作的新影片，源源不断地存储入库，目前已有近万部影片存量。中心数字电影流动放映服务平台覆盖全国，平台为全国农村 5 万多块银幕、5 万多个放映队、300 多个发行方提供服务，把供应和需求连在了一起。一些影片在城市电影市场受冷遇，甚至无法上院线，但在农村很受欢迎，如 2021 年未在城市电影市场上映，直接在农村电影市场首映的影片有 183 部。

然而，农村观众进入电影市场的可能性仍没有充分挖掘出来，一方面，适合农村放映的高质量影片也并不算多，当代农村题材电影中长期不出佳作让目标观众和潜在市场流失；另一方

① 《农村电影从送下乡到成市场之变》，人民网，http://media.people.com.cn/n1/2019/0513/c40606-31081974.html，最后访问日期：2021 年 11 月 15 日。

② 2021 年农村电影公益放映：着力打造城乡基层公益电影思想文化阵地——中国文明网，http://images1.wenming.cn/web_wenming/zg/yyhc/202201/t20220126_6288149.shtml，最后访问日期：2022 年 7 月 8 日。

面，农村放映渠道不畅、中小型影院稀缺、营销传播策略落后，限制了农村电影市场的发展。

综上所述，受众不同，对文化艺术的吸收消化能力不同，审美品位不一，爱好趣味有别。像电影这样以高额票房为目标的文化商品，必然希望能最大可能受到最多受众的欢迎，这就要求在创作环节就有的放矢，以迎合观众为宗旨。对文化产品的消费，布尔迪厄在《区隔》中认为，与“习性”有关，即一定社会阶级的人们生活方式、环境等不同，在日常生活中思想、行为带有特定倾向，习性的产生过程也就是阶级形成的过程。从中国当代电影的生产和消费来看，20 世纪 90 年代至今，电影市场受众变化，是中国社会经济格局的变化在文化消费领域的投影。

在当前的电影内容和题材中，取材自农村生活的院线电影极少，偶有一些农村题材电影，也往往是以城市的眼光去观照、审视农村，如《Hello！树先生》和《村戏》的价值立场实际是城市知识分子的，《心迷宫》以农村作为犯罪背景，很难说这是农民本真生活的图景，2019 年《平原上的夏洛克》算是对新农村日常生活原生态的开创性表现，令人眼前一亮。

最近几年随着乡村建设的发展，出现了一批以乡村脱贫攻坚、乡村振兴为题材的电影，如《十八洞村》《春来怒江》《毛驴上树》《山歌》等，相对而言，其中质量较高、较为引人注目、已经形成品牌的是北京广电局与爱奇艺、优酷联合制作的“我来自北京”系列网络乡村电影，讲述了首都青年干部前往祖国各地帮助村民脱贫致富、打造新农村的故事，如《我来自北京之铁锅炖大鹅》《我来自北京之玛尼堆的秋天》等，在农村发展的过程中，在全社会对乡村振兴的关注之下，是否还会出现乡村电影的复兴，且拭目以待。

第四节　新旧结合、中西互融的文化心态

政治的束缚与引导、对经济利润的追求等因素影响电影生产，城乡分化的受众结构与电影的题材选择、风格设定有直接关联，除此之外，社会文化心理积淀也是制约电影主题表达、内容书写的一个主要因素。

法兰克福学派对大众文化的批判往往把受众看成一个均质群体，认为他们仅仅是被动接受媒介信息。20 世纪四五十年代开始，传播学研究者意识到在信息传播过程中存在许多变数，70 年代卡茨对受众需求的研究、德福勒的“个体差异理论”都指出受众心理需求和接受行为对信息意义的解读有重要影响，影片的思想、艺术取向，与观众接受心态密切相关，观众的爱好直接通过票房反馈给电影制作者，从而影响其他影片的制作。

新时期以来的社会发生着日新月异的变化，人们的价值观念、审美趣味、情感倾向也在新与旧、破与立的进程中逐渐改变，但在变化之外，仍有一些长期形成的文化集体无意识保持一定程度的稳定，持续影响着人们的思想。

中国观众复杂的文化心理状态有三个来源：一是长期沉淀下来的传统文化传承，二是多年教育熏陶形成的红色文化习得，三是改革开放后引进的西方现代主义文化。

一　传统文化的传承濡染

中国是一个历史悠久的国家，拥有属于自己的传承有序的文

化基因，这种文化基因深深镌刻于中华儿女的血脉之中，数千载以来，一代接一代薪火相传，早已内化为中国人的精神自觉，这是我们研究电影受众时必须注意的独属于中国观众的重要文化特质。

习近平总书记指出，“中华文化既坚守本根又不断与时俱进，使中华民族保持了坚定的民族自信和强大的修复能力，培育了共同的情感和价值、共同的理想和精神”①。中国传统文化是家国情怀、和谐社会思想、道义品格的源泉，君民关系的上下齐心、对国家的忠诚、为国付出的勇毅、兼济天下的同胞大爱、重义轻利、舍生取义的道德追求等都能从古代文化中找到来源和阐释。

远在先秦时期，孔子《论语》就提出君王爱惜人民，“道千乘之国，敬事而信，节用而爱人，使民以时”。墨子提倡兼爱，孟子对国与家的关系做出辩证思考，“天下之本在国，国之本在家”。诗经中有《黍离》，从眼前的麦苗，联想到国家的兴亡，“知我者，谓我心忧，不知我者，谓我何求。悠悠苍天，此何人哉?”《无衣》中面对强敌，团结互助、共御外侮的高昂士气和乐观精神，“岂曰无衣？与子同袍”。《左传》夸奖“临患不忘国，忠也”，自沉汨罗江的屈原大夫更写下了赤心为国、忧国忧民的名句，“长太息以掩涕兮，哀民生之多艰”。

先秦大贤提出的爱国爱民是中华家国文化的滥觞，再往后，代代相传，延绵不绝，如汉代《礼记》提出家与国同构，“修身、齐家、治国、平天下”，要爱国舍利“苟利国家，不求富贵”，司马迁“常思奋不顾身，而殉国家之急”和霍去病“匈奴未灭，何以

① 中共中央宣传部编《习近平总书记在文艺工作座谈会上的重要讲话学习读本》，学习出版社，2015，第2页。

家为”的公而忘私；魏晋《三国志》有云“忧国忘家，捐躯济难”，曹植“捐躯赴国难，视死忽如归”的男儿壮志；唐代诗人戴叔伦“愿得此身长报国，何须生入玉门关”的满腔赤诚，李白“中夜四五叹，常为大国忧”的为国效力之心，王昌龄“但使龙城飞将在，不教胡马度阴山”和李贺“男儿何不带吴钩，收取关山五十州”的豪情，杜牧“商女不知亡国恨，隔江犹唱后庭花”对民众有责于国家兴亡的理解，杜甫的“出师未捷身先死，长使英雄泪满襟”对卫国英雄的怀念、“安得广厦千万间，大庇天下寒士俱欢颜”的兼济天下，“感时花溅泪，恨别鸟惊心”的与国休戚与共。

在内忧外患的宋代，爱国诗词数不胜数，范仲淹“先天下之忧而忧，后天下之乐而乐”和李纲“但得众生皆得饱，不辞羸病卧残阳”洋溢着社会使命感、责任感；文天祥“臣心一片磁针石，不指南方不肯休”满是复国志气；眼看江山倾颓，李清照悲愤“生当作人杰，死亦为鬼雄”，范成大哽咽“忍泪失声问使者，几时真有六军来”；陆游一生写下无数爱国诗句，如“僵卧孤村不自哀，尚思为国戍轮台”，“位卑未敢忘忧国，事定犹须待阖棺”，“一身报国有万死，双鬓向人无再青”，临死犹牵挂国事“王师北定中原日，家祭无忘告乃翁”；辛弃疾“把吴钩看了，栏杆拍遍，无人会，登临意”尽是忧国之思；民族英雄岳飞《满江红》“壮志饥餐胡虏肉，笑谈渴饮匈奴血。待从头、收拾旧山河，朝天阙”充溢着精忠报国的雄心。

明朝于谦写下“一片丹心图报国，两行清泪为思亲”，戚继光坦言“封侯非我意，但愿海波平”，并制定国策、上阵杀敌，身体力行爱国热忱；杨继盛主张抗击北方鞑靼的入侵，反对妥协误国，弹劾奸臣，直言进谏，被害，刑前尚道“生平未报国，留作忠魂补”；顾炎武面对国家覆亡，提出“保天下者，匹夫之贱与有责焉耳矣”；明亡之后，犹有少年英雄夏完淳带着“缟素酬家国，戈船决死生！”的志愿坚持战斗，临死不屈“已知泉路近，欲别故乡难。毅魄归来日，灵旗空际看”。

面对清朝国势日颓，黄遵宪思考“杜鹃再拜忧天泪，精卫无穷填海心”，民族英雄林则徐践行“苟利国家生死以，岂因祸福避趋之”；清末革命者以恢复中华为己任，烈士徐锡麟写下“只解沙场为国死，何须马革裹尸还。”孙中山面对革命同袍的牺牲，写出《挽刘道一》“塞上秋风悲战马，神州落日泣哀鸿。几时痛饮黄龙酒，横揽江流一奠公”，情真意挚，境界远大。

从先秦到清末，数千年来种种爱国诗文和爱国者的义行，勉励着中国人先国后家，国重于家，牺牲小利成就大义，更激励了无数仁人志士在国族危亡之际挺身而出、前赴后继，为国家为民族英勇捐躯。

对和美人情、和谐社会，先贤古圣孜孜以求，视之为社会稳定繁荣的基石。从古至今，孔子说，“弟子入则孝，出则弟，谨而信，泛爱众，而亲仁，行有余力，则以学文”。《左传》中言，“亲仁善邻，国之宝也”。《礼记》“讲信修睦，扶危济困，故人不独亲其亲，不独子其子，使老有所终，壮有所用，幼有所长，鳏寡孤独、废疾者皆有所养。”孟子指出，“老吾老以及人之老，幼吾幼以及人之幼”。唐代于鹄质朴清新的诗句“蒸梨常共灶，浇薤亦同渠。传屐朝寻药，分灯夜读书”表现了邻里宛如一家的亲善关系。宋代陈刚中将唐代王勃的“海内存知己，天涯若比邻”翻出新意，变为“若知四海皆兄弟，何处相逢非故人”，表现出乐观友善的感受。著名的诗文故事如杜甫担心打枣妇人被逐，特意为之作诗“不为困穷宁有此？只缘恐惧转须亲”，表达出对贫苦人浓厚的爱悯仁厚。清代康熙年间文华殿大学士兼礼部尚书张英的老家人与邻居在宅基的问题上发生争执，张英写下“千里家书只为墙，让他三尺又何妨”，体现出君子的宽厚谦让。

对坚守信念、追求道义完满，儒家热情赞美舍弃物质利益乃至生命去寻求真理、正义，“富与贵，是人之所欲也；不以其道得之，不处也。贫与贱，是人之所恶也；不以其道得之，不去也”。“饭疏食饮水，曲肱而枕之，乐亦在其中矣。不义而富且贵，于我如浮云。”“人而无信，不知其可也。”“生，亦我所欲也，义，亦我所欲也。二者不可得兼，舍生而取义者也。”屈原表达了及死不悔的向义之心，“路漫漫其修远兮，吾将上下而求索”“亦余心之所善兮，虽九死其犹未悔”。文天祥的“人生自古谁无死，留取丹青照汗青”慨然洒落。于谦“粉骨碎身浑不怕，要留清白在人间”一往无前。

这些或优美、或豪迈，或激扬，或沉郁的诗文，为大众耳熟能详，不仅在汉语言文字的学习中，而且在思想品德的学习模仿中发挥了重要作用，奠定了中国人的价值观、人生观和情感态度基础。

二　红色文化的教育习得

在传统文化形成的集体无意识之外，家国情怀、理想信念还来自社会主义革命和建设实践对民众的启发教育。

红色文化包括中国共产党领导下的中国革命过程中形成的革命理论、革命经验和革命精神凝结而成的革命传统及其载体。[①]

① 王中强：《社会主义核心价值体系建设视域中的红色文化传承与创新》，《山东社会科学》2010 年第 10 期，第 134 页。

红色文化包括马克思主义信仰、集体主义和爱国主义的情怀，实事求是的态度，勤俭朴素、艰苦奋斗的优良作风，积极奋进的精神面貌，与为实现国家富强、社会进步、人民安居乐业的共产主义远大理想而奋斗的信念。

红色文化是在血与火的革命斗争中萌芽，在筚路蓝缕、披荆斩棘的新中国建设中发扬光大的，蕴含着丰富的革命精神和厚重的历史文化内涵，是具有中国特色的宝贵精神财富，为我们的社会主义建设事业提供了精神动力。

1949 年以后，从小学到大学，配套的思想品德课、政治课、时事政策课，课外的先进模范、战斗英雄宣讲、英模报告会、组织观看主旋律电影、祭扫烈士陵园等使青少年从小就以各种方式接受红色文化教育，在成长过程中，逐渐将红色文化内化为个人文化积淀的一部分。除此以外，红色经典影视文学作品的阅读和观看、革命老区旅游、红色歌谣、革命与抗战题材影视等，也无时无刻不在对民众进行红色文化的熏陶。

红色文化教育可以发扬革命优良传统，推广社会主义核心价值观，坚定理想信念，弘扬民族精神和时代精神，促进社会和谐、民族团结，推进社会主义现代化建设，进而实现中华民族伟大复兴的中国梦，具有十分重要的意义。

新时期以来，虽然经过一场被视为“毒瘤”的灾变，中国民众的社会责任感仍然很强烈，理想主义仍然受到赞许和鼓励，正如《剑桥中华人民共和国史》的描述，“尽管在这些年里许多城市居民都经历了严峻的磨难和无保障，但对政府强有力的支持基础依然存在……仍有千百万城市居民（特别是干部和体力劳动者）感到，尽管出现了困难，由于革命，他们的生活还是比从前更好更有保障了，他们依然希望这个曾给他们带来这些改善的政治制度能够解决中国的新问题，最后，还存在着一个支持当局的巨大源泉，它未像其他源泉那样遭受破坏，这就是对国家强大和独立自主的自豪感”①。

费正清等人的观察很准确，从十一届三中全会以来，中国社会处于革故鼎新的激情和快速发展的自信中，虽有波折和低谷，但总体上呈现出欣欣向荣的气象，经济越来越发达，生活水平越来越高，社会越来越稳定，这鼓舞人民保持坚定的社会主义信仰和乐观奋进的建设热情。

近年来的红色文化教育，方式更加多样，以大众价值观念的提升为文化创作导向，通过人民群众喜闻乐见的方式，如中央电视台《感动中国》《大国工匠》《国家重器》等对道德楷模、劳动模范的评选和报道，东方卫视《闪亮的名字》英雄模范系列报道，上海卫视《这就是中国》时事宣讲节目等，以具有较强的思想性、艺术性、趣味性和知识性的主旋律电视节目，宣传党的相关理论和方针政策，使广大人民群众在潜移默化中接受红色文化的教育活动，通过榜样教育和示范引导感召人们、带动人们，在全社会形成积极进取的精神风貌。

2020~2022 年电影《八佰》《金刚川》《长津湖》《长津湖之水门桥》，电视剧《跨过鸭绿江》热映，引起了全社会对革命英烈的怀念，各地纷纷举行抗美援朝纪念活动。2021 年电视剧《山海情》豆瓣评分从 9.1 涨到 9.4，这部根据真实事件创作的扶贫剧以影像的方式向城市观众直观展示了中国农村达成的脱贫攻坚

---

① 〔英〕罗德里克·麦克法夸尔、费正清主编《剑桥中华人民共和国史（下）（1966~1982）》，金光耀等译上海人民出版社，1992，第 840 页。

成就，具有诚挚动人的感染力。2021 年《觉醒年代》展现了从新文化运动到中国共产党建立期间李大钊、陈独秀等人救国救民的奋斗，剧集热映，收视率多个周期夺冠，尤其吸引众多青年观众，观众对剧中人的热爱延伸到现实，在清明节和建党 100 周年纪念日，在龙华烈士陵园陈乔年、陈延年两位青年烈士的墓前都堆满了群众自发送来的鲜花。

进入消费社会、大众文化时代，并不意味着爱国主义、英雄主义、理想信念就过时了，相反，随着工业文明、都市文化中固有的人与人情感疏离、价值观混乱、为物所役等现代性精神症候的泛滥，人们反而对理想主义的革命者、纯真的革命信念、质朴的旧日人情社会充满了怀念和向往。

从现实的角度出发，“许多民众对红色主题仍然一往情深，对革命历史和英雄叙事有割舍不断的精神认同。这其实是中国民众深层的集体无意识的反映。改革开放四十多年来，中国社会始终处在剧烈的变革和不断的探索之中，从政治格局、经济体系到社会阶层、人际关系等各个方面都在不断变动和调整，身处社会转型期的人们既兴奋又惶惑的心理容易产生无所归依之感。对红色经典、革命叙事的不同程度的留恋，实际上是对共同的价值观和政治信仰的某种向往，是对权威话语解释现实的某种深层渴望”①。

随着国家更加强盛，人民对中国道路、理论、制度、文化空前自信，对中华民族复兴使命具有自觉担当，对建设中国特色社会主义现代化强国具有高昂的决心，充满奋发精神。大众的心理状态促使影视生产者摆脱纯娱乐性的自我限定，从中国的现实出

---

① 周雪珍、王瑛：《论新世纪以来的新主流电影——以〈集结号〉为例》，《当代文坛》2016 年第 1 期，第 89 页。

发，针对观众的需求进行影视创作。

三　现代主义的西风东渐

在传统文化和红色文化之外，构成民众文化心理主要内容的，还有西方传来的现代主义和后现代主义文化。在本书第三章第三节中已经探讨了现代主义具体传入中国的时间和在影像中的表现，此处再作一概述。

现代主义的产生是西方现代工业文明兴起的结果，其物质根基可以追溯到西方 16 世纪初开始建立的市场经济，对现代主义、现代性，各学者有不同见解。① 本文探讨的与文学影视相关现代主义方面是现代性在人文艺术领域的表现，直接根源是 19 世纪下半叶的审美现代主义运动，例如绘画领域里的野兽主义、文学中的意识流小说、音乐中的无标题音乐等，现代主义艺术强烈地反抗现实物质世界、大机器工业社会对人的宰制的冲动，力图用审美感性对抗异化。

现代主义认为艺术是对社会异化压抑的反抗，追求主体自我探索的深度，不认为生活能够用纯粹理性感知和表现。本雅明在论波德莱尔时提出，现代社会带给人的过度震惊使体验成为一种

---

① 如哈贝马斯认为，18 世纪启蒙运动宣扬的自由、平等、博爱，是现代性思想的起点。法国大革命及其在欧美各国的回响进一步扩大了现代性思想的影响。英国社会学家霍尔从社会学层面看待现代性，指出，现代性包括四个层面：政治层面是世俗政体与拥有独立主权、领土完整的现代民族国家的确立；经济层面是市场经济的形成和私有制基础上的资本的逐渐积累；社会层面是劳动和性别分工体系的形成；文化层面是宗教的衰落、世俗物质文化的兴起。美国学者卡林内斯库曾经用比喻的方法表示，现代性思想文化有五副面孔，即现代主义、先锋派、颓废、媚俗艺术、后现代主义，卡林内斯库所指称的现代主义，一是指天主教内部的神学现代化运动，二是指文化运动现代主义，即文学艺术中张扬艺术个性和反潮流的倾向，与传统相对立的文化观念。

防御和保护。[①] 阿甘本将本雅明的观点加以发挥，认为，现代社会人们丧失了直接体验或经历从而获得经验的能力，转而把震惊作为诗意的来源。[②] 而电影，因其影像直观性和冲击力，使观者得以以一种保持安全距离的震惊去认识被影像投射过来的世界，这实际是以伪装在场的方式经历实际所不能的经历，以他人的矫饰性体验填补自己的经验空缺。“这种被消极的震惊体验所打破的空洞而同质的时间经验，被那种与内容和过去相脱节，因而跟真正的历史经验没有任何关系的个体经历的体验所补充。”[③]

后现代主义是现代主义的一个面相，它在中国从 20 世纪 80 年代初期的默默无闻到 80 年代后期开始兴起，与接受语境的变化紧密相关。按照学者的观点，后现代主义虽然是高度发达的资本主义国家的一种文化现象，但它也可能以变体的形式出现在一些经济发展不平衡的地区，在中国，随着改革开放的深化，经济高度发达、人际关系非常疏离、个人社会自由度极高的大型城市首先具备了产生后现代主义的物质基础。

后现代主义产生于对现代文化加以批判和解构的文化运动，它的主旨是怀疑现代主义的科学理性标准，反对二元结构和宏大叙事，包括解释学、接受美学、解构主义、西方马克思主义等各种理论分析的角度和层面，如哈桑的后现代主义是指区别于传统和现代主义的文化潮流和人生态度；詹姆逊的后现代是晚期资本

① 〔德〕瓦尔特·本雅明：《发达资本主义时代的抒情诗人》，张旭东、魏文生译，生活·读书·新知三联书店，2007。

② 〔意〕吉奥乔·阿甘本：《幼年与历史：论经验的毁灭》，载《幼年与历史》，尹星译，河南大学出版社，2011，第 35~36 页。

③ 〔英〕戴维·弗里斯比：《现代性的碎片》，卢晖临、周怡译，商务印书馆，2003，第 329 页。

主义的文化逻辑；利奥塔的后现代是发达资本主义社会中的直视状态对元叙事的怀疑态度；德里达的后现代指向解构主义语言学；拉康的后现代是对自我形成的重新解释，各种理论观念不一而足。总的来说，后现代主义反对本质主义、权威主义、启蒙主义、本体论神学和主体性，也即反形而上学，它提倡多元共生和非深度性。

因此，有研究者指出，“它意味着完全消除高级或精英文化和大半由广告和商业媒介所形成和支配的大众通俗文化的区分”①。在艺术与现实的关系上，现实主义注重文学艺术的净化、教化功能，追求典型的、真实的但又带有批判色彩的现实表现；现代主义将艺术视为对现实的反抗，注重对世界的主观主体性阐释；而后现代主义敌视人文主义，后现代主义把艺术降格为一般消费品，宣扬将现实化为无深度的平面模式加以展示。

随着经济的发展，现代主义和后现代主义文化对中国社会产生了明显影响，与中国传统文化、红色文化结合，形成了民众新旧结合、中西互融的独特文化心理。从电影接受对生产的反作用来说，只有准确号准社会文化脉搏、熟谙观众观影心理预期的电影，才能在中国电影市场上拔得头筹。

截至 2021 年，中国大陆票房排名前 15 名电影，14 部是国产片，其中有九部是新主流电影：《长津湖》《战狼 2》《流浪地球》《红海行动》《长津湖之水门桥》《我和我的祖国》《八佰》《我不是药神》《中国机长》，这些影片涉及历史题材、海外国人题材、科幻题材、现实生活题材，主题多为讴歌集体主义、爱国精神、

---

① 〔美〕佩雷斯・扎戈林：《后现代主义与历史主义的再思考》，载李宏图选编《表象的叙述——新社会文化史》，上海三联书店，2003，第 78 页。

理想主义、英雄情怀，从题材和内容上看，这些电影的主要价值判断和情感倾向是符合传统文化与红色文化的，从艺术风格上看，又是现代主义美学的。

这类电影满足了观众观影心理预期，将商业与主旋律相融合，在政治、经济、文化之间找到游刃有余的创作空间，拨动了观众的心弦，成功地在国内商业电影与国外进口大片激烈角逐的环境中脱颖而出。

总之，中国电影的内容生成受到了多重因素的影响，中国电影显然超越了艺术、商品和交流工具及其相互结合的观念层面，“有望扩展中国电影的本体认知、主体构建与载体融创，并在全球化与互联网语境里展开新的整合与融通”①。从电影行业的历史梳理中可以看出，电影受到政治的制约关系正在从紧张走向相对松弛，与经济的联系则从疏离走向十分紧密。这样的趋势对电影生产的影响当然是非常重要的，加上对受众群体身份结构状况的考虑和对社会文化心理的把握，在电影改编中形成了对中国社会多样化的表达方式和艺术手法。

---

① 李道新：《新中国电影 70 年：属性反思与本体追寻》，《艺术评论》2019 年第 6 期，第 25 页。

第七章　价值观念的变化与坚守

自古以来，“先天下之忧而忧，后天下之乐而乐”就被看作知识阶层的社会使命，传统的“文以载道”“文道统一”观念使中国文学艺术作品中表现出强烈的为人生、为社会、为国家的责任感。

电影也不例外，著名编剧、导演郑正秋在中国电影生产的初期阶段就指出：“论戏剧之最高者必须含有创造人生之能力，其次亦须含有改正社会之意义，其最小限度亦当含有批评社会之性质。”[①] 郑正秋这段话虽然已经过去近一个世纪，但对当代电影来说，仍然有较强的借鉴意义。

综合前面章节所论述的，中国电影是中国社会的写照，影片中注入了人们对现实社会的深沉思考，对生活的想象和期盼，“以现实主义创作为主调的镜像故事里既融汇了创作者的生命体验和情感表达，也蕴含着大众文化诉求及日常生活经验”[②]。因此，应该以严肃的态度去看待电影创作，尤其是现实题材影片。

---

① 郑正秋：《我所希望于观众者》，丁亚平主编《百年中国电影理论文选》（上），文化艺术出版社，2002，第13页。

② 饶曙光：《强国梦：作为时代前进号角的中国电影》，《现代视听》2018年第12期，第3页。

文艺工作者应该有信仰、有情怀、有担当，这是社会主义建设的要求，也是知识分子的道德责任。

当前一些影片的生产中存在完全以票房为目标和衡量标准的错误观念，对文学的改编出现了过度娱乐化的倾向，这有悖于文艺作品本身应有的道义、艺术、思想使命，长此以往，必然对电影创作和产业化运营造成恶劣后果。

第一节　创作理念嬗变

“修齐治平”的传统观念使中国的知识分子历来有忧国忧民、文以载道的自觉的社会责任感和担当意识，对艺术规律的探索与对现实介入在他们的作品中是并行不悖的。但在消费主义时代到来后，这种责任感、使命感逐渐淡化。

一　社会责任自觉

我国早期电影的编剧大多来自文学界，作家出于个人对新艺术样式的兴趣或者宣传社会改良思想的需要兼任编剧，如曹禺、夏衍、阳翰笙等，他们大都选择与自己在价值观念和情感倾向上立场相似的文学作品进行改编，这一时期的改编往往以忠实原著为原则，倾向于文化启蒙，致力于宣传积极进取的人生观、世界观，力图提升受众的社会责任感、道德感。

以夏衍为例，他进入编剧行业时有着潜在的文学身份，他认为，电影改编就是“从一种艺术样式改写成另一种艺术样式，所以就必须要在不伤害原作的主题思想和原有风格的原则之下，通过更多的动作、形象——有时还不得不加以扩大、稀释和填补，来使它成为主要通过形象和诉诸视觉、听觉的样式”[①]。夏衍将文学原作的担当意识、社会责任、现实批判等融于电影叙事，他的改编电影相当注重对原作思想意义的保留和发扬。这种编剧观念，代表了当时进步电影人的一般情况，从30年代第一部根据新文学改编的电影《春蚕》，到五六十年代的《红旗谱》《林家铺子》《祝福》等，莫不如是。

在新中国成立后很长一段时间，电影被限定为教育群众、宣传政策的政治工具，民众习惯从政治立场而非艺术审美、娱乐趣味的角度去判断和读解电影，电影的艺术本体性受到忽视，这一时期的电影生产颇不顺利，影片在艺术水准和思想深度上都有所不足。虽然在50年代间歇性地出现了几次小高潮，涌现出如《阿诗玛》《我这一辈子》《李时珍》《农奴》《林则徐》等一些优秀作品，但整体看这几十年，很难说有多少艺术探索和突破。

高扬人道主义的80年代是一个意气风发、生机勃勃的年代，主体意识的觉醒、政治风气的相对宽松和新的乌托邦想象，带来普遍的高涨的文化参与热情，在《80年代访谈录》中，李陀追忆到：“很多彻夜不眠的、热火朝天的争论，很多有关哲学、文学、政治和经济问题的讨论，并不是在大学里、在客厅里进行的，而是在车间里、在地头上、在马路边进行的。这种群众性的、广泛的思考和反思实践，是八十年代思想生活最重要的特征。”[②]

在整个反思和讨论中，文化反思和批判构成突出的文化思潮指向，正如许纪霖所指出，“当时的思想界虽也有尖锐的分歧，但因为有共同的思想预设和模糊而统一的知识背景，所以分歧的

① 夏衍：《漫谈改编》，载《电影论文集》，中国电影出版社，1963，第221页。
② 查建英：《80年代访谈录》，生活·读书·新知三联书店，2006，第267页。

焦点常常表现在现在与中国语境有关的价值选择上，而没有深入到知识论层面。在表面的分歧背后，依然能够看到可以相互通约的、共同的知识地层”①。作家、导演、编剧和文艺批评家在这一时期都具有自觉的现实关怀意识，对社会和文化充满了批判和反思，同情人民的苦难，呼唤理性社会的建设。

随着改革开放的到来，步入新的历史时期的豪情强化了知识分子的精英意识、社会责任感、使命感，他们以继承“五四”精神为己任，以鲁迅为榜样，反思传统文化和国民性的弊端，具有“启蒙者”“传道者”的自我定位。

以著名导演张艺谋、陈凯歌为代表的78级在“文革”后进入影视学院，他们的学习期恰逢思想解放之际，国门顿开，西风扑面而来，新的艺术思想、理念、形式纷至沓来，新潮迭出，在对三四十年代中国电影和法国、西班牙、英国、日本、意大利等外国电影的观赏研读中，他们生发出了自己独特的美学理念。现代和后现代的哲学思辨、价值立场拓展了他们的思维向度。同时，他们浸润于激荡80年代整个中国的思想启蒙运动思潮中，他们下乡插队、工厂劳作的人生经历又使他们切身体验到传统文化的弊端，他们具有改造本土文化的迫切感和使命感。陈凯歌踌躇满志地说：“当民族振兴的时代开始到来的时候，我们希望一切从头开始，希望从受伤的地方生长出足以振奋整个民族精神的思想来。”②

现代价值理念启蒙和新时代的变革精神锻造出80年代导演

---

① 许纪霖：《启蒙的命运——二十年来的中国思想界》，《二十一世纪》第50期，1998年12月号。

② 陈凯歌：《关于〈黄土地〉》，《电影晚报》1985年10月5日。

的艺术创新激情，陈凯歌等人对文学作品的改编常常只取一段故事情节、一个意念，在其作品中，导演个人风格压倒了编剧的情节设置，正如电影大师塔可夫斯基所说，“在编剧过程中，导演（并非编剧）有权力把文字剧本修改成他所要的东西。每当编剧和导演不是同一个人时，我们便会看到无法解决的矛盾——当然，前提必须是他们都是有原则的艺术家。这就是为什么我把故事内容仅视为一种可能的基础，更重要的是必须依照自己对完成影片的视野赋予它新的诠释”①。

以根据阿城小说《孩子王》改编的同名电影为例。故事是“文革”中后期，知青老杆去乡村小学代课教书的一段经历。随着阶级斗争的不断升级，学校教学受到的冲击越来越大，这一时期的学校，实际上面临着无书可读的困境。小说批评极“左”政治对文化资源的摧毁，电影则把批判的矛头直接指向了五千年的中国文化传统本身的某些问题。

这一区别，在老杆去为学生向陈校长要教材时的一段话里就初见端倪，电影中，老杆提醒老陈，学校忘记给同学们发书了。老陈答道：“没有书。这些年从来不发书。缺纸。”

小说中，老陈笑起来，说：“书是没有的。咱们地方小，订了书，到县里去领，常常就没有了，说是印不出来，不够分。……”我奇怪了，说：“……生产队上一发大批判学习材料就是多少，怎么会课本印不够？”老陈正色道：“不要乱说，大批判放松不得，是国家大事。课本印不够，总是国家有困难，我们

① 〔苏〕安德烈·塔可夫斯基：《雕刻时光》，陈丽贵、李泳泉译，人民文学出版社，2003，第 14 页。

抄一抄，克服一下，嗯?”①

两段话都表明教育者对教育的轻视，但电影里校长是对文化或者政治都无所谓，而小说里校长明显看重政治甚于文化。小说原作对抄书本身并不多加指责，只是要找一个正确的东西来抄，所以老杆把字典当作礼物般留给王福，他认为字典作为文化传承的标志，是教育者留给下一代的珍贵礼物。电影中，老杆离开时在桌上留言：“王福，不要再抄了，甚至是字典也不要再抄了。”

电影犀利地指出，只从古老文化吸收营养不能提供当代人足够的精神资源，学生不能沦为抄写的工具。周蕾认为，陈凯歌“对中国传统文化的批判出自对不可见的内向深度的信仰，这种深度被文化不值得相信的表面掩盖并扭曲了”②。陈凯歌上承五四知识分子对中国文化的思考，结合自己的切身感受，并受到当时王元化等人的“新启蒙”思潮影响，对中国古老文化的弊端产生了偏激却也不无道理的判断。

80年代的电影人有非常自觉的社会担当精神。陈凯歌说：“我自己觉得有一点初衷是不能忘却的：即你不能把自己完全当成一个纯粹的、职业的电影人。你要把你的所思所想借电影告诉人类，告诉你的同胞。在一场历史灾难过去以后，在民族共同的审判过去以后，我们每一个人有没有勇气到审判席去站一站?”③“对于我们这个有五千年历史的中华民族，我们的感情是深挚而复杂的，……一种对未来的希望和信念。我认为这是我们这一代人身上最为宝贵的东西。……我渴望能够通过自己的作品使这种

---

① 阿城：《孩子王》，载《棋王》，作家出版社，1999，第134页。

② 周蕾：《原初的激情——视觉、性欲、民族志与中国当代电影》，孙绍谊译，远流出版事业股份有限公司，2001，第239页。

③ 李尔葳：《直面陈凯歌》，经济日报出版社，2002，第47页。

信念和情感得以抒发。”[①] 吴天明也说：“我没有一刻不忧患着祖国的前途和命运，没有一刻不期盼着民族的繁荣和昌盛，……在我的作品中，题材内容与风格样式可以经常变化，但是有一条永远不变，那就是对诚信、善良、正义、勇敢等人类高尚情操的呼唤。”[②]吴天明、陈凯歌分别作为 80 年代中青年导演的代表性人物，他们的发言，正是当时主流电影创作者的普遍心声。

同时，电影的娱乐性、商业性也已经开始受到电影创作者重视，如张艺谋在后来与焦雄屏的访谈中称：“拍《红高粱》时，我给吴天明三个保证，政治不给你麻烦，艺术质量，和商业票房。挺卖钱，北京、山东、福州第一轮首映下来，上座率是百分之百，黄牛票是五元到十元一张，平常票三毛钱一张。我觉得这么多人爱看，挺好的。”[③] 但是，此时在电影界提倡电影的商业性是受人诟病的，张艺谋不得不为自己辩护，“我觉得观赏性并不等于商业性，找观众也不是媚俗。电影是要人通过看来理解的，它的思想内涵必须以观赏性作依托”[④]。其实，他这里所说的“观赏性”实际指能带给观众视觉快感的可看性，也即商业性，至于“找观众”就是指票房。

总的来说，尽管娱乐片逐渐兴起，但在 80 年代前期和中期，大多数电影创作者仍以艺术清高为荣，电影票房的压力还没有对他们的创作自由造成太多的掣肘，文学作品的改编还是以保证思

---

① 李尔葳：《直面陈凯歌》，经济日报出版社，2002，第 48 页

② 吴天明、方舟：《吴天明口述：努力展现中国人生》，《大众电影》2007 年第 14 期，第 45 页。

③ 焦雄屏：《谈〈红高粱〉——替我爷爷争口气》，《风云际会——与当代中国电影对话》，远流出版事业股份有限公司，1998，第 53 页。

④ 张艺谋、罗雪莹：《赞颂生命　崇高创造——〈红高粱〉的创作体会》，载丁亚平主编《百年中国电影理论文选》，文化艺术出版社，2005，第 261 页。

想性、艺术性为旨归。

二　人文精神衰落

80 年代后期，随着改革开放的推进，大众文化从边缘走向中心，在市场经济机制的完善过程中，大众的地位逐渐上升，他们不再是被教育者，他们的文化品位、审美情趣，现在都要求被尊重和满足；精英文化则正从中心被挤向边缘，高高的布道神坛摇摇欲坠。

文化界意识到了这一问题，1993 年第 6 期的《上海文学》发表了王晓明等人《旷野上的废墟——文学和人文精神的危机》之后，《读书》《光明日报》《文汇报》等报刊纷纷就人文精神的失落、文学的价值主题、现代化道德、知识分子的操守等问题展开讨论，知识分子群体陷入深深的焦虑和失落中。

另一方面，王蒙提出“躲避崇高”，王朔宣称“我是流氓我怕谁”，他们宣扬油滑功利的、反人文精神的思想，虽然被批为“过于聪明”,[①] 但却颇得大众的欢心。王朔多部小说被改编为电影，在文坛、影坛一时引领风骚，对这些影片，王朔说：“像我这种粗人，头上始终压着一座知识分子的大山。他们那无孔不入的优越感，他们控制着全部社会价值系统，……只有把他们打掉了，才有我们的翻身之日。”王朔小说的改编影片突出特点是反精英、反文化，对革命话语、伦理道德、人生理想、纯洁爱情等通过反讽和挪用消解附着其上的神圣感，这与热衷于娱乐、颠

① 王彬彬：《过于聪明的中国作家》，《文艺争鸣》1994 年第 6 期，第 65 页。对王朔的批判还可参见王彬彬《文坛三户：金庸·王朔·余秋雨（增订版）》，南京大学出版社，2009。

覆、狂欢的大众文化一拍即合，王朔迅速成为炙手可热的文化明星和富翁。

王朔的走红启发了其他文学创作者，刘恒、王安忆、池莉、刘震云等先后“触电”担任影视编剧。丹尼尔·贝尔认为，经济冲动力成为社会前进的唯一主宰之后，世上万物都将被剥去神圣色彩，发展和变革将成为新的伦理信条，社会“世俗化”的副产品就是不可避免的文化“渎神现象”。经济浪潮中的传统知识分子，他们所掌握的精英文化在社会转型中漂移分化，如果不甘于寂寞的边缘存在，那么就必然在谋求市场的同时走向世俗化。曾经清高的作家现在耐不住寂寞，纷纷试图从影视产业的巨大利润中分一杯羹，“从大众的口袋里找回金钱和尊严”①。

其中，刘恒的编剧经历尤其有典型性。他早期根据自己的小说《黑的雪》改编《本命年》，影片紧扣原作，表达城市边缘人的迷茫，揭露社会症结；其后，他将《伏羲伏羲》改编为《菊豆》，加入挡棺哭棺、弑父等戏剧性情节，强化电影的娱乐性；数年后，他将小说《贫嘴张大民的幸福生活》改编为《没事偷着乐》，将剧中人张大民乐观主义核心设置为随遇而安、逆来顺受，淡化原作对底层生活艰辛的表现，增强其喜剧色彩；近年来，他根据《金陵十三钗》改编的同名电影和根据《官司》改编的《集结号》更进一步融入商业元素，强化视听效果。刘恒的编剧历程，也正是三十多年来电影改编趋势的缩影。

学者吴冠平指出，“中国主流价值电影的主要功能是教化，……创作者习惯于通过电影居高临下地俯视大众。……20

① 朱大可：《抹着文化口红游荡文坛——余秋雨批判》，载朱大可、吴炫、徐江、秦巴子编著《十作家批判书》，陕西师范大学出版社，1999，第31页。

世纪八九十年代，是精英电影越来越有挫折感的年代”[①]。如果说之前的电影还以文化精英主义的面貌自许，到了 90 年代，电影在艺术、商业、政治的冲突角力之间逡巡，主旋律影片、艺术片、商业片并存的多元格局开始形成。面向市场的电影创作者与独坐书斋的作家在价值诉求上明显分离，电影人的商业意识大大加强，必须迎合大众审美趣味、价值观念。即使文学作品的电影改编由作家本人亲自动手，仍然很难保持原作的思想精髓。

鲍十与张艺谋合作的《我的父亲母亲》几乎是从内容到形式全部推倒了原著《纪念》，而鲍十前后写作剧本的次数至少也有七稿，鲍十说：“哪怕是极细微的地方，只要张艺谋觉得不舒服，就一定要改掉，这里面既包括台词，也包括氛围和情境。”池莉干脆声明：“我的小说与电影的关系到目前为止仅仅是金钱关系，他们买拍摄权，我收钱而已。”[②] 王安忆谈到《风月》时说：“我写得非常快，一个星期不到就写好。大部分时间就在听他啰嗦，叫他讲讲讲，然后我要说服他，大部分时间花在这儿。”[③]

作家和电影创作者的关系从 20 世纪 80 年代初期到中期志同道合的同盟，变成了建立在金钱上的买卖关系，使命感、责任感、社会批判意识这些曾把不同领域的知识分子紧密联系在一起的理念和追求，遭到了质疑和背弃。因此，电影改编中的媚俗倾向也就不足为怪了。

---

① 吴冠平：《中国情境与中国故事》，《电影艺术》2016 年第 4 期，第 21 页。

② 池莉：《信笔游走》，《当代电影》1997 年第 4 期，第 87 页。

③ 黄发有：《挂小说的羊头　卖剧本的狗肉——影视时代的小说危机》，《文艺争鸣》2004 年第 1 期，第 70 页。

第二节　娱乐化转型

20世纪80年代中期，在当时中国电影院排片表上，除了少量外国电影及大量港台片外，国产娱乐片已经占了绝对优势。《保密局的枪声》《神秘的大佛》等名噪一时，票房火爆。艺术片则正在失去本来就不多的市场份额，1982年的《牧马人》还能获得年度上座率亚军，从1983年开始上座率的前四名全被武打片所囊括，其他影片难以插足。多数娱乐片质量不高，思想、艺术都乏善可陈，充满粗制滥造的味道。但就是这样的影片，能获得民众的喜爱追捧，这不得不迫使电影界郑重考虑艺术回归大众的问题。

一　娱乐片的提出和发展

在20世纪50年代末夏衍就曾指出，“去年我们有很多片子所以不受人欢迎，就是娱乐性太少了，给人的艺术享受太少了”。① 但业内人士对电影艺术性、娱乐性的吁求在以政治作为衡量艺术作品最主要标准的时期显然不合时宜。

文化浩劫过去之后，娱乐片风靡电影市场。1979年，《保密局的枪声》在电影票价三毛钱的情况下获得一亿八千万元票房。1981年，由张华勋导演、刘晓庆主演的《神秘的大佛》引发观影热潮，发行近300个拷贝，票房创收上亿元，以当时每张电影票0.25元计算，观影人次达4亿，超过了当时全国总人口的1/3。②

---

① 夏衍：《在1959年故事片厂厂长会议上的讲话》，《夏衍电影文集》第一卷，中国电影出版社，2000，第381页。

② 饶曙光：《观众本体与中国商业电影之三十年流变》，《电影艺术》2008年第3期，第7页。

面对受众接受趣味的变化，夏衍又再次提出娱乐性的问题，他认为，“电影究竟与政治教科书不同……电影要讲娱乐性，要让人看了高兴”[①]。而当时电影界对这个问题意见并不统一，很多学者专家认为，娱乐片把电影看作商品有违数十年来我国文化界对电影的定位，还是应该强调电影的艺术属性。在80年代中后期对娱乐性、娱乐片的讨论，实际是对电影商业属性问题的争辩。

很快，为了挽救制片厂的经济危机，娱乐片被看作灵丹妙药，审查制度放松了，向娱乐片大开绿灯，引起了社会舆论和电影界不满。夏衍此时几次对此发表意见，并向电影局时任局长石方禹表达对此的忧虑[②]，1985年6月，《文汇报》和《人民日报》先后刊载夏衍的信，并报道了1985年上半年的电影生产情况：“今年生产的故事片60%至70%以武打、刑事侦破和身边琐事为题材，反映当前沸腾生活的影片数量之少，为历年所罕见。”[③]

1986年，石方禹在全国故事片创作会议上表示出对电影审查不严，导致低劣娱乐片盛行的后悔：“我们没有明确认识到应当把社会效益作为艺术品的最高准则和唯一标准。过分看重制片厂的经济困难，因此在审查影片把关时草率通过了一些社会效益不佳或者低级庸俗的作品，……我们虽然有意见，而且感到不满意，但我们一反常态，不提意见，不说话，不提修改方案，草率

① 夏衍：《愿电影年年进步——谈1983年电影的成就与不足》，《夏衍电影文集》第二卷，中国电影出版社，2000，第333页。

② 夏衍：《关于反映当前沸腾时代的题材问题的通信》，载中国电影家协会主编《中国电影年鉴（1985）》，中国电影出版社，1986，第87页。

③ 《反映当前生活的影片太少，艺术上普遍粗糙，故事片生产令人担忧》，《人民日报》1985年6月15日。

地通过了。”[①]他又谈到电影的商业属性，认为“既有商品属性，又有商品形式，加上又有使用价值和交换价值，它不是商品又是什么呢?”他认可电影的商业属性，但有意思的是，紧跟着，石方禹强调，“我在 1984 年初创作会议的讲话中说过影片是商品，但我承认影片是商品的同时，立即跟着说因为影片是精神产品，所以必须反对商品化倾向。……后来有人把我的话引向极端，说我提倡商业片。我没有提倡过什么商业片。别人凭空制造出什么东西来，强加于我，我岂能承当责任?”[②]

承认娱乐片的经济效益，但又顾虑电影的政治教育作用和社会效益；承认电影是商品，但又反对电影的商品化倾向，从石方禹逻辑断裂、自相矛盾的话语中可以看出，当时的文化管理部门对如何看待电影的商业属性还存在较大顾虑，毕竟多少年来，电影都收归国营，被看作政治教化工具，现在要承认电影也是商品，也要按照商品的市场规律重新定位，一时难以转过弯来。

1986~1987 年电影理论批评者有一次关于娱乐片的对话，在《当代电影》编辑部的组织下，李陀、陈犀禾、陈怀皑、谢添、吴贻弓、田壮壮、石晓华、徐银华、杨延晋等电影创作和批评界的众多人士，多次以对话的方式，对娱乐片进行了各个层面的分析。在探讨之前，他们的立场是大力弘扬第五代探索影片，但是在这次讨论中却改弦更张，认为“社会经济结构的变化带来了人

---

① 石方禹:《我对端正电影创作指导思想的认识——在全国故事片创作会议上的讲话》，载中国电影家协会主编《中国电影年鉴（1986）》，中国电影出版社，1988，第 3~12 页。

② 石方禹:《我对端正电影创作指导思想的认识——在全国故事片创作会议上的讲话》，载中国电影家协会主编《中国电影年鉴（1986）》，中国电影出版社，1988 年，3-10~3-11。

们的意识形态结构的变化，从而促使人们对消费文化有了重新认识”[①]。“拍摄探索片，中国有十几个导演就已经够多的了。……下一步就要注意娱乐影片了。”[②] 从此，娱乐片创作和研究得到正名，逐渐受到重视。

1988 年底在《当代电影》编辑部召开了“中国当代娱乐片研讨会”，包括政府官员、制片厂领导、电影创作者、理论批评家等在内的五十多人围绕娱乐片有关议题展开讨论，最多的话题还是集中在如何提高娱乐片的质量、如何吸引观众上面。会议明确倡导和扶持娱乐片，进一步肯定了“娱乐片主体论”的观点，提出中国电影生产需要以娱乐片为主。

娱乐片在这一时期的兴盛是时代变革的结果，学者结合时代背景认为，“当前电影出现的复杂情况是随改革的潮流应运而生的，如通俗片（有的人称商业片）的出现就是改革引起市场调节的必然结果。我们要对电影发展过程中呈波浪式前进的现象作冷静的分析”。“中国文以载道、注重道德教化的文艺传统和新中国成立后一度僵化的政治教化惯例曾使理论界过度排斥了电影的商业性与娱乐性，而改革开放的时代背景为娱乐片的出现提供了一个开放的文化语境。”[③]

对娱乐片发展起到重要促进作用的，有一个人不能不提，即是从 1987 年至 1990 年间担任广电部副部长的陈昊苏。陈对娱乐

---

① 李陀、陈犀禾、郝大铮、孔都、姚晓濛：《对话：娱乐片》，《当代电影》1987 年第 1 期，第 56 页。

② 李陀、陈犀禾、郝大铮、孔都、姚晓濛：《对话：娱乐片》，《当代电影》1987 年第 1 期，第 66 页。

③ 陈犀禾、赵斌：《中国电影美学发展研究（1978～2018）》，《电影艺术》2018 年第 5 期，第 3 页。

片采取了倡导、扶持的态度，在 1988 年的全国故事片创作会议上，陈昊苏说："如果数量掌握得恰当，高水平的娱乐片肯定能取得比较高的票房价值。……今年确定规划的时候，可以把娱乐片的分量加重一点。希望我们的舆论不要反对。"①

倡导娱乐片面对的压力仍然很大，但陈代表官方的明确表态为各电影厂积极生产娱乐片铺平了道路。在文艺理论界和文化管理部门的鼓励下，1988 年出现了"娱乐片"高峰，这一年生产出武打片、惊险片、歌舞片等类型影片达 80 余部，占全年故事片总产量的 60%以上。②

陈昊苏对娱乐片的支持并不容易，尽管他已经很客气谦和地"希望舆论不要反对"，仍然受到从政界到文化界的批评质疑。1989 年，陈昊苏又在这一年的故事片会议上说明他在提倡娱乐片之后受到的指责，"有些政治家竟然怀疑我对国家的忠诚，而有些艺术家又竟然怀疑我对艺术的热情。……一个娱乐片主体论，就能使我处于如此困难的境地，这真是始料所不及"。③ 同时，他也谈到娱乐片泥沙俱下的问题，"鉴于现在有些艺术质量太低的作品不时出现，已经严重地损害了我们电影的声誉，甚至使人怀疑电影的社会主义性质，……从今年起，对艺术质量非常低劣的电影作品将采取严厉的立场，不予通过"④。因为艺术质量拙劣，

---

① 陈昊苏：《创造中国电影更加光辉的未来》，载中国电影家协会主编《中国电影年鉴（1988）》，中国电影出版社，1990，第 3 页。

② 《1988：中国影坛的两个热门话题——"娱乐片"与"主旋律"之我见》，载中国电影家协会主编《中国电影年鉴（1989）》，中国电影出版社，1991，第 263 页。

③ 陈昊苏：《关于娱乐片主体论及其他》，载中国电影家协会主编《中国电影年鉴（1989），中国电影出版社，1991，第 8 页。

④ 陈昊苏：《关于娱乐片主体论及其他》，载中国电影家协会主编《中国电影年鉴（1989），中国电影出版社，1991，第 10 页。

引起公众舆论不满，广电部不得不利用电影审查禁止一些低劣影片上映，而娱乐片大量制造的热潮并没有停下来。

1991 年《烈火金刚》是影片娱乐化与思想性、艺术性融合的一个典范。《烈火金刚》根据作家刘流的同名小说改编，原作章回小说的英雄传奇故事为影片的娱乐性提供了保障。这部影片沿袭小说原作的人物设定，塑造了爱国主义的民族英雄，虽然是战争片，但并不以场面激烈的大规模枪战来吸引眼球，而是靠智勇双全的英雄肖飞、丁尚武等人惊险刺激的克敌制胜经历来增强电影吸引力。电影情节曲折、节奏紧凑、通俗易懂、可看性强，洋溢着爱国主义和革命乐观精神，符合意识形态宣传的需要，也与多年来受到革命教育的观众产生共鸣，因此该片得到了政府文化部门、电影理论界和观众的一致认可，叫好又叫座。

1993 年至 1994 年，广电部连续发文将国产影片由中影公司统购统销改为自主发行，电影业从计划经济最终迈向了市场。1994 年，中国决定每年引进 10 部进口分账大片。国产片票房在进口大片的挤压下一度滑至生死边缘。有数据显示，国产片票房份额曾达到 10%左右的低谷。严峻的生存压力进一步迫使电影人放下对艺术的追求，转而将票房收益、市场份额视为首要目标。这是文学作品在改编成电影的过程中费尽心机增强娱乐性的现实动机。

二　通俗文化的兴盛

在诞生之后很长一段时间里，中国电影与通俗文学、大众文化密不可分，影片兼具游戏、娱乐与艺术相互渗透的特质，在 1924 年，《编剧学——昌明电影函授学校讲义之三》就强调选择冲突明显、戏剧性强的作品进行电影改编，“（电影改编）要考察文艺作品是否含有影戏的意味（情节，动作），把文艺作品整个的意思（主题），在适当确切的形式内改译成功，才不致取貌遗神。”① 对原作戏剧冲突的重视，一度成为中国电影改编的首要原则。

同时，1949 年以前，好莱坞影片进入中国市场没有数量限制，出现过两个峰值。1934 年上映美国片 345 部，1946 年为 352 部。好莱坞电影有其基本固定的模式，也即“古典好莱坞电影总是表现有明确心理动机的故事，他们顽强斗争去解决一个明显的问题或达到特定的目的。在斗争的过程中，反映人物之间的冲突或者人物与外部环境的冲突。故事总是以决定性的胜利或者失败结束：解决问题，达到目的，或者相反”②。“所有的元素都服务并从属于叙事、剪辑、场面调度、布光、摄影机运动和表演联合产生一种透明风格，使观众只留意于影片所讲述的故事而不去关心讲述的方式。”③ 好莱坞影片的叙事结构和艺术风格被中国电影吸收采用，其重冲突斗争、轻艺术创新的通俗化倾向也深刻影响了中国电影观念。1949 年以前，中国电影主要是针对城市一般文化水平的民众所拍摄的通俗剧，如爱情片、神怪片、家庭伦理片、侦探片等。

1949 年以后，国内生产市井题材电影逐渐减少直至几乎绝迹，同时不再进口新的好莱坞影片。1950 年 10 月，中国人民志愿军赴朝参战，全国开展声势不小的反“亲美、崇美、恐美”思

---

① 周剑云、程步高：《编剧学——昌明电影函授学校讲义之三》，载罗艺军编选《20 世纪中国电影理论文选（上）》，电影出版社，2003。

② 〔美〕波德维尔：《古典好莱坞电影：叙事原则与常规》，李迅译，《世界电影》1998 年第 2 期，第 2 页。

③ 〔美〕罗伯特·艾伦、道格拉斯·戈梅里：《电影史：理论与实践》，李迅译，中国电影出版社，2004，第 109 页。

想运动，好莱坞影片被彻底驱逐出中国大陆。20 世纪 50~70 年代，中国电影的市井味被暂时搁置了。

新时期伊始，民国通俗文化传统并未很快得到接续，直到 80 年代中期，政治意识形态对文艺创作影响减退，宏大叙事衰落，个人主义、人本主义兴起，关注日常人生、世间百态的通俗文学创作兴盛，为电影向娱乐化、商业化、大众化靠拢提供了可资借鉴的创作思路和素材。

从中国社会文化思潮的变迁来说，80 年代中期开始，娱乐片在经过数年争辩之后得到正名并受到倡导，文学作品改编中的娱乐化得到了电影主创方的重视，实则也是对单一意识形态话语的反拨。

艺术以审美的超越性摆脱现实秩序的桎梏，新的创作追求不仅仅是艺术家创作思路的更新，更是社会思潮变化的指针。对新的艺术形态和美学理念的探索，社会学家弗洛姆曾提出“社会过滤器”（social filter）的说法，用来指称某个社会内在的伦理规范所规定的社会禁忌、逻辑和语言共同组成的用于制约和审查思想、情感表达的机制，每个社会都根据自己那些“社会内在的伦理规范”在过滤着每个个人的思想，情感，经验，……甚至还规定思维的方式、逻辑的方式以及语言的表达。①

中国的“社会过滤器”曾长期由政治意识形态主导，文艺界一直受到政府文化部门各种有形无形的指导意见、规定、条例、约定俗成的限制和束缚，80 年代中期开始，文艺作品不再被“工具论”绑缚，得以追求作品的艺术自律，这种自律体现在从形式

① 〔美〕弗洛姆：《弗洛伊德思想的贡献和局限》，申荷永译，湖南人民出版社，1986，第 4~5 页。

到思想内容上。对娱乐的提倡，隐然有巴赫金所谓狂欢的意味，“真正的狂欢节应该暂时取消一切的等级关系、特权、规范和禁令”[①]。思想界因此对娱乐性及其背后指向的大众文化较为认可，“80 年代初期的大众文化洋溢着解放的激情和温馨的浪漫，它有着‘朦胧诗’般的美感。那时走在‘思想解放运动’前列的知识精英们多半为大众文化辩护”[②]。

八九十年代“新民俗视界、通俗话语与日常生活表现为电影创作提供了真正灵魂”[③]。其典型产物是市井传奇电影。市井传奇电影与冯骥才、林希、邓友梅等的风俗传奇小说密切相关，多部影片改编自风俗传奇小说，如《神鞭》《炮打双灯》等。

到了 90 年代中后期，“娱乐”再次成为思想界、艺术界关注的焦点，但其语义、语境以及指涉与 80 年代不同。批评界赫然发现，曾经为之代言的大众文化，正咄咄逼人地侵蚀着自己的阵地，此时，娱乐片、商业片已经成为电影的正宗，艺术片反而成了市场经济体制里无人看顾的孤儿。精英主义的艺术家，已经被看作落后于时代的人，他们被讽刺为，“他们头脑里根深蒂固的传统的文化价值观使他们无视世俗文化和消费文化，拒不承认当代社会文化活动和文化产品的商业化大趋势；他们的艺术观念实际上仍旧停留在上世纪的时间隧道里，把大众视为敌人，强调艺

① 〔俄〕巴赫金：《〈弗朗索瓦·拉伯雷的创作与中世纪和文艺复兴时代的民间文化〉导言》，载张杰编选《巴赫金集》，上海远东出版社，1998，第 139 页。

② 陈晓明：《填平鸿沟，划清界限——“精英”与“大众”殊途同归的当代潮流》，载王岳川主编《中国后现代话语》，中山大学出版社，2004，第 265 页。

③ 丁亚平：《电影的踪迹——中国电影文化史评》，中央编译出版社，2005，第 21 页。

术作品的‘超凡脱俗’和观赏者的贵族身份”[①]。这是80年代娱乐化的倡导者所始料未及的。

前文所论及的《有话好好说》是这一时期的改编电影中娱乐效果尤为出众的一部。《有话好好说》在北京公映仅5天，票房收入即达240万元。上映7天票房收入超过400万元。而上半年靠团体票和包场推动发行的《鸦片战争》在北京的票房收入为370万元，《离开雷锋的日子》为500万元，同期进口影片如成龙主演的《义胆厨星》、汤姆·克鲁斯主演的《碟中谍》票房收入仅为300万元。10月17日在深圳首映式上，人们排起长队购买《有话好好说》电影票，深圳南国影联经理说：“我们已被冷落很久了。这部《有话好好说》又使我们影院重新热闹起来。”[②] 在广州，《有话好好说》也成为广东省电影公司隆重推出的重点影片。10月18日，《有话好好说》首批放映影院全部爆满，广州市电影公司总经理感叹地说：“今年下半年的电影市场幸亏有了这部片子，这才是观众真正愿意自己掏钱买票去看的影片。”[③] 10月20日，《有话好好说》开始在湖北的黄冈、武汉首映。同样场场满座。最后，凭借张艺谋的票房号召力，凭借影片的全明星演出，《有话好好说》让华亿公司获得了1600万元的收益，并使华亿成为当时响当当的影视公司。

这里要说的是，影片里加入了小说所没有的一幕场景：张秋生与赵小帅的对峙，这正是娱乐的大众压倒精英文化的生动诠释。片中，张是老成持重有点怯懦的中年知识分子，赵是蛮横粗

① 邵牧君：《电影首先是一门工业，其次才是一门艺术》，《电影艺术》1996年第2期，第4页。

② 李尔葳：《直面张艺谋》，经济日报出版社，2002，第161页。

③ 李尔葳：《直面张艺谋》，经济日报出版社，2002，第161页。

鲁从来不看书的书贩子，张一直试图与赵交流，他不断引经据典，絮絮叨叨地讲道理，赵对他不胜其烦，拒绝对话，张的说教没有阻止赵用以暴制暴的方式复仇，但在一番机缘巧合误打误撞之下，最后结果竟然是：想砍情敌的赵没行动，张秋生却被诬蔑为“耍流氓”绑在椅子上受罚，最终因故意伤人被刑拘。

两人所思和所为的矛盾以及处境的对调非常具有反讽意味，喻示着知识分子从 80 年代高高在上的教育者、引导者地位上坠落了下来，成了社会不欢迎的边缘人，最后在现实打击下违背了自己的道德行为准则，而文化资本少的市民阶层却深谙世情，反过来引导知识分子。

众所周知，对文学影视艺术作品的喜爱，往往包含着文化立场和意识形态的选择，观众对《有话好好说》的热捧，是大众文化与消费文化达成共谋的一个表征，它指向娱乐的大众对反启蒙、反知识分子、反精英的文化立场的认可。

为了更广泛地满足各种社会人群的心理需求，提高市场接受度，电影对小说的改编要迎合大众趣味，按照雅斯贝斯的说法，“众人的快乐来自饮食男女和自命不凡……凡欲迎合他们趣味的人必须创造出实际上普通而平庸的东西来，但要貌似不平凡。他必须赞美或至少肯定或某种东西普遍地合乎人性。凡越出他们的理解力的事物都与他们不能相容”①。虽然雅斯贝斯以精英主义眼光贬斥民众的艺术欣赏品味和接受水平，未免片面，但不可否认，娱乐化的电影改编为了追求趣味，有可能摈弃对深度意义的追寻，使艺术的个性和思想的闪光消融在易于使大众欣赏的通俗

① 〔德〕卡尔·雅斯贝斯:《时代的精神状况》，王德峰译，上海译文出版社，2003，第 10 页。

影像语言体系中。

第三节　景观、IP 和闹剧

如前所述，在经济利润的诱惑面前，一些文学作品的电影改编为了实现更好的娱乐效果，消解了原作的人文性和精神追求，“文学作品在跨媒体改编过程中，信息过度膨胀所造成的污染，使作品的真正意义与价值在商业化的蒸笼里无声无息地蒸发了……”[①] 这种情况导致影片生产倾向于缺乏思想意义的闹剧化和景观化。

一　平面化、空心化的景观展示

早在 20 世纪中叶，德波的景观社会理论就指出，当代世界转化为表象，景象呈现为漂亮的外观，“在那些现代生产条件无所不在的社会中，生活的一切均呈现为景象的无穷积累。一切有生命的事物都转向一种表征”[②]。“费尔巴哈判断的他那个时代的‘符号胜于物体，副本胜于原本，幻想胜于现实’的事实被这个景观的世纪彻底证实”[③]。德波所说的“景观”还不仅仅是外表的形象，实际指包括视觉效果在内的空有表壳缺乏真实内涵的一切浮泛的追求感官刺激的表象。在他的论述中提出了景观电影这一概念，他认为，这种电影依靠宏大的场面、唯美的影像，尤其是超现实主义的夸张画面和逼真的声效，强烈刺激观众观感，从

① 黄发有：《跨媒体风尚与文学的前途》，《中国现代文学研究丛刊》2012 年第 2 期，第 10 页。

② 〔法〕居伊・德波：《景观社会》，王昭风译，南京大学出版社，2006，第 32 页。

③ 〔法〕居伊・德波：《景观社会》，王昭凤译，南京大学出版社，2006，第 130 页。

而使观众陷入暂时的“沉醉”之中，甘当“图像的囚徒”。[①]

景观电影是工业文明高度发达的产物，其基本策略是依靠技术摄影手段，将物表象的展现置于情感和意图的表现之上，也即注重以炫目的画面唤起观众的视觉快感，为此可以牺牲叙事的流畅性和影片主题的完整性，反叙事、反深度、注重外在的感官刺激，难以避免影片在总体上的思想空洞、叙事散乱、人物单薄、逻辑悖谬等问题，显现出碎片化、平面化、非理性的特征。

中国电影对文学原作的改编呈现出日益景观化的特点。早在八九十年代，张艺谋的几部电影，如《红高粱》《菊豆》《大红灯笼高高挂》，就已表现出对画面、造型和音响的高度重视，这几部电影在小说原作的改编中加入了如鲜艳夺目的红灯笼、红棉袄等物象，把故事发生地设置在诸如挂满彩色布匹的染坊、如火如荼的红高粱地、挂满了大大小小红灯笼的新婚洞房等场景中，情节上则增添出殡时孝子孀妇披麻戴孝地挡棺和撕心裂肺地哭棺、出战前赤膊大汉痛饮烈酒高唱酒神曲、轿夫一边唱着“妹妹你大胆地往前走”一边颠轿戏弄新娘、新娘和轿夫在高粱地里献祭式的野合、仪式化的点灯和封灯等，影像色彩浓烈，构图考究，风格张扬，制造出强烈的感官刺激效果。

因此，国内外一些电影批评家认为张艺谋以对民俗的夸张展现取悦外国人，“试图创造一个民俗/政治的东方奇观”“他们的创作乃是由跨国资本的全球化运作所支配的，乃是一个臣属的和

① 不同于德波，穆尔维提出，电影中的视觉快感源于一种看与被看的关系，“观看癖”和“自恋癖”是构成视觉快感的重要因素。这种说法从心理潜意识层面分析电影的景观特质，自有其独到之处。

屈从的经济/意识形态的多元决定的结果"①。也有研究者对这一说法表示反对，认为这种见解“既低估了第五代电影的现代性视野，也是过于傲慢和以自我为中心的。它把跨文化阅读中的东西方文化的空间差异加以时间化：无形中把西方置于‘现代的’的一端，而把东方（中国）置于‘原始的’一端，强化了中国电影只是为西方人制造‘东方奇观’的成见"②。

两种看法针锋相对，各有其正确的一面，但无论张艺谋是否有意制造夸张矫饰的中国民俗影像以迎合西方人的“东方主义预设”，张的电影在对小说的改编中忽视对思想意义的深入发掘，过于注重奇观的铺陈，确实存在以影像的炫目掩盖思想的贫乏的问题。这种“视觉凸现性美学"③ 在票房上很成功，成为当代中国景观电影的滥觞。

张艺谋对奇观的热衷到《满城尽带黄金甲》时可以说是登峰造极。这部电影择取戏剧《雷雨》的部分故事情节，挪用了基本人物关系框架，将故事背景从民国搬到了唐末五代十国时期，主要地点从一个旧式封建家长制的大家庭搬到了封建帝国的皇宫，情节推进动力由家庭伦理冲突改为宫廷政变。

《雷雨》产生于20世纪30年代，那是一个“弑父毁家”的年代，曹禺称“我在发泄着被压抑的愤懑，毁谤着中国的家庭和社会"，剧作批判封建家长制度的黑暗，展示阶级矛盾，表现情爱的

① 张颐武：《全球化与中国电影的二元性发展》，《当代电影》1996年第6期，第17页。

② 陈犀禾：《从International到National——论当代中国电影中的父亲形象和文化建构》，载陈犀禾、彭吉象主编《历史与当代视野下的中国电影》，广西师范大学出版社，2010，第205页。

③ 王一川：《从双轮革命到独轮旋转——第五代电影的内在演变及其影响》，《当代电影》2005年第3期，第15~18页。

虚妄和痛苦，充满一种古希腊悲剧式的面对命运深渊的悲怆。在视觉文化、消费文化的背景下，《满城尽带黄金甲》的改编只照搬《雷雨》的部分情节外壳，却把重心放在对权谋、暴力、乱伦的表现上，为此将男女间性与权力的斗争极力放大到争夺皇位、杀妻杀子杀兄的耸人听闻程度，还把展示乱伦畸恋当作吸引眼球的卖点，而这种畸恋更多的是欲望的享乐而非情感的共鸣，电影的这些改动引起叙事逻辑混乱，以致在情节推进上漏洞百出，消解了《雷雨》对人生命运的追问及其悲剧意蕴，与原作在精神向度上背道而驰。

但不可否认，《满城尽带黄金甲》的确是一部“好看”的电影，在场景的宏大、气派、奢华上，达到了中国电影的新高度。影片不惜工本制造影像奇观，片中以金色和红色为主色调，色彩艳丽厚重，用高饱和度的大色块构图，造型精致巧妙，画面华美之极，以富丽堂皇的宫殿、金冠金袍雍容华贵的皇后皇帝、袒胸露乳的宫女们、山野天坑里的古驿站、飞来掠去的大内密探、金盔银甲两队大军的对垒厮杀、皇帝父子的激烈斗剑、无处不在的金色菊花等使人眼花缭乱、目不暇接。

据影片美术师称，为突出后宫的深幽和阔大，演员每走一次走廊都要变化走廊的宽窄、造型、色调，一共改了五六十次，也就是说，影片中出现了五六十个不同样的走廊。光是影片中的道具菊花，2.5 元一堆就用了大概六七十万堆，仅仅在横店，美术道具就花了 3000 万元以上，在河北买宫灯花了几十万元，就连只出现过几个镜头的宫中药房那几十个高大的药柜，每个都细细雕刻了不同纹样，把手都是全铜包金。[①] 如此精工细作，影片最

---

① 侯亮：《〈满城尽带黄金甲的门面〉观后有感》，《大众电影》2007 年第 2 期，第 5 页。

后的视觉效果自然很是震撼，在放映的两个小时内，一次又一次的视觉冲击让观众目瞪口呆，陷入心驰神迷的“迷醉”状态。这是一部典型的景观电影。

需要指出，重视电影的视听效果，并不等于只注重电影景观。2021 年根据双雪涛小说《刺杀小说家》改编的同名电影，在小说故事本身就有新奇设想，在突破次元壁场景的基础上，加入了科幻、魔幻的诸多要素，场景、人物造型新颖，美术奇绝瑰丽，充满想象力，加之 3D 技术的运用，视觉感受非常出色，但这部电影在展示景观之外，精神内核是伸张正义，反抗暴权，对人物命运和情感给予了严肃关注，是一部有思想追求的电影，不能简单以景观电影来定位。

与《满城尽带黄金甲》在改编路数上相同的景观电影，并不存在需要近看和揣摩的精神核心，单纯以眼球刺激来吸引观众注意力，阻止观众思考。这些电影多运用了抢眼的电影造型、鲜艳的色彩、夸张的构图、刺激的暴力场面和反伦常的性爱作为吸引力要素。从电影工业角度来说，景观电影的优点是体现了我国电影工业生产的进步，其生产背后是成熟的工业流程、充裕的资金和较为先进的制作技术。但正如电影学者指出，“电影在本质上还是体现一种人文关怀。作为一种文化创意产业，当然离不开电影工业，但人文表达、文化内涵是底色，这也是电影工业美学对于电影全面认知的基本点”①。电影产生于保存生命影像的木乃伊情结，折射人性始终应该是电影的重要特性。

景观电影在华丽的外表下缺少对人的生存及其命运的真切关

① 孙婧、饶曙光：《“共同体美学”的理论源流及其方法论启示——饶曙光教授访谈》，《海峡人文学刊》2022 年第 2 期，第 95 页。

注。鲍德里亚曾悲哀地断言，“图像把感觉粉碎成连续的片段，粉碎成刺激，对此只能用是与否来即时回答，反应被最大限度地缩短了。电影不再允许你们对它发问，它直接对你们发问”①。在浮华的表象之下，掩盖的是影片空洞苍白的精神内核、对人本身的漠视、混乱的叙事，这正是景观电影的症结所在。

二　IP 电影：粉丝经济中的狂热

另一种电影改编的“成功秘诀”，则是采用流量小生、小花，选择热门 IP，利用粉丝文化与明星效应的双重加持，这一度成为某些电影的制胜法宝。

2014 年开始，IP（Intellectual Property）成为电影行业高频热词，真人秀节目《爸爸去哪儿》被拍摄成电影并获得 7 亿元票房，刺激了影视公司热衷于从知名小说、民间传说、综艺节目、漫画、歌曲等各方面寻找 IP 改编成电影，依靠 IP 本身的粉丝基础快速获利。

IP 直译为“知识产权”，主要包括著作权、专利权和商标权，中国电影行业主要指网络人气小说、动漫、游戏、影视作品、综艺节目等的改编电影。IP 电影娱乐性强，带有鲜明的互联网经济特色，通过大数据分析，针对受众的喜好生产影片，一般采取互动性极强的方式和手段来吸引受众参与电影的剧本写作、选角、制作和放映。

IP 电影最为引人注目的是对网络文学的二次创造。随着互联网、个人终端设备的发展，读者在网络上阅读的时间增加，网络

① 〔法〕让·波德里亚：《象征交换与死亡》，车槿山译，译林出版社，2006，第 90 页。

小说风行，其影视剧改编也蔚为大观。第 49 次《中国互联网络发展状况统计报告》显示，截至 2021 年 12 月底，我国网民总规模为 10.32 亿，互联网普及率达到 73.0%，互联网应用规模位居世界第一。截至 2021 年 12 月底，我国网络文学用户总规模达到 5.02 亿，较 2020 年同期增加 4145 万，占网民总数的 48.6%，读者数量达到了史上最高水平。[①] 阅文集团于 2018 年收购新丽传媒探索 IP 影视化开发体系，腾讯影业、新丽传媒、阅文影视组成“三驾马车”，整合腾讯文创生态中的影视产业上下游，搭建影视联合生产体系，探索网文 IP 影视开发的新模式，以网络文学为基石，以 IP 开发为驱动力，构筑长产业链，影视业务成绩出色。截至 2021 年底，其出品的《斗罗大陆》《流金岁月》《庆余年》《赘婿》等都成为“爆款”。2021 年，爱奇艺文学的“云腾计划+”助力爱奇艺视频推出了首部 IP 改编的网络剧《恋恋小酒窝》，掌阅科技推出了数百部微短剧计划。总的来说，网络文学的影视改编在新文创语境下正在走向更协同化、体系化、规模化、工业化的内容开发之路。

据中国社会科学院文学研究所调查，从阅读年龄上看，网络文学读者的平均阅读时长（阅龄）单次 7.9 年，近半数读者在 1 到 3 个小时，77.2%的网络文学读者阅读网文时间超过 5 年，甚至有 34.9%的读者阅龄超过了 11 年。很多从 2007 年起就开始看网络文学的读者，至今仍然保留着这个习惯。并且，网络小说多以其曲折紧凑又离奇神秘的情节吸引着读者“欲罢不能”，吸引着近半数读

① 《2021 中国网络文学发展研究报告》，http：//www.cssn.cn/wx/wx_ yczs/202204/t20220407_ 5402451.shtml，最后访问日期：2022 年 12 月 3 日。

者每次阅读时长在1~3小时，平均单次阅读时长为2.4小时。①

阅读网文之后的读者会持续关注网文IP衍生消费，其中改编影视剧、动漫和主题衍生音乐最受读者的关注。关注网文IP衍生消费的读者中，有80%以上愿意为其产品付费，尤其是女性读者为改编舞台剧和周边衍生产品消费的意愿更加显著。网文题材仍然大多偏向年轻人的胃口，仙侠、奇幻、言情等小说题材仍占据主流，读者的年龄层次也偏低，30岁以下的读者占比达到六成。据调查，从年龄分布来看，“95后”成为网络文学读者的新增主力，为全民阅读带来新增量。2021年，阅文旗下起点读书App新增用户“95后”占比超60%②。受年龄结构影响，网络文学读者中高中及以下学历占比过半，这说明学生是网文读者的主力军，这也和年轻人更喜欢手机阅读有很大关系。在本书第六章第三节已经说明，院线电影针对观众主要是城镇青年，这部分受众与网文读者在年龄和受教育情况等各方面重合率高。

在拥有大量年轻粉丝的情况下，影视领域网文IP改编剧屡屡获得亮眼成绩，《甄嬛传》《扶摇》《将夜》《从前有座灵剑山》《天盛长歌》《微微一笑很倾城》《陈情令》《山河令》《赘婿》《庆余年》《你是我的荣耀》等多款作品接连引爆话题关注。短剧作为IP改编近两年发展起来的新模式，凭借节奏快、周期短、投资小等特点发展较快，阅文集团授权合作的144个短剧IP中与微视合作的《我的傻白甜媳妇》《将门铁血毒妃》，与快手合作的《摸金令》《长乐歌》等都得到了较高的点击率和评论数，书旗推

---

① 《2018中国网络文学发展报告》，http：//culture.people.com.cn/n1/2019/0810/c429145-31287235.html，最后访问日期：2021年12月17日。

② 《2021中国网络文学发展研究报告》，http：//www.cssn.cn/wx/wx_yczs/202204/t20220407_5402451.shtml，最后访问日期：2022年12月3日。

出的《今夜星辰似你》、米读推出的《秦爷的小哑巴》、中文在线推出的《霸婿崛起》、塔读推出的《怂男进阶攻略》等一大批根据网文 IP 改编的作品也在短剧圈产生了一定影响。

大银幕也不甘人后，IP 电影被视为作为快速获取高额经济利润的通行证，大量资金流入电影市场，赚快钱的投资理念注重的是短期效益和快捷的投资模式，投资方和制作方完全以商业价值为指向，以高额票房回报为目标，购买网络上热门 IP 小说，选用年轻、美貌、话题度高的流量小生小花做主演，以此作为卖点来拉动票房，并加强后期营销传播，与粉丝在微博互动、开见面会等，不断抛出话题吸引关注，从而刺激大众消费。

这一类电影跟传统电影的最大区别可能是：比起注重口碑，更在乎粉丝的热情。拉动票房的主要途径是流量小生小花、网络热门小说的话题热度而非电影本身的质量，忽略了社会文化价值和创新的艺术价值，难免造成艺术整体水准的低下。

在粉丝狂热之下，网文 IP 加流量明星的电影制作策略曾一度取得巨大成功。《小时代》系列电影总票房超 18 亿元；《狼图腾》6.98 亿元；《匆匆那年》5.84 亿元；《何以笙箫默》超 9 亿元；苏有朋导演，人气作家饶雪漫同名畅销小说的《左耳》票房 4.85 亿元；网络小说《鬼吹灯》改编的《鬼吹灯之九层妖塔》票房 6.82 亿元，姊妹篇《寻龙诀》更是报收 16.83 亿元。甚至连综艺节目的改编电影《爸爸去哪儿》都获得 7 亿元票房、《奔跑吧，兄弟》4.3 亿元票房。非粉丝的观众可能很难理解，这些演技一律无比低劣的真人秀明星，在大银幕上矫揉造作究竟有何魅力？导演冯小刚在录制综艺节目《我看你有戏》时，批评影坛这种疯狂捞快钱的现象，指出：“六天就拍摄完成，还获得很高的票房，这将导致没有制片人会继续愿意投资一部严肃的、付出了很大努力的电影。”[①] 他的忧虑正是空穴来风，不为无因。

学界对 IP 电影市场的过度狂热同样不看好，学者周星在被访时对 IP 电影乱象表示担忧，“粉丝从不同的 IP 转来转去，它扩大了观影人群，但（大 IP）对于文化的促进作用有时候可能是反向的”。[②] 丁亚平认为，优秀的 IP 具有极强的市场竞争力与文化号召力，也具有较高的商业价值和可重复性，而中国目前盛行的 IP 电影是在资本运作之下，以 IP 项目现有资源改编的具有互联网基因的作品和网生代作品，并没有进行实质的文化内核开发和商业化系统运作，仅仅是在资本驱动下的一种文化景观，很难产生真正意义上的“中国经典”。[③] “资本产生劣币驱逐良币的效果，不仅让本来多元化的电影创作变成 IP 当道，也冲击了电影的产业链，阻碍了中国电影的工业化进程。”[④]

制作周期缩短，靠粉丝效应聚集人气，让一些粗制滥造、滥竽充数的 IP 电影一时间大行其道，但这种势头注定不能长久，年轻受众的心理特点决定了粉丝的狂热只是易逝且多变的，今天奉若珍宝，明天就可能视如敝屣。

所谓大 IP 电影纷纷折戟：根据江南同名小说改编的《上海堡垒》、根据萧鼎小说改编的同名电影《诛仙》、根据唐七公子小

---

① 《影视界评“综艺电影”：我们其实浪费了很多的钱》，http：//ent. ifeng. com/a/20150213/42249182_ 0. shtml，最后访问日期：2021 年 7 月 8 日。

② 张均斌：《IP 电影：粉丝经济下的冰与火》，https：//www. sohu. com/a/166473877_ 667351，最后访问日期：2021 年 6 月 29 日。

③ 丁亚平主编《全球化与大电影：中国电影海外市场竞争策略可行性研究了》，文化艺术出版社，2016，第 214 页。

④ 张思维：《浅析中国电影工业化进程下资本运作对艺术创作的影响（提纲）》，载周斌、厉震林主编《创作、批评与教育：构建良性互动的影视戏剧生态链》，中国电影出版社，2018，第 257 页。

说改编的《三生三世十里桃花》、根据热门游戏《阴阳师》改编的《侍神令》，这些影片在上映之前被资本看好，有知名大 IP、有流量明星、有大量粉丝，但上映后，低劣的制作水平，乏善可陈的剧情和表演，加上粉丝们购票并不给力，这些影片口碑一路看跌，最终票房让投资方大失所望。其中，《诛仙》的票房达到四亿元，不算太差，但也低于预期，由于影片本身在选角、情节上的粗劣，已经基本消耗完了粉丝的热情，难以持续开发这一 IP。

无关乎是不是 IP，真正能引领中国电影良性发展的，还是真材实料的作品。2019 年现象级影片《流浪地球》和《哪吒之魔童降世》就是两部成功的 IP 电影，前者根据刘慈欣同名小说改编，后者根据古老的中国神话小说《封神榜》中哪吒的故事改编。两部作品都对原作进行了颠覆性的改头换面，视听语言出色，更重要的是在精美细致的影像画面之外，剧情稳扎稳打，叙事脉络清晰分明，主题具有鲜明的中国特色和时代气息，找准了当代人情感脉搏的律动，因此获得惊人的高票房和好评度，分列中国电影票房第三、第四。《哪吒之魔童降世》被誉为国产动画的良心，《流浪地球》被誉为开启中国科幻电影元年。事实证明，IP 只是吸引力来源之一，影片本身的质量问题始终才是决定票房最重要的原因。

三　逃避现实的喜剧

还有一部分改编影片出现的问题，是过分追求喜剧效果，个别影片甚至已经完全背离了原作的价值立场和意义指向，如根据刘震云同名小说改编的影片《我叫刘跃进》、根据贾平凹小说改编的《高兴》，都淡化原作对进城务工农民艰难处境的书写，消解人文关怀立场，在影片中加入了大量不必要的滑稽笑料。

《我叫刘跃进》小说本身有些情节过于戏剧化、叙事追求喜剧效果，有损思想表达的弊端，电影改编是由作者刘震云亲自操刀，虽然经过进一步娱乐化，思想性越发稀薄，但整体还没大走样，仍然坚持了表现人与人之间交流的不足和人情味淡漠的社会问题意识。

《高兴》就几乎将原作严肃的正剧变成闹剧，审美品格有所欠缺。《高兴》叙述一群进城务工农民的生活。评论家丁帆曾用“城市异乡者”来定位进城务工农民，并指出在描写这一群体时，作者的情感天平和价值立场很重要，“就作家们的价值观念来说，其中普遍的规律就是：凡是触及这一题材，作家就会用自上而下的同情与怜悯、悲愤与控诉、人性与道德的情感标尺来掌控他们笔下的人物和事件，流露出一个作家必须坚守的良知和批判态度”。[①] 这个说法指出了文艺工作者应有的道义承担。

贾平凹小说原作做到了坚守道德良知和批判立场，贾平凹对农民有深厚的感情。他曾表示，写这部小说时带有浓厚的问题意识，他力图通过表现进城务工农民的艰难处境，引起社会的关注。作者在后记中说，这些人物都是有真实原型的，他说：“我要写刘高兴和刘高兴一样的乡下群体，他们是如何走进城市的，他们如何在城市里安身生活，他们又是如何感受认知城市，他们有他们的命运，这个时代又赋予他们如何的命运感，能写出来让更多的人了解，我觉得我就满足了。”[②] 小说通过对一群农民工生存状态的细致刻画，

① 丁帆：《“城市异乡者”的梦想与现实》，《文学评论》2005年第4期，第35页。

② 贾平凹：《〈高兴〉后记》，《高兴》，作家出版社，2007，第436页。

写出了底层民众的乐观与顽强，表达了对底层的同情。

但这良好意图在改编电影中被忽视了，《高兴》的导演阿甘说："小说本身像是一种时代记录，和现实血肉相连，虽然有幽默成分，但还是叫人读后倍感酸楚。而要改成一部商业电影，我只想呈现其中喜的部分，悲苦的部分不如都压在人物内心，就像周星驰电影。"① 电影宣传海报上号称"这是一部快乐的电影；一部幸福的电影；一部在肮脏的地方干净活着的电影；一部有笑有泪、哭笑不得的本土歌舞电影"。通观全片，原著"有所为"的创作态度和目的荡然无存，代之以纯粹的戏谑。

影片对小说重新编码，使其彻底改头换面，最突出的是加入大量歌舞。片中比较重要的歌舞场面有五次，杂糅音乐、舞蹈和西安方言的说唱成分，展示了一个"既诡谲奇异又富梦幻色彩，而且一概是奔放跳跃的感官世界"。②

另外，电影强化了人物身上的幽默元素，片中的农民工除了男女主角，其他人物都被塑造得极其可笑，他们或者是留着锅盖头、穿着缅裆裤土气十足的"二愣子"，或者是油滑猥琐好吃懒做的小痞子，或者是咋咋呼呼头脑简单的艳俗大嫂。

情节上电影本着"快乐"原则，重点展现主角刘高兴的"美好爱情"，基本删减掉原作中城乡对峙的内容，小说中农民工在城市中"辛酸的遭际"被舍去或者模糊化，打工农民的身份认同危机在影片中被轻易解除。

---

① 《阿甘克隆周星驰——拍喜剧〈高兴〉笑中带泪》，《城市晚报》2009 年 2 月 10 日。

② 〔美〕詹明信：《后现代主义，或晚期资本主义的文化逻辑》，载《晚期资本主义的文化逻辑》，陈清侨、严锋等译，生活 · 读书 · 新知三联书店，1997，第 480 页。

事实上，小说原作中主人公刘高兴择偶和生存的困境有非常现实的基础，是对年轻一代农民工窘况的真实表现。研究指出，对于新生代农民工而言，他们在城市中面临着自我定位的困惑，不同于前几代农民工，年轻一代与农村、农业、土地的联系日益减少，他们生活在城市，但户籍仍在农村，在情感上他们倾向城市，具有与城里人相似的价值观、生活观、择偶观、婚恋观，向往城市生活，渴望融入城市社会，但却被城市各项制度挡在门外，只能是城市边缘人。他们往往干着最廉价的工作，工作时间长，休息时间少，一周工作 5 天以上，收入低，至今未完全消除的城乡二元结构的限制使他们在城市择偶市场上处于劣势地位，这使他们具有较强的失落感。[①]

关于农民工的影视作品本可以将这一社会问题呈现在公众面前，引起社会重视以推动问题的解决。但《高兴》的改编虽然对进城务工农民的生活有更加乐观积极的表现，却将严肃的事变得滑稽，真实的人变得虚假，过度娱乐化导致其思想价值和社会意义的损失。

学者赵宁宇指出，中国电影市场现阶段的实际情况，偏于闹剧风格的表演更受观众欢迎，他认为剧场表演对电影的闹剧化有明显影响，“在浮躁的世界中，连续不断的笑点、荒唐怪诞的剧情、浅显直白的台词、夸张变形的肢体语言，得到了观众的热烈欢迎”。[②] 观众对闹剧影片的偏好，鼓励了一干编剧在改编中对原

① 袁书华、贾玉洁、付妍：《新生代农民工问题研究》，山东人民出版社，2014；黄志强、容溶：《广西新生代农民工城市融入研究》，电子科技大学出版社，2017；国务院发展研究中心课题组：《农民工市民化：制度创新与顶层政策设计：校订本》，知识产权出版社，2021；方向新：《农民工尊严感与社会政策建构》，中国社会科学出版社，2022。

② 赵宁宇：《喜剧电影表演的闹剧化倾向》，《电影艺术》2020 年第 3 期，第 87 页。

作做刻意的闹剧化处理。

再以根据陈忠实同名小说改编的《白鹿原》为例，影片对原作回肠荡气的家国历史叙述和对人性复杂性的展现轻描淡写或者干脆删掉，着重描画性爱纠葛和暴力对抗等富有噱头的情节，以此吸引眼球；2019 年的《疯狂的外星人》，也因为对原作《乡村教师》的夸张改编，将崇高变得低俗，将对浩瀚宇宙的丰富想象变成市井耍猴，引起了原作读者的不满，实际票房低于预期。

正如赵毅衡从符号学角度指出的，“娱乐不像艺术那样，反过来指向文本自身的价值，娱乐的游戏文本本身没有价值。因此，娱乐是艺术符号的崩解融化，是意义的在场接受与即时结束”①。娱乐是平面无深度的，文学作品的娱乐化改编，消解了作品的思想意义和艺术价值，仅使留下嘻嘻一笑的短暂快感，这种完全从票房出发的改编策略无疑令人忧虑。

第四节　为人生、为艺术

目前，中国电影产业界结构远远不够完善，资本扩张的短期性和盲目性导致中国电影生产存在许多问题，一方面缺乏真正的国际视野，另一方面缺乏民族文化的自觉意识。一些电影编剧观念走入误区，著名编剧芦苇直言不讳地指出，“大家都知道中国电影目前存在一些非常低俗的现象。中国电影因为过度娱乐化和商业化导致它和真实的社会生活已经有很大的距离”②。在票房导

① 赵毅衡：《异化符号消费：当代文化的符号泛滥危机》，《社会科学战线》2012 年第 10 期，第 142 页。

② 《过度娱乐化和商业化 让电影与社会渐行渐远》，http：//enjoy. eastday. com/e/20190618/u1ai12600213. html，最后访问日期：2021 年 12 月 28 日。

向下，一部分商业电影“圈钱”情况严重，制作周期普遍较短，对质量的重视下降，难以作为承载着文化、思想和审美底蕴的艺术作品步入国际舞台，传播艺术和文化。

一　低劣制作的溃败

商业化、产业化之路必不可少，这是电影行业的发展大方向，没有商业化，就不会有不断更新换代的电影技术，没有商业化，就不会有积极的融资渠道和资本支持，甚至可以断言，没有产业化就一定没有中国电影繁荣的未来。但在重视电影的产业化的同时，也不能把商业化、产业化片面理解为用金钱开道，为金钱创作电影，唯利是图会给中国电影的深层发展留下伤痕，长此以往，电影的艺术特质会受到严重损伤，一味以娱乐为指向，必然也会渐渐失去有成熟审美判断的观众，缩小受众市场。

这一问题已经引起国家文化部门的重视，广电局接连发出的限娱令预示着政策风向标的转向，影视节目过度娱乐的倾向可能受到行政命令的遏制。而电影观众多变的口味也不能支持走红 IP+流量、闹剧化的电影生产长期持续。中国的观众正变得越来越成熟，对烂片的容忍度正在降低，好口碑的影片能够借由口碑发酵得到更多机会，而口碑差的影片很快就会失去观众。

2017 年《三生三世十里桃花》票房的失败就是近年来电影市场重要转向的标志之一。该片由同名网络走红小说改编，由当红流量小生杨洋和资深女演员刘亦菲主演，不管是原作粉丝群还是演员粉丝群都相当庞大，按照粉丝情感迁移的一般规律，影片票房是有保证的。但在上映之前，观众舆论对其质量就很不看好，而且，它的上映期正好撞车《战狼 2》。《战狼 2》虽然没有大 IP，没有流量明星，但作为主创团队多年打磨的第一部军事动作片，其题材新颖，制作用心程度远胜于靠营销和炒作起家的流量IP电影，价值观也相对更加正面、积极和进取，很快吸引了大量观众，获得了中国电影迄今最高票房56.79亿元。在和《战狼2》争夺观众和排片的过程中，虽然《三生三世十里桃花》极力炒作，演员路演宣传，号召粉丝包场，甚至使出订票锁场提高影院排片量的恶劣手段，票房仍远低于预期，止步于5.3亿元，如果按出品方阿里影业宣称的成本两亿元的话，实际上是亏本的。

可惜的是，《三生三世十里桃花》的口碑、票房双双崩盘，并没有惊醒视电影生产为投机的某些资方，他们没有及时意识到观众心态的转变。观众已经厌倦粗制滥造、一味靠粉丝、营销和炒作来拉票房的电影生产和宣发模式，但投资者还沉浸在挣快钱的迷梦中。2019年，在《流浪地球》之后上映的《上海堡垒》，同样选择IP+流量的产销策略，但流量小生鹿晗的加持对影片票房几乎起到的是反作用，影片上映第一天就口碑崩盘，舆论批评编剧江南只顾着捞钱、鹿晗演技太差、电影制作粗糙，甚至自媒体上很多观众自发宣传“抵制粗制滥造，不要买票观影”，最终上映9天，票房仅仅1.2亿元，排片0.1%，不得不提前下片，投资方可以说血本无归。按照陈旭光教授等对电影工业美学的论述，《上海堡垒》作为一部本该展现电影工业成熟的制作流程和先进技术的作品，却未能呈现“未来科技的想象与表达以及技术保障下的视觉美学盛宴”①，观众期待的落空是影片票房失败的主要原因。

---

① 陈旭光、薛精华：《电影工业美学视域下中国科幻电影新论》，《未来传播》2022年第2期，第70页。

针对资本青睐并砸重金的古装、大 IP、大制作的电影在 2018 年票房中的频频失利，《2019 年中国电影产业报告》明确指出，随着中国观众获取影片信息渠道的增加，常规的宣传营销对观众的影响力开始减弱，口碑和内容质量成为影片成败的决定因素之一，表明中国观众日趋成熟和理性。[①]

二　艺术与商业的平衡

如前所述，为了电影产业的健康发展，应该鼓吹更为严肃的创作理念。一部电影之所以受到观众的普遍认可，除了影像的美感，更重要的还在于它所蕴含的社会心理内容。电影是思想、艺术、娱乐结合的产物，“是社会生活的形象化的反映，同时它是以想象的形式化解社会矛盾的一种方式”[②]。电影是对现实中人的生存状态、命运遭际、情感和思想的反映，担负着传播思想、创造艺术的责任，对原作的改写应该在尊重不同媒介艺术特性的基础上，秉持保持和提升作品思想意义的原则。

从新时期以来的电影来看，这一原则在电影改编中付诸实践并取得成功的例子并不少。如根据冯骥才同名小说改编的《炮打双灯》、根据邓友梅《烟壶》改编的《八旗子弟》、根据林希同名小说改编的《天津闲人》、根据刘慈欣同名小说改编的《流浪地球》等，在提高观赏性的同时，对艺术性、思想性的提升做出了一定探索，达成了美学、商业性和社会价值的平衡。

以 1986 年的《神鞭》为例，这部电影根据冯骥才同名小说

---

① 《2019 中国电影产业研究报告》，https：//www. chinaxwcb. com/info/553677，最后访问日期：2021 年 12 月 27 日。

② 贾磊磊：《影像的传播》，广西师范大学出版社，2005，第 59 页。

改编，由西安电影制片厂出品，在电影界曾掀起不小的波澜，多年后回望，仍然能给我们许多启迪。在当时粗制滥造泛滥成灾的武打片中，该片独辟蹊径，与众不同，影片颂扬传统仁义道德，提倡吸收西方现代文明，有精彩武打场面，又具备很强的思想性，得到观众和批评界的一致好评。

小说作者冯骥才对他所熟悉的天津市井文化情有独钟，曾化用古典传奇故事的叙事品格创作了一批表现天津地域风土人情、市井俚俗、奇人异事的“津味小说”，以“怪事奇谈”“俗世奇人”系列等为代表，小说以天津话以及古典小说的白描入笔，极具故事性和传奇性，《神鞭》就是其中代表。

冯骥才自述，“《神鞭》仍是沿着鲁迅先生对民族劣根性批评的路子走。我称之为文化的堕力，辫子是个象征”①。作品对主人公傻二多有讽刺，如傻二比武胜利自命不凡，“一时，他有种当皇上那样的气吞山河之感……”② 他缺乏科学知识，迷信义和团吹嘘的刀枪不入的威力，在辫子被洋枪打断以后，惊恐不已，丧失自信心和意志。小说入木三分地描画出傻二的盲目、愚昧、保守、怯懦，用现代性眼光透视和批判传统文化，借傻二讽刺国民性中根深蒂固的弱点。

改编影片比小说立意更加正面，这主要就体现在人物塑造上。电影中傻二讲义气打抱不平，在民族危亡之际参加义和团运动驱逐洋人，失败后深刻反省个人和民族的弱点，改良革新，主动割辫子学神枪。对人物形象的变动，有学者在分析时指出，小

① 冯骥才：《我为什么写〈三寸金莲〉》，《文艺报》1987 年第 19 期。

② 冯骥才：《神鞭》，《冯骥才分类文集 2 · 乡土传奇》，中州古籍出版社，2005，第 198 页。

说《神鞭》通过傻二的人生起伏否定国民性症结，电影《神鞭》则从中挖掘民族的脊梁，“各自体现了20世纪中国文学在改造民族的灵魂这个总主题中存在的两个相反相成的分主题”①。此言确然，小说与电影一反一正，提出了理想新人的问题。电影中的傻二说：“辫子剪了，神留着，祖宗的东西再好，该割的时候就得割。无论怎么变也难不死咱们，什么新玩意儿都能玩到家，一变，还得是绝活！”表现出极强的民族自信心和自尊心，既具有传统儒家美德的温良、谦恭、仁义，又具有开拓创新、不断进取的现代意识。他作为新人的代表，被影片寄予民族文化传承与创新的厚望，片中借他之口表达“一变，还得是绝活”的期盼，这与时代背景紧密相关。

电影《神鞭》主题的表达基于对20世纪80年代主流思潮的把握。这一时期，改革开放在全国范围内迅速地全面展开，创新、变革是社会生活各个领域的关键词，现代化建设硕果累累，“城市经济生活通过有序的改革出现了前所未有的活跃局面”②，经济建设的欣欣向荣进一步引发了精神领域的进取之风，人们回想起那个时代，认为，“20世纪80年代是一个思索和渴望奋飞的年代，那时留给今天的回忆几乎全部是奋发向上的”③。正如当时的一首著名歌曲《年轻的朋友来相会》所唱：“美妙的春光属于谁？属于我，属于你，属于我们80年代的新一辈。”此时期的一般大众尤其是年轻人，尽管钱包可能依然干瘪，但普遍具有昂扬

---

① 胡克：《小说的〈神鞭〉与电影的〈神鞭〉》，《当代电影》1986年第4期，第59页。

② 金冲及：《二十世纪中国史纲：四卷》（增订版），生活·读书·新知三联书店，2021，第1419页。

③ 阿忆：《风雨北大 水木清华》，民主与建设出版社，2019，第127页。

的自信和对未来的乐观憧憬，意气风发，挥斥方遒。在充满活力与激情的社会风气中，《神鞭》应运而生，神枪取代鞭子正是时代精神的显影。

除了与时俱进的思想意义，在提高电影的商业价值上，《神鞭》导演张子恩也做出积极探索。他曾与钟惦棐通信称，电影是艺术也是商品，“我们既不愿让低俗的货色、平庸的电影占领广大电影市场，又不能让电影处于失去观众、经济上窘迫的境地，为此必须发展雅俗共赏，兼具娱乐性和艺术性的影片”①。影片因此加入了民俗味十足的热闹皇会、大快人心的惩治恶霸、神奇的比武、神秘的义和团拜坛降仙、虚实相生的与八国联军作战、最后出人意料的神枪制敌等场面，营造了不俗的视听效果，影片戏剧性、趣味性强，比小说具有更浓的市井传奇风味，赢得了观众和市场。

四十多年前《神鞭》的改编能敏锐地抓住大众的文化心理需求，兼顾电影作为艺术品与商品的双重属性，做到娱乐性与思想性并重，今天，进入新时代，社会主义现代化强国建设对电影产业发展提出了更高的要求，电影生产，质量为本，文学的影视改编必须进一步加强时代气息，提升思想内涵和审美价值，以“满足人们越来越丰富、多样的电影娱乐需要、认知需要、伦理需要和审美需要”②。对此，本书将在第八章中具体探讨电影改编的范式问题。

---

① 张子恩：《雅俗共赏与电影〈神鞭〉的形式——与钟惦棐老师的对话》，《当代电影》1986 年第 6 期，第 34 页。

② 尹鸿、梁君健：《在多向选择中创新突破——2019 年国产电影创作备忘》，《当代电影》2020 年第 2 期，第 4 页。

第八章　电影改编的时代方向

为了更好地讲述中国故事，提高中国特色社会主义建设的文化影响力，加强国家凝聚力，推动海内外文化交流，也为了赢得观众，中国电影生产出现了从主旋律到新主流的明显变化，这是当前中国式电影大片的发展方向。新主流化的电影改编策略，也通过实践被证明在提升影片的思想价值、艺术水准、商业前景上行之有效。

第一节　开放的主旋律

主旋律电影是中国特有的电影类型，承担着社会主义核心价值观的传播和宣传工作，发展主旋律电影是中国特色社会主义文化建设的重要组成部分。但是，20 世纪八九十年代成型的主旋律电影风格不适应 21 世纪以来变化的受众审美趣味，电影生产需要审美空间的新开拓。

近年来，受到政策利好、电影产业结构性调整、市场扩容与格局提升等多方有利因素的影响，主旋律电影展现出了新风貌、新面向、新境界和新景观，“实现了对主旋律电影原有创作框架和范式的拓展”[①]。在创新发展中，中国特色主旋律电影逐渐向新主流大片转变。今天的中国电影市场上，新主流电影正在逐渐成

---

① 饶曙光、兰健华：《近年“主旋律”电影创作的开拓与收获》，《中国文艺评论》2019 年第 12 期，第 12 页。

为国产片的质量代表和票房中坚，为中国电影提升艺术水准和增加经济收益起到了示范作用。因此，将文学作品再创作为新主流电影也成为值得探讨的改编原则。

一　概念的提出

20 世纪 80 年代中期开始，电影与政治逐渐疏离，这使当时的电影管理部门领导者感到主流意识形态①在银幕上有缺失的危

① 意识形态不是一个可以用本质论的方式下定义的复杂概念，应该从思想观念、思维模式、话语权斗争的角度，将之植入具体语境中加以探讨和使用。对意识形态的词义和由来作详细考察，意识形态一词最早由法国大革命时期思想家托拉西（Destutt de Tracy）引入西方哲学史，原意为通过对观念进行唯物的、科学的精确描绘和研究得到的知识，黑格尔《精神现象学》对意识在不同社会发展阶段上的具体表现形式的探讨，对意识形态含义转换起了重要影响。而对这一概念起到革命性影响的是马克思，他在《德意志意识形态》中将意识形态看成是某种社会为维持自己的存在和运转所必然带来的社会现象，属于观念上层建筑；他不但揭示了意识形态的生成和运作方式，而且指出了居于统治地位的意识形态为使自己的存在更具合法性而采用的种种话语策略和隐蔽手法。在他之后，列宁、卢卡奇、葛兰西等及法兰克福学派和法国的阿尔都塞从不同程度发展了意识形态理论。其中，葛兰西对文化和意识形态领导权的强调，对西方左翼学术尤其是伯明翰中心的文化研究产生了决定性影响。阿尔都塞揭示了意识形态作为主体与自身的一种想象性关系在社会生产活动中所起的作用，他在《意识形态和意识形态国家机器》中指出，意识形态是一种发挥着现实功用的物质性存在，是建构国家机器主体的活动。法兰克福学派将资本主义意识形态的本质特征描述为虚假性或非真实性，并将虚假性扩展为一切意识形态所固有的普遍特性，具有操纵、欺骗大众和为统治现状辩护等消极功能。卡尔·曼海姆对意识形态和乌托邦的迷幻进行分析和除蔽。伊格尔顿认为，意识形态并不是一套教义，而是人们在阶级社会中完成自己角色的方式，也就是把他们束缚在他们的社会职能上并用此阻碍他们真正理解社会的那些价值、观念、现象。尽管丹尼尔·贝尔断言，随着极权主义的消解和价值观念多元化格局的形成，意识形态走向终结，但只要人类社会存在，只要有等级和统治，意识形态就不可能终结。对意识形态诸多论述的归纳，可见〔英〕特里·伊格尔顿《美学意识形态》，王杰等译，广西师范大学出版社，1997；〔斯洛文尼亚〕斯拉沃热·齐泽克《意识形态的崇高客体》，季广茂译，中央编译出版社，2002；〔斯洛文尼亚〕斯拉沃热·齐泽克、〔美〕泰奥德·阿多尔诺《图绘意识形态》，方杰译，南京大学出版社，2006；汪民安主编《文化研究关键词》，江苏人民出版社，2007；〔美〕利昂·P. 巴拉达特《意识形态：起源和影响（第 10 版）》，张慧芝、张露璐译，世界图书出版公司，2010。

险。1987 年 2 月，全国故事片厂厂长会议特别强调电影作为国家上层建筑的一个重要部分，应有负载主流意识形态的职责。会议指出，体现时代精神的现实题材和表现党和军队光辉业绩的革命历史题材是弘扬民族精神的主旋律作品，必须采取有效措施繁荣这两大题材影片的创作，首次提出“突出主旋律，坚持多样化”的口号。时任中宣部副部长的贺敬之在会议上说：“作品的社会主义和共产主义的思想内容，应该成为我们文艺的主旋律。我们的主旋律必须反映时代精神，塑造社会主义新人，给人们以鼓舞和鞭策，而不能贬低、丑化、歪曲我们的社会主义。”① 同年成立重大革命历史题材影视创作领导小组。翌年，广电部、财政部建立“摄制重大题材故事片资助基金”，专门资助重大题材电影摄制。

所谓电影创作的主旋律，一般指“通过具体作品体现出一种紧跟我们建设社会主义时代潮流，热爱祖国，弘扬优秀民族文化，积极地反映沸腾的现实生活，强烈表现无私奉献精神，基调昂扬向上，能够激发人们追求理想的意志和催人奋进的力量”②。1991 年 1 月 9 日，国务院有关部门发布了《国家电影事业发展专项资金上缴的实施细则》，从细则颁布之日起，主管部门可以从每张电影票的票款中提取五分钱作为“主旋律”影片的资助资金，国务院也制定了《国家电影事业发展专项资金使用和管理暂行办法》。有了政府基金和红头文件的保驾护航，“政府从政策和

① 贺敬之：《关于当前文艺战线的几个问题——在全国故事片厂厂长会议上的讲话》，载中国电影家协会主编《中国电影年鉴（1987）》，中国电影出版社，1990，第 1~6 页。

② 本刊评论员：《突出主旋律 坚持多样化——电影创作的广阔道路》，《当代电影》1991 年第 1 期，第 10 页。

法规上把主旋律创作作为一种制度固定下来”[1]。随着社会主义市场经济体制的逐步确立和经济结构调整，主旋律电影的生产格局和基本面貌也发生了相应调整。

二　内涵和外延的扩展

1994年，中共中央总书记江泽民在全国宣传思想工作会议上的讲话中提出四个一切，“一切有利于发扬爱国主义、集体主义、社会主义的思想和精神；大力倡导一切有利于改革开放和现代化建设的思想和精神；大力倡导一切有利于民族团结、社会进步、人民幸福的思想和精神；大力倡导一切用诚实劳动争取美好生活的思想和精神”[2]。从这四个“一切”里，可以看出“主旋律”标准比之前更宽泛。

学界也把主旋律看作一个灵活弹性的概念，对主旋律的定义有诸多解释，如“一切有利于现代化建设和改革的优秀之作，一切有利于激发人们奋发图强、开拓创新、积极进取的优秀之作，一切有利于陶冶人们的道德情操的优秀之作都应当成为当代电影的主旋律”[3]。“如果一部作品的思想品格能以积极向上的精神力量陶冶群众、净化心灵，我们就可以说它表现了时代主旋律的精神。”[4]“正面表达国家主流政治文化、直接服务于革命和政治需

① 陆绍阳：《中国当代电影史：1977年以来》，北京大学出版社，2004，第119页。

② 《江泽民总书记在全国宣传思想工作会议上发表重要讲话》，《中国广播电视学刊》1994年第2期，第4页。

③ 评论员：《高奏社会主义时代的主旋律》，《电影通讯》1991年第5期，第89页。

④ 柳城：《关于主旋律、多样化及其他》，《北京电影学院学报》1995年第1期，第47页。

要的那些影片。”[①] 类似阐释扩大了“主旋律”的包容度，使之具备了与不同类型电影融合的理论依据。

主旋律电影创作在主要考虑意识形态功能和社会效益的同时，也要考虑经济效益和票房收入。1996 年，在长沙召开了新中国成立以来规模最大、规格最高的全国电影工作会议，其后，主要是依靠经济手段而不是行政手段来促进主旋律电影健康有序地发展和繁荣，如成立紫禁城影业公司，对获得政府华表奖的影片进行重奖，吸引一大批有实力有才华的导演加盟主旋律电影的创作都是其具体的措施和手段，正是在这种背景下，主旋律电影开始向“新主流电影”转向。

第二节　新主流电影转向

从本质上说，主旋律电影是官方意识形态对个体的召唤和质询，按照阿尔都塞的观点，意识形态通过意识形态国家机器——学校、出版、电视、文学、教会、党派等把个体召唤或询唤为主体，并利用其镜像结构的双重映照使个体臣服于主体，互相认识和互相担保，被放置于意识形态国家机器的仪式所支配的实践中。[②] 1949 年以后，电影承担了官方意识形态质询的责任，“文革”后随着“左倾”意识形态及思想文化被彻底否定，广义的革

① 陈犀禾、刘帆：《主流大片：邓小平理论在文化实践中的一个典范》，《当代电影》2009 年第 12 期，第 50 页。

② 〔法〕路易·阿尔都塞：《意识形态和意识形态国家机器》，李恒基、杨远婴主编《外国电影理论文选》，生活·读书·新知三联书店，2006，第 685～740 页。另见俞吾金、陈学明《国外马克思主义哲学流派新编（西方马克思主义卷）》，复旦大学出版社，2002。

命意识形态也受到质疑，经历过多次政治运动的人们对乌托邦构想、历史的必然性、道德政治模式、阶级斗争、单一的民族国家建构叙事的信心发生了动摇，官方意识形态在询唤人们的主体位置上出现了障碍。

主旋律电影因此被寄予厚望，但是经过一段时间的电影拍摄、发行、放映实践，文化管理部门和宣传部门发现，老套的主旋律电影在市场上毫无竞争力，这种充满政治和道德说教的观念图解式影片根本无法与娱乐片竞争，实在不足以实现传唤民众、整合社会的功用，正如学者指出，“主流电影应当采取类型化的叙事策略……改变那种完全把个人、家庭的幸福与国家、民族的利益截然对立起来的叙事模式”①，主旋律电影的题材、叙事策略和美学观念都亟须改变。

一　融合中的新生

在主旋律寻求改变创新的同时，商业影视制作也在悄然改变，产生向主旋律靠拢的趋势。

本来，在影视生产公司看来，后现代主义盛行的消费社会中，观众厌倦各种教化手段、天性喜好感官娱乐，他们的历史观是碎片式的，反崇高、反英雄、反传统是他们的理念，因此，影视公司生产的大多数产品都以娱乐化为宗旨，以强化感官刺激为手段，力争满足观众的猎奇心和符号消费欲望。但商业机构在推销影视作品的过程中发现，主旋律精神和革命题材也常常获得观

① 贾磊磊：《中国主流电影的认同机制问题》，载中国电影家协会编《中国电影新百年：合作与发展：第十四届中国电影金鸡百花电影节学术研讨会论文集》，中国电影出版社，2006，第145~161页。

众的热烈认同。如 2002 年热播的电视剧《激情燃烧的岁月》、2004 年的《历史的天空》《恰同学少年》、2005 年的《亮剑》、2007 年的《士兵突击》和《走出硝烟的男人》、2008 年的《光荣岁月》《天下兄弟》《我是太阳》、2009 年的《我的团长我的团》《人间正道是沧桑》、2014 年的《北平无战事》、2015 年的《伪装者》、2017 年的《风筝》、2019 年的《破冰行动》、2021 年的《觉醒年代》等都取得了很高的收视率和好口碑。这证明革命信仰、红色文化、英雄主义等对当代观众仍然具有较高的吸引力。

电影电视作为大众文化产品，自然要顺应观众文化心理。从票房、社会影响和审查的角度考虑，为更大程度吸引各层次观众，更多占有市场份额，电影生产方有意识主动向主旋律靠拢，尝试把商业性的、诉诸大众视听消费欲望的叙事模式、拍摄风格与主流意识形态的思想内核、价值取向融合在一起，形成了新主流电影。

1999 年马宁提出“新主流电影”的概念，将其界定为青年电影工作者创作的有创新的低成本电影,① 但这个词在使用中被新的含义覆盖。随着国产片的创作对商业化、市场化的探索，学界对中国本土主流电影新趋势有了更深入探讨，尤其 2007 年影片《集结号》爆冷引发学界热议，认为影片树立了“中国主流大片的新范式”;《当代电影》2008 年就“新世纪主流电影的新形态与新格局”展开讨论，讨论者对“什么是中国的主流电影”与“如何建构中国的主流电影”等提出新思考：赵葆华、饶曙光等对国产主流大片从文化和产业相互生发、彼此融合的层面进行相对辩

① 马宁:《新主流电影：对国产电影的一个建议》,《当代电影》1999 年第 4 期，第 4 页。

证的批评研究，[①] 饶曙光于2009年提出了要从历史的宏观角度去看“主流电影”的出现和生成。[②] 后又对“主流电影”的概念提出和理论界定进行系统梳理，同时作者也质疑了“主流电影”这一概念引发的歧义[③]；贾磊磊提出，“使中国传统的主旋律电影走向商业化的制片体制，同时使中国的商业电影体现出爱国主义、集体主义的主旋律精神”[④]；李道新提出，马宁的“新主流电影”缺乏政治意识形态的鼓励、资本市场的支持与观众群体的认同，无法成为中国电影的主流，他针对陶东风、周志强、朱大可和肖鹰等对国产大片的批评，指出主流大片话语与中国整体文化环境联系在一起，其生产和消费需要创新；[⑤] 丁亚平指出，国产主流电影需要正确的价值认知、先进文化思想与观念意识的贯注，同时有赖于市场强大的传播力、电影形式与风格的创新。

周星、陈犀禾将新主流电影表述为：“主流意识形态认可、国家政策倡导、主导文化价值观体现、情态表现积极向上，表现历史与现实健康情趣的电影创作。”[⑥] 这一定义逐渐受到认可，皇甫宜川、赵卫防、张卫、陈旭光、梁振华等指出，新主流大片概

① 赵卫防：《中国主流电影的文化认同及发展策略——“全球化视野下主流电影的文化认同及产业发展学术研讨会”综述》，《当代电影》2008年第1期，第30页。

② 饶曙光：《改革开放三十年与主流电影建构》，《文艺研究》2009年第1期，第76页。

③ 饶曙光：《主流电影体系建构与中国电影可持续发展》，《电影新作》2013年第1期，第4页。

④ 贾磊磊：《重构中国主流电影的经典模式与价值体系》，《当代电影》2008年第1期，第21页。

⑤ 李道新：《主流大片的话语建构与中国电影的生态命题》，载周建新主编《新世纪中国影视研究景观》，中国传媒大学出版社，2014，第106页。

⑥ 周星：《中国电影的普适性创作支撑——新主流电影的认知思考》，《艺术百家》2013年第1期，第37页。

念的达成共识实际是商业电影、主旋律电影、艺术电影三分法的界限逐渐模糊，三类电影互相同化、互相顺应。[①]

尹鸿等指出，新主流电影的特点是“必须是主流市场所接受、所认可、所欢迎的大众电影，但同时又鲜明地体现了富强、民主、文明、和谐，自由、平等、公平、法治，爱国、敬业、诚信、友善的主流价值观的电影”[②]。刘藩等对新主流电影的题材和价值理念作了归纳。[③]

综合他们的解释，新主流电影在价值理念上以中国特色社会主义建设理论和实践为指向，尊重主流意识形态的权威性，弘扬主旋律，在叙事上提倡多样化，回避空洞的政治图解和口号宣讲，追求视听语言的高度趣味性，情节设置符合以中青年为主要构成的主流观影人群的审美追求，巧妙弥合主旋律与大众文化之间的错位和裂隙。

二　争议中的热映

新主流是主旋律电影发展的新阶段，是深受政治意识形态的电影生产与市场接受多年磨合的结果，也是近年来影坛最受关注的焦点之一，从 2007 年至今，多部新主流影片接连热映，掀起了这类影片拍摄和放映的浪潮，《2011 年中国电影艺术报告》称："2010 年，是中国电影艺术整体提升的一年，也是电影创作走向

---

① 张卫、陈旭光、赵卫防、梁振华、皇甫宜川、张俊隆：《界定・流变・策略——关于新主流大片的研讨》，《当代电影》2017 年第 1 期，第 4 页。

② 尹鸿、洪宜：《新主流电影中的家园意识》，《广西民族大学学报》（哲学社会科学版）2019 年第 2 期，第 2 页。

③ 刘藩、郭瑾明：《新主流电影的内涵与创作要点》，《中国电影市场》2020 年第 2 期，第 17 页。

丰富和成熟的一年。主旋律基本转化为主流电影创作模式。”[①]

新主流电影占领了中国电影市场大半江山，“成功体现电影产业在国家软实力竞争中所发挥的重要作用”[②]。从2010年至今，代表性的新主流电影有《云水谣》《集结号》《唐山大地震》《十月围城》《建国大业》《风声》《秋之白华》《金陵十三钗》《湄公河行动》《我不是药神》《战狼》《红海行动》《流浪地球》《智取威虎山》《烈火英雄》《长津湖》《长津湖之水门桥》《我和我的祖国》《我和我的父辈》等。这些影片几乎都获得了票房的极大成功，《战狼2》和《红海行动》分别是2017年、2018年的票房冠军。2019年电影票房前五中仅有一部进口影片，其余四部为《哪吒之魔童降世》《流浪地球》《我和我的祖国》《中国机长》。其中，《哪吒之魔童降世》强烈表达着新时代下昂扬奋进和自信坚强的中国精神，后面三部是典型的新主流大片。2020年票房前二是《八佰》《我和我的家乡》。2021年票房冠军是《长津湖》。可以说，新主流大片极大地决定着中国电影的发展方向。

面对新主流电影发展的蓬勃态势，学界对这一类型影片相关问题的讨论也非常热烈。

刘伟强等对《建国大业》进行了类型叙事分析；[③] 赵卫防认为《红海行动》在主流价值观的表现方面获得了多元向度和深

---

① 中国电影家协会理论评论工作委员会：《2011中国电影艺术报告》，中国电影出版社，2011，第3页。

② 张斌：《新主流电影的产业动力与文化逻辑》，《编辑之友》2020年第5期，第64页。

③ 刘伟强、黄建新、谭政：《〈建军大业〉：新主流电影的类型叙事——刘伟强、黄建新访谈》，《电影艺术》2017年第5期，第52页。

刻性，[①] 陈红梅指出其丰富了华语电影的类型美学，是新主流大片的典范；[②] 齐伟指出以《战狼2》《红海行动》为代表的中国军事电影新高峰建构了新的类型惯例，[③] 詹庆生、冯晓彤指出这些影片塑造了新的军人形象，参与了新时代语境中国故事及其相关价值和理想的讲述；[④⑤] 张慧瑜、盖琪指出，《流浪地球》开启了新的大国叙事、全球叙事，[⑥⑦] 指向"新天下秩序"的价值论述；虞吉等对新主流电影的英雄形象塑造进行了分析，指出这类影片中的英雄塑造呈现出平民化和类型化的特点。[⑧] 赵彬注意到新主流电影迎合了新的时代环境背景下国家和观众对于建构新的大国形象的心理诉求。[⑨] 赵平、路金辉则从商业推广的角度分

① 赵卫防：《〈红海行动〉：主流价值观表达的新拓展》，《当代电影》2018年第4期，第20页。

② 陈红梅：《从〈红海行动〉看"新主流大片"的影像表达与类型探索，《中国文艺评论》2018年6期，第109页。

③ 齐伟：《新主流军事电影的类型惯例与文化逻辑》，《当代电影》2018年第6期，第29页。

④ 詹庆生：《突破·突围·崛起——"主旋律"电影的创新发展之路》，《电影评介》2018年第7期，第3页；詹庆生：《〈战狼〉：爱国主义与英雄主义的交响》，《文艺报》2015年4月29日；詹庆生：《"新主流"电影中的军人形象建构及其文化意义》，《中国艺术报》2019年7月31日。

⑤ 冯晓彤：《新主流大片时代：缝合机制与范式升级——从〈战狼2〉〈建军大业〉说开去》，《四川戏剧》2018年第6期，第39页。

⑥ 张慧瑜：《〈流浪地球〉：开启中国电影的全球叙事》，《当代电影》2019年第3期，第22页；张慧瑜：《讲好中国故事 反映时代精神》，《文艺报》2019年4月15日。

⑦ 盖琪：《末日时代的新天下秩序：〈流浪地球〉与新大国叙事》，《探索与争鸣》2019年第3期，第79页。

⑧ 虞吉、张钰：《"英雄性"与"英雄性审美"——论"献礼电影文化模式"的演变与重塑》，《当代电影》2020年第4期，第4页。

⑨ 赵彬：《新主流大片中的国家形象分析》，《电影新作》2018年第2期，第80页。

析了新主流电影的市场营销手段和明星化策略。[①][②] 其他对于《流浪地球》《归来》《唐山大地震》等片中的家庭伦理、人文精神也有较多讨论。

对新主流电影的成绩和不足，陈旭光等提出，新主流电影大片是在主旋律电影文化基础上对多元文化资源的有效整合，表现出了对主流观众的最大尊重，并指出新主流电影大片还需在类型定位、类型叙事、工业体制、想象力消费诸方面下足功夫；[③] 尹鸿等提出，新主流影片以正剧题材、精良制作、低起点人物、个体视角、国族情怀、认同想象为核心特征，达成主流价值观、大众国族认同想象的融合，但仍面临着题材狭隘、类型单一、主题局限的问题；[④] 也有学者指出，新主流影视明确的主导意识形态诉求性和边界性，使其跨文化的感染力很可能不如一般意义上的国产剧情片，新主流影视的价值力量在更大程度上应该是内向型

---

① 赵平：《新媒体环境下新主流电影营销探析》，《当代电影》2017 年第 12 期，第 167 页。

② 路金辉：《大众文化背景下新主流大片的明星化策略探析》，《当代电影》2017 年第 12 期，第 152 页。

③ 陈旭光：《中国新主流电影大片：阐释与建构》，《艺术百家》2017 年第 5 期，第 13 页；陈旭光：《类型拓展、“工业美学”分层与“想象力消费”的广阔空间——论〈流浪地球〉的“电影工业美学”兼与〈疯狂的外星人〉比较》，《民族艺术研究》2019 年第 3 期，第 113 页；陈旭光：《“蓝皮书”视野下“新主流”或“重工业”电影的新发展》，《齐鲁艺苑》2019 年第 4 期，第 72 页；赵立诺、陈旭光：《“新主流”引领下的现实拓展、多元类型与“想象力消费”——2019 中国电影年度报告》，《文艺论坛》2020 年第 1 期，第 99 页。

④ 尹鸿、梁君健：《新主流电影论：主流价值与主流市场的合流》，《现代传播（中国传媒大学学报）》2018 年第 7 期，第 82 页；尹鸿、洪宜：《新主流电影中的家园意识》，《广西民族大学学报》（哲学社会科学版）2019 年第 2 期，第 2 页。

而不是外向型的。①

结合本书第六章对影响电影生产和接受的多重因素的分析，不难看出，新主流电影深谙中国政治、经济、文化现状，准确定位受众，它对主旋律与商业的巧妙融合，一方面迎合观众的视觉快感，另一方面满足主流意识形态宣传与观众文化心理的需要，从而成为当前中国大银幕上的热门类型。“虽然国家意识形态的监控与市场化要求之间存在诸多矛盾，然而在影视图像叙事表现大众欲望之梦这一点上双方却达成了共谋”②。新主流电影受到从上至下、从学界到观众的一致好评，正在成为国产片中占据主要市场份额的电影类型。

第三节　新主流化的电影改编

从主旋律到新主流，尽管在叙事手法、影像风格等方面产生变化，内里一以贯之的仍是对中国当代主流意识形态的确认，新主流电影揭示出广大民众对美好社会、和谐人际关系、高尚人生信念、幸福生活的向往和想象。

当前，文学作品的电影改编存在新主流化的明显倾向，也即选取小说本故事中合适的情节，注入爱国主义、集体主义、和谐人际关系等主流价值观，增强影像视觉冲击力，好莱坞商业片元素与中国特色政治言说融合，将原本可能与主流意识形态毫无关系的小说文本打造成主旋律电影。

---

① 盖琪：《新主流影视：历史位置、问题意识与使命意识》，《编辑之友》2020年第5期，第73页。

② 于德山：《视觉文化与叙事转型》，《福建论坛》（人文社会科学版）2001年第3期，第28页。

一　新主流化电影改编的滥觞

新主流化的改编方式发端于2007年的《集结号》。首先，影片与小说原作《官司》相比，增强了故事推进的紧张气氛，开场戏采用多种视听手段把小说中平淡的只有一句话的战斗描写扩充为一场异常残酷的阵地战，3分钟的激战段落用了197个镜头，平均每个镜头用时不到一秒钟，通过快速切换的瞄准、射击、前进等短镜头、紧张的军人面庞特写、逼真的子弹破空声和人体中弹的闷响及硝烟弥漫、血肉横飞的场景制造出惨烈的战争场景，紧紧抓住了观众的注意力，多采用近景、中景、特写来清晰展示我军战士在战争现场血肉横飞的惨状。[①] 这场戏凸显战争对个体无情抹杀的残酷，强化了后来连队牺牲的悲壮感，让谷子地终生寻找具有感情上的可信性和道义上的正义性。

除了影像产生的视觉冲击力外，影片突出表现英雄捐躯赴国难，视死忽如归的伟大情怀，勾起了观众对为国牺牲的革命先辈的怀念和崇敬。小说中，谷子地最终寻求无果，最后想着“很难说到底谁对谁错，也无所谓谁对谁错”，稀里糊涂地默默离去。电影中，谷子地坚持不懈的追寻终于换来了庄重正式的追授九连烈士们“中华人民共和国解放军奖章”的仪式，谷子地的追寻终于有了收获，他作为英雄的身份得以确立，九连全体指战员的烈士名誉与生命价值最终得到革命集体的承认，由于具象化的影像必然带来的现场感和代入感，不仅剧中人找到组织，观影者同样感到集体主义对个人的召唤和接纳，至此，影片完成了主流意识

① 学者李掖平对这场戏的镜头运用有非常精彩的描述，参见李掖平《〈集结号〉：革命战争影片的新突破》，《理论学刊》2008年第11期，第116~117页。

形态价值观的表述。

《集结号》的改编获得专业学者的交口称赞，郑洞天、尹鸿、倪震、汪天云、饶曙光、赵葆华、陈墨、李道新、张颐武、胡克、黄式宪等专家学者，围绕《集结号》的创作成就及其对于中国电影的重要影响和意义，展开了热烈而又深入的探讨，认为影片“自投拍之初就确立了积极的价值取向，同时结合市场规律但明确其主流、商业、战争大片的定位，在这个影像纷呈并时显浮躁的年代里重拾一份对英雄主义的尊崇和执着信念的颂扬……或许在思想深度、人文深度等方面并不是最高的，但它的意义在于为主流电影创造了一种样板”[①]。

从电影工业发展的角度，影片被认为是电影发展的一块界碑、新航道和分水岭，“时间将会证明，这部原本属于冯小刚导演的个人转型之作，会在中国大陆当代电影史上产生深远的转型意义”[②]。现在来看，学者们并没有过誉，他们准确指出了《集结号》之后中国主流电影的发展方向。

而对电影生产企业来说，本片取得的利润硕果更具有路标指示的作用。在《集结号》上映之前，舆论大多认为该片会在《投名状》面前一败涂地。首先，《投名状》巨星云集，李连杰、刘德华、金城武、徐静蕾个个大牌，票房号召力十足，而《集结号》主演张涵予，当时仅仅是一个初转型的配音演员，默默无闻，票房号召力基本可以忽略不计。其次，《投名状》的制作成本高达2亿元，而《集结号》仅仅8000万元，电影是砸钱的行

① 高山：《中国主流大片的方向——电影〈集结号〉学术研讨会综述》，《当代电影》2008年第2期，第60页。

② 王一川：《从大众戏谑到大众感奋——〈集结号〉与冯小刚和中国大陆电影的转型》，《文艺争鸣》2008年第3期，第115页。

当，高成本确实可以保证至少在视觉效果上的高质量，《投名状》无疑高出《集结号》一筹。再次，《投名状》中三角恋爱、兄弟阋墙的情节，很吸引一般民众的兴趣，尤其是徐静蕾的激情戏，赚足了噱头，而《集结号》就是纯男人戏，基本没有情爱戏码，还是过时的革命战争题材，对年轻观众可能没有吸引力。

两部电影都选在圣诞档期上映，[①] 打擂台争夺观众，大多数影评人预测《集结号》出品方会亏本。但令人吃惊的是，依靠口口相传的好口碑，经过激烈争夺，最终内地票房两者相距并不大，《集结号》成为 2007 年内地票房亚军，票房将近 2.1 亿元，这个结果极大鼓舞了投资方的热情和信心。

二　新主流化改编策略的发展

《集结号》的成功为之后的电影创作树立了榜样。后来的《金陵十三钗》《唐山大地震》《归来》《芳华》《智取威虎山》《烈火英雄》等票房口碑都取得较好成绩的改编电影，实际上都采取了《集结号》的改编策略——对文学原作的新主流化再创作。

如对《金陵十三钗》的改编，李道新认为，“张艺谋的谋略是令人赞叹的。他把大量的投资、先进的特效、不短的篇幅以及饱满的激情用来表现南京城那场惨烈的中日两军巷战，并主要通过佟大为饰演的李教官，将中国军人毅然赴死的刚烈血性和高山仰止的民族气节呈现在银幕上，真的是荡气回肠、感天动地”[②]。

---

① 《投名状》上映时间 2007 年 12 月 12 日，《集结号》上映时间 2007 年 12 月 20 日。

② 李道新：《〈金陵十三钗〉：“南京”叙事和性别叙事》，《中国电影报》2011 年 12 月 22 日。

这一评价准确指出了该片以战争场面和情感指向打动观众的有效改编策略。

以《唐山大地震》为例详细阐释，在前文中已经分析了影片对小说情感主题的转换，除此之外，还需注意的是电影的人物身份设置和背景营造。在小说中，养父是一个形象佝偻的中年男性，是中学教师董桂兰的丈夫，他在妻子过世后无法忍受身心寂寞，竟然对 13 岁的养女伸手。而电影中的养父，由陈道明饰演，身份是军人，外形儒雅可亲，性格正派博爱，电影用很大篇幅表现解放军夫妇怎样收养方登，并对她百般爱护，这段叙事显然不是一般性的家庭日常故事，对养父母身份、性格、行为的重新设置，对方登在养父母家安定生活的描述，传达的是解放军是人民的子弟兵、军民鱼水情的主流观念。

在军民关系上，习近平总书记指出，“军政军民团结是我们党和国家的显著政治优势”，“我军要在完成好军事任务的同时，支援地方经济社会发展，支持打赢脱贫攻坚战，协助地方做好维护社会大局稳定工作”。[①] 自诞生之日起，中国人民解放军就一直强调一切为了人民、一切服务人民的宗旨；在社会主义建设实践中，从 1998 年抗洪、2008 年抗震救灾到 2020 年抗疫，解放军都做出了巨大贡献，在与人民群众携手并肩、浴血奋战中，结下了“军爱民”“民拥军”的鱼水情谊。

《唐山大地震》对方登养父母的表现，尤其是对其养父温和、慈爱、包容、正直的性格塑造，非常符合人们对子弟兵形象的认

---

① 习近平出席解放军和武警部队代表团全体会议，http：//www.china.com.cn/lianghui/news/2020-05/26/content_ 76093612.shtml，最后访问日期：2020 年 2 月 7 日。

知。在地震中受伤，离开父母的方登被这个军人家庭接纳和抚养，代表解放军对受难百姓的拯救。从这个意义上，可以说，《唐山大地震》是一部优秀的军人形象宣传片。

在叙事上，小说原作是用倒叙展开方登个人化的心灵史，而电影采取多线叙事，表现了方登生母李元妮对女儿的怀念和愧疚、方登从被收养到出国再到回国探亲疗伤、弟弟方达从懵懂孩童到成为成家立业的男子汉这三个主要人物的人生经历和心灵成长，共同体现精神创伤的修复这一主题。

影片故事时间跨度改为 1976 年开始，结束于 2008 年，也即两次大地震之间。1976 年的“唐山大地震”与毛泽东逝世被作为自然和政治的双重地震，中国开始了新时期的“阵痛”，而 2008 年的汶川大地震却实现了国家紧急动员与民间志愿救援的结合，是奥运会盛大开幕和中国经济高速崛起的时代。[①] 影片对这两个时间节点的选择当然是颇有深意的，影片展现了从 1976 年到 2008 年这三十多年间中国社会政治、经济的发展进步，方达从贫穷到富裕的社会闯荡经历，就是一个普通工人家庭的身有残疾的孩子最终实现中国梦的过程，影片借此赞美了中国人努力拼搏，让国家繁荣富强的奋斗。

同时，小说中方登在心理医生的干预之下逐渐打开心结，回到故乡唐山探亲，听到母亲念叨孙子、孙女的名字“纪登”“念登”，多年未流下的泪水在这一刻夺眶而出，终于走出了往事的阴影。电影的结局处理则是在汶川地震后的救援中，姐弟作为志愿者参加救灾时相遇。电影的处理有三点用意，第一，在叙事上

---

① 张慧瑜：《重建、弥合与新的“旧伤痕”——新世纪以来国产影视剧中的家庭叙事及其社会功能》，《文艺争鸣》2018 年第 2 期，第 102 页。

两次地震形成呼应，故事从地震开始，又以地震结束，结构完整；第二，唐山大地震后的狼藉场面与汶川大地震后志愿者从四面八方赶来救援形成对比，表现出国家凝聚力和国力的大幅增强；第三，从美国回来的方登在救灾中与弟弟相遇，暗示离开者回归祖国，奉献祖国，才能重新与血肉亲人互相理解和接纳。

综上，影片在故事的讲述中，融入了强化民族自豪感、爱国主义思想的考虑，大大超出了小说原作的情感空间。而凭借 3 天破亿元、4 天 1.7 亿元、5 天破 2 亿元，7 天破 3 亿元，11 天破 4 亿元的票房成绩，《唐山大地震》创造了截至 2010 年的中国电影票房的 9 项新纪录，最后收于 6.5 亿元，这证明大众对这种改编的认可和欣赏。

科幻片《流浪地球》2019 年 2 月在强敌环绕的春节档中杀出重围，上映第一天就口碑爆棚。从影评网站猫眼、豆瓣，以及知识社交媒体知乎、网络社区天涯的讨论帖来看，其实在上映之前，一般观众对这部影片并不看好，不仅年轻导演郭帆的执导水平尚待验证，而且中国银幕上从未出现过本土硬科幻大制作，那是对整个电影工业水平的极大考验，何况这部影片剧组缺钱、经费不足的问题早就被媒体报道过，不少观众是冲着影片原著改编自刘慈欣小说，出于对凭借《三体》获得雨果奖的大刘讲故事能力的信任，或者仅仅出于支持国产电影的心态，在一种“差不多就行”的预期中走进影院，观影后却深受感动，成为所谓的“自来水”，在社交网站、自媒体、朋友圈积极推荐，邀请亲朋好友观影。

经过舆论发酵，《流浪地球》引起轰动，票房一路攀高，最终止步于惊人的 46.56 亿元，目前仍保持国产片票房第五。实际上，这部电影只截取了原作的一小段加以展开，在主题、情节、风格各方面都与原作相去甚远，如前面章节相关论述，本片的成功靠的不仅仅是精湛扎实的特效制作，更能打动观众的还是其中浓厚的家园眷恋、东方家庭亲情和人类命运共同体大爱。

中国电影具有广阔的受众面和深厚的经济潜力，但作为艺术作品，在大力开发市场，推动产业发展的同时还应该实现影片思想性和艺术性的提升，“电影题材不能不适应市场发展，却又要警惕文化和商品的‘野合’，提高自己创作和题材处理的竞争力，让观众愿意接受，形成创作和观众的共鸣”①。从《集结号》到《流浪地球》，十多年的电影生产和放映实践证明了新主流化改编在增强艺术感染力，扩大受众面，提升票房上的有效性，为融媒体时代文学作品跨媒介传播的途径和方法提供了可资借鉴的范本。从中国社会当下政治、经济环境和人文思潮来看，新主流电影仍将保持旺盛发展态势，新主流化的改编策略预计还将在较长一段时间内受到电影生产方和受众市场的青睐。

---

① 丁亚平：《改革开放四十年中国电影创作流变及其发展策略——从电影题材的复杂性看当代电影创作的意义》，《当代电影》2018 年第 7 期，第 4 页。

结　语

一　电影改编的现实感

习近平总书记指出，“文艺是时代前进的号角，最能代表一个时代的风貌，最能引领一个时代的风气”①。“文艺深深融入人民生活，事业和生活、顺境和逆境、梦想和期望、爱和恨、存在和死亡，人类生活的一切方面，都可以在文艺作品中找到启迪。”②

艺术作品是对生活的重构和再现，每个时代都有属于自己的艺术作品选题、审美趣味、价值判断上的总体特征和趋势。在“文革”结束后，文艺创作进入新时期，从前文的分析，我们可以看到电影对极左政治的反思，对人道主义的呼唤，对传统文化的审视。随着改革开放的进行，电影表现出面对变革的震惊、在进步和获得中的欣喜、在改变与动荡中的失落、展望未来的期盼和迷茫，影片在主题和风格上与社会政治、经济、文化的发展变

---

① 中共中央宣传部编《习近平总书记在文艺工作座谈会上的重要讲话学习读本》，学习出版社，2015，第 8 页。

② 中共中央宣传部编《习近平总书记在文艺工作座谈会上的重要讲话学习读本》，学习出版社，2015，第 21 页。

革基本同步。

朗西埃关于艺术作品如何以更加感性的方式通过“言说”而非“再现”的途径去关联政治的论断，拿来分析中国当代电影创作与社会政治经济形势的关系很有启发性。他在论述俄罗斯诗句如何将诗性的能指从国家-象征对这些能指的征用撕扯开来时，谈到了语言自身的艺术性来源及其魅力，“诗歌-政治关系的基轴并不在于言述的‘真理’对被再现之物‘品质’的依赖，而在于表现（presentation）的方式，在于言述使自身在场的方式，在这种方式中，言述强调的是对感性中的直接涵义（significance）的认知”①。中国电影对现实的表达还不完全是朗西埃所表述的感性的方式，它的情况更为复杂，既有坦率的对政治意图、前景想象、生存状况的直接再现或陈述，又有更为隐晦和诗意的凸显其自身的感性言说。在本书所论的新时期以来的改编电影中，前者如《天云山传奇》《芙蓉镇》《智取威虎山》《风声》《集结号》《如意》《牧马人》《鬼子来了》，后者如《红衣少女》《城南旧事》《青春祭》《唐山大地震》《求求你表扬我》《归来》《流浪地球》等，但无论是言说自身或是再现社会，中国电影往往是关于时代、国家、民族的寓言，具有普遍的、一致的、恒久如一的对现实的深刻介入。

中国电影以其与现实的紧密联系，形成了独特的艺术特质和思想意蕴，正如李道新指出，“中国电影呈现出一种普遍的特殊性或特殊的普遍性，并为世界电影提供了一种最丰富、最复杂甚

① 〔法〕雅克·朗西埃：《词语的肉身：书写的政治》，朱康、朱羽、黄锐杰译，西北大学出版社，2015，第23页。

至充满矛盾张力的经验和教训”①。电影在中国发生发展的百年，也正是中国社会经历前所未有之大变局的百年，中国电影人矢志不渝地探索中国的道路，从提出中国现代化进程的思考到发出救亡图存的呼声，再到展示剧烈变革的历史进程，中国电影坚持与公众共建和分享对现实的理解和想象，为社会变革提供精神动力和共识基础。

观众对电影的接受同样与中国现实状况密切相关，此处可以引用学者沙兹的说法，“不论它的商业动机和美学要求是什么，电影的主要魅力和社会文化功能基本是属于意识形态的，电影实际上是在协助公众去界定那迅速演变的社会现实并找到它的意义”②。新时期以来，中国社会政治格局、经济体系、社会构造、人际关系都在不断地变动和调整，几乎所有人都在变革中经历动荡和变化，大众充满新鲜的兴奋感又感到惶惑不安、无依无靠，渴望确立和分享统一稳定的价值观。对此，学者指出，“对于中国受众来说，当然不仅仅需要好莱坞电影一样的西方媒介产品带给人们一段短暂的梦幻想象和心理刺激，同时也需要通过媒介这面镜子来反映心灵的变异和外观世界的诡异，通过媒介来与同样处在转型时期的其他人共享苦难、迷惘、欣悦和渴望，通过媒介来理解、面对和解释人们所遭受的现实”③。

电影的观看也是一种理念的分享，人们借此达成对新的时代

---

① 李道新：《新中国电影 70 年：属性反思与本体追寻》，《艺术评论》，2019 年第 11 期，第 25 页。

② 〔美〕托马斯·沙兹：《旧好莱坞/新好莱坞：仪式、艺术与工业》，周传基等译，中国广播电视出版社，1992，第 2 页。

③ 尹鸿：《从新中国电影到中国新电影的历史转型》，《尹鸿自选集：媒介图景·中国影像》，复旦大学出版社，2004，第 66 页。

背景下政治、经济状态和发展预期的共识，获得人生位置坐标和社会群体归属感。从拉康的镜像理论出发，影视作品是现实的镜像，人们通过对媒介中“他者”镜像的指认，通过媒介与其他人共享苦难、迷惘、欣悦和渴望，确认自我的存在状态。

从这个意义出发，改编电影重塑小说故事，以其内容生成方式、内容本身以及观众反应折射出时代的真实状况，观众从影片中观照自我与社会，在快速变化的现实中寻觅坐标。

从影像所反映的民众情感诉求和价值立场来看，自改革开放以来，民众对理想社会的追求从低层次物质满足向自我价值的实现、人际关系和谐等高层次精神满足迸发，人道主义得到发扬，人的主体地位得到确立，人的自由发展逐渐成为可能，人与人和谐关系的建立受到重视；传统宗法社会伦理秩序逐渐崩塌，法治意识深入人心，依法治国、执法必严是社会治理的基础成为常识；集体主义在一度黯然退场之后被重新召唤，构建人类命运共同体的理念引起广泛共鸣，社会生产中物质极大丰富，民生得到有效改善，民众对于未来有了更高的期盼。但也要看到，在经济高速发展的同时，精神文明建设落后于物质文明，社会面临诸多问题：人文精神隐退，淳厚质朴的传统人情减弱，人与人常常因为利益争夺而摩擦加剧；多元主义下，一些人道德失范，价值观混乱，不法之徒欲望过度膨胀以至于铤而走险。这些问题还需在中国社会主义现代化强国的全面建设中寻找有效的解决办法。

电影不同于小说，首先，它的改编更多受到政治、经济、观众心理等主客观因素的制约。新时期以来，对电影的审查从直接命令和斗争批判改为行政和法规手段，这就要求在改编中对政策政治的深刻理解和把握；其次，从 20 世纪 80 年代中后期开始，经济收益逐渐成为影片制作的首要考量，这限制了电影在艺术水准上的更大提高和文学原作思想意义的充分发挥；再次，市场经济体制改革引起社会群体分化，从而导致电影受众的分化，反过来引起电影题材和改编策略的变化。

从电影创作者本身的主观意图、创作目的来看，在20世纪80年代末，社会担当精神和人文精神开始弱化，部分电影人使命感和担当意识缺失，存在惟票房是计、一味迎合低俗品位的现象，消费时代的大众文化占据了精英文化的上风，电影的改编出现过度娱乐化的不良倾向，如空洞的奇观展示，或靠热炒宣传赚钱的网络走红小说IP+加流量小生、小花的做法。观众的眼睛是雪亮的，市场正在用流失的票房惩罚赚快钱的伪劣产品。

同时，主旋律电影在摸索中找到了自己的道路，开始转化为适应影视市场生态的新主流电影。以《流浪地球》《长津湖》为代表的精心雕琢的新主流电影打败了粗制滥造的圈钱之作，转变了电影生产方向。在已有的优秀作品中，从《集结号》开始到近年来的《无问西东》《唐山大地震》《风声》《湄公河行动》《红海行动》《流浪地球》等新主流电影大片，很大一部分是根据小说改编的，在改编的过程中，影片强化了娱乐性，同时注入了主流意识形态的价值取向、审美判断和情感态度，既满足了商业利润的需要，又对增强国家凝聚力、民族自信心和文化自觉性起到了积极作用，为文学作品的电影改编做出了具有高度可行性的操作示范。

二 发展文化软实力视域下的电影改编

党和国家领导人把文化建设放在五大建设中极为重要的部

分，对文艺工作提出了新的要求，对中国文化发展做出了高屋建瓴的战略性决策和具有深远历史意义的判断。

党的十八大以来，习近平总书记在会议讲话中多次提出关于文化建设、文化强国的重要设想，他指出，“没有文化的繁荣兴盛，就没有中华民族伟大复兴”①。“我们必须把创作生产优秀作品作为文艺工作的中心环节，努力创作生产更多传播当代中国价值观念、体现中华文化精神、反映中国人审美追求，思想性、艺术性、观赏性有机统一的优秀作品。”② 党的二十大报告再次提出，“繁荣发展文化事业和文化产业，坚持以人民为中心的创作导向，推出更多增强人民精神力量的优秀作品”，“健全现代公共文化服务体系，实施重大文化产业项目带动战略”。……“增强中华文明传播力影响力”，“坚守中华文化立场，……讲好中国故事、传播好中国声音，展现可信、可爱、可敬的中国形象”。

加强文化自信，强化优质内容生产，发展文化产业，对全面建成社会主义现代化强国具有极为重要的意义，目前，中国文化产业的发展仍然存在许多问题，主要是：

第一，文艺创作的空心化。随着网络的进一步普及，自媒体、流媒体兴起，网络文学、网络影视剧、自拍小视频、网络直播日益成为许多年轻人的文化娱乐生活的重要组成部分，但其中良莠不齐，一些庸俗无聊的文化产品流行，挤占市场，例如“抖音”上的许多低俗视频，网络文学里宣扬色情、暴力的作品，千篇一律的网文 IP 影视剧等，这些对民族文化的传承和发展有非常

① 习近平：《要有高度的文化自信》，中共中央文献研究室编《十八大以来重要文献选编（下）》，中央文献出版社，2018，第 475 页。

② 中共中央宣传部编《习近平总书记在文艺工作座谈会上的重要讲话学习读本》，学习出版社，2015，第 22 页。

不利的影响。

第二，文化传播困难重重。中国正在以一个大国的姿态崛起于世界民族之林，但由于舆论场上的弱势，许多西方媒体对中国文化不接触、不了解和不友善，戴有色眼镜看待中国文化，对中国社会现状和思想文化进行浅表化、片面化、歪曲化的报道和传播，对中国文化的海外传播造成阻碍。

在此形势下，中国需要大力发展文化软实力。自从 20 世纪 90 年代约瑟夫 · 奈教授提出“软实力”概念以来，这一观点就成为文化建设的重要参考，他认为：“文化、传媒等是可以产生一种心理感召力的软实力。一国文化的全球普及性，为主宰国际行为规范而建立有利于自己的准则和制度的能力，都是它重要的力量源泉。”① 一个正在崛起的大国，没有文化软实力的对外释放，很难获得世界的接受和认同。

中国发展要从全球化综合语境的高度出发，通过文化交流来减少误区、误解，减少敌意，正如饶曙光先生在论电影共同体美学时所说，“在跟世界的对话当中找到更多的文化之间的连接点，也就是所谓文化间性。……实现人类价值的中国表达”②。电影不仅是文化产业的重要组成部分，还承担着引领社会风尚、提升中国文化软实力、对外宣传中国文化的重要使命。这就要求中国电影面对媒介融合的新媒介技术环境，以满足民族振兴的需求、满足人民对优良文化产品的需要为挑战和机遇，不断创新，创作更多具有独特国家民族特色、反映当代中国人价值观念和审美追

① 张小明：《约瑟夫 · 奈的“软权力”思想分析》，《美国研究》2005 年第 1 期，第 36 页。

② 孙婧、饶曙光：《“共同体美学”的理论源流及其方法论启示——饶曙光教授访谈》，《海峡人文学刊》，2022 年第 2 期，第 93 页。

求、符合世界进步潮流的优秀作品。

在视觉文化的时代背景下，在信息媒介高度发达的基础上，影像可以也应该充分发挥其跨语言传播力和感染力，成为对外传播中国思想、艺术、文化的主力军和排头兵。因此，对文学作品的影视改编，应该在重视市场接受的同时，探索如何使用世界一流的电影语言，注入人类共通的自然情感、伦理观念，讲好中国故事，传播中国文化，增强人民的精神力量，加强海内外交流与沟通，使中华文明走出国门，获得世界观众的普遍认可，不断提升国家文化软实力和中华文化的影响力。

近年来的中国电影，题材丰富，主体多元，风格多样，在各种类型上都有佳作，从 2009 年到 2018 年，我国电影产业的总票房以年均 35%的速度节节高升，被视为黄金十年。从数据上看，思想性、艺术性、观赏性统一的电影作品获得口碑、收视、票房和发行多方丰收，中国电影正在与国外大片同台竞技，电影产业进入内生性增长的发展阶段，正在迎接从电影大国到电影强国的新时代。

电影产业的迅速发展与国民经济水平的提高密切相关，人民在满足物质生活之后越来越注重文化生活，庞大的市场需求给电影产业的发展注入了更多活力。按照目前的发展趋势，国产电影仍然有较大的发展空间，但是机遇与危机并存。陈旭光等认为，“最大限度地平衡电影艺术性/商业性、体制性/作者性、工业/美学的关系，追求社会效益和市场效益的统一，仍然是未来中国电影产业与创作面临的巨大挑战”①。

2020 年史无前例的一场疫情让整个电影产业停摆几个月之

① 陈旭光、赵立诺：《2019：中国电影产业年度报告》，《中国电影市场》2020 年第 2 期，第 11 页。

久，多地电影院常因疫情暂停营业，电影的生产和放映陷入停滞，一批小的制作公司和电影院缺乏运转资金，几乎弹尽粮绝，电影行业面临重新洗牌和再出发，要弥补损失、迎头赶上，还需要进一步发掘行业潜力，提高制作水平，扩大受众市场。

从行业发展的角度，影视行业要提高工业化水平，应该建立多样化院线，发展多元面向的影片，满足不同受众群体的需要，同时要建立标准化、程序化、规模化的工业生产格局，让电影创作与生产进入流程化、分工细化阶段，并搭配相应的产业标准加以规范，总的说来，“电影生产要与国家发展战略及其布局相匹配、相衔接”①。

当然，文化产业的发展，最后起决定性作用的仍然是文化产品自身的内容质量。中国电影丰富的艺术潜能还没有完全挖掘出来，中国电影的发展还需要对传统文化的继承与创新，对舶来文化的吸收和本土化再创作，进一步从传统文化和现实生活中挖掘题材资源、美学资源，与本土电影观众建立良性互动关系，提高工业生产力、市场竞争力和文化影响力。而对文学作品的影视改编，应该在重视商业收益的同时探索如何利用国际认可的价值理念和世界先进的电影语言，讲好中国故事，传播中国文化，将此作为改编的出发点和宗旨。

---

① 饶曙光、李国聪：《“重工业电影”及其美学：理论与实践》，《当代电影》2018年第4期，第104页。

参考影片

1979 年根据前涉小说《桐柏英雄》改编的《小花》

1980 年根据鲁彦周同名小说改编的《天云山传奇》

1981 年根据鲁迅同名小说改编的《阿 Q 正传》

1981 根据鲁迅同名小说改编的《伤逝》

1981 根据鲁迅同名小说改编的《药》

1981 根据茅盾同名小说改编的《子夜》

1981 根据张弦同名小说改编的《被爱情遗忘的角落》

1981 年根据周克芹同名小说改编的《许茂和他的女儿们》

1981 年根据蒋子龙小说《乔厂长上任记》改编的《钟声》

1982 年根据林海音同名小说改编的《城南旧事》

1982 年根据张贤亮小说《灵与肉》改编的《牧马人》

1982 年根据水运宪同名小说改编的《祸起萧墙》

1982 年根据老舍同名小说改编的《骆驼祥子》

1982 年根据老舍同名话剧改编的《龙须沟》

1982 根据谌容同名小说改编的《人到中年》

1982 年根据刘心武同名小说改编的《如意》

1982 年根据高晓声同名小说改编的《陈焕生上城》

1982 根据老舍同名话剧改编的《茶馆》

1982 年根据张一弓同名小说改编的《张铁匠的罗曼史》

1982 年根据乔迈报告文学集《三门李轶闻》改编的《不该发生的故事》

1982 年根据李斌奎小说《天山深处的“大兵”》改编的《天山行》

1982 年根据蒋子龙同名小说改编的《赤橙黄绿青蓝紫》

1983 年根据王蒙同名小说改编的《青春万岁》

1983 年根据叶蔚林小说《在没有航标的河流上》改编的《没有航标的河流》

1983 年根据喻杉同名小说改编的《女大学生宿舍》

1984 年根据巴金同名小说改编的《寒夜》

1984 年根据曹禺同名话剧改编的《雷雨》

1984 年根据路遥同名小说改编的《人生》(上、下)

1984 年根据沈从文同名小说改编的《边城》

1984 年根据梁晓声同名小说改编《今夜有暴风雪》

1984 年根据李国文同名小说改编的《花园街五号》

1984 年根据李存葆同名小说改编的《高山下的花环》

1984 年根据郭小川同名叙事诗改编的《一个和八个》

1984 年根据柯蓝散文《深谷回声》改编的《黄土地》

1984 年根据张贤亮同名小说改编的《肖布尔拉克》

1984 年根据铁凝小说《没有纽扣的红衬衫》改编的《红衣少女》

1984 年根据古华同名小说改编的《爬满青藤的木屋》

1985 年古华小说《相思树女子客家》改编的《相思女子客店》

1985 年根据曹禺同名话剧改编的《日出》

1985 年根据张贤亮小说《浪漫的黑炮》改编的《黑炮事件》

1985 年根据张曼菱小说《有一个美丽的地方》改编的《青春祭》

1985 年根据贾平凹小说《鸡窝洼人家》改编的《野山》

1985 年根据李宽定同名小说改编的《良家妇女》

1985 年根据陈建功同名小说改编的《飘逝的花头巾》

1985 年根据刘兆林小说《啊，索伦河谷的枪声》改编的《索伦河谷的枪声》

1986 年根据古华同名小说改编的《芙蓉镇》

1986 年根据老舍同名小说改编的《月牙儿》

1986 年根据沈从文小说《萧萧》改编的《湘女萧萧》

1986 年根据冯骥才同名小说改编的《神鞭》

1986 年根据江奇涛小说《雷场上的相思树》改编的《雷场的相思树》

1987 年根据莫言同名小说改编的《红高粱》

1987 年根据阿城同名小说改编的《孩子王》

1987 年根据郑义同名小说改编的《老井》

1988 年根据曹禺同名话剧改编的《原野》

1988 年根据阿城同名小说改编的《棋王》

1988 年根据白先勇小说《谪仙记》改编的《最后的贵族》

1988 年根据王朔同名小说改编的《轮回》

1988 年根据王朔同名小说改编的《大喘气》

1988 年根据王朔同名小说改编的《顽主》

1988 年根据王朔同名小说改编的《一半是火焰，一半是海水》

1988 年根据许地山同名小说改编的《春桃》

1989 年根据铁凝同名小说改编的《哦，香雪》

1989 年根据刘恒小说《黑的雪》改编的《本命年》

1990 年根据刘恒小说《伏羲伏羲》改编的《菊豆》

1990 年根据艾芜同名小说改编的《南行记》

1990 年根据赵章予同名小说改编的《月随人归》

1991 年根据史铁生小说《命若琴弦》改编的《边走边唱》

1991 年根据李劼人小说《死水微澜》改编的《狂》

1991 年根据苏童小说《妻妾成群》改编的《大红灯笼高高挂》

1992 年根据陈源斌小说《万家诉讼》改编的《秋菊打官司》

1992 年根据王朔同名小说改编的《大撒把》

1992 年根据老舍同名小说改编的《离婚》

1992 年根据周大新小说《香魂塘畔的香油坊》改编的《香魂女》

1993 年根据冯骥才同名小说改编的《炮打双灯》

1993 年根据贾平凹同名小说改编的《五魁》

1993 年根据李碧华同名小说改编的《霸王别姬》

1993 根据刘醒龙同名小说改编的《凤凰琴》

1993 年根据张贤亮小说《邢老汉和狗的故事》改编的《老人与狗》

1993 年根据王朔同名小说改编的《无人喝彩》

1994 年根据毕飞宇小说《上海往事》改编的《摇啊摇，摇到外婆桥》

1994 年根据陈染同名小说改编的《与往事干杯》

1994 年根据苏童同名小说改编的《红粉》

1994年根据王朔同名小说改编的《永失我爱》

1994根据余华同名小说改编的《活着》

1994年根据李一清小说《山杠爷》改编的《被告山杠爷》

1994年根据徐宝绮同名小说改编的《二嫫》

1994年根据李本深小说《油坊》改编《香香闹油坊》

1994年根据刘醒龙小说《秋风醉了》改编的《背靠背，脸对脸》

1995年根据王朔小说《动物凶猛》改编的《阳光灿烂的日子》

1995年根据张承志同名小说改编的《黑骏马》

1995年根据黑马同名小说改编的《混在北京》

1995年根据苏童小说《米》改编的《大鸿米店》

1995年根据叶兆言小说《花影》改编的《风月》

1995年根据郁达夫小说《迟桂花》改编的《金秋桂花迟》

1995年根据徐訏小说《鬼恋》改编的《人约黄昏》

1996年根据杨红樱同名小说改编的《男生贾里》

1997年根据述平小说《晚报新闻》改编的《有话好好说》

1997年根据方方同名小说改编的《埋伏》

1998年根据彭见明同名小说改编的《那山那人那狗》

1998年根据刘恒小说《贫嘴张大民的幸福生活》改编的《没事偷着乐》

1999年根据施祥生小说《天上有个太阳》改编的《一个都不能少》

1999年根据鲍十小说《纪念》改编《我的父亲母亲》

2000年根据尤凤伟小说《生存》改编的《鬼子来了》

2000年根据莫言小说《师傅越来越幽默》改编的《幸福时光》

2000 年根据张平小说《抉择》改编的《生死抉择》

2001 年根据王朔小说《过把瘾就死》改编的《我爱你》

2001 年根据王超同名小说改编的《安阳婴儿》

2001 年根据叶广芩小说《你找他苍茫大地无踪影》改编的《谁说我不在乎》

2001 年根据凡一平小说《寻枪记》改编的《寻枪》

2002 年根据金仁顺小说《水边的阿狄丽娜》改编的《绿茶》

2002 年根据池莉同名小说改编的《生活秀》

2002 年根据东西小说《没有语言的生活》改编的《天上的恋人》

2002 年根据北村小说《周渔的喊叫》改编的《周渔的火车》

2002 年根据张洁同名散文改编的《世界上最疼我的那个人去了》

2003 年根据莫言小说《白狗秋千架》改编的《暖》

2003 年根据刘庆邦小说《神木》改编的《盲井》

2003 年根据刘震云同名小说改编的《手机》

2004 年根据赵本夫同名小说改编的《天下无贼》

2004 年根据北北小说《请你表扬》改编的《求求你，表扬我》

2004 年根据夏天敏同名小说改编的《好大一对羊》

2004 年根据《马燕日记》改编的《上学路上》

2005 年根据周大新同名小说改编的《银饰》

2005 年根据东西小说《猜到尽头》改编的《猜猜猜》

2005 年根据王安忆同名小说改编的《长恨歌》

2005 年根据吴晓林的同名小说改编的《小小的我》

2006 年根据张平小说《凶犯》改编的《天狗》

2006 年根据何大草小说《刀子与刀子》改编的《十三棵泡桐》

2006年根据王朔同名小说改编的《看上去很美》

2007年根据杨金远小说《官司》改编的《集结号》

2007年根据阙迪伟小说《乡村行动》改编的《光荣的愤怒》

2007年根据齐铁民小说《豆包也是干粮》改编的《别拿自己不当干部》

2007年根据张爱玲小说《色戒》改编的《色·戒》

2007年根据叶弥小说《天鹅绒》改编的《太阳照常升起》

2007年根据刘震云同名小说改编的《我叫刘跃进》

2007年根据刘震云同名小说改编的《塔铺》

2007年根据徐则臣同名小说改编的《活着爱着乐着》

2008年根据王十月同名小说改编的《喇叭裤飘荡在1983》

2008年根据蒲松龄《聊斋志异》改编的《画皮》

2008年根据王松小说《双驴记》改编的《走着瞧》

2008年根据阿美小说《李爱和海丽的故事》改编的《牛郎织女》

2009年根据麦家同名小说改编的《风声》

2009年根据成一小说《白银谷》改编的《白银帝国》

2009年根据赵冬冬小说《八路牛的故事》改编的《斗牛》

2009年根据贾平凹同名小说改编的《高兴》

2009年根据鬼子小说《瓦城上空的麦田》改编的《生日》

2009年根据傅爱毛小说《嫁死》改编的《米香》

2010根据张翎小说《余震》改编的《唐山大地震》

2010年根据辛可同名小说改编的《杜拉拉升职记》

2010年根据艾米同名小说改编的《山楂树之恋》

2010年根据凡一平小说《撒谎的村庄》改编的《宝贵的秘密》

2010年根据马识途小说《夜谭十记》改编的《让子弹飞》

2011根据严歌苓同名小说改编的《金陵十三钗》

2011年根据鲍鲸鲸同名小说改编的《失恋33天》

2011年根据胡学文小说《大风起兮》改编的《跟踪孔令学》

2011年根据阎连科小说《丁庄梦》改编的《最爱》

2012年根据陈忠实同名小说改编的《白鹿原》

2012年根据徐皓峰同名小说改编的《倭寇的踪迹》

2012年根据刘震云小说《温故一九四二》改编的《一九四二》

2012年根据林希同名小说改编的《天津闲人》

2012年根据苏童同名小说改编的《告诉他们，我乘白鹤去了》

2013年根据郭敬明小说《小时代》改编的《小时代1.0之折纸时代》

2013年根据郭敬明小说《小时代》改编的《小时代2.0之青木时代》

2013年根据海岩同名小说改编的《一场风花雪月的事》

2013年根据鲍鲸鲸小说《游记，或是指南》改编的《等风来》

2014年根据严歌苓小说《陆犯焉识》改编的《归来》

2014年根据毕飞宇同名小说改编的《推拿》

2014年根据吴克敬同名小说改编的《大丑》

2014年根据徐皓峰小说《柳白猿别传》改编的《箭士柳白猿》

2015年根据路内同名小说改编的《少年巴比伦》

2015年根据须一瓜小说《太阳黑子》改编的《烈日灼心》

2015年根据唐七公子同名小说改编的《三生三世十里桃花》

2015年根据落落同名小说改编的《剩者为王》

2015年根据徐皓峰同名小说改编的《师父》

2015年根据胡学文小说《奔跑的月光》改编的《一个勺子》

2015年根据徐皓峰同名小说改编的《道士下山》

2015年根据天下霸唱小说《鬼吹灯》改编的《寻龙诀》

2015年根据天下霸唱小说《鬼吹灯》改编的《九层妖塔》

2015年根据葛水平同名小说改编的《喊·山》

2016年根据南派三叔同名小说改编的《盗墓笔记》

2016年根据迟子建小说《布基兰小站的腊八夜》改编的《布基兰》

2016年根据刘震云同名小说改编的《一句顶一万句》

2016年根据万玛才旦同名小说改编的《塔洛》

2016年根据肖江虹同名小说改编的《百鸟朝凤》

2017年根据严歌苓小说《你触摸了我》改编的《芳华》

2017年根据须一瓜小说《淡绿色的月亮》改编的《夜色撩人》

2017年根据贾大山小说《花生》《村戏》改编的《村戏》

2017年根据蓝白色小说《终于等到你》改编的《喜欢你》

2017年根据鲁敏同名小说改编的《六人晚餐》

2017年根据老舍同名小说改编的《不成问题的问题》

2017年根据扎西达娃小说《记载皮绳扣上的魂》改编的《皮绳上的魂》

2017年根据董立勃同名小说改编的《杀瓜》

2018年根据张北海小说《侠隐》改编的《邪不压正》

2018年根据石舒清同名小说改编的《清水里的刀子》

2018年根据须一瓜小说《二百四十个月的一生》改编的《淡蓝琥珀》

2018年根据郭敬明同名小说改编的《悲伤逆流成河》

2019 年根据刘慈欣同名小说改编的《流浪地球》

2019 年根据刘慈欣小说《乡村教师》改编的《疯狂的外星人》

2019 年根据江南同名小说改编的《上海堡垒》

2019 年根据任晓雯同名小说改编的《阳台上》

2019 年根据萧鼎同名小说改编的《诛仙》

2019 年根据埃德加·斯诺同名小说改编的《红星照耀中国》

2019 年根据次仁罗布小说《杀手》和万玛才旦小说《撞死了一只羊》改编的《撞死了一只羊》

2019 年根据鲍尔吉原野报告文学《最深的水是泪水》改编的《烈火英雄》

2019 年根据许仲琳小说《封神演义》改编的《哪吒之魔童降生》

2019 年根据胡学文同名小说改编的《麦子的盖头》

2019 年根据冯梦龙小说集《警世通言·白娘子永镇雷峰塔》改编的《白蛇：缘起》

2019 年根据阿来小说《三只虫草》改编的《少年桑吉》

2020 年根据许仲琳小说《封神演义》改编的《姜子牙》

2020 年根据玖月曦小说《少年的你，如此美丽》改编的《少年的你》

2020 年根据万玛才旦同名小说改编的《气球》

2020 年根据许仲琳小说《封神演义》改编的《新封神：哪吒重世》

2020 年根据阿来小说《狗娃格拉》改编的《随风飘散》

2021 年根据双雪涛同名小说改编《刺杀小说家》

2021 年根据冯梦龙小说集《警世通言·白娘子永镇雷峰塔》

改编的《白蛇传·情》

2021 年根据网络长帖《与我十年长跑的女友明天要嫁人了》改编的《我要我们在一起》

2021 年根据江波小说《移魂有术》改编的《缉魂》

主要参考文献

一　理论著作

本书编写组:《巨变:改革开放40年中国记忆》,新华出版社,2018。

曹普:《当代中国改革开放史(上、下卷)》,人民出版社,2016。

陈鸿秀:《1979年以来中国电影的文学性研究》,上海三联书店,2019。

陈曙光、李海清:《改革开放改变中国——中国改革的成功密码》,人民出版社,2018。

陈犀禾、聂伟主编《中国电影的华语观念与多元向度》,广西师范大学出版社,2012。

陈犀禾、吴小丽编著《影视批评:理论与实践》,上海大学出版社,2003。

陈犀禾选编《电影改编理论问题》,中国电影出版社,1988。

陈晓明:《表意的焦虑》,中央编译出版社,2002。

陈晓云:《电影学导论》,北京联合出版公司,2015。

陈晓云：《中国当代电影》，浙江大学出版社，2004。

陈晓云：《作为文化的影像——中国当代电影文化阐释》，中国广播电视出版社，1999。

陈旭光：《存在与发言：陈旭光电影文章自选集》北京大学出版社，2015。

陈旭光：《当代中国影视文化研究》，北京大学出版社，2004。

陈旭光：《影视受众心理研究》，北京师范大学出版社，2010。

陈永国主编《视觉文化研究读本》，北京大学出版社，2009。

程中原、李正华、张金才：《1977-1982：实现转折，打开新路》，人民出版社，2017。

迟福林：《伟大的历程——中国改革开放40年实录》，广东经济出版社，2018。

戴锦华：《镜与世俗神话：影片精读18例》，中国人民大学出版社，2004。

戴锦华主编《书写文化英雄——世纪之交的文化研究》，江苏人民出版社，2000。

邓向阳：《中国电影产业研究》，湖南师范大学出版社，2012。

丁帆：《文化批判的审美价值坐标——中国现当代文学思潮、流派与文本分析》，北京师范大学出版社，2009。

丁明：《中共十一届三中全会与当代中国的历史发展》，当代中国出版社，2009。

丁亚平：《中国当代电影艺术史1949~2017》，文化艺术出版社，2017。

费孝通著、麻国庆编《美好社会与美美与共：费孝通对现时代的思考》，生活．读书．新知三联书店，2019。

冯秀军：《社会变革时期中国大学生道德价值观调查》，教育科学出版社，2013。

高尚全：《中国改革开放四十年——回顾与思考（上、下）》，人民出版社，2018。

高小康：《游戏与崇高：文艺的城市化与价值诉求的演变》，山东文艺出版社，1999。

高宣扬：《流行文化社会学》，中国人民大学出版社，2010。

葛进平：《受众调查与收视分析》，浙江大学出版社，2011。

桂世镛：《改革开放发展的理论与实践》，中国言实出版社，2018。

郭建斌：《在场：流动电影与当代中国社会建构》，上海交通大学出版社，2019。

贺雪峰：《大国之基：中国乡村振兴诸问题》，东方出版社，2019。

贺雪峰：《新乡土中国》，广西师范大学出版社，2003。

赫广义：《城市化进程中的农民工问题》，中国社会科学出版，2007。

侯建新：《农民、市场与社会变迁》，社会科学文献出版社，2002。

胡智峰、杨乘虎等：《电视受众审美研究》，北京师范大学出版社，2010。

黄发有：《文学传媒与文学传播研究》，南京大学出版社，2013。

贾磊磊、袁智忠主编《中国电影伦理学》，西南师范大学出版社，2017。

贾磊磊：《电影学的方法与范式》，时代华文书局，2015。

姜作苏：《新媒体与社会变革》，中国传媒大学出版社，2018。

金丹元等：《新中国电影美学史（1949~2009）》，上海三联书店，2013。

金冠军、钟瑾：《电影创意产业》，东方出版中心，2009。

金冠军、王玉明编著《电影产业概论》，复旦大学出版社，2012。

金惠敏：《积极受众论：从霍尔到莫利的伯明翰范式》，中国社会出版社，2010。

金惠敏：《媒介的后果：文学终结点上的批判理论》，人民出版社，2005。

金元浦、陶东风：《阐释中国的焦虑：转型时代的文化解读》，中国国际广播出版社，1999。

亢安毅：《奴役与自由——当代生活世界对人的发展影响研究》，人民出版社，2014。

李坤睿：《改革开放40年的中国政治》，中共党史出版社，2018。

李晓翼：《农民及其现代化》，地质出版社，2008。

［德］西奥多·阿多诺等著，李洋主编《电影的透明性——欧洲思想家论电影》，河南大学出版社，2017。

李友梅：《快速城市化过程中的乡土文化转型》，上海人民出版社，2007。

厉以宁主编《改革开放40年大家谈》，人民出版社，2018。

厉震林：《电影的转身——中国电影的现代化运动及其文化阐释》，文汇出版社，2010。

郦苏元：《中国现代电影理论史》，文化艺术出版社，2005。

刘藩：《电影产业经济学》，文化艺术出版社，2010。

罗平汉主编《伟大的改革开放》，四川人民文学出版社，2017。

罗晓明、龚艳主编《电影研究与哲学的电影学转向》，贵州大学出版社，2016。

马德普：《当代中国政治思潮：改革开放以来》，天津人民出版社，2016。

聂伟：《电影批评：影像符码与中国阐释》，上海三联书店，2010。

聂伟：《华语电影的全球传播与形象建构》，广西师范大学出版社，2014。

潘维：《信仰人民：中国共产党与中国政治传统》中国人民大学出版社，2017。

饶曙光：《中国（华语）电影发展与对外传播》，中国广播影视出版社，2013。

饶曙光：《中国电影市场发展史》，中国电影出版社，2009。

史博公：《中国电影民俗学导论》，中国传媒大学出版社，2011。

宋洪远：《中国农村改革三十年》，中国农业出版社，2008。

宋晓梧主编《社会发展转型战略》，学习出版社，2012。

宋学勤：《改革开放40年的中国社会》，中共党史出版社，2018。

孙达人：《中国农民变迁论：试探我国历史发展周期》，中央编译出版社，1996。

孙立平：《断裂——20世纪90年代以来的中国社会》，社会科学文献出版社，2003。

孙立平：《失衡——断裂社会的运作逻辑》，社会科学文献出版社，2004。

孙立平：《守卫底线：转型社会生活的基础秩序》，社会科学文献出版社，2007。

谭政：《触探光影深处》，中央编译出版社，2016。

汤秀丽：《当前视域下的文化社会学探究》，水利水电出版社，2017。

汪朝光：《影艺的政治：民国电影检查制度研究》，中国人民大学出版社，2013。

汪方华：《坚硬的影像：后新时期中国电影研究》，中国传媒大学出版社，2011。

王迪、王志敏：《中国电影与意境》，中国电影出版社，2000。

王海洲主编《中国电影：观念与轨迹》，中国电影出版社，2004。

王洪波：《社会发展中个人与社群关系研究》，中国社会科学出版社，2015。

王亚新：《社会变革中的民事诉讼》，北京大学出版社，2014。

王岳川：《中国镜像：九十年代文化研究》，中央编译出版社，2001。

王岳川主编《中国后现代话语》，中山大学出版社，2004。

王作全：《大文化背景下的法治社会与习俗研究》，科学出版社，2018。

温铁军等：《八次危机：中国的真实经验 1949~2009》，东方出版社，2013。

吴超：《治理现代化：改革开放以来中国特色社会治理的发展逻辑与进路》，北京大学出版社，2020。

吴冠平主编《陆上行舟——新世纪中国电影导演访谈录》，东方出版社，2015。

徐勇：《中国农村村民自治（增订本）》，生活·读书·新知三联书店，2018。

尹鸿：《世纪转折时期的中国影视文化》，北京出版社，1997。

俞可平：《中国的治理变迁（1978~2018）》社会科学文献出版社，2018。

张阿利：《电影读解与评论》，太白文艺出版社，1999。

黄式宪、张凤铸、胡智锋主编《全球化与中国影视的命运》，北京广播学院出版社，2002。

张燕、谭政、刘汉文等：《入世后中国电影产业检视：一个全球化的视角》，北京师范大学出版社，2015。

张真编《城市一代：世纪之交的中国电影与社会》，复旦大学出版社，2013。

赵毅衡：《符号学：原理与推演》，南京大学出版社，2011。

中共中央党史和文献研究院：《改革开放四十年大事记》，人民出版社，2018。

中共中央党史研究室：《中国共产党的九十年（上中下）》，中共党史出版社，2016。

冷溶、汪作玲主编，中共中央文献研究室编《邓小平年谱》，中央文献出版社，2004。

中国社会科学院农村发展研究所组织与制度研究室著：《大变革中的乡土中国：农村组织与制度变迁问题研究》，社会科学文献出版社，1999。

中国现代史学会编《20世纪中国社会史研究：20世纪中国社会史与社会变迁学术讨论会论文选》，当代社会出版，1998。

中华人民共和国国务院新闻办公室编著《改革开放40年中国人权事业的发展进步》，人民出版社，2018。

中国科学院国情分析研究小组编《城市与乡村：中国城乡矛盾与协调发展研究》，科学出版社1994。

周宪：《现代性的张力》，首都师范大学出版社，2001。

周晓虹：《传统与变迁：江浙农民的社会心理及其近代以来的嬗变》，生活·读书·新知三联书店，1998。

〔法〕克里斯蒂安·梅茨：《电影的意义》，刘森尧译，江苏教育出版社，2005。

〔法〕克里斯蒂安·麦茨：《想象的能指——精神分析与电影》，王志敏译，中国广播电视出版社，2006。

〔法〕克里斯丁·麦茨等：《电影与方法：符号学文选》，李幼蒸译，生活·读书·新知三联书店，2002。

〔法〕克洛德·托马塞：《新小说·新电影》，李华译，天津人民出版社，2003。

〔法〕雷吉斯·迪布瓦：《好莱坞：电影与意识形态》，李丹丹、李昕晖译，商务印书馆，2014。

〔法〕马克·费罗：《电影和历史》，彭姝祎译，北京大学出版社，2008。

〔法〕莫里斯·梅洛-庞蒂：《可见的与不可见的》，罗国祥译，商务印书馆，2008。

〔法〕莫尼克·卡尔科-马塞尔、让娜-玛丽·克莱尔：《电影与文学改编》，刘芳译，文化艺术出版社，2005。

〔法〕让·米特里：《电影美学与心理学》，崔君衍译，江苏文艺出版社，2012。

〔法〕雅克·奥蒙、米歇尔·马利：《当代电影分析》，吴佩慈译，江苏教育出版社，2005。

〔加〕查尔斯·泰勒：《自我的根源：现代认同的形成》，韩震等译，译林出版社，2001。

〔加〕安德烈·戈德罗：《从文学到影片——叙事体系》，刘云舟译，商务印书馆，2010。

〔美〕罗伯特·C. 艾伦 道格拉斯·戈梅里：《电影史：理论与实践》，李迅译，中国电影出版社，2004。

〔美〕爱德华·茂莱：《电影化的想象——作家和电影》，邵牧君译，中国电影出版社，1989。

〔美〕达德利·安德鲁：《电影理论概念》，郝大铮、陈梅等译，上海文艺出版社，1990。

〔美〕彼得·F. 帕莎尔：《电影中的复合叙事》，李鲤译，世界图书出版公司，2017。

〔美〕达德利·安德鲁：《经典电影理论导论》，李伟峰译，世界图书出版公司，2013。

〔美〕达德利·安德鲁：《艺术光晕中的电影》，徐怀静译，世界图书出版公司，2011。

〔美〕大卫·波德维尔、克里斯汀·汤普森：《电影艺术：形式与风格》，曾伟祯译，世界图书出版公司，2010。

〔美〕大卫·波德维尔：《建构电影的意义——对电影解读方式的反思》，陈旭光、苏涛等译，世北京大学出版社，2017。

〔美〕戴安娜·克兰：《文化生产：媒体与都市艺术》，赵国新译，译林出版社，2001。

〔美〕傅高义：《邓小平时代》，冯克利译，生活·读书·新知三联书店，2013。

〔美〕赫伯特·马尔库塞：《单向度的人——发达工业社会意识形态研究》，刘继译，上海译文出版社，2006。

〔美〕霍华德·S. 贝克尔：《艺术界》，卢文超译，译林出版社，2014 年，第 335 页。

〔美〕尼古拉斯·米尔佐夫：《视觉文化导论》，倪伟译，江苏人民出版社，2006。

〔美〕乔治·布鲁斯东：《从小说到电影》，高骏千译，中国电影出版社，1981。

〔美〕丹尼斯·W. 皮特里、约瑟夫·M. 博格斯：《看电影的艺术》，张菁、郭侃俊 译，北京大学出版社，2010。

〔挪威〕雅各布·卢特：《小说与电影中的叙事》，徐强译，北京大学出版社，2011。

〔英〕戴维·英格利斯：《文化与日常生活》，张秋月、周雷亚译，中央编译出版社 2010。

〔英〕马修·富勒:《媒介生态学：艺术与技术文化中的物质能量》，麦颠译，上海社会科学院出版社，2019。

〔英〕弗里德里希·奥古斯特·冯·哈耶克:《通往奴役之路》，王明毅 冯兴元等译，中国社会科学出版社，1997。

〔英〕特瑞·伊格尔顿:《文化的观念》，方杰译，南京大学出版社，2003。

Branston, Gill. *Cinema and Cultural Modernity.* Open University Press, 2001.

Cartmell, Deborah. *A Companion to Literature, Film, and Adaptation. London*: Wiley-Blackwell, 2014.

Cohen, Keith. *Film and Fiction: The Dynamic of Exchange.* New Haven: Yale University Press, 1979.

Desmond, John and Peter Hawkes. *Adaptation: Studying Film and Literature.* New York: McGraw-Hill Education, 2006.

Geraghty, Christine. *Now a Major Motion Picture: Film Adaptation of Literature and Drama.* Washington DC: Rowman & Littlefield Publishers, 2007

Griswold, Wendy. *Cultures and Societies in a Changing World.* Thousand Oaks: SAGE Publications, Inc, 2012.

Hauser, Arnold. *The Social History of Art.* London and New York: Routledge, 1999.

Hutcheon, Linda. *A Theory of Adaptation.* London and New York: Routledge, 2006.

Ross, Steven J. *Movies and American Society.* Chichester: Wiley Blackwell, 2014.

Stokes, Melvyn, and Richard Maltby. *Identifying Hollywood´s Audiences: Cultural Identity and the Movies.* London: British Film Institute, 1999

Tuchman, Gaye, Arlene Kaplan Daniels, and James Benet. *Hearth and Home: Images of Women in the Mass Media*, Oxford: Oxford University Press, 1978.

Zolberg, Vera L. *Constructing a Sociology of the Arts* (*Contemporary Sociology*), Cambridge: Cambridge University Press, 1990.

二　文学作品

阿城:《阿城精选集》,北京燕山出版社,2011。

阿来:《阿来作品精选》,长江文艺出版社,2019。

白先勇:《台北人》,广西师范大学出版社,2015。

鲍鲸鲸:《失恋33天:小说,或是指南》,中信出版社,2010。

鲍十:《纪念》,文化发展出版社,2019。

鲍尔吉·原野:《最深的水是泪水》,辽宁人民出版社,2013。

毕飞宇:《推拿》,人民文学出版社,2011。

曹禺:《曹禺全集》,花山文艺出版社,1996。

陈忠实:《白鹿原》,人民文学出版社,2005。

池莉:《生活秀》,江苏文艺出版社,2006。

《当代》,人民文学出版社,1979—2019。

东西:《耳光响亮》,江苏文艺出版社,2011。

东西:《没有语言的生活》,江苏文艺出版社,2011。

凡一平:《广西当代作家丛书·凡一平卷》,漓江出版社,2002。

方方:《埋伏》,人民文学出版社,2015。

方方：《万箭穿心》，人民文学出版社，2015。

高晓声：《高晓声小说选》，江苏文艺出版社，2009。

古华：《芙蓉镇》，人民文学出版社，2000。

鬼子：《瓦城上空的麦田》，春风文艺出版社，2004。

郭敬明：《小时代》，长江文艺出版社，2008。

贾大山：《贾大山小说精选集》，作家出版社，2019。

贾平凹：《鸡窝洼人家》，上海三联书店，2012。

江南：《上海堡垒》，万卷出版公司，2009。

姜戎：《狼图腾》，长江文艺出版社，2004。

蒋子龙：《蒋子龙文集》，人民文学出版社，2013。

柯蓝：《柯蓝散文选》，花山文艺出版社，1983。

老舍：《老舍全集》，人民文学出版社，1999。

李碧华：《李碧华经典小说集》，新星出版社，2013。

李存葆：《高山下的花环》，北京出版社，1983。

李国文：《花园街五号》，贵州人民出版社，1970。

李劼人：《死水微澜》，天津人民出版社，2016。

李宽定：《李宽定选集》，百花文艺出版社，2010。

李一清：《山杠爷》，四川文艺出版社，1995。

梁晓声：《今夜有暴风雪》，文汇出版社，2009。

梁晓声：《这是一片神奇的土地》，新华出版社，2010。

林海音：《城南旧事》，江苏文艺出版社，2009。

林希：《林希自选集》，天津人民出版社，2017。

刘慈欣：《刘慈欣短篇小说精选》，四川科学技术出版社，2019。

刘恒：《刘恒自选集：狗日的粮食》，作家出版社，1993。

刘庆邦：《家园何处》，上海文艺出版社，2003。

刘心武：《如意》，中国青年出版社，2008。
刘震云：《温故一九四二》，人民文学出版社，2009。
刘震云：《一句顶一万句》，长江文艺出版社，2016。
刘震云：《我叫刘跃进》，长江文艺出版社，2016。
刘震云：《手机》，长江文艺出版社，2016。
鲁迅：《鲁迅全集》，人民文学出版社，2005。
鲁彦周：《天云山传奇》，百花文艺出版社，1980。
陆文夫：《陆文夫小说选》，江苏文艺出版社，2009。
路遥：《人生》，北京十月文艺出版社，2012。
马燕：《马燕日记》，江苏文艺出版社，2015。
麦家：《麦家作品精选》，长江文艺出版社，2010。
莫言：《红高粱家族》，人民文学出版社，2012。
南派三叔：《盗墓笔记》，中国友谊出版公司，2007。
彭见明：《那山那人那狗》，中国青年出版社，2004。
前涉执笔：《桐柏英雄》，天津人民出版社，1972。
谌容、张洁等：《人到中年》，人民文学出版社，2017。
《收获》文学杂志社：《收获》，1979—2019。
沈从文：《沈从文精选集》，燕山出版社，2010。
石舒清：《清水里的刀子》，宁夏人民出版社，2008。
史铁生：《史铁生代表作》，春风文艺出版社，2002。
《十月》，北京出版社，1979—2019。
水运宪：《祸起萧墙》，时代文艺出版社，2000。
苏童：《米》，江苏文艺出版社，1996。
苏童：《苏童作品精选》，长江文艺出版社，2007。
述平：《某》，长江文艺出版社，2011。

唐七公子；《三生三世十里桃花》，沈阳出版社，2009。
天下霸唱：《鬼吹灯》，青岛出版社，2016。
铁凝：《哦，香雪》，中原农民出版社，1987。
万玛才旦：《乌金的牙齿》，中信出版社，2019。
王安忆：《长恨歌》，黄山书社，2011。
王朔：《王朔作品集》，中国工人出版社，2002。
王蒙：《王蒙小说选》，人民文学出版社，2009。
徐皓峰：《刀背藏身》，人民文学出版社，2017。
徐皓峰：《道士下山》，人民文学出版社，2014。
严歌苓：《少女小渔》，陕西师范大学出版社，2008。
严歌苓：《陆犯焉识》，作家出版社，2011。
严歌苓：《金陵十三钗》，北京联合出版公司，2013。
严歌苓：《芳华》，人民文学出版社，2017。
叶蔚林：《叶蔚林作品全集》，湖南人民出版社，2012。
叶兆言：《花影》，人民文学出版社，2018。
叶广芩：《山鬼木客》，西安出版社，2010。
余华：《活着》，作家出版社，2012。
尤凤伟：《生存》，中国戏剧出版社，2002。
张北海：《侠隐》，上海人民出版社，2007。
张承志：《草原》，花城出版社，2007。
张曼菱：《张曼菱小说集》，陕西师范大学出版社，2006年
张贤亮：《浪漫的黑炮》，贵州人民出版社，2013。
张贤亮：《灵与肉》，北京十月文艺出版社，2012。
张弦：《被爱情遗忘的角落》，花城出版社，2010。
张一弓：《犯人李铜钟的故事》，河南文艺出版社，2019。

赵本夫：《天下无贼》，人民文学出版社，2004。

郑义：《老井》，中原农民出版社，1986。

周克芹：《许茂和他的女儿们》，人民文学出版社，2005。

苏童、周大新、陈染：《百年百部中篇正典》，北方联合出版传媒（集团）股份有限公司、春风文艺出版社，2013。

三　政策、决议、讲话、文件

《党的十八大文件汇编》，人民出版社，2012。

本书编写组：《中共中央国务院关于“三农”工作的一号文件汇编（1982—2014）》，人民出版社，2014。

广播电影电视部电影局、广播电影电视部法规司、国务院法制局教科文卫法规司编《电影管理条例读本》，新华出版社，1997。

习近平：《论坚持推动构建人类命运共同体》，中央文献出版社，2018。

中共中央党史研究室第一研究部、中共中央党史研究室第二研究部、中共中央党史研究室第三研究部编：《两个历史问题的决议及十一届三中全会以来党对历史的回顾（简明注释本）》，中共党史出版社，2013。

中共中央宣传部编《习近平总书记在文艺工作座谈会上的重要讲话学习读本》，学习出版社，2015。

中共中央文献研究室编《十一届三中全会以来党的历次全国代表大会中央全会重要文件选编》，中央文献出版社，1997。

中共中央文献研究室编《十八大以来重要文献选编（上）》，中央文献出版社，2014。

中共中央党史和文献研究院编《十八大以来重要文献选编（下）》，中央文献出版社，2018。

中共中央文献研究室编《十二大以来重要文献选编（上）》，人民出版社，1986。

中共中央文献研究室编《十二大以来重要文献选编（下）》，人民出版社，1988。

中共中央文献研究室编《十六大以来重要文献选编（下）》，中央文献出版社，2011。

中共中央文献研究室编《十六大以来重要文献选编（下）》，中央文献出版社，2011。

中共中央文献研究室编《十五大以来重要文献选编（上）》，中央文献出版社，2000。

中共中央党史和文献研究院编《十九大以来重要文献选编（上）》，中央文献出版社，2019。

中共中央党史和文献研究院编《十九大以来重要文献选编（中）》，中央文献出版社，2021。

致　谢

本书的写作及出版经历了一个较为漫长的过程。数年前我在博士学位论文的写作过程中得到了导师丁帆老师的悉心指导，他一次次解答我的疑惑，启发我拓展思路、深入思考，因此有了本书的雏形。在推进四川省教育厅年度课题和四川省哲学社会科学“十三五”年度规划课题、“十四五”年度规划课题等几个项目的过程中，饶曙光老师、史博公老师、谭光辉老师、陈佑松老师、李玲老师、陈庄老师从不同层面对我的研究提出了宝贵的意见，使我在不断完善后终于完成本书。他们渊博的学识和对末学后进倾囊相授的胸襟令我钦佩感动，在此衷心感谢几位老师的学术指引！

本书的付梓，要感谢社科文献出版社的谢蕊芬老师和秦静花老师的助力，尤其是谢老师对我在出版流程上的指点，没有这两位老师的帮助，书稿现在还静静躺在我的电脑某个角落里。

在本书的出版过程中，我还要感谢责编李明锋老师。李老师工作严谨认真，待人真诚和善。李老师及其他编校、出版部同事不厌其烦、不辞辛劳地细致校对、修订我的书稿，才换来这本书的顺利出版。刘陈平老师为本书提供了珍贵的老照片，王帅老师精心设计了内文版式及封面，数易其稿，呈现了兼具内涵与美感的设计。我对他们的辛勤付出表示诚挚的感谢！感恩！

在本书写作期间，我的家人帮我分担了大量的家务劳动，主动把时间和空间让给我的工作（以及以专心工作为名对做饭、打扫卫生、带孩子的逃避），感谢他们容忍我好逸恶劳、游手好闲还要指指点点的恶习。

感谢我可爱的学生们，与这些生机勃勃、乐观进取的年轻人们在课堂上的一次次讨论，给了我许多新鲜的灵感与启迪。

感谢四川师范大学学术出版基金的资助。

这本书得以出版，是因为我足够幸运得到了许多热情的真诚的亲朋师友们的帮助，再次表示深深感谢！

王 瑛

2023 年 5 月 26 日

图书在版编目(CIP)数据

窥见历史的横断面：改编电影对社会变革的再现：1979~2021 / 王瑛著．--北京：社会科学文献出版社，2023.6

ISBN 978-7-5228-1908-2

Ⅰ．①窥…　Ⅱ．①王…　Ⅲ．①电影改编-研究-中国-当代　Ⅳ．①I207.351

中国国家版本馆 CIP 数据核字(2023)第 098407 号

窥见历史的横断面
——改编电影对社会变革的再现(1979~2021)

著　　者／王　瑛

出 版 人／王利民
责任编辑／李明锋
责任印制／王京美

出　　版／社会科学文献出版社 · 群学出版分社（010）59367002
地址：北京市北三环中路甲 29 号院华龙大厦　邮编：100029
网址：www.ssap.com.cn
发　　行／社会科学文献出版社（010）59367028
印　　装／三河市东方印刷有限公司

规　　格／开 本：889mm × 1194mm　1/32
印 张：10.875　字 数：253 千字
版　　次／2023 年 6 月第 1 版　2023 年 6 月第 1 次印刷
书　　号／ISBN 978-7-5228-1908-2
定　　价／98.00 元

读者服务电话：4008918866